W0341125

mtb

Morgen küsst der Weihnachtsmann

MIRA® TASCHENBUCH
Band 26100

1. Auflage: November 2017
Neuausgabe im MIRA Taschenbuch
Copyright © 2017 by MIRA Taschenbuch
in der HarperCollins Germany GmbH

Titel der amerikanischen Originalausgaben:

No Peeking ...
© 2008 by Stephanie Bond Inc.
erschienen bei: Harlequin Enterprises Ltd., Toronto
Übersetzung: Christian Trautmann

Starstruck
© 2009 by Julie Kenner
erschienen bei: Harlequin Enterprises Ltd., Toronto
Übersetzung: Johannes Heitmann

Christmas Kisses
© 2012 by Lori Vanzura
erschienen bei: Harlequin Enterprises Ltd., Toronto
Übersetzung: Alina Lantelme

Published by arrangement with
HARLEQUIN ENTERPRISES II B.V./S. à r. l.

Umschlaggestaltung: ZERO Media, München
Umschlagabbildung: Birgit Tyrrell/arcangel, Finepic®, München
Satz: GGP Media GmbH, Pößneck
Printed in Germany
Dieses Buch wurde auf FSC®-zertifiziertem Papier gedruckt.
ISBN 978-3-95649-774-2

www.mira-taschenbuch.de

Werden Sie Fan von MIRA Taschenbuch auf Facebook!

Stephanie Bond

Höhenflug der Leidenschaft

Roman

Aus dem Amerikanischen von
Christian Trautmann

mtb

1. Kapitel

Sechs Tage bis Weihnachten

„Was du brauchst, ist etwas Warmes und Kuscheliges zu Weihnachten."

Violet Summerlin runzelte die Stirn, während sie das Handy zwischen Kinn und Schulter klemmte. „Ich habe dir doch gesagt, dass ich viel zu beschäftigt bin, um mich um ein Haustier zu kümmern." Sie schaute auf den flauschigen karamellfarbenen Pekinesen hinunter, den sie im Park ausführte. „Um ein eigenes jedenfalls."

Nan seufzte. „Ich sprach eher von einem Mann."

„Auch dafür habe ich keine Zeit."

„Du arbeitest zu hart. Wann gibst du endlich ein paar Aufgaben an deine neue Assistentin ab? Hast du sie nicht deshalb eingestellt?"

Violet biss sich auf die Unterlippe. „Ich weiß immer noch nicht genau, was ich von ihr halten soll. Sie ist nett, aber sie hat einen ganz anderen Arbeitsstil als ich."

„Du meinst, sie ist nicht so pingelig wie du? Vielleicht wird diese Lillian dir helfen, ein bisschen lockerer zu werden."

„Weihnachten gehört nun mal zu den Zeiten im Jahr, an denen am meisten los ist. Da kann ich es mir nicht leisten, ausgerechnet jetzt lockerer zu werden."

„Violet", meinte Nan nachsichtig. „Es ist vielleicht gar keine schlechte Idee, ein bisschen Tempo herauszunehmen.

Seit dem Tod deiner Großeltern wirkst du noch angespannter als sonst."

„Ich vermisse sie schrecklich", gestand Violet. „Obwohl Mom und Dad wieder in der Stadt wohnen, fühle ich mich manchmal so verloren."

„Ich weiß, Süße, aber dein Arbeitspensum ist ungesund. Eines Tages wirst du deiner vergeudeten Jugend nachtrauern."

Weil der Pekinese stehen blieb und anfing zu kläffen, blieb Violet ebenfalls stehen. „Danke für den Rat. Aber jetzt muss ich mich beeilen. Winslow will nicht weitergehen, solange ich telefoniere."

„Du machst Witze, oder?"

„Nein, er ist ein verwöhnter kleiner Kerl und braucht meine volle Aufmerksamkeit, damit er ... na, du weißt schon."

„Ich würde ja lachen, wenn ich nicht wüsste, dass die alte Lady Kingsbury dir wahrscheinlich ein Vermögen zahlt, damit du nach ihrer Pfeife tanzt."

„Ich bin eine persönliche Concierge, ich tue, was meine Kunden mir auftragen."

„Besonders dieser tolle Dominick Burns."

Nans Lieblingsthema war Violets bester Kunde, der außerdem ein stadtbekannter Playboy in Atlanta war. Bei dem Gedanken an ihn beschleunigte sich Violets Puls, weil sie seit fast einem Jahr heimlich in diesen Mann verknallt war. „Bis ich erfolgreich genug bin, um mir meine Kunden auszusuchen, muss ich mich eben um alle möglichen Tiere kümmern", sagte sie fröhlich.

„Ja, aber diesen Mann nimmt keiner an die Leine", entgegnete Nan und hechelte schneller als Winslow. „Der Kerl ist wirklich heiß."

„Du meine Güte, geh kalt duschen." Am anderen Ende der

Leitung war Nans Lachen zu hören, bevor Violet auflegte und vor dem Hund in die Hocke ging. „So, jetzt bin ich ganz für dich da. Würdest du also bitte dein Geschäft erledigen?"

Winslow kläffte und legte den Kopf schräg.

Seufzend gab Violet nach. Zeit war schließlich Geld. „Du bist ein braver Junge", sagte sie und tätschelte den Kopf des arroganten kleinen Kerls. „Braver Junge, ja, das bist du."

Zufrieden nahm Winslow seine Position ein, während Violet das Gesicht verzog und sich abwandte.

Manchmal stellte sie ihre Entscheidung, „Summerlin at Your Service" zu gründen, infrage, besonders nach einem Tag wie diesem, am dem sie zahllose Fahrten zur Reinigung und zum Kurierdienst hinter sich hatte, um zur Krönung mit Patricia Kingsburys Hund Gassi zu gehen.

Zum Glück bezahlten die meisten Kunden Höchstpreise für produktivere Dinge, wie zum Beispiel für das Einrichten eines Computers oder das Schmücken des Hauses für die Festtage. Aufgewachsen bei einem Großvater, der in technischen und elektronischen Dingen ein wahrer Zauberer gewesen war, und bei einer Großmutter, die Amerikas Küchenkönigin Martha Steward Konkurrenz gemacht hatte, hatte sie ihren verschiedenen Fähigkeiten mit einem Studium der Betriebswirtschaft und fünf Jahren Praxis in der Hotelbranche den letzten Schliff gegeben. Dass sie seit der Gründung ihres Concierge-Unternehmens vor drei Jahren jedem Kundenwunsch gerecht werden konnte, erfüllte sie mit Stolz.

Violet hielt inne. Mit Ausnahme von Dominick Burns, der angedeutet hatte, dass er nichts gegen ein wenig mehr persönliche Aufmerksamkeit hätte.

Dieser teuflisch gut aussehende Bad Boy, der ein Vermögen mit dem Entwerfen und Herstellen von Extremsportausrüstung gemacht hatte, war zu beschäftigt, um sich um Alltagskleinigkeiten zu kümmern. Trotzdem gefiel ihm offenbar der Gedanke nicht, Leute fest anzustellen, die sich um seine Belange kümmerten. Also fuhr Violet einmal in der Woche zu seinem Büro, wo sie eine To-do-Liste abholte, die alle möglichen Aufgaben enthielt – von der Auswahl eines Anzugs für einen besonderen Anlass, der Auswahl von persönlichem Briefpapier bis zum Kauf eines Geschenks für die aktuelle Freundin.

Was seine Freundinnen wohl denken würden, wenn sie wüssten, dass er gar nicht selbst in den Boutiquen gestöbert hatte, um ein Geschenk für sie zu finden, das ohnehin nur dazu diente, sie ins Bett zu bekommen?

Allerdings war Dominick Burns großzügig, das musste sie zugeben, und er beauftragte sie meistens mit interessanten und relativ anspruchsvollen Dingen. Sie fragte sich, was sie wohl heute auf seiner Liste finden würde. Da es nur noch eine Woche bis Weihnachten war, handelte es sich wahrscheinlich um eine Geschenkeliste. Violet erinnerte sich an all die Frauen, für die sie im Laufe des Jahres kleine Aufmerksamkeiten besorgt hatte. Es waren schätzungsweise zwanzig gewesen.

Eine hübsche runde Zahl, dachte sie spöttisch.

Sie bückte sich, um Winslows Geschäft in einer dafür vorgesehenen Tüte verschwinden zu lassen, die sie in den nächsten Mülleimer warf, und zerrte ihn in Richtung seines Zuhauses. Die Luft war kühl, und Violet überlegte, ob es dieses Jahr wohl ausnahmsweise Schnee zu Weihnachten geben würde. Selbst im tiefsten Winter schneite es in Atlanta nur selten. Aber hoffen konnte man ja.

Leider würde dies das erste Weihnachtsfest ohne ihre Großeltern werden. Wenigstens hatten ihre Eltern ihre Weltreise unterbrochen, um eine Weile im Haus der Großeltern zu wohnen und Weihnachten mit Violet zu verbringen. Natürlich vermisste sie Granny und Grandpa sehr, doch andererseits hatte sie sich immer sehnlich gewünscht, Weihnachten einmal mit ihren Eltern feiern zu können. Jahrelang blieb es bei dem Wunsch, denn ihre Eltern waren einfach zu sehr mit sich selbst beschäftigt, um an ihre Tochter zu denken.

Jetzt, da sie die Feiertage selbst gestalten konnte, freute sie sich darauf, mit den beiden vor dem geschmückten Baum zu sitzen und heißen Apfelwein zu trinken, während es aus dem Ofen nach Braten duftete und im Hintergrund Weihnachtsmusik spielte. Sie würden sich gegenseitig Geschenke machen, die ehrlich von Herzen kamen. Für ihre Mutter hatte sie einen Quilt gemacht, und ihrem Vater hatte sie einen Werkzeugkasten für die Werkstatt gekauft, die er in der Garage einrichten wollte. Nachdem sie wegen ihres Vaters, der als Dolmetscher für Diplomaten arbeitete, jahrelang um die Welt gereist waren, schienen ihre Eltern endlich sesshaft zu werden.

Violet seufzte zufrieden. Es würde ein wundervolles Weihnachtsfest werden.

Als sie noch einen halben Block vom Kingsbury-Haus entfernt waren, einem alles überragenden Backsteingebäude mit Weihnachtsbeleuchtung, setzte Winslow sich trotzig hin und wollte nicht weitergehen.

Genervt hob Violet ihn auf den Arm und trug ihn den restlichen Weg. Dass das genau das war, was das kleine Biest beabsichtigt hatte, wurde ihr klar, als Winslow seine kalte Nase an ihre Schulter drückte.

„Du bist unverbesserlich“, sagte sie tadelnd, bevor sie das Haus betrat.

Patricia Kingsbury nahm ihren Liebling an der Tür in Empfang. Ihre mit Edelsteinen besetzten Armreifen klimperten, als sie die Hände nach ihm ausstreckte.

„Hat er Aa gemacht?" Patricia klang besorgt, ihrem Gesicht war das jedoch nicht anzusehen, was Violet auf die regelmäßigen Botox-Injektionen schob.

„Ja, hat er."

Patricia knuddelte ihren Hund. „Sie scheinen genau zu wissen, wie man mit ihm umgehen muss."

„Das ist eine Gabe", stimmte Violet zu. „Falls nichts weiter ist, Miss Kingsbury ..."

„Violet, Sie arbeiten seit zwei Jahren für mich. Nennen Sie mich bitte Patricia."

„Patricia", verbesserte sie sich wunschgemäß. „Falls nichts mehr ..."

„Ich habe meine Einkaufsliste auf den Tisch gelegt. Und würde es Ihnen etwas ausmachen, ein paar Sachen für mich in die Einkaufspassage zu bringen?" Dabei zeigte sie auf einen Berg Tüten auf dem Sofa.

„Überhaupt nicht."

„Hier ist meine Kreditkarte. Tauschen Sie alles um, und wenn es Probleme gibt, rufen Sie mich an."

„Ich bin sicher, es wird keine Probleme geben." Violet nahm die Liste und die Tüten und ging zur Tür. „Ich bringe Ihnen Ihre Kreditkarte morgen früh vorbei."

„Morgen Nachmittag reicht völlig, meine Liebe, wenn Sie ohnehin kommen und Winslow abholen."

„Fein. Bis dann."

Zum Hundesitter degradiert zu werden, ist gar nicht so schlecht, dachte Violet wenig später, als sie ihren Hybrid-Geländewagen auf die I-75 Richtung Norden lenkte. Miss

Kingsbury stellte sie selten vor schwierige Aufgaben, außerdem hatte sie schon viele Empfehlungsschreiben von ihr bekommen.

Nachdem sie sich dreißig Minuten durch den sechsspurigen Verkehr gekämpft hatte, erreichte sie eine Vorortsiedlung, in der drei Häuser zum Verkauf standen. Ihr Auftrag lautete, Spinnweben zu entfernen, Vasen mit frischen Blumen aufzustellen und ganz allgemein dafür zu sorgen, dass es keine unliebsamen Überraschungen gab, wenn der Makler mit einem Interessenten auftauchte. Überraschungen wie zum Beispiel die, dass der bankrotte frühere Besitzer des Hauses noch in einem der Kleiderschränke hauste oder ein Waschbär in der Küche saß. Oder ein umgestürzter Baum durch die Schlafzimmerdecke ins Haus ragte. Das hatte sie alles schon erlebt.

Mit Margeriten, einem Besen und einem Elektroschocker bewaffnet, eilte sie durch die Häuser und schaute in jeden Winkel. Nach ereignislosem Fegen fuhr sie auf der I-75 wieder nach Süden und kämpfte sich abermals durch den Verkehr, um zu einem Tabakladen zu gelangen, wo sie eine Kiste Zigarren für Dominick Burns bestellt hatte. Auf dem Weg in die Innenstadt klingelte ihr Handy. Ihre Assistentin meldete sich. In der Hoffnung, dass nichts passiert war, schaltete Violet die Freisprechanlage ein. „Hallo, Lillian, was gibt's?"

„Sie haben einen Besucher. Dominick Burns."

„Aber ich bin heute Nachmittag mit ihm in seinem Büro zu unserer wöchentlichen Besprechung verabredet."

„Er sagt, er sei gerade in der Gegend gewesen und wolle warten." Lillian senkte die Stimme. „Er sieht ziemlich gut aus und hat mich um einen Wodka Tonic gebeten."

Violet verdrehte die Augen. „Wir sind ein Büro, keine Bar. Geben Sie ihm eine Tasse Kaffee. Ich bin in fünf Minuten da."

Sie überprüfte ihre Frisur und ihr Make-up im Rückspiegel und redete sich ein, dass sie das bei jedem Kunden so machen würde. Dann strich sie sich ein paar Strähnen aus dem Gesicht, die sich aus dem unspektakulären Pferdeschwanz gelöst hatten – mit dem Dominick Burns sie immer aufzog. Ihr schwarzer Hosenanzug war ebenfalls Standard. Dazu trug sie, je nach Jahreszeit, entweder ein weißes T-Shirt oder einen Rollkragenpullover, so wie jetzt. Bequeme schwarze Halbschuhe vervollständigten den neutralen Look. Ihre „Uniform" war sicher nicht annähernd so glamourös wie das, was Dominicks Freundinnen trugen, aber dafür sah sie professionell aus, und nur darauf kam es an.

Außerdem wäre Dominick sowieso nie im Leben ernsthaft an ihr interessiert.

Violet fuhr in die Tiefgarage und hielt auf einem der vier für sie reservierten Parkplätze. Im Erdgeschoss lag ihr Büro, das ein kleines Schaufenster zur Juniper Street hinaus hatte, im ersten Stock befanden sich die Wohnräume. Lillians VW Käfer stand auf einem weiteren der Summerlin-at-Your-Service-Plätze. Auf den verbliebenen zwei Stellplätzen parkte ein schwarzes Porsche-Cabrio, und zwar schräg, so als hätte sein Fahrer sich nicht damit aufhalten können, korrekt einzuparken. Auf dem vorderen Nummernschild stand XTREME. Violet stieg aus und hielt ihren Ärger im Zaum.

Der Mann war jedenfalls *extrem* dreist, so viel stand fest.

Als sie ihr Büro betrat, wusste sie auch wieder, warum: Dominick Burns war, wie ihre Granny sagen würde, so außergewöhnlich wie Froschhaar.

Lässig lehnte er am Schreibtisch ihrer Assistentin, die langen Beine von sich gestreckt. Sein dunkelbraunes Haar war von der Sonne gebleicht – ungewöhnlich genug im Dezember. Die dunkelblauen Augen wurden umrahmt von den längsten schwarzen Wimpern, die man sich vorstellen konnte. In der löchrigen Jeans und dem grauen Sweatshirt mit dem Logo der Emory-University sah er eher aus wie ein Student und nicht wie der Chef eines millionenschweren Unternehmens.

Ihrem Lachen nach zu urteilen, amüsierten sich Lillian – eine zierliche Frau in den Vierzigern, die eine pinkfarbene Strähne in ihr stachelkurzes schwarzes Haar gefärbt hatte – und Dominick prächtig. Sie hatten nicht einmal die Türglocke gehört, die erklang, als Violet eintrat. Aus irgendeinem Grund ärgerte sie das, zumal sie das unbehagliche Gefühl hatte, dass die beiden über sie lachten.

„Hallo, Mr. Burns." Als er sie ansah, bekam sie sofort Herzklopfen.

„Du liebe Zeit, Vee, wie oft habe ich Sie schon gebeten, mich Dominick zu nennen?"

„Und wie oft habe ich Sie schon gebeten, mich nicht Vee zu nennen?"

Er zuckte die Schultern. „Ein paar Hundert Mal." Dann wandte er sich an Lillian. „Falls Sie es noch nicht bemerkt haben, Ihr Boss ist ein bisschen gereizt."

„Hier sind Ihre Zigarren", unterbrach Violet ihn und hielt ihm die Kiste hin. „Können wir in meinem Büro weitersprechen?"

Dominick grinste Lillian an. „Ich glaube, ich stecke in Schwierigkeiten – und es gefällt mir."

Ohne darauf einzugehen, marschierte Violet in ihr Büro. Dieser Mann war ein großes Kind.

Er folgte ihr gut gelaunt, und schon kam ihr das Büro, in dem nur ihr Schreibtisch, zwei Stühle und ein Aktenschrank

Platz fanden, viel zu klein vor. „Sie arbeiten also hier unten und wohnen oben?“, erkundigte er sich.

„Stimmt. Es ist klein, aber mir reicht es.“

„Gute Lage, so dicht am Piedmont Park.“

„Ein weiterer Pluspunkt“, stimmte sie zu. „Außerdem gibt es vernünftige Parkplätze – solange die Kunden nicht gleich zwei Plätze beanspruchen.“

„Ich bleibe nicht lange“, versprach er, trank einen Schluck Kaffee und sah sich um. „Hier drin ist alles so ordentlich. Sind Sie sicher, dass Sie hier arbeiten?“

„Ja.“

Sie stellte ihre Tasche ab, und als sie sich wieder umdrehte, hatte er den Stapel Aktenordner auf ihrem Schreibtisch durcheinandergebracht. Dominick sah zur Decke und pfiff wie ein unschuldiger Junge.

„Toll“, bemerkte sie trocken.

„Ach, kommen Sie schon, Vee. Werden Sie locker.“

„Mr. Burns“, entgegnete sie kühl. „Ich bin gut in meinem Job, weil ich auf Details achte. Was kann ich heute für Sie tun?“

Provozierend hob er eine Braue, was sie ignorierte. Dann seufzte er, zog ein zerknülltes Stück Papier aus der Hosentasche und reichte es Violet. „Na schön, kommen wir zum Geschäftlichen. Es gibt eine Firma in Miami, die ich zu kaufen gedenke. Ich möchte, dass Sie für mich einige Nachforschungen anstellen.“

„Sunpiper Extreme Sports School?“, las sie laut vor.

„Genau.“

„Was für Nachforschungen?“

„Was immer Sie finden können. Recherchieren Sie im Internet, oder telefonieren Sie herum.“

„Ich kenne mich mit Extremsportarten nicht besonders gut aus. Möglicherweise bin ich nicht geeignet für diesen Job …“

„Ich brauche jemanden, dem ich vertrauen kann und der nicht in meiner Firma arbeitet. Sobald sich herumspricht, dass ich Informationen einhole, gibt es Probleme. Die Leute werden gierig, und ich weiß nicht, ob meine Berater wirklich loyal sind.“

Wenn er ernst wurde wie jetzt und der Ausdruck in seinen Augen Wärme und Intuition verriet, verstand Violet vollkommen, weshalb dieser Mann so erfolgreich war. Hinter der lockeren Fassade verbarg sich ein hochprofessioneller Geschäftsmann. Er konnte einen in seinen Bann ziehen, darum wandte sie den Blick ab und räusperte sich. „Gut, ich werde mich gleich an die Arbeit machen.“

„Wenn Sie auf etwas Interessantes stoßen, schicken Sie mir die Informationen nach Hause.“

„Selbstverständlich. Ist das alles, Sir? Brauchen Sie noch Weihnachtsgeschenke?“

Das Lächeln kehrte auf sein Gesicht zurück, und er verwandelte sich wieder in den großen Jungen. „Sie kennen mich gut. Das steht alles auf der Rückseite des Zettels.“

Sie drehte den zerknitterten Zettel um und las die handgeschriebene Liste. Bei den meisten Namen handelte es sich um die von Frauen, was nicht überraschend war.

Er beugte sich über den Schreibtisch und funkelte sie so übermütig an, dass sie instinktiv ein Stück zurückwich. „Was wünschen Sie sich eigentlich zu Weihnachten?“

Nans Bemerkung, sie brauche etwas Warmes und Kuscheliges, kam ihr in den Sinn, doch das verdrängte sie rasch. Stattdessen sagte sie: „Frieden in der Welt.“

Dominick lachte. „Ich glaube, Sie könnten das hinbekommen, wenn Sie das Kommando hätten. Danke für die Zigarren." Er setzte seine verspiegelte Sonnenbrille auf und ging in Richtung Tür. „Wir sehen uns, Lillian!", rief er auf dem Weg nach draußen.

Noch ehe die Türglocke hinter ihm aufgehört hatte zu läuten, stand ihre neue Assistentin bereits in ihrem Büro. „Was für ein Mann!", seufzte Lillian.

„Na, wenigstens ist eine von uns seinem Charme erlegen."

„Sie etwa nicht?"

Erst jetzt merkte Violet, dass sie an ihrem Rollkragen zupfte, um sich Luft zu verschaffen. Sofort ließ sie die Hand sinken. „Nein", erwiderte sie mit mehr Nachdruck als beabsichtigt und nahm Lillian den Stapel Post ab. „Schließlich ist er ein Kunde. Seine Aufträge brauche ich dringender als sein …"

Lillian wartete gespannt.

Prompt errötete Violet. „Gab es Anrufe für mich, während ich weg war?"

Ihre Assistentin reichte ihr einen kleinen Stapel pinkfarbener Notizzettel. „Wenn Sie mich brauchen, sagen Sie Bescheid."

„Natürlich." Allerdings hatte sie nicht die Absicht, Lillian schon jetzt Kunden anzuvertrauen. Vielleicht konnte sie ihr im neuen Jahr, wenn alles etwas ruhiger lief und sie sich besser kannten, mehr Verantwortung übertragen. „Danke für die Post. Wären Sie denn so freundlich, Mr. Burns' Kaffeetasse mitzunehmen? Und schließen Sie bitte die Tür, wenn Sie gehen."

„Gern", erwiderte Lillian lächelnd und zog sich zurück.

Nur Sekunden später schaltete Violet ihren Laptop ein, um mit der Recherche für Dominick zu beginnen. Während sie darauf wartete, dass der Computer hochfuhr, sortierte sie ihre

Post. Ein länglicher weißer Umschlag mit dem Absender Jacksonville, Florida, fiel ihr ins Auge. Covington Women's College. Ihre ehemalige Universität? Wahrscheinlich ging es um irgendeine Wohltätigkeitsveranstaltung. Sie riss den Umschlag auf und zog einen Begleitbrief zu einem pink gepunkteten Umschlag heraus. Irgendetwas rührte sich vage in ihrer Erinnerung. Neugierig las sie den Briefkopf – Dr. Michelle Alexander.

Violet stutzte. Ihre frühere Dozentin?

Liebe Miss Summerlin,
Sie haben in Ihrem letzten Studienjahr an meinem Kurs „Die sexuelle Psyche" am Covington Women's College teilgenommen. Vielleicht erinnern Sie sich noch daran, dass eine der freiwilligen Arbeiten darin bestand, die eigenen sexuellen Fantasien niederzuschreiben und in einem Umschlag zu versiegeln, der Ihnen zehn Jahre später zugestellt werden sollte. Beiliegend finden Sie Ihren Umschlag, der, um die Anonymität zu wahren, mit einem Zahlencode versehen katalogisiert wurde. Ich hoffe, sein Inhalt wird Ihnen nützlich sein, wo immer Sie heute sein mögen und wie auch immer Ihre Lebensumstände aussehen. Falls Sie Fragen haben, zögern Sie bitte nicht, Kontakt zu mir aufzunehmen.
Mit herzlichen Grüßen
Dr. Michelle Alexander

Über Jahre vergessene Erinnerungen erwachten in ihr. Der Kurs „Die sexuelle Psyche" war von allen Studentinnen scherzhaft „Sex für Anfänger" genannt worden. Violet hatte sich ziemlich verwegen gefühlt, dass sie ihn überhaupt belegt hatte. Ihren Großeltern erzählte sie damals jedenfalls nichts davon, und im Hörsaal setzte sie sich ganz nach hinten – anfangs zumindest. Doch als Dr. Alexander darüber dozierte, wie gesund es sei, eine selbstbewusste Liebhaberin zu sein, war Violet nach und nach weiter nach vorn gewandert. Als Teenager war sie eine Spätentwicklerin gewesen, scheu und unsicher, und hatte die Nase lieber in Bücher gesteckt. Wegen einer ständig abwesenden Mutter und einer sehr altmodischen Großmutter war sie nie richtig aufgeklärt worden, weshalb sie den Kurs geradezu revolutionär fand. Er weckte allerdings auch ganz erstaunliche Empfindungen und Bedürfnisse in ihr ... Sie erinnerte sich noch schwach an die Aufgabe, ihre Fantasien niederzuschreiben, und wie sie dabei um die richtigen Worte gerungen hatte, aber was sie geschrieben hatte, wusste sie nicht mehr.

Es gab nur einen Weg, das herauszufinden. Violet schaute auf ihren Laptop, der gerade einen Virencheck durchführte. Zögernd nahm sie den pinkfarbenen Umschlag in die Hand.

2. Kapitel

Violet zog zwei gefaltete Blätter aus dem kleineren Umschlag und war plötzlich schrecklich aufgeregt. Gleich würde sie einen Blick in ihre Seele vor zehn Jahren werfen. Damals war sie so ernst gewesen. Der Kurs „Sex für Anfänger" hatte sie ziemlich aufgewühlt, wenn auch nur für wenige Wochen.

Sie sah kurz zur geschlossenen Bürotür, dann faltete sie die Blätter auseinander und fing an zu lesen.

Liebe Violet,
mir fällt die Aufgabe, meine sexuellen Fantasien aufzuschreiben, sehr schwer, denn mir ist irgendwie immer noch nicht klar, worum es beim Sex eigentlich geht. Ich habe es erst zweimal getan, und beide Male war es vorbei, bevor ich überhaupt die Bluse ausgezogen hatte.

Ich muss sagen – wenn Sex so ist, dann bin ich nicht sehr beeindruckt. Es kommt mir doch ein bisschen langweilig vor. Zum Beispiel, es in einem Bett zu tun ... Kann man nicht an anderen Orten als im Schlafzimmer Sex haben? Ein Bett ist doch quasi eine Einladung zum Einschlafen! (Was dem einen Jungen auch prompt passiert ist ...)

Vielleicht liegt es auch an mir, vielleicht bin ich nicht aufregend genug, um einen Mann lange genug zu interessieren. Ich weiß, dass die meisten Jungs mich für langweilig und verklemmt halten. Manchmal habe ich das

Gefühl, dass ich in mir selbst gefangen bin. Ich versuche aus mir herauszukommen, aber es gelingt nicht. Ich will mich ändern, aber ich weiß nicht, wie.

Dr. Alexander sagt, dass sie uns diese Briefe in zehn Jahren zuschicken wird. Wenn Du das liest, Violet, bist Du hoffentlich nicht mehr so gelangweilt. Ich hoffe, Du hast dann jemanden gefunden, mit dem Du aufregenden Sex hast. Ich hoffe, Du hast einen Weg gefunden, um aus Dir herauszukommen.

Ein Klopfen ließ sie aufschrecken. Hastig schob Violet den Umschlag unter einen Ordner auf ihrem Schreibtisch, als Lillian auch schon den Kopf durch den Türspalt steckte.

„Violet …“ Sie hielt inne. „Ist alles in Ordnung mit Ihnen?“

Violet nickte, setzte sich gerader hin und fuhr sich mit der Hand über den geröteten Hals. „Ja, alles … bestens. Was gibt es denn?“

Lächelnd hielt Lillian eine Dose hoch. „Noch mehr Süßigkeiten. Wenn die weiter in diesen Mengen abgegeben werden, kann ich mein Gewicht nicht halten. Möchten Sie ein paar Karamellbonbons?“

„Jetzt nicht, danke.“ Violet dachte daran, dass sie noch nicht zu Mittag gegessen hatte. „Wer hat die geschickt?“

„Gail's Gourmet Candy.“

„Oh, die sind bestimmt gut. Das ist ein Laden, in dem ich für meine Kunden einkaufe. Die können Sie mit nach Hause nehmen, wenn Sie wollen.“

„Danke, das werde ich.“ Die Assistentin wollte die Tür wieder schließen.

„Lillian?“

„Ja?“

Violet schluckte. Dann hob sie das Kinn. „Finden Sie mich eigentlich … langweilig?"

Lillian wirkte überrascht. „Ich halte Sie für einen der talentiertesten Menschen, denen ich je begegnet bin. Sie können fast alles."

„Aber?"

„Na ja, aber Sie scheinen sich nicht oft zu amüsieren."

Sofort hatte Violet das Gefühl, sich rechtfertigen zu müssen. „Es ist auch schwer, sich zu amüsieren, wenn man ein Unternehmen leiten muss."

„Ich weiß nicht. Dominick Burns scheint sich doch prächtig zu amüsieren", erwiderte Lillian und schloss die Tür.

Violet dachte über die Worte ihrer Assistentin nach. Sie amüsierte sich doch auch und hatte ihren Spaß! Oder? Andererseits wurde das ziemlich überbewertet. Wenn man sich zu sehr amüsierte, vergaß man seine Pflichten und verlor die Kontrolle.

Dominick Burns' sexy Lächeln kam ihr in den Sinn und seine Frage: „Was wünschen Sie sich zu Weihnachten, Vee?"

Dieser Mann hat bestimmt Sex außerhalb des Schlafzimmers, dachte sie und verspürte ein überraschendes Verlangen. Entsetzt von dieser Reaktion widmete sie sich ihrer Aufgabe – der Recherche, um die er sie gebeten hatte. Denn auch wenn er mit ihr flirtete, war er doch mehr an ihrem Verstand als an ihrem Körper interessiert.

Zwei Stunden arbeitete sie intensiv, druckte die wichtigsten Informationen aus und schrieb eine Notiz an Dominick, in der sie ihm mitteilte, dass sie noch weitere Quellen prüfen werde. Dann steckte sie alles in einen Umschlag. Dabei musste sie wieder an den Brief denken, den sie auf dem College geschrieben hatte. Was wiederum dazu führte, dass sie an Dominicks knackigen Po in seiner lässigen Jeans dachte.

Himmel! Der Brief war nichts weiter als das naive Geplapper einer behüteten Studentin, deren Dozentin für kurze Zeit ihren Wagemut geweckt hatte. Nach dem College war der Sex außerdem besser geworden ...

Ein bisschen jedenfalls.

Wenigstens war es nicht mehr ganz so schnell vorbei. Richtig aufregend fand sie es aber leider immer noch nicht.

Plötzlich wurde ihr klar, dass sie seit Monaten kein ernsthaftes Date mehr gehabt hatte. Sie hatte einfach zu viel zu tun gehabt, und seit ihre Eltern wieder in der Stadt waren ... Bei diesem Gedanken kamen ihr sofort Gewissensbisse. Sie sah ihre Eltern nicht oft. Die beiden hatten ein aktives Privatleben, was sie von sich nicht unbedingt behaupten konnte.

Da sie ihren knurrenden Magen nicht länger ignorieren konnte, beschloss Violet, vor der Rushhour aufzubrechen und sich in der Lenox Square Mall etwas zu essen zu besorgen, bevor sie Miss Kingsburys Einkäufe umtauschte. Außerdem konnte sie schon anfangen, Dominicks Geschenkeliste abzuarbeiten. Die weihnachtliche Atmosphäre würde sie darauf einstimmen, das Fest mit ihren Eltern zu verbringen.

Die Zettel mit den telefonischen Nachrichten nahm sie mit, um unterwegs Rückrufe zu tätigen. Bevor sie ging, gab sie Lillian den dicken Umschlag. „Ich bin für den Rest des Tages unterwegs. Lassen Sie dieses Päckchen von einem Kurier abholen und zu Mr. Burns nach Hause bringen."

„Natürlich. Kann ich sonst noch etwas tun?"

Nach einem kurzen Zögern warf Violet durch die offene Tür einen Blick auf ihren mit Papieren übersäten Schreibtisch. „Sie können sämtliche Schriftstücke auf meinem Schreibtisch, die nicht eingeordnet sind, wegwerfen."

„Gut."

Violet suchte drei der Telefonnachrichten heraus. „Und würden Sie sich bitte um diese drei Kunden kümmern? Rufen Sie mich an, falls Sie Fragen haben.“

„Mach ich“, versprach Lillian, die sich sichtlich über die zusätzliche Verantwortung freute.

In der Hoffnung, dass ihre Assistentin keinen Fehler machte, der das, was sie sich hart erarbeitet hatte, gefährden würde, verließ Violet das Büro.

Dominick stellte fest, dass das Eis in seinem Wodka Tonic geschmolzen war. „Du lässt nach, alter Mann“, murmelte er, sich selbst tadelnd, und kippte den Drink in die zur Bar gehörende Spüle.

Seit Wochen war er unruhig, ohne den Grund dafür zu kennen, abgesehen von der Tatsache, dass ihn die Weihnachtszeit immer unruhig machte. Keine Familie mehr zu haben, nagte das ganze Jahr über an ihm, aber Weihnachten allein zu sein, fand er am allerschlimmsten.

Es klopfte an der Tür, und seine Haushälterin Sandy kam herein. „Wenn du mich nicht mehr brauchst, mache ich mich jetzt auf den Heimweg.“

„Ja, geh nur.“

Die grauhaarige Frau musterte ihn. „Ist alles in Ordnung mit dir, Dominick? Du bläst jetzt schon seit Monaten Trübsal.“

Sandy kannte ihn, seit er als Teenager seine Eltern mit seinem Extremsport verrückt gemacht hatte. Ihr entging nicht viel.

„Keine Sorge, ich bin nur gelangweilt“, wiegelte er ab.

„Und einsam?“

„Hm, schon möglich.“

„Du solltest aufhören, dich aus Flugzeugen zu stürzen, und endlich eine Familie gründen. In den vergangenen Monaten habe ich ein Dutzend Frauen kommen und gehen sehen. War denn wirklich keine zum Heiraten dabei?“

Lächelnd ging er auf sie zu und legte ihr einen Arm um die Schulter. „Ich bin derjenige, der nicht zum Heiraten taugt.“

„Du hast keine Angst, von einer Klippe ins Meer zu springen, aber vor den Altar traust du dich nicht.“

„Sandy, es gibt ein paar Dinge, die sogar mir zu riskant sind.“

„Eines Tages wirst du jemanden kennenlernen, bei dem du dich lebendiger fühlen wirst als bei irgendeinem deiner Stunts. Versprichst du mir etwas, wenn das passiert?“

„Was?“

Sie pikte ihm mit dem Zeigefinger in den Arm. „Dass du springst. Gute Nacht.“

„Gute Nacht“, erwiderte er und gab ihr einen Kuss auf die Wange.

Nachdem Sandy gegangen war, überlegte Dominick, dass er sich eine Auszeit vom Büro und etwas Spaß gönnen sollte. Diese Idee munterte ihn sofort auf. Er hatte den neuen Wingsuit – eine Art Fallschirmspringeranzug –, den die Abteilung für Forschung und Entwicklung geschickt hatte, noch nicht ausprobiert. Das war es schließlich, was ihm am meisten Spaß machte: aus Flugzeugen zu springen und die Luftströmungen meilenweit über der Erde auszunutzen, während der Erdboden mit halsbrecherischer Geschwindigkeit näher raste. Das war fast so gut wie Sex.

In letzter Zeit sogar besser.

Ob er Bethany anrufen sollte, seine aktuelle Geliebte? Doch er war der Unterhaltungen mit ihr überdrüssig, da sie vor allem über Reality Shows redete. Vielleicht war er altmodisch, aber er lebte das Leben lieber, als es sich auf einem Flachbildschirm anzusehen.

Einen Moment lang war er versucht, sich einen neuen Drink einzuschenken, konnte sich aber nicht dazu aufraffen. Er brauchte dringend eine neue Herausforderung. Sein Leben fing an, ein bisschen langweilig zu werden. Wahrscheinlich reizte es ihn deshalb, Sunpiper zu kaufen. Mit dem Erwerb dieses Unternehmens hätte er endlich eine neue Aufgabe, auf die er sich stürzen konnte.

Als seine Türklingel läutete, war er regelrecht dankbar für die Ablenkung.

Draußen stand ein Kurier, der ihn von oben bis unten musterte. „Dominick Burns?"

„Der bin ich", erklärte er, obwohl er zugeben musste, dass man in dieser Gegend den Hausbesitzer nicht unbedingt barfuß, in Jeans und lässigem T-Shirt an der Tür erwartete.

Er bestätigte mit seiner Unterschrift den Empfang des Päckchens und gab dem Boten ein Trinkgeld. Erfreut las er den Absender. Violet Summerlin hatte also bereits Material über Sunpiper zusammengetragen. Die Frau steckte voller Energie. Ein paarmal hatte er versucht, sie als persönliche Assistentin anzuwerben, doch sie hatte ihm immer eine Absage erteilt. Und er respektierte ihre Entscheidung, schließlich war er selbst auch lieber sein eigener Chef.

Außerdem könnte er nicht mehr mit ihr flirten, bis sie errötete, wenn sie auf seiner Gehaltsliste stand.

Während er das Päckchen öffnete, sah er sie vor sich, stets schwarz und weiß gekleidet und mit strengem Pferdeschwanz. Eine züchtigere Person war ihm noch nie begegnet. Aber er hatte Augen im Kopf und konnte sehen, dass diese Frau eine klassische Schönheit war. Ihr Haar war voll und gewellt, die Farbe beinah rot – erdbeerblond, hatte er seine Sekretärin einmal sagen hören. Sie hatte Sommersprossen, doch er bezweifelte, dass sie jemals einen Tag an der Sonne verbracht hatte.

Vermutlich, dachte er amüsiert, gibt es Stellen an ihr, die noch nie das Tageslicht gesehen haben.

Dafür besaß sie faszinierende blaugrüne Augen und volle rote Lippen. Auch hatte er stets mit Genuss bemerkt, wie ihre Brüste sich unter den tristen Jacken abzeichneten. Violet Summerlin hatte eine aufregende Figur – sie wollte nur nicht, dass irgendjemand es wusste. Ob sie wohl einen Freund hatte oder ihre ganze Zeit damit verbrachte, Leute wie ihn zufriedenzustellen?

Außerdem fragte er sich, ob jemals jemand versucht hatte, *sie* zufriedenzustellen. Ein Bild, wie er ihre Knie spreizte, um in diese unerforschte Region vorzudringen, erschien vor seinem geistigen Auge und erregte ihn heftig.

Dominick rieb sich das Gesicht und tadelte sich dafür, solch sündige Fantasien über eine so nette Person zu entwickeln. Eine Frau, die sich zu Weihnachten nichts als den Weltfrieden wünschte.

Er beschloss, auf Kaffee umzusteigen, um sich auf die Informationen, die sie ihm geschickt hatte, konzentrieren zu können. Während er auf den Kaffee wartete, zog er den Stapel Papiere aus dem Umschlag. Violets handgeschriebene Nachricht war knapp und präzise – sie hatte zunächst eine grobe Recherche betrieben und würde sich nun den Details widmen.

Weiteres Material folgt, lautete die letzte Zeile. Unterschrieben hatte sie mit ihren Initialen.

Ihm gefiel ihre Art zu kommunizieren – schnell und auf den Punkt. Doch ihre Handschrift aus großen Buchstaben, mit etlichen Schnörkeln und Schlenkern überraschte ihn. Sie kam ihm sehr … romantisch vor.

Dieser Gedanke ließ ein neues Bild von Violet Summerlin entstehen, nackt auf pinkfarbenen Seidenlaken, die Haare offen, mit rosa Brustwarzen auf vollen Brüsten, die Beine lang und schlank. Er spürte, wie er eine Erektion bekam, und tadelte sich erneut für seine Reaktion. Er war schon mit vielen Frauen im Bett gewesen, alle trainiert, gebräunt und körperbetont. Violet hatte absolut nichts mit diesen Frauen gemein. Sie lächelte nicht ständig grundlos, plapperte nicht oder war übertrieben lustig. So verlockend der Versuch auch sein mochte, sie ins Bett zu bekommen, schien sie ihm doch zu den Frauen zu gehören, die beim Sex das Licht löschten.

Mit dem Kaffee machte er es sich in einem Sessel im Wohnzimmer bequem und ließ im Hintergrund ein Basketballspiel laufen. In den nächsten zwei Stunden las er abwechselnd in den Unterlagen und schielte nach dem Spielstand. Violets Material ergab auf den ersten Blick, dass es sich lohnte, Sunpiper zu kaufen.

Nur waren die Dinge selten so einfach, wie sie zu sein schienen.

Beim Umblättern stieß er plötzlich auf einen pink gepunkteten Briefumschlag, der nicht zu den übrigen Dokumenten passte. Ob er aus Versehen zwischen die Unterlagen geraten war?

Auf dem Umschlag stand ein Code aus Zahlen und Buchstaben. Er zog zwei zusammengefaltete Blatt Papier heraus. Wegen der Anrede hielt er sie zunächst für einen Brief an Violet und wollte das Blatt schon wieder zusammenfalten. Aber dann erkannte er, dass es ihre Handschrift war – die gleichen Schnörkel und Schlenker. Das weckte seine Neugier.

Als er das Datum las, begriff er, dass Violet den Brief irgendwann vor vielen Jahren an sich selbst geschrieben hatte. Vermutlich zu Collegezeiten. Kaum hatte er die erste Zeile gelesen, stutzte er verblüfft. Violet wollte ihre sexuellen Fantasien aufschreiben? Er las die Stelle über ihre wenigen sexuellen Erfahrungen und schüttelte den Kopf. Die meisten Collegestudenten gehörten nun einmal nicht zur Sorte aufopferungsvoller Liebhaber.

Dann kam er zu der Stelle, wo sie sich selbst und ihre eigene Attraktivität infrage stellte. Auf eine seltsame Weise schmerzte ihn das. Es waren die Worte eines einsamen Mädchens, das sich unscheinbar und ungeliebt fühlte. Kein Wunder, dass sie ihre Schönheit verborgen hielt. Je mehr Männer sie ignorierten, desto mehr wollte sie wahrscheinlich ignoriert werden. Und dennoch: Aus ihrem Brief ging eindeutig hervor, dass sie sich wünschte, ihre Sinnlichkeit zu entdecken.

Ich hoffe, Du hast dann jemanden gefunden, mit dem Du aufregenden Sex hast. Ich hoffe, Du hast einen Weg gefunden, um aus Dir herauszukommen.

Dominick stand auf und ging zur Bar. Jetzt brauchte er etwas Stärkeres als Kaffee. Das Blut rauschte ihm in den Ohren und pumpte Adrenalin durch seinen Kreislauf. Gerade noch war er auf der Suche nach einer Herausforderung gewesen, und hier fiel ihm buchstäblich eine in den Schoß.

Die stille Violet Summerlin mit dem niedlichen Pferdeschwanz fantasierte heimlich von aufregendem Sex?

Ein Lächeln schlich sich auf sein Gesicht. Das änderte alles.

3. Kapitel

Fünf Tage bis Weihnachten

Als der Wecker am nächsten Morgen klingelte, riss er Violet aus tiefstem Schlaf und einem beunruhigenden Traum, an dessen Einzelheiten sie sich nur vage erinnerte. Sie war irgendwohin gegangen – nackt –, und *er* versprach sie aufzufangen. Ihrem Unterbewusstsein war es offenbar gelungen, ihre Höhenangst ebenso auszutricksen wie ihre Angst davor, sich Dominick auszuliefern. Sie stöhnte und schlug auf den Wecker.

Dieser verdammte Brief hatte alle möglichen Gedanken in ihr ausgelöst, und die drehten sich nur deshalb um Dominick, weil sie für ihn arbeitete, und nicht etwa, weil sie sich tatsächlich zu ihm hingezogen fühlte!

Sie stand auf und ging unter die Dusche. Fast wie von selbst begann der Duschschwamm, sie an Stellen zu liebkosen, die kein Mann zuvor berührt hatte … ihre Taille … die Hüften … ihre Kniekehlen. Sosehr sie auch versuchte, Dominick aus ihrem Kopf zu verbannen, es half nichts: Sie war noch immer erregt von den Worten, die sie vor langer Zeit an sich selbst geschrieben hatte. Am Ende folgte sie dem Rat, den sie Nan gegeben hatte, und drehte den Kaltwasserhahn auf. Darauf schnappte sie unter dem eisigen Strahl zwar nach Luft, aber es half, sündige Gedanken zu vertreiben.

Nach dem Duschen machte sie sich zur Arbeit fertig und klemmte sich den Karton mit Weihnachtsschmuck unter den

Arm, um ihn ihrer Mutter zu ihrer Verabredung zum Lunch mitzubringen.

Unwillkürlich fragte sie sich, wo Dominick wohl Weihnachten feierte. Er hatte nie eine Familie erwähnt, und sie hatte nie gefragt. Allerdings kam er ihr nicht vor wie ein Mann, der gern klassische Weihnachten feierte.

Bei diesem Gedanken erinnerte sie sich wieder an seine Frage: „Was wünschen Sie sich zu Weihnachten, Vee?"

Violet schloss die Wohnungstür ab und verdrängte die Erinnerung an Dominicks funkelnde blaue Augen. Sie schleppte den Karton mit dem Weihnachtsschmuck und die Geschenke für ihre Eltern nach unten ins Büro und kämpfte gegen ein Gähnen an. So würde sie den Tag bestimmt nicht überstehen. Eines war sicher – sie konnte es sich nicht erlauben, wegen eines törichten Traums – ausgelöst durch einen albernen Brief aus Collegezeiten – noch mehr Schlaf einzubüßen. Entschlossen betrat sie ihr Büro. Je eher der Brief im Reißwolf landete, desto besser.

Als sie den ordentlichen Stapel Aktenmappen auf ihrem Schreibtisch sah, geriet sie in Panik. Sie hatte Lillian gebeten, die übrigen Ausdrucke der Recherche für Dominick wegzuwerfen – und zwar alles, bis auf die Aktenmappen. Wenn ihre Assistentin nun den Brief gefunden und gelesen hatte?

Ihre Wangen glühten. Wenn dem so wäre, könnte sie Lillian nicht mehr unter die Augen treten. Hastig blätterte sie die Mappen durch, ohne den pink gepunkteten Briefumschlag zu finden.

Die Türglocke und ein fröhliches Summen verkündeten Lillians Ankunft. Violet verließ ihr Büro und begrüßte sie mit einem zögernden Lächeln. „Guten Morgen."

„Guten Morgen", erwiderte Lillian strahlend und hängte ihren Mantel und den bunten Schal auf.

Nervös biss sich Violet auf die Unterlippe. Sie kannte Lillian nicht sehr gut. Wenn diese Frau ihren Brief tatsächlich gelesen und darüber geredet hatte? Sie hatte so hart an ihrem professionellen Ruf gearbeitet, dieser dumme Brief konnte alles ruinieren.

„Ich wollte mir gerade Kaffee holen", bemerkte sie. „Möchten Sie auch welchen?"

„Gern."

Mit zwei Tassen Kaffee kehrte Violet an Lillians Schreibtisch zurück. „Ich habe übrigens einen kleinen pinkfarbenen Umschlag auf meinem Schreibtisch liegen lassen", bemerkte sie und versuchte, es ganz beiläufig klingen zu lassen. „Haben Sie ihn zufällig gestern beim Aufräumen gesehen?"

Lillian trank einen Schluck Kaffee. „Nein. Sind Sie sicher, dass er dort war?"

„Ja. Er war gepunktet", fügte sie hinzu, in der Hoffnung, dem Gedächtnis ihrer Assistentin auf die Sprünge zu helfen.

„Ich kann mich nicht daran erinnern, ihn gesehen zu haben. Haben Sie mal unter dem Schreibtisch nachgeschaut? Vielleicht ist er heruntergefallen."

Warum war sie noch nicht selbst darauf gekommen? Violet eilte zurück in ihr Büro und ging in die Hocke, konnte den Umschlag jedoch nirgends entdecken.

„Möglicherweise habe ich ihn zusammen mit anderen Unterlagen weggeworfen. Das täte mir schrecklich leid. Ist der Müll denn schon abgeholt worden?", fragte Lillian besorgt.

Violet nickte und stand wieder auf. Eigentlich wollte sie den Brief gar nicht zurückhaben – sie hatte schließlich selbst vorgehabt, ihn zu schreddern. Doch ihn nicht mehr in Händen zu halten, war, als sei ihr etwas entglitten. „Schon gut. Schließlich habe ich Sie gebeten aufzuräumen. Außerdem brauche ich ihn nicht dringend."

„Sind Sie sicher?“

„Absolut.“

Das Telefon klingelte vorn im Büro, und Lillian verschwand, um das Gespräch entgegenzunehmen. Nach wenigen Sekunden kam sie sichtlich aufgeregt zurück. „Dominick Burns ist am Apparat!“

Nachdem sie vorhin erst von ihm fantasiert hatte, war Violet nicht besonders erpicht darauf, mit ihm zu sprechen. Leider fiel ihr auch kein guter Grund ein, um ihn abzuwimmeln. „Danke“, murmelte sie und drückte einen Knopf, um den Anruf entgegenzunehmen. „Hier spricht Violet.“

„Vee, hallo, hier ist Dominick.“

Er klang verschlafen, daher nahm sie an, dass er noch nicht lange wach war. Als ein quietschendes Geräusch im Hintergrund zu hören war, wurde ihr mit Entsetzen klar, dass er noch im Bett lag. Trug er einen Slip oder Boxershorts? Oder schlief er etwa nackt?

„Sind Sie noch da?“

„Äh … ja.“ Sie schluckte. „Was kann ich für Sie tun, Mr. Burns?“

„Danke für Ihre Recherchen zu Sunpiper.“

„Gern geschehen. Ich werde noch mehr Material zusammentragen.“

„Gut. Ich will nämlich nach Miami reisen, um vor Ort einiges in Erfahrung zu bringen. Dabei bräuchte ich Ihre Hilfe. Würde es Ihnen etwas ausmachen, mich zu begleiten?“

Ihr Puls beschleunigte sich. Eine Geschäftsreise mit Dominick Burns? „Ich … ich kann nicht denken … Ich wollte sagen, ich denke nicht …“

„Ich zahle Ihnen selbstverständlich den doppelten Stundensatz.“

Violet stutzte und dachte unwillkürlich an eine zusätzliche Hypothekentilgung. „Und wann wollen Sie reisen?"

„Ich fliege morgen früh und komme am sechsundzwanzigsten zurück."

„Oh, das geht leider nicht." Erleichtert atmete sie auf. „Das ist die arbeitsreichste Zeit des Jahres für mich."

„Kann Ihre Assistentin die Geschäfte nicht weiterführen?"

„Nein", sagte Violet entschieden. Die letzten Tage vor Weihnachten würde sie damit beschäftigt sein, quer durch die Stadt zu fahren, um Geschenke für Leute zu besorgen, die das nicht selbst erledigen konnten. „Außerdem verbringe ich Weihnachten mit meinen Eltern."

„Oh." Er klang enttäuscht – und ein wenig überrascht, dass sie andere Pläne hatte. „Und wenn wir am ersten Weihnachtstag morgens wieder zurück wären?"

„Ich glaube trotzdem nicht, dass das möglich ist. Ich habe Verpflichtungen. Aber ich bin sicher, Sie finden jemand anders, der Ihnen assistiert."

„Aber ich will Sie, Vee. Sie haben sich bereit erklärt, mir bei dieser Recherche zu helfen."

„Per Internet und Telefon", erinnerte sie ihn.

„Wenn es nicht ums Geld geht ..."

„Das ist nicht das Problem", versicherte sie ihm. „Vielleicht Anfang des Jahres ..."

„Dann ist es zu spät. Anfang Januar fliege ich nach Brasilien. Und da sich noch eine andere Firma für Sunpiper interessiert, muss ich schnell handeln. Falls Sie sich wegen der Übernachtungen Sorgen machen, so kann ich Ihnen versichern, dass wir getrennte Zimmer haben werden."

Allein bei der Erwähnung verspürte sie ein Kribbeln im Bauch, was nur bewies, dass sie auf gar keinen Fall mit Dominick verreisen konnte. „Ich fürchte, meine Antwort lautet trotzdem Nein."

„Na schön", meinte er resigniert. „Es bricht mir das Herz. Wir hätten eine tolle Zeit miteinander gehabt, Vee."

„Danke für die Einladung", brachte sie heraus. „Wiederhören." Benommen legte sie auf. *Es bricht mir das Herz. Wir hätten eine tolle Zeit miteinander gehabt.*

Offenbar hatte er nicht vor, die Feiertage bei seiner Familie zu verbringen. Er würde in Miami sein und sich mit halb nackten Frauen am Strand amüsieren. Violet wusste, dass Dominick problemlos eine andere finden würde, die ihm an ihrer Stelle *half*. Wenn man den Gerüchten Glauben schenken durfte, ließ Dominick sich auch gern von mehr als einer Frau gleichzeitig *helfen*.

Lillian erschien erneut an der Tür. „Alles in Ordnung?"

„Bestens", antwortete sie knapp und griff nach ihrem Kalender, um sich abzulenken. „Haben Ihre Anrufe gestern irgendetwas ergeben?"

„Einer nicht, aber die anderen beiden Kunden wollen am Nachmittag vorbeikommen, um ihre Geschenke einpacken zu lassen. Ich habe schon das viele Geschenkpapier im Arbeitsraum gesehen", meinte Lillian und deutete auf den Raum hinter Violets Schreibtisch. „Früher habe ich bei Macy's Geschenke eingepackt. Ich kann mich also darum kümmern und die Geschenke auch ausliefern, wenn Sie möchten."

Während sie aufstand und ihren Mantel anzog, überlegte Violet fieberhaft, wie sie es schaffen konnte, rechtzeitig wieder hier zu sein, um die Kunden persönlich zu begrüßen. „Ich muss noch ein paar Besorgungen machen, bei Miss Kingsbury vorbeischauen und mit meiner Mutter zu Mittag essen. Aber ich müsste vor zwei wieder hier sein."

„Soll ich in der Zwischenzeit irgendetwas erledigen?“, fragte Lillian hoffnungsvoll.

„Nein, halten Sie einfach nur die Stellung, bis ich wieder da bin.“

„Und wenn ich zufällig den pinkfarbenen Briefumschlag finde, den Sie verloren haben?“

„Dann verbrennen Sie ihn.“

Violet schloss die Wagentür auf und balancierte dabei ihre Handtasche und die Schachtel mit der Weihnachtsdekoration und den Geschenken. Wieder einmal ärgerte sie sich über sich selbst. Sie hätte den Brief nicht aufmachen dürfen, denn das hatte nur zur Folge gehabt, dass sie noch verwirrter als sonst war, wenn sie an Dominick dachte. Aber jetzt, wo der Brief unterwegs zur Mülldeponie war, könnte sie die albernen Worte von damals hoffentlich vergessen, die sie aufgeschrieben hatte, als sie noch geglaubt hatte, dass Sex eine wichtige Rolle spielte.

Das mochte für andere Menschen gelten, doch sie selbst war seit dem College zu der Erkenntnis gelangt, dass sie einfach kein sexueller Mensch war. Nicht so wie Nan zum Beispiel, bei der das Flirten ganz unbeschwert aussah. Sobald sie selbst sich mit einem Mann unterhielt, musste sie unweigerlich an die Katastrophe denken, zu der sich eine mögliche Beziehung entwickeln würde. Und dann bekam sie kein vernünftiges Wort mehr heraus. Außerdem hatte sie gegen die vielen charmanten Südstaatenschönheiten, die in Atlanta lebten, keine Chance.

Aber du hast dein Unternehmen, sagte sie sich, während sie Wäsche für die Reinigung abholte, fünfundzwanzig perfekte Weihnachtssterne für eine Weihnachtsfeier auswählte und sechs mit den Namen der Enkel eines Kunden bestickte Strumpfhosen besorgte.

Außerdem, dachte sie, während sie anschließend für Miss Kingsbury Lebensmittel einkaufte, hast du ohnehin mehr Glück bei vierbeinigen männlichen Wesen. Spontan packte sie eine Tüte Hundekuchen für Winslow ein. Wenn der Hund mehr fraß, wäre er vielleicht nicht mehr so wählerisch, was Zeit und Ort seines Geschäfts betraf.

Als sie das bunt geschmückte Backsteinhaus erreichte, erwartete der Pekinese sie bereits an der Tür, mit der Leine im Maul.

„Er sitzt schon den ganzen Vormittag hier", erklärte Miss Kingsbury. „Ich habe mehrmals versucht, mit ihm zu gehen, aber er wollte nicht."

Violet gab der alten Dame ihre Kreditkarte zurück und stellte die Tüte mit den Lebensmitteln auf einen Tisch. „Ich werde sehen, was ich tun kann. Darf ich Winslow einen Hundekuchen geben?"

„Was immer Sie möchten, meine Liebe. Mittlerweile habe ich das Gefühl, dass er mehr Ihr Hund ist als meiner."

Nachdem sie die Leine an seinem Halsband befestigt hatte, ließ Violet den Pekinesen einen Hundekuchen aus ihrer Hand fressen. „Wirst du heute ein braver Junge sein?"

Winslow bellte begeistert. Auf dem kurzen Weg zum Park rief sie ihre Freundin an, um sich zu verabschieden, bevor diese über Weihnachten die Stadt verließ.

„Nan Wellington."

Im Hintergrund ertönte das Klacken einer Computertastatur. Nan war Redakteurin beim *Atlanta Journal Constitution*. „Bist du gerade beschäftigt?", fragte sie ihre Freundin.

„Ich zähle bloß die Stunden, bis ich endlich nach Aruba aufbreche. Ich wünschte, du würdest mitkommen, aber ich weiß ja, wie sehr du dich auf Weihnachten mit deinen Eltern freust."

„Ja, das tue ich."

„Du klingst niedergeschlagen", stellte Nan fest.

„Ach, ignorier es einfach."

„Was ist los?"

„Dominick Burns hat mich gefragt, ob ich mit ihm über Weihnachten nach Miami fliege."

Das Klacken hörte auf. „Nimmst du mich auf den Arm?"

„Weil er meine Hilfe braucht. Eine reine Geschäftsreise also."

„Violet, sag mir, dass du zugestimmt hast."

„Ich kann nicht, Nan. Ich habe jede Menge Kunden und verbringe Weihnachten bei meinen Eltern, wie du ja weißt."

„Hm, kannst du denn nicht rechtzeitig wieder zurück sein?"

„Er hat mir angeboten, dass wir am ersten Weihnachtstag wieder hier sind. Aber damit ist noch nicht geklärt, wer sich um die ganze Arbeit kümmert."

„Wie oft muss ich dir denn noch sagen, dass deine neue Assistentin genau dazu da ist?", seufzte Nan.

„Mir ist nicht wohl dabei, alles jemand anders zu überlassen."

„Violet, ich weiß, dass du glaubst, du hättest eine besondere Beziehung zu all deinen Kunden. Aber in Wirklichkeit wollen sie doch bloß, dass man Dinge für sie erledigt, oder?"

„Stimmt", räumte Violet ein.

„Du hättest diese Frau doch nicht eingestellt, wenn sie nicht qualifiziert wäre. Also lass dir von ihr helfen."

„So einfach ist das nicht", widersprach Violet. „Ich habe schon versucht, ihr Aufgaben zu übertragen, aber weil ich es nicht gewohnt bin, mit jemandem zusammenzuarbeiten, gab es bereits ein Missgeschick."

„Was für ein Missgeschick?"

„Ich glaube, sie hat einen wichtigen Brief weggeworfen."

„Ruf den Absender an und bitte ihn, den Brief noch einmal zu schicken. Missgeschicke passieren nun mal."

„Es handelte sich um einen persönlichen Brief, einen handgeschriebenen."

„Von wem?"

„Von ... mir. Ich habe diesen Brief auf dem College an mich selbst geschrieben."

„Hört sich cool an. Bist du im Jahrbuch darauf gestoßen?"

„Nein, die Dozentin hat ihn mir geschickt. Die Aufgabe damals lautete, einige ... Gedanken niederzuschreiben. Sie versprach, uns ausfindig zu machen und uns die Briefe zehn Jahre später zukommen zu lassen."

„Um herauszufinden, wie sehr sich alles verändert hat?"

„Oder auch nicht", murmelte Violet, und zum ersten Mal gestand sie sich ein, dass sie heute möglicherweise immer noch die gleichen Gedanken aufschreiben würde wie damals.

„Für welchen Kurs war das?"

Einen Moment zögerte Violet, dann antwortete sie: „‚Sex für Anfänger'."

„Wie bitte?"

„Der Kurs hieß ‚Die sexuelle Psyche', aber alle nannten ihn ‚Sex für Anfänger'."

„So läuft das also auf diesen reinen Mädchenschulen", zog Nan sie auf.

„Es war nur ein Kurs von vielen", erklärte Violet verlegen.

„Was stand in dem Brief? Deine sexuellen Erfahrungen? Deine Fantasien?"

Violet schwieg.

„Du lieber Himmel! Du hast deine sexuellen Fantasien aufgeschrieben! Wie sahen die aus?"

„Vergiss es“, sagte Violet aufgebracht. „Das war eine alberne Aufgabe.“

„Ich finde sie faszinierend. Das würde eine tolle Story für die Zeitung abgeben.“

„Nein, würde es nicht.“ Bei der Vorstellung, ihre Fantasien könnten öffentlich ausgebreitet werden, geriet Violet fast in Panik.

„Na schön, der Brief ist also aus Versehen in die Müllverbrennungsanlage gewandert?“

„Sieht ganz so aus.“

„Konntest du ihn vorher wenigstens lesen?“

„Ja.“

„Und?“

„Wie ich schon sagte, es war eine alberne Aufgabe. Ich habe den Brief auch nur als Beispiel dafür erwähnt, dass es so toll nun auch wieder nicht ist, eine Assistentin zu haben.“

„Du musst ihr eine Chance geben. Du wirst dein Unternehmen niemals vergrößern können, wenn du nicht Leute einstellst und ihnen Arbeit überlässt.“

„Ich weiß. Wenn sich Anfang nächsten Jahres alles ein wenig beruhigt hat ... Ich werde darüber nachdenken. Aber ich hasse nun einmal die Vorstellung, Verantwortung abzugeben. Dabei hätte ich an diesem Auftrag gut verdient.“

Am anderen Ende der Leitung gab Nan einen wehmütigen Laut von sich. „Wahrscheinlich ist es ganz gut, dass du Dominicks Angebot nicht angenommen hast.“

„Warum?“

„Na ja, er ist ein berüchtigter Playboy. Bestimmt hätte er dich bloß nach Miami geschleppt, um dich ins Bett zu bekommen.“

Violet schluckte. „Meinst du?“

„Ganz bestimmt. Wahrscheinlich hättest du dich die ganze Zeit gegen seine Aufdringlichkeiten zur Wehr setzen müssen."

„Ja, das wäre wirklich … schrecklich." Violet sah zu Winslow hinab, der winselnd zu ihren Füßen auf dem Gehsteig saß. „Ich muss weiter. Die Pflicht ruft. Amüsier dich gut in Aruba."

„Das werde ich", versprach Nan. „Grüß deine Eltern herzlich von mir. Ich rufe dich an, sobald ich wieder in der Stadt bin."

Nach dem Telefonat absolvierte Violet mit Winslow das Ritual, das ihn dazu bewog, sein Geschäft zu verrichten. Als er fertig war, trug sie ihn nach Hause, um Zeit zu sparen. Wäre er eine Katze, hätte er vermutlich in ihren Armen geschnurrt.

„Er war sehr brav", versicherte sie Patricia, als sie ihr den Hund übergab. „Frohe Weihnachten, Miss Kingsbury. Genießen Sie Ihre Zeit in Birmingham mit Ihrem Sohn und Ihren Enkeln."

„Danke, meine Liebe." Patricia Kingsbury wuschelte Winslows Fell. „Ich reise morgen früh ab. Aber je mehr ich darüber nachdenke, desto beunruhigter bin ich darüber, Winslow mitnehmen zu müssen. Da ist zum einen seine Weigerung, mit mir Gassi zu gehen, und zum anderen die Allergie eines meiner Enkelkinder …" Sie seufzte. „Um die Wahrheit zu sagen, Violet, ich hatte gehofft, Sie könnten sich bis zu meiner Rückkehr um ihn kümmern."

„Ich … ich?", stammelte Violet perplex.

„Sie bleiben doch über Weihnachten in der Stadt, oder?"

„Das schon, aber …"

„Selbstverständlich werde ich dafür bezahlen. Aber mir wäre viel wohler, wenn er hier bei Ihnen wäre als irgendwo in einer Tierpension."

Violet vermochte nicht zu sagen, wessen Blick flehender war, Patricias oder Winslows. Sie zögerte und überlegte, dass sie ihn tagsüber im Büro lassen und abends nach Feierabend mit nach oben in die Wohnung nehmen könnte. Ihre Eltern hätten sicher nichts dagegen, wenn er Weihnachten mit dabei wäre.

„Einverstanden“, sagte sie schließlich. „Aber ich kann ihn jetzt noch nicht mitnehmen. Der Wagen ist voller Weihnachtssterne, und ich muss noch ein paar Stopps einlegen.“

„Ich bringe ihn morgen früh vorbei, bevor ich abreise“, erklärte Patricia rasch, als befürchte sie, Violet könne ihre Meinung doch noch ändern. „Ich liefere ihn mitsamt Transportkäfig, Spielzeug und all seinen Sachen ab.“

„Gut, bis dann.“ Violet tätschelte Winslow noch einmal, dann eilte sie zurück zu ihrem Wagen und schaute dabei auf die Uhr. Sie freute sich auf das Treffen mit ihrer Mutter, da sie bisher nur sehr wenig Zeit mit ihren Eltern verbracht hatte, seit die beiden wieder in der Stadt waren. Darum hatte sie ihrer Mutter vorgeschlagen, sich einmal pro Woche zum Essen zu treffen, um sich zu sehen und Neuigkeiten auszutauschen. Sie tat, was sie konnte, um eine Mutter-Tochter-Beziehung aufzubauen, und glücklicherweise schien ihre Mutter das anzunehmen.

Als Violet vor dem Haus ihrer Großeltern hielt, stellte sie enttäuscht fest, dass es weder Weihnachtsbeleuchtung noch sonstigen Weihnachtsschmuck gab. Vermutlich hatten ihre Eltern Weihnachten so oft in fremden Ländern verbracht, dass sie mit dieser Tradition nichts mehr anfangen konnten. Aber nun hatte sie ja den Tannenbaumschmuck und die Geschenke mitgebracht, das würde ihre Eltern schon in weihnachtliche Stimmung versetzen. Jedes Mal, wenn sie die Treppenstufen zum Haus ihrer Kindheit hinaufstieg, wurde ihr warm ums Herz. Zwar hatte sie sich als Kind nach ihren abwesenden Eltern gesehnt, doch dafür hatte sie im Haus ihrer Großeltern viel Liebe und Glück genossen.

Sie drückte mit dem Ellbogen auf die Türklingel und lehnte sich an den Türrahmen, um all die Sachen, die sie auf dem Arm trug, besser balancieren zu können. Einige Sekunden später öffnete ihre Mutter die Tür.

„Hallo, Mom", begrüßte Violet sie fröhlich.

Diane Summerlin war gerade dabei, einen Ohrring anzulegen, der zu ihrem schicken cremefarbenen Ensemble passte. Violet hatte ihre Mutter schon immer um ihre lässige Eleganz beneidet.

„Hallo, Violet, komm rein. Was für eine nette Überraschung."

Augenblicklich bekam ihre gute Laune einen Dämpfer. Sie trat über die Schwelle und fragte: „Ich dachte, wir sind zum Lunch verabredet?"

Ihre Mutter verzog das Gesicht. „Sind wir? Oh, Schätzchen, es tut mir schrecklich leid. Ich treffe mich mit ein paar alten Freundinnen im Club."

Nur mit Mühe konnte Violet ihre Enttäuschung verbergen. „Macht ja nichts. Dann holen wir es ein andermal nach." Sie bemerkte, dass die Möbel im Wohnzimmer umarrangiert worden waren und vor den Fenstern neue Vorhänge hingen. Natürlich war sie davon ausgegangen, dass ihre Eltern das Haus nach und nach ihren Vorstellungen entsprechend einrichten würden. Trotzdem versetzten ihr die Veränderungen einen Stich.

Dianes Miene hellte sich auf. „Du könntest mitkommen."

Aber Violet merkte, dass ihre Mutter diese Einladung nur

aus Mitgefühl aussprach. „Danke, ich muss zeitig wieder zurück ins Büro. Ist Dad zu Hause?“

„Er spielt Golf.“

„Aha.“ Violet klopfte auf den Karton, den sie mitgebracht hatte. „Na ja, vielleicht bleibe ich ein wenig hier und fange schon mal an, das Haus weihnachtlich zu schmücken.“

Das Lächeln ihrer Mutter erlosch. „Also, was Weihnachten angeht …“

„Ja?“, fragte Violet misstrauisch, da der bedauernde Tonfall sie stutzig machte.

Diane strich sich über das elegant frisierte, frisch blondierte Haar. „Dein Vater und ich sind eingeladen worden, mit den Tollesons eine Kreuzfahrt nach Panama zu unternehmen.“

„Über Weihnachten?“

„Es ist eine Gratisreise, da wäre es doch eine Verschwendung, die Tickets verfallen zu lassen, oder?“

„Natürlich“, murmelte Violet. Sie wollte sich nicht anmerken lassen, wie sehr die Zurückweisung sie schmerzte.

„Dein Dad und ich dachten, dass wir Silvester zusammen feiern und uns vielleicht die Parade ansehen könnten. Wäre das nicht toll?“, fragte Diane mit übertriebener Fröhlichkeit. „Du hast doch bestimmt ein paar Freunde, mit denen du Weihnachten feiern möchtest.“

„Klar.“ Violet brachte sogar ein Lächeln zustande. „Wann reist ihr ab?“

„Morgen.“ Zum ersten Mal sah ihre Mutter zerknirscht aus. „Ich wollte dich heute Nachmittag anrufen.“

Violet nickte. „Ich wünsche euch viel Spaß.“ Sie stellte die Geschenke neben der Tür ab. Zu schade, dass sie nicht dabei sein würde, wenn ihre Eltern sie auspackten. „Richte Dad einen Gruß aus.“

Diane gab ihr einen Kuss auf die Wange. „Mach ich, Liebes. Frohe Weihnachten."

„Frohe Weihnachten, Mom." Violet verließ das Haus mit dem Karton voller Weihnachtsschmuck und hielt ihre Tränen zurück, bis sie von der Auffahrt gefahren war und sich in den Verkehr eingefädelt hatte. Aber selbst dann genehmigte sie sich nur ein paar Minuten des Selbstmitleids. Im Grunde konnte sie ihren Eltern keinen Vorwurf machen, denn ein klassisches Weihnachtsfest war stets ihr Traum gewesen, nicht der ihrer Eltern. Sie ahnten gar nicht, was es ihr bedeutete, mit ihnen Weihnachten zu feiern. Für die beiden war es ein Tag wie jeder andere.

Tiefe Einsamkeit überkam sie. Ihre Großeltern waren ihr Halt gewesen, ohne sie schien ihr Leben leerer und einsamer. Zum Ausgleich hatte sie sich noch mehr als sonst in die Arbeit gestürzt. Nan hatte es ihr gesagt, und sie hatte es bisher verdrängt, doch jetzt musste sie der Wahrheit ins Auge sehen: Wenn Nan und ihre Eltern verreisten, blieb niemand mehr, mit dem sie Weihnachten verbringen konnte.

Während sie über die Interstate fuhr, ging sie in Gedanken ihren Bekanntenkreis durch, doch ihr fiel niemand ein, dem sie nahe genug stand, um mit ihm Weihnachten zu feiern. Hatte Lillian nicht gesagt, dass sie über die Feiertage in der Stadt blieb?

Das bedeutete, dass ihre Assistentin auf jeden Fall bis Heiligabend arbeiten könnte. Rasch überschlug Violet die Dinge, die noch zu tun waren – ein paar Einkäufe in letzter Minute, das Abholen und Ausliefern einiger maßgeschneiderter Festtagsanzüge. Hauptsächlich aber waren nur Geschenke zu verpacken, im Büro und bei den Kunden. Jede Menge Geschenke.

Lillian hatte doch gesagt, dass sie Erfahrung im Verpacken von Geschenken habe, und das Unternehmen war gegen eventuelle Schäden versichert. Was konnte schon schiefgehen? Warum sollte sie Lillian die Aufgaben nicht anvertrauen? Die Frage war nur, ob sie den Mut aufbrachte, Dominick Burns' Angebot anzunehmen.

Nans Worte kamen ihr in den Sinn: „Wahrscheinlich hätte er dich nur nach Miami geschleppt, um dich ins Bett zu bekommen."

Winzige Schweißperlen bildeten sich auf ihrer Oberlippe. Violet hatte es satt, übersehen und unterschätzt zu werden, sogar von ihren Freunden. Dabei war sie selbst schuld an diesem Zustand, weil sie die Rolle des Mauerblümchens dankbar angenommen hatte. Sie war zur Zuschauerin geworden, die das aufregende Leben der anderen beobachtete, statt sich in ihr eigenes zu stürzen. Selbst ihr Job, für den sie sich entschieden hatte, brachte es mit sich, dass sie die Bedürfnisse anderer vor ihre eigenen stellte.

Ein Leben lang nur Wünsche, Hoffnungen, Sehnsüchte – das musste sich dringend ändern.

Plötzlich war es, als löse sich etwas in ihr und bräche sich Bahn. *Sag Ja zum Leben!* So hatte Dr. Alexanders Aufforderung in ihrem Kurs „Sex für Anfänger" gelautet. Berauscht von dieser Offenbarung, rief sie Dominicks Handynummer auf und drückte die Taste, ehe sie es sich anders überlegen konnte. Mit jedem Klingeln schlug ihr Herz schneller und schrumpfte ihr Selbstbewusstsein. Sie wollte schon wieder auflegen, als sie seine Stimme hörte.

„Dominick Burns."

„Mr. Burns? Hier spricht Violet Summerlin. Tja, also, ich habe mir überlegt …"

„Oh, das hört sich gefährlich an", unterbrach er sie amüsiert.

Sie errötete und verlor vollends den Mut. Fieberhaft suchte sie nach einem triftigen Grund für ihren Anruf. „Ich … möglicherweise schaffe ich es nicht, für jeden auf Ihrer Liste Geschenke zu besorgen und sie Ihnen noch vor Ihrer Reise zukommen zu lassen."

„Ich hatte ohnehin vor, Ihnen die Anschriften durchzugeben, falls Sie nichts dagegen haben, die Geschenke per Kurier zu versenden."

„Oh, nein, natürlich habe ich nichts dagegen."

„Gut. Wollen Sie es sich wirklich nicht noch mal überlegen und mit mir nach Miami kommen?"

Ihr Herz pochte so laut, dass er es sicher durchs Telefon hören konnte.

„Vee? Sind Sie noch dran?"

„Ja, ich bin hier." Ihre Handflächen schwitzten. „Um ehrlich zu sein, meine Pläne haben sich geändert. Und falls das Angebot noch steht …" Sie umklammerte das Handy fester und nahm all ihren Mut zusammen. „Dann nehme ich es an."

4. Kapitel

Noch vier Tage bis Weihnachten

Am nächsten Morgen packte Dominick pfeifend seinen Koffer. Nachdem Violet seine Einladung nach Miami ausgeschlagen hatte, hatte er die Hoffnung fast aufgegeben, sie doch noch für sich zu gewinnen – sie zu verführen und die Fantasien mit ihr auszuleben, von denen sie in ihrem Brief geschrieben hatte. Ihre plötzliche Entscheidung, ihn nun doch zu begleiten, hatte ihn regelrecht elektrisiert. Letzte Nacht hatte er kaum schlafen können, weil er sich ständig all die verschiedenen Arten vorstellte, auf die er sie verwöhnen würde.

Beim Zittern in ihrer Stimme während des Telefonats hätte er seine Meinung fast geändert. Die Frau war trotz ihres Alters naiv und jemandem wie ihm höchstwahrscheinlich noch nie ausgeliefert gewesen. Möglicherweise machte er ihr mit seinem Vorhaben am Ende nur Angst und verlor sie als Geschäftspartnerin.

Aber dann rief er sich ins Gedächtnis, dass beide Seiten von dieser Situation profitieren würden. Er bekam Hilfe bei seinen Nachforschungen über Sunpiper, und Vee würde für ihre Zeit sehr gut bezahlt werden. Falls sich nebenbei noch etwas anderes entwickeln sollte, könnten sie sich einer harmlosen und diskreten Weihnachtsaffäre hingeben. Sein Plan sah jedenfalls vor, diese Frau ein wenig aus der Reserve zu locken.

Oder zumindest aus ihrem Rollkragenpullover.

Er nahm den pink gepunkteten Umschlag und spürte, wie es ihn vor lauter Vorfreude heiß durchzuckte. Violet hatte den Brief mit keinem Wort erwähnt, also hatte sie keine Ahnung, dass er irgendwie in den Unterlagen gelandet war, die sie ihm geschickt hatte. Sehnte sie sich heute noch nach den Dingen, über die sie vor zehn Jahren geschrieben hatte? Würde sie sich überhaupt von ihm verführen lassen? Wenn nicht, würde er sie selbstverständlich nicht drängen. Er würde nie etwas tun, das sie als beunruhigend empfinden könnte. Aber er hoffte sehr, dass sie ihm erlaubte, derjenige zu sein, der ihr zeigen durfte, wie aufregend Sex sein konnte.

Er schob den Umschlag in die Seitentasche seines Koffers, einfach weil er sich dadurch wie der Hüter eines wunderbaren Geheimnisses fühlte. Es war besser zu geben denn zu nehmen, und er hatte die Absicht, Violet Summerlin einen Weihnachtsurlaub zu bescheren, den sie niemals vergessen würde.

„So wollen Sie gehen?", fragte Lillian.

Violet sah an sich herunter. Sie trug wie üblich ein schwarzes Kostüm und dazu einen weißen Rollkragenpullover. „Das habe ich immer an."

„Ich weiß, und es sieht sehr professionell aus. Aber Sie fliegen nach Miami, und der Dresscode dort ist weniger förmlich, glaube ich."

„Andere Sachen habe ich nicht."

Lillian überlegte kurz, dann schnippte sie mit den Fingern. „Wir haben ungefähr die gleiche Größe, und ich habe gerade Sachen aus der Reinigung geholt."

Bevor Violet protestieren konnte, war ihre Assistentin zur Tür hinaus und kehrte wenige Minuten später mit einem Arm voller Kleidungsstücke in Klarsichtfolien zurück. Sie hängte die Sachen an die Garderobe und sah sie durch. „Dieses Trägertop unter der Kostümjacke sieht bestimmt klasse aus."

Violet starrte das grüne Hemdchen an. „Es ist ein bisschen knapp."

„Und steht Ihnen bestimmt ausgezeichnet." Lillian ließ nicht locker und drückte es Violet in die Hand. „Hier sind noch zwei weitere Tops und zwei Kleider."

Die Farben waren bunter, die Ausschnitte tiefer und die Röcke kürzer als alles, was sie je zuvor getragen hatte. „Das kann ich nicht anziehen", japste sie.

„Natürlich können Sie. Ich bestehe darauf. Vielleicht brauchen Sie sie nicht, aber wenn doch, dann haben Sie die Sachen parat."

„Meinetwegen", gab Violet nach. „Danke, Lillian. Und danke auch dafür, dass Sie sich während meiner Abwesenheit um alles kümmern."

Gestern Nachmittag waren sie zusammen alles, was vor Weihnachten noch an Aufträgen erledigt werden musste, genauestens durchgegangen.

Lillian strahlte. „Ich bin froh, dass Sie mir noch eine Chance geben, nachdem ich anscheinend diesen Brief weggeworfen habe."

„Es war nicht Ihre Schuld. Vergessen Sie's, ich habe es bereits vergessen."

Wenn das nur wahr wäre. In Wirklichkeit konnte sie die Worte, die sie geschrieben hatte, nicht mehr vergessen. *Manchmal habe ich das Gefühl, als sei ich in mir selbst gefangen … Ich will mich ändern, aber ich weiß nicht, wie.*

So nervös sie im Hinblick auf die gemeinsamen Tage mit Dominick auch war, sie spürte doch, dass diese Erfahrung ihr die Augen öffnen würde. Vielleicht würde allein die Nähe dieses Mannes ihr helfen, in Zukunft mutigere Entscheidungen zu treffen.

„Haben Sie einen Bikini eingepackt?", fragte Lillian.

„Das ist eine Geschäftsreise. Warum sollte ich da einen Bikini brauchen?"

„Sie wären überrascht, wie oft geschäftliche Gespräche an Pools und Poolbars geführt werden, besonders in Miami. Sie haben doch einen, oder?"

Violet nickte.

„Dann holen Sie ihn lieber." Lillian sah auf ihre Uhr. „Sie haben noch Zeit."

Violet lief die Treppe hinauf zu ihrer Wohnung.

„Und vergessen Sie die Sandaletten nicht!", rief Lillian ihr hinterher.

Violet eilte ins Schlafzimmer, öffnete Schubladen und schob sie wieder zu, bis sie den Bikini gefunden hatte. Nan hatte sie überredet, ihn zu kaufen, aber sie hatte ihn noch nie getragen. Im Kleiderschrank entdeckte sie Riemchensandaletten, die so gut wie neu waren. Dann fiel ihr Blick auf den Unterwäschebeutel, und sie zögerte. Es gab absolut keinen Grund, auch nur ein einziges Stück ihrer selten gebrauchten Kollektion an sexy Unterwäsche mitzunehmen, die aus Geschenken von Nan und Käufen auf einer Unterwäscheparty nach zu vielen Cocktails bestand.

Andererseits hatte Lillian recht – was konnte es schaden, ein paar Sachen mitzunehmen, selbst wenn sie nicht zum Einsatz kamen?

Violet befeuchtete sich die Lippen. Falls sie diese Kleidungsstücke aber brauchte, hatte sie sie wenigstens dabei.

Sie zog eine Handvoll Stücke aus Seide aus dem Beutel und lief nach unten, um alles in den Koffer zu stopfen.

Als es an der Eingangstür zum Büro klingelte, erschrak sie. Es war Patricia Kingsbury, die Winslow in seinem Transportkäfig dabeihatte.

„Wir sind da!"

Violet hatte komplett vergessen, dass sie sich bereit erklärt hatte, Winslow über Weihnachten zu nehmen. Was nun?

Sie brachte ein Lächeln zustande und stellte Lillian vor, die ihr einen Seitenblick zuwarf. Winslow winselte, und als Miss Kingsbury den Transportkäfig auf den Boden stellte und ihn hinausließ, kläffte er los. Dann trottete er direkt zu Violet und schmiegte sich an ihr Hosenbein, wobei er eine erstaunliche Menge hellbrauner Haare zurückließ.

„Violet hat einen ganz besonderen Draht zu meinem Winslow", erklärte Patricia. „Ich glaube, er ist ein bisschen in sie verliebt."

„Er ist ein Pekinese, nicht wahr?", fragte Lillian. „Ich habe gehört, sie können auf beinah menschliche Weise Gefühle ausdrücken."

„Ja, er ist eine echte Persönlichkeit", pflichtete Patricia ihr bei. „Was Menschen angeht, hat er eindeutig seine Lieblinge." Sie klatschte in die Hände. „Jetzt, wo ich ihn in guten Händen weiß, kann ich mich beruhigt auf den Weg machen. Ich komme am siebenundzwanzigsten zurück, Violet. Sie haben ja meine Nummer, falls etwas ist, aber ich vertraue Ihrem Urteil voll und ganz."

Violet nickte unbehaglich. „Auf Wiedersehen und gute Reise."

Nachdem sich die Tür hinter Miss Kingsbury geschlossen hatte, wandte Violet sich an ihre Assistentin. „Keine Sorge, ich werde nicht auch noch verlangen, dass Sie sich um ihn kümmern."

„Es würde mir nichts ausmachen, nur erlaubt meine Vermieterin keine Haustiere." Lillian verschränkte die Arme vor der Brust. „Ich nehme an, diese Aufgabe haben Sie übernommen, bevor Sie Mr. Burns' Einladung angenommen haben."

Violet massierte sich die Schläfen. „Ich kann es nicht fassen, dass ich das vergessen habe."

Lachend betrachtete Lillian den Hund, der sich noch immer an Violets Bein rieb. „Na ja, verstehen kann ich es."

„So schlimm ist Winslow gar nicht. Er ist bloß ein bisschen … temperamentvoll."

„Typisch Mann. Was werden Sie tun?"

„Ich habe Miss Kingsbury versprochen, auf ihn aufzupassen, also werde ich Dominick wohl erklären müssen, dass ich nun doch nicht mitkann."

„Können Sie den kleinen Kerl nicht in eine Hundepension geben?"

„Nein, denn anscheinend bin ich die einzige Person, mit der er Gassi geht."

Wieder lachte Lillian. „Wie ich Ihnen schon gesagt habe, Sie sind der talentierteste Mensch, der mir je begegnet ist."

„Danke", erwiderte Violet trocken. „Außerdem wäre es nicht richtig, ihn wegzugeben, nachdem Miss Kingsbury ihn mir extra anvertraut hat." Behutsam zog sie den Hund von ihrem Bein fort und griff schweren Herzens zum Telefon. „Dann werde ich Dominick mal lieber informieren, bevor er hier ist."

„Zu spät", bemerkte Lillian und deutete zur Tür.

Draußen hielt gerade eine schwarze Stretchlimousine. Beim Anblick dieses unerwarteten Luxus tat Violet die Absage doppelt leid. Die hintere Tür wurde geöffnet, und Dominick stieg aus. In der dunklen Jeans, dem schwarzen T-Shirt und den schwarzen Schuhen wirkte er lässig und zugleich elegant, die Sonnenbrille ließ ihn cool erscheinen. Violet bekam sofort Herzklopfen und war fast froh, dass sie ihn nun doch nicht begleiten würde. Dieser Mann war einfach zu sexy, um es in Worte zu fassen. Er nahm seine Sonnenbrille ab, ging auf den Eingang zum Büro zu und trat ein. Die Glocke über der Tür klingelte.

Winslow flippte aus. Er sprang auf und ab und bellte wie ein Besessener. Violet hob ihn auf den Arm und redete beruhigend auf ihn ein.

„Guten Morgen", begrüßte Dominick sie zögernd, als spüre er, dass irgendetwas nicht stimmte.

„Guten Morgen", entgegnete Lillian fröhlich.

Verlegen machte Violet einen Schritt auf ihn zu. „Es tut mir leid, Mr. Burns, aber ich habe vollkommen vergessen, dass ich einer Kundin versprochen hatte, auf ihren Hund aufzupassen, solange sie verreist ist. Ich kann Sie also doch nicht nach Miami begleiten."

Er deutete auf ihren Koffer. „Aber Sie haben schon gepackt."

„Seine Besitzerin hat den Kleinen erst vor wenigen Minuten vorbeigebracht. Ich wollte Sie gerade anrufen."

Dominick betrachtete Winslow genauer. „Das Ding da ist ein Hund, sagten Sie?"

Prompt hatte Violet das Gefühl, den Hund in Schutz nehmen zu müssen.

„Können Sie ihn nicht in einer Hundepension lassen?"

„Nein. Ich habe mein Wort gegeben, dass ich mich um ihn kümmere."

„Na ja, dann nehmen Sie ihn doch einfach mit", schlug er vor.

Violet stutzte. „Das ist sehr nett von Ihnen, aber ich bin mir nicht einmal sicher, ob ich ihn in dieser Transportbox als Handgepäck mit an Bord eines Flugzeugs nehmen kann."

Er grinste. „Ich dachte, Sie wüssten, dass wir mit meinem Privatjet fliegen. Darin ist Platz genug."

Im Stillen tadelte sie sich für ihre Dummheit. Natürlich musste jemand, der so reich war wie Dominick Burns, keinen Linienflug nehmen, wenn er verreiste. Trotzdem schüttelte sie den Kopf. „Ich glaube, seine Besitzerin würde es nicht gutheißen, wenn ich ihn mitnähme."

„Miss Kingsbury hätte bestimmt nichts dagegen", wandte Lillian ein und warf Violet einen bedeutungsschweren Blick zu. „Ich habe mit eigenen Ohren gehört, wie sie zu Ihnen gesagt hat, sie vertraue Ihnen voll und ganz. Außerdem würden Sie sich doch auch in Miami um ihn kümmern. Und Sie werden wieder hier sein, bevor sie zurückkommt."

Violet war unschlüssig. Einerseits wollte sie gern mitfliegen, andererseits würde sie es sich niemals verzeihen, wenn Winslow etwas zustieß. „Ich müsste ihn die meiste Zeit bei mir haben", erklärte sie Dominick. „Das könnte meine Arbeitszeit für Sie reduzieren."

„Ach, wir werden uns schon etwas einfallen lassen", meinte er. „Wenn ich mich recht entsinne, gibt es in dem Hotel sogar einen Hundesalon. Sorry, aber er sieht aus, als könnte er die eine oder andere Schönheitsbehandlung gebrauchen."

„Macht es Ihnen wirklich nichts aus?", fragte Violet unsicher.

„Überhaupt nicht. Ich mag Hunde." Er wollte Winslow streicheln, doch der Pekinese knurrte und schnappte nach seiner Hand.

„Winslow!", rief Violet tadelnd. „Aus!" An Dominick gewandt, sagte sie: „Es tut mir leid. Ich habe noch nie erlebt, dass er nach jemandem geschnappt hat. Das muss an der Aufregung liegen."

Dominick wirkte nicht überzeugt. „Vermutlich. Ich hole Ihr Gepäck, Sie nehmen den Hund."

Sie stellte Winslow auf den Boden und lockte ihn in seine Transportbox. Dann hängte sie sich die Tasche mit seinem Futter über die Schulter und ging zur Tür, die Dominick ihr aufhielt.

„Viel Spaß", wünschte Lillian ihr und fügte rasch hinzu: „Ich meine, gute Geschäfte."

„Rufen Sie an, falls etwas ist", instruierte Violet sie sachlich. „Ich bin rund um die Uhr erreichbar."

„Haben Sie nicht die Absicht, während unseres Aufenthalts zu schlafen?", zog Dominick sie auf, als sie an ihm vorbeiging.

Prompt stolperte sie, doch er fing sie auf, bevor sie mit dem Hund stürzen konnte.

„Ganz ruhig", sagte er, und sein Mund streifte beinahe ihr Ohr. „Mit einem Gips würden Sie mir nicht viel nützen."

Seine raue, tiefe Stimme ließ sie erschauern und erinnerte sie außerdem an alle Möglichkeiten, die die nächsten Tage bereithielten. Als er ihr die Tür der Limousine öffnete, zögerte sie, denn sie kam sich vor wie Alice im Wunderland.

„Haben Sie Bedenken?", erkundigte er sich. „Ich möchte, dass Sie ein gutes Gefühl bei dieser Reise haben, Vee, und ich werde mein Bestes tun, damit Sie es nicht bereuen, meine Einladung angenommen zu haben."

Sie stutzte. War das etwa Verlangen, was sie da in seinem Blick las? Nein, das musste am Licht an diesem Wintertag liegen.

„Sind Sie bereit?"

Ein Schauer lief ihr den Rücken hinunter. „Ja, ich bin bereit“, antwortete Violet, holte tief Luft und stieg in den Wagen.

„Ich bin noch nie in einem Privatflugzeug geflogen“, gestand Violet, als sie über das Rollfeld des Fulton County Airport gingen – den Einheimischen als Charlie Brown Airport bekannt. Die Aussicht, in einem kleinen Flugzeug durch die Luft zu rasen, machte sie äußerst nervös.

„Es ist großartig“, versicherte Dominick ihr. „Sie bekommen eine ganze Dose Cola.“

Er übergab das Gepäck an jemanden vom Bodenpersonal, der neben dem Staufach stand, und führte Violet zu der kleinen Treppe, über die sie in die Flugzeugkabine gelangten. Als er Violet die Transportbox für den Hund abnehmen wollte, knurrte Winslow.

„Die ist nicht schwer“, versicherte sie Dominick und trug die Box selbst hinauf, wobei sie sich vorsichtig am Geländer festhielt. Zögernd stieg sie ins Flugzeug.

Innen roch es wie in einem neuen Auto, und es sah tatsächlich aus, als hätte der Flieger vor Kurzem noch in der Fertigungshalle gestanden. In der Kabine gab es zwei Reihen mit je drei grauen Ledersitzen, die sich gegenüberstanden. Der weiche Teppich war dunkelgrau. Über einem Tresen mit einer Spüle war ein Fernseher angebracht. Durch die Glastüren der darunterliegenden Schränke sah Violet Barzubehör und Snacks. Ein kleiner Kühlschrank füllte den verbleibenden Platz aus. Die Regale links und rechts enthielten Bücher und Zeitschriften. Es war alles vorhanden für einen angenehmen Flug, einschließlich einer Toilette im hinteren Teil der Maschine.

„Hübsch", stellte Violet fest, doch in Wahrheit war sie benommen von diesem Einblick in Dominicks luxuriösen Lebensstil.

Er schien zufrieden zu sein. „Freut mich, dass es Ihnen gefällt."

Der Pilot kam aus dem Cockpit, um sie zu begrüßen. Die Männer waren offenbar gut miteinander bekannt und unterhielten sich über die Wetterbedingungen und Flugpläne. Als der Pilot ins Cockpit zurückkehrte und Dominick sich wieder an sie wandte, war Violet verlegen und aufgeregt.

„Müssen wir bestimmte Plätze einnehmen?"

„Nein, Sie können sitzen, wo Sie möchten. Natürlich hat man von den Fensterplätzen eine herrliche Aussicht."

„Danke, aber ich sitze lieber am Gang." Sie stellte ihren Aktenkoffer und Winslows Box auf den Boden, setzte sich auf die Kante des Sessels und umfasste ihre Knie.

Er musterte sie skeptisch. „Macht Fliegen Sie nervös?"

„Ein wenig", gab sie zu, obwohl es sie nicht annähernd so nervös machte wie seine lässige und selbstbewusste Art, sein gutes Aussehen und sein unwiderstehlicher Charme.

„Ich weiß, was Sie entspannt – Liebe im Fahrstuhl."

„Wie bitte?"

Lachend ging er zur Bar. „Das ist ein Drink – *Love in an Elevator*. Er besteht aus Ginger Ale, um Ihren Magen zu beruhigen, Gin und Green-Curaçao-Likör für den Kick."

„Es ist noch ein bisschen früh am Tag für einen Drink", protestierte sie.

„Sie sind im Urlaub", erinnerte er sie und nahm Flaschen und zwei Gläser aus der Bar.

„Ich dachte, wir machen eine Geschäftsreise."

„Es ist beides." Er mixte zwei Drinks und brachte ihr einen davon. „Bitte trinken Sie, mir zuliebe. Normalerweise komme ich nicht dazu, einen Drink zu genießen, wenn ich fliege."

„Warum nicht?" Sie nahm das angebotene Glas mit der blassgrünen Flüssigkeit, die sie an die Farbe des Karibischen Meeres erinnerte.

Dominick setzte sich neben sie. „Weil ich sonst entweder selbst fliege oder springe." Er stieß sein Glas gegen ihres. „Auf Ihr Wohl!"

Sie trank einen Schluck, der so süß, köstlich und erfrischend war, dass sie gleich noch einen zweiten trank. „Sie haben einen Pilotenschein?" Eigentlich kein Wunder bei einem Adrenalin-Junkie wie ihm. „Und warum fliegen Sie heute nicht?"

„Na ja, ich dachte, wir könnten uns ein bisschen unterhalten ..."

„Ich müsste tatsächlich Ihre Geschenkeliste noch einmal mit Ihnen durchgehen", sagte sie und trank einen größeren Schluck von ihrem Drink.

„Einverstanden." Er lehnte sich ein wenig zu ihr herüber.

Sofort fing Winslow in seiner Transportbox wütend an zu bellen und drückte seine Schnauze gegen das Gitter in der Klappe.

„Was ist denn los mit ihm?"

„Ich fürchte, Sie sind der Grund. Er scheint ein wenig eifersüchtig zu sein."

„Eifersüchtig?"

„Pekinesen sind dafür bekannt, sehr besitzergreifend zu sein."

„Mr. Burns, wir sind startbereit", verkündete der Pilot über Lautsprecher.

„Wohin mit Winslows Box?", wollte Violet wissen.

Dominick stellte seinen Drink ab. „Ich kümmere mich darum." Behutsam stellte er die Box auf einen der gegenüberliegenden Plätze und befestigte sie mit dem Sicherheitsgurt, was erneutes Gekläff auslöste. „Wird er die ganze Zeit so sein?"

„Das hoffe ich nicht", antwortete Violet ernsthaft besorgt und beugte sich nach vorn, um den Hund zu beruhigen.

„Sie scheinen wirklich mit ihm klarzukommen", bemerkte Dominick amüsiert. „Soll ich Ihnen die Jacke abnehmen?"

Schon jetzt spürte Violet die Wirkung des Alkohols, den sie auf nüchternen Magen getrunken hatte. Verunsichert umklammerte sie ihre Jacke. „Nein, danke."

Dominick betrachtete sie von Kopf bis Fuß. „Ihnen ist hoffentlich klar, dass wir an einen Ort fliegen, an dem es deutlich wärmer ist als in Atlanta, ja?"

Sein Blick machte sie noch nervöser. „Ja."

„Haben Sie wenigstens einen Bikini mit?"

„Äh ... ja."

Offenbar zufrieden damit, dass sie keine komplette Spielverderberin war, nickte er. Im Stillen dankte sie Lillian, die darauf bestanden hatte, dass sie Freizeitsachen einpackte.

„Schnallen Sie sich an", forderte er sie auf. „Wir erwarten Turbulenzen, und ich will nicht, dass Sie sich wehtun."

„Ich bin vielleicht weniger empfindlich, als Sie denken, Dominick." Zum ersten Mal hatte sie ihn mit seinem Vornamen angesprochen.

Etwas blitzte in seinen Augen auf. Es war der gleiche Ausdruck, den sie schon beim Einsteigen in die Limousine gesehen zu haben glaubte. „Ich schnalle mich wohl auch besser an." Seine Stimme war tief und sexy. „Ich habe das Gefühl, dass wir ziemlich durchgerüttelt werden."

Und er behielt recht.

Trotz des recht guten Wetters am Boden gerieten sie in Turbulenzen, als sie die Reiseflughöhe erreichten. Das kleine Flugzeug wurde so heftig geschüttelt, dass Violet rasch ihren Drink leerte, um ihn sich nicht über ihren weißen Rollkragenpullover zu schütten.

„Tut mir leid", sagte Dominick über der in Vergessenheit geratenen Geschenkeliste, an der sie eigentlich arbeiten wollten. Ihre Köpfe waren dicht nebeneinander, ihre Schultern berührten sich fast.

Sie sah ihn an und war sofort wieder fasziniert von seinen blauen Augen. „Was denn?"

Er deutete auf die Armlehnen, die sie umklammert hielt. „Der unruhige Flug. Ist alles in Ordnung mit Ihnen?"

Obwohl sie Todesängste ausstand, bejahte Violet. Jedes Absacken des Flugzeugs rief ihr ins Bewusstsein, wie unnatürlich das Fliegen für den Menschen war. Wenn man in der Luft war, zählten all die technischen und aeronautischen Errungenschaften nicht viel, denn Tatsache war, dass man ohne Seil und Netz in der Luft hing.

Was Dominick allerdings nicht wissen konnte, war, dass das Adrenalin und der Alkohol in ihrem Blutkreislauf tief in ihr eine eigenartige Erregung ausgelöst hatten. Bei jedem Hüpfer, den das Flugzeug machte, spürte sie ein sinnliches Kribbeln, das sich allmählich verstärkte und zu ihrem Entsetzen dazu führte, dass sie immer erregter wurde. Als sie hin und her rutschte, legte Dominick seine Hand auf ihre.

„Es passiert nichts, das verspreche ich."

Violet starrte seine Hand an, die schlanken gebräunten Finger, die in ihrer Fantasie über Stellen ihres Körpers gestrichen waren, denen sich noch kein Mann genähert hatte. Ihre Brustwarzen richteten sich auf, als ein sinnlicher Schauer sie durchlief. Ihre Reaktion auf die Gefahr und die leichteste Berührung von Dominick waren ihr schrecklich peinlich. Er würde sie glatt auslachen, wenn er wüsste, was sie insgeheim erregte.

„Ich muss zur Toilette", verkündete sie ein wenig außer Atem und versuchte, ihren Gurt zu öffnen.

„Warten Sie, ich helfe Ihnen." Seine Hände schienen sich ihr wie in Zeitlupe zu nähern, und als sie ihren Schoß streiften, musste Violet ein Stöhnen unterdrücken. Diese kurze Berührung steigerte ihre Erregung noch. Sobald der Gurtverschluss offen war, stand sie auf und ging zur Toilette.

„Vorsichtig", rief Dominick ihr hinterher.

Als Violet die Tür öffnete, ging automatisch Licht an. Sie warf sie ins Schloss und blickte sich um. Die Toilette sah aus wie in Linienflugzeugen, mit winzigem Waschbecken und einem Spiegel. Sie stützte sich auf dem Beckenrand ab und betrachtete sich im Spiegel. Ihre Wangen waren gerötet, die Pupillen geweitet, die Lippen halb offen. Aus ihrem Pferdeschwanz hatten sich ein paar Strähnen gelöst. Sie sah … erregt aus.

Als das Flugzeug erneut durchsackte, schnappte sie nach Luft. Das Dröhnen der Maschine war lauter hier drinnen, die Vibration stärker. Ihr Herz raste angesichts der Begierde in ihr. Wie sollte sie diesen Flug nur überstehen? Aufgrund ihrer Erregung legte sie ständig etwas Sexuelles in Dominicks Gesten und sein Verhalten. Sie projizierte ihre Fantasien auf ihn. Wenn das so weiterging, würde es nicht lange dauern, bis sie sich nicht mehr zusammenreißen konnte.

Sie befeuchtete die Lippen und schaute zur geschlossenen Tür. Eigentlich brauchte sie ja nur ein paar Minuten ganz ungestört für sich, um die Anspannung zu lösen …

Schon als sie die Hand unter den elastischen Bund ihres Slips schob, schämte sie sich für ihr Benehmen. Aber es war nun einmal die schnellste Lösung für das Problem. Niemand würde je davon erfahren. Ihre Finger fanden ihren sensibelsten Punkt, und sie gab einen lustvollen Seufzer von sich, während sie sich sanft massierte. Es war so lange her, und die letzten beiden Tage hatte sie ständig an Dominick denken müssen … und jetzt seine permanente Nähe …

Das Flugzeug sackte in ein Luftloch, und ihre Muskeln zogen sich zusammen, als sie zum Orgasmus gelangte. Violet presste die Lippen zusammen, um ihr Stöhnen zu unterdrücken. Sie musste sich am Waschbeckenrand festhalten, da ihre Knie angesichts der Intensität des Höhepunkts nachzugeben drohten.

Mit erhobener Hand stand Dominick vor der Toilettentür, um anzuklopfen und sich zu erkundigen, ob bei Violet alles in Ordnung sei. Doch als er von drinnen ein Stöhnen hörte, legte er das Ohr an die Tür. Er bedauerte es sehr, dass der Flug für sie kein Vergnügen war, sondern sie krank machte.

Dann stutzte er. Die Geräusche auf der anderen Seite der Tür klangen nicht wie die Laute eines Menschen, der litt. Wenn er es nicht besser wüsste, würde er glatt denken …

Es hörte sich beinah an wie … Befriedigte Violet sich etwa selbst? Natürlich, dachte er, das ergibt Sinn, denn in ihrem Brief hat sie angedeutet, dass Gefahr und Aufregung sie sexuell erregen. War der unruhige Flug eine Art Vorspiel für sie? Wie aufregend!

Doch bevor er weiter darüber nachdenken konnte, ging die Tür auf. Überrascht wich er zurück.

Sie sah ihn verblüfft an. Ihre Wangen waren gerötet, in ihren Augen lag ein vielsagender Glanz. Zu wissen, was sie getan hatte, erregte ihn heftig, aber er versuchte, sich nichts anmerken zu lassen. „Geht es Ihnen gut?“, erkundigte er sich.

„Ja", antwortete sie leise. „Ich fühle mich schon viel besser."

Die Luft zwischen ihnen schien zu knistern, und Dominick hätte Violet am liebsten berührt. Seine Lust auf diese Frau wuchs unaufhörlich. Aber er wollte sie nicht verschrecken. Bei ihr würde er sich Zeit lassen müssen. Etwas sagte ihm, dass sich das Warten lohnen würde.

„Gut." Er deutete zu den Sitzen. „Wir sollten uns lieber wieder anschnallen."

Obwohl er keine Ahnung hatte, wie er sich mit einer Erektion überhaupt setzen sollte, folgte er ihr.

Nachdem er sich vorsichtig wieder hingesetzt hatte, betrachtete er Violets Profil. Sie schob gerade eine Strähne zurück in ihren Pferdeschwanz und schloss die Kostümjacke fester über ihren Brüsten, als wolle sie wieder prüde und anständig wirken. Dabei war sie sich ihrer erregenden Wirkung gar nicht bewusst.

Dominick versuchte eine Haltung einzunehmen, bei der seine Jeans nicht so sehr spannte. Er sehnte sich danach, Violet zu spüren, sie in seinem Bett vor Lust schreien zu hören. Sein Verlangen nach ihr hatte sich plötzlich verändert – war sie zu Beginn der Reise noch eine Herausforderung für ihn gewesen, loderte nun pure Begierde in ihm. Er konnte es nicht erwarten, endlich zu landen – mit Violet im Bett.

5. Kapitel

Als das Flugzeug in Miami landete, hatte Violet ihre Fassung zwar wiedergewonnen, wurde aber immer noch von Schuldgefühlen geplagt. Dominicks vorsichtigem Verhalten nach zu urteilen, glaubte er, dass sie sich auf der Toilette übergeben hatte. Und sie würde das Missverständnis bestimmt nicht aufklären.

Sie hatte etwas Neues über sich gelernt, und dieses Wissen war verstörend. Doch nachdem sie den sexuellen Druck abgebaut hatte, sollte es ihr besser gehen. Sie musste nur darauf achten, sich nicht allzu aufregenden Situationen auszusetzen.

Was allerdings nicht leicht war, solange Dominick in der Nähe war. Am Flughafen mietete er ein Mercedes-Cabrio, und im offenen Wagen fuhren sie nach South Beach. Die Landschaft sah aus wie auf einer Postkarte, mit Palmen unter einem türkisfarbenen Himmel und einer Sonne, die alles mit orangerotem Glanz überzog. Noch nie zuvor in ihrem Leben hatte Violet so viel nackte Haut gesehen. Überall erblickte man gebräunte, glänzende Körper in knappen Bikinis oder Badehosen. Laute Musik zu hören und Inlineskates zu fahren schienen die beiden bevorzugten Tätigkeiten unter freiem Himmel zu sein. Die Atmosphäre war erotisch aufgeladen, und Violet spürte, wie ihr Schweißtropfen den Rücken hinunterliefen.

„Ist Ihnen nicht heiß in dieser Jacke?“, erkundigte Dominick sich prompt.

„Es geht." Sie trank einen weiteren Schluck aus ihrer Wasserflasche, denn in Wahrheit schmolz sie gerade.

Dominick dagegen saß lässig und unfassbar sexy hinter dem Steuer. Violet sah nach hinten zu Winslows Transportbox. Der kleine Hund war unruhig, weil er so lange eingesperrt war. Sie streichelte durch das Gitter hindurch seine Schnauze.

„Wie weit ist es noch bis zum Hotel?"

„Noch ein paar Minuten, dann können wir endlich die Beine ausstrecken."

„Werden wir in der Nähe der Sunpiper Sports School wohnen?"

„Alles in Miami liegt relativ nah beieinander. Die Stadt ist dicht besiedelt und nicht sehr groß."

„Haben Sie einen bestimmten Plan, wie Sie mehr über Sunpiper herausfinden wollen?"

„Eigentlich wollte ich heute Nachmittag schon dort vorbeischauen, falls Ihnen das recht ist."

„Natürlich. Ich habe letzte Nacht noch mehr Material ausgedruckt und meinen Laptop mitgenommen, um mir Notizen machen zu können."

„Ausgezeichnet." Er hielt vor einer roten Ampel und strich Violet zu ihrer Überraschung die Haare aus dem Gesicht. „Aber vorher sollten wir etwas essen."

Bei seiner Berührung sog sie scharf die Luft ein, und Winslow fing auf dem Rücksitz wütend an zu kläffen.

Rasch zog Dominick seine Hand wieder zurück. Violet wusste nicht, ob sie darüber erleichtert sein sollte oder nicht. Sehr deutlich erinnerte sie sich noch an Nans Warnung – dass Dominick versuchen würde, sie zu verführen. Würde er das?

Und würde sie es geschehen lassen?

Ihr Puls war immer noch beschleunigt, als sie auf den Parkplatz vor dem Catalina Hotel fuhren. Sie nahm Winslows Box und folgte Dominick ins Gebäude, wobei sie wie ein kleines Kind über den Luxus staunte. Bei dem Hotel handelte es sich um ein Fünf-Sterne-Etablissement mit allem, was dazugehörte: üppige Gärten, ein palastartiges Inneres und weiß gekleidete Bedienstete. In der Lobby entdeckte Violet einen Filmstar und einen Popstar und versuchte, sie nicht anzustarren. Für Dominick schien das alles nichts Besonderes zu sein. Er checkte an der Rezeption ein und führte sie anschließend zur gläsernen Fahrstuhlkabine. Sie war viel zu dick angezogen und schwitzte entsprechend, weshalb sie den Kragen ihres Rollkragenpullovers von ihrem feuchten Hals weghielt, damit wenigstens ein bisschen kühle Luft an ihre Haut kam. Und die Fahrt nach oben in einem Glaskasten beunruhigte sie wegen ihrer Höhenangst auch.

Sie betrat den Fahrstuhl und drückte sich an die gegenüberliegende Wand. „In welchem Stockwerk liegen die Zimmer?"

„Wir haben eine Penthouse-Suite", antwortete er.

Die Aufzugtüren schlossen sich, und sie fuhren nach oben. Inzwischen war ihre Höhenangst einer ganz anderen Furcht gewichen. „Sie haben gesagt, wir hätten getrennte Zimmer."

„Haben wir auch, aber in einer Suite … falls ich Sie mal brauche."

Aus der Transportbox am Boden kam Winslows bedrohliches Knurren.

Das Schrillen der Alarmglocken in ihrem Kopf fiel zusammen mit dem Klingeln des Fahrstuhls, dessen Türen sich öffneten und den Blick auf dezenten Luxus freigaben. Der Duft von Ylang-Ylang stieg ihr in die Nase, und aus verborgenen Lautsprechern erklang fernöstliche Entspannungsmusik.

Sie gingen den Flur entlang bis zu einer Doppeltür, vor der ein Page sie bereits mit ihrem Gepäck erwartete. Der junge Mann begrüßte sie, schloss die Tür auf und bedeutete ihnen mit einer höflichen Geste einzutreten.

Der Raum ist größer als meine Eigentumswohnung, stellte Violet fest – und um ein Vielfaches prachtvoller ausgestattet. Im Eingangsbereich lag bis zu den kleinen Stufen ein dicker Teppich, danach erstreckte sich der sandfarbene, mit einem Hauch Pink geflieste Boden in alle Richtungen. Links befanden sich die Bar und die Kochnische, geradeaus schloss eine Fensterfront das Wohnzimmer ab, dessen Sitzgarnituren aus Leder kühl und einladend wirkten. Kostbare Teppichläufer rundeten die Atmosphäre ab, und ein Balkon bot einen Panoramablick auf den Strand und den Atlantik.

„Das ist … wow“, murmelte sie, da ihr einfach die Worte fehlten. Dominick lachte, und sofort bereute sie ihren dummen Kommentar. „Ich meine, es ist wundervoll, Mr. Burns.“

„Ich dachte, wir wären schon bei den Vornamen gewesen.“

„Dominick“, verbesserte sie sich und fühlte, wie ihre Wangen glühten.

„Freut mich, dass es Ihnen gefällt. Erster Klasse zu reisen, ist einer der Vorzüge des Jobs.“ Er wandte sich an den Pagen. „Der schwarze Koffer kommt in das Zimmer rechts, der blaue in das linke.“

Nachdem Dominick auf den Balkon getreten war, winkte er Violet zu sich. Vorsichtig machte sie einen Schritt hinaus und klammerte sich am Türrahmen fest, da der Balkon ziemlich schmal und die Verkleidung durchsichtig war. Falls es die Absicht des Architekten gewesen war, dem Besucher das Gefühl zu vermitteln, er ritte hoch über der Erde auf einem Sonnenstrahl, so war ihm das gelungen.

„Was für eine Aussicht“, bemerkte Dominick und lehnte sich ans Geländer.

„Das glaube ich Ihnen gern“, sagte sie, zog sich rasch wieder ins Zimmer zurück und legte die Hand auf ihr pochendes Herz.

Dominick folgte ihr hinein und schloss die Türen. „Ist es Ihnen zu hoch?“

„Und zu klein und zu offen.“

Winslow forderte in seiner Transportbox lautstark kläffend Aufmerksamkeit ein.

„Ist es in Ordnung, wenn ich ihn herauslasse?“

„Natürlich. Ich gehe davon aus, dass er stubenrein ist?“

„Oh ja. Trotzdem sollte ich jetzt mit ihm Gassi gehen.“

Er gab dem Pagen ein Trinkgeld und sah auf seine Armbanduhr. „Was halten Sie davon, wenn wir uns erst frisch machen und in zwanzig Minuten treffen? Dann können wir mit dem kleinen Kläffer Gassi gehen und einen Happen essen.“

„Sein Name ist Winslow“, erwiderte Violet tadelnd und lachte. Als sie die Tür der Transportbox öffnete, sprang ihr der Hund praktisch in die Arme und leckte ihr das Gesicht ab.

„Geschmack besitzt er jedenfalls“, bemerkte Dominick und wandte sich zum Gehen. „Sagen Sie mir Bescheid, falls Sie irgendetwas benötigen, Vee.“

Zusammen mit Winslow ging Violet zur Tür des Zimmers, in das der Page ihren Koffer getragen hatte, und versuchte nicht daran zu denken, dass die beiden Räume nur fünf Meter auseinanderlagen. Fünf große Schritte. Sie nahm sich zusammen, öffnete die Tür und staunte.

Das Kingsize-Doppelbett stand in der Ecke in einem Winkel, und die Fenster boten die gleiche Aussicht wie im Wohnzimmer. Auch hier strahlte die Einrichtung dezenten Luxus aus. Unwillkürlich kam ihr der Gedanke, dass das Bett groß genug für zwei war. Sie zog ihr Kostümjackett aus, warf es über eine Sessellehne und zog Schuhe und Socken aus, um die Füße in den dicken Teppichen versinken zu lassen. Neugierig spähte sie ins Bad und entdeckte einen Whirlpool und riesige flauschige Handtücher, Bademäntel und teure Toilettenartikel. Violet fuhr mit der Hand über die elegante Badezimmerablage und fragte sich, ob ihre Eltern auf ihren Reisen auch solchen Luxus genossen hatten. Wahrscheinlich, denn ihr Vater hatte oft für hohe Regierungsbeamte gearbeitet.

Kein Wunder, dass sie nie nach Hause kommen wollten.

Winslow folgte ihr überallhin, seine Krallen klackten leise auf den Fliesen. Violet bückte sich, um ihn in einem plötzlichen Anfall heftiger Zuneigung zu kraulen. Schließlich wusste sie genau, wie es war, Weihnachten verlassen zu sein. Sie nahm seinen Napf und eine Tüte mit Trockenfutter aus der Tasche, die Patricia gepackt hatte. Während er begeistert fraß, hörte sie auf dem Handy ihre Nachrichten ab.

Dass niemand welche hinterlassen hatte, löste gemischte Gefühle bei ihr aus. Sie hatte gehofft, dass ihre Eltern sich wenigstens wegen der Geschenke gemeldet hätten – oder um ihr mitzuteilen, dass sie sicher in Panama angekommen waren. Außerdem hatte sie mindestens einen Anruf von Lillian erwartet wegen … irgendetwas. Darum beschloss sie, vorsichtshalber nachzufragen. Während sie die Nummer eintippte, zog sie den Reißverschluss ihres Koffers auf.

„Summerlin at Your Service, Lillian am Apparat."

„Lillian, hier spricht Violet."

„Hallo. Wie war der Flug?"

„Ein bisschen holprig", gab Violet zu und hängte dabei die Sachen aus ihrem Koffer auf die gepolsterten Bügel im Kleiderschrank. „Aber jetzt sind wir da. Ich wollte mich nur rasch erkundigen, ob im Büro alles gut läuft."

„Alles läuft bestens", versicherte Lillian ihr gut gelaunt. „Ich stehe bis zu den Ellbogen in Geschenkpapier und -schleifen, und später muss ich die Geschenke noch ausliefern."

„Also gibt es keine Probleme? Oder Fragen?"

„Nein, keine."

„Na schön. In den nächsten zwei Tagen gebe ich Ihnen die letzten Geschenke auf Mr. Burns' Weihnachtsliste durch. Sie müssen persönlich ausgeliefert werden."

„Gut, kein Problem", versicherte Lillian.

„Mein Handy ist an, Sie können mich also anrufen, falls irgendetwas ist."

„Mach ich. Aber keine Sorge, hier ist alles unter Kontrolle."

„Danke, Lillian, das ist wirklich gut zu wissen." Violet verabschiedete sich und war ein wenig enttäuscht, dass es in ihrer Firma auch ohne sie so gut lief.

Ein kurzer Blick auf die Uhr verriet ihr, dass sie nicht mehr viel Zeit hatte, um sich frisch zu machen. Das Auspacken sollte sie daher lieber auf später verschieben. Sie betrachtete sich im Spiegel und seufzte, denn ihr blickte eine erschöpfte Frau entgegen. Schnell zog sie den Rollkragenpullover aus, wusch sich das Gesicht und überdeckte ihre Sommersprossen mit Make-up. Anschließend brachte sie ihren Pferdeschwanz in Ordnung. Als sie fertig war, hielt sie inne und überlegte. Eigentlich wollte sie den Rollkragenpullover wieder anziehen, aber das würde idiotisch aussehen.

Unsicher zog sie das grüne Trägertop aus dem Koffer, das Lillian ihr aufgedrängt hatte. Das konnte sie aber nur ohne BH tragen. Nicht ganz überzeugt zog sie ihren BH aus und zwängte sich in das Top, das hauteng saß. Zwar zeigte sie damit viel weiße Haut, aber in diesem Klima war es einfach die passende Kleidung. Darüber zog sie die schwarze Kostümjacke und betrachtete sich erneut skeptisch im Spiegel. So viel Dekolleté hatte sie noch nie gezeigt. Aber da sie in Miami war, konnte sie sich ruhig den hiesigen Gewohnheiten anpassen.

Winslow winselte, und als sie nach unten sah, hatte er seine Leine im Maul. „Na schön, ich beeile mich." Sie schlüpfte in die Sandaletten, die sie mitgebracht hatte, nahm ihre Handtasche und ging zur Schlafzimmertür. Wie Dominick wohl auf ihr neues Aussehen reagieren würde? Sie zögerte. Versuchte sie zu sehr, ihm zu gefallen?

Weil Winslow ungeduldig bellte, holte sie tief Luft und machte die Tür auf.

Dominick wartete am Fenster auf sie, wo er die Aussicht genoss. „Was halten Sie von Meeresfrüchten zum Mittagessen?", fragte er und drehte sich um. Als er sie sah, stutzte er, und seine Augen weiteten sich. „Vee, Sie sehen ... wow." Strahlend imitierte er ihre Bemerkung über das Penthouse. „Das ist viel besser als der Rollkragenpullover."

Sie entspannte sich. „Danke. Und Meeresfrüchte zum Lunch hören sich gut an. Aber zuerst muss ich mit Winslow Gassi gehen."

„Das machen wir unterwegs", meinte Dominick, sah den Hund dabei aber nicht einmal an.

Violet klemmte sich Winslow unter den Arm, worauf der Hund sofort wieder Dominick anknurrte. Gemeinsam fuhren sie hinunter in die Lobby. Der Concierge führte Violet zu einem Platz, an dem sie mit Winslow Gassi gehen konnte. Dominick folgte ihnen. Sie hoffte verzweifelt, dass es diesmal ohne die üblichen ermutigenden Worte klappen würde. Doch nachdem sie mit ihm einige Minuten auf dem im Schatten liegenden Rasenstreifen spaziert war, wurde offensichtlich, dass er einen kleinen Anstoß brauchte. Daher überwand sie ihren Stolz, kniete sich hin und sprach die üblichen lockenden Worte in sein Ohr. „Du bist ein braver Junge, Winslow, ja, das bist du. Und ein so hübscher Junge, ja, du braver kleiner Hund."

Winslow grinste beinah und hockte sich prompt hin. Dominick beobachtete das Ganze erstaunt. „Sie müssen den Hund dazu überreden, einen Haufen zu machen?"

Violet lächelte schief. „Das gehört zu meinem Job."

„Sie sollten Ihre Preise erhöhen."

Sie nahm eine Plastiktüte aus ihrer Handtasche, machte hinter Winslow sauber und warf sie in den Mülleimer. „Wir sind fertig", verkündete sie.

Beeindruckt sah Dominick auf Winslow herunter. „Und ich dachte immer, ich sei anspruchsvoll", sagte er zu dem Hund, der ihn anknurrte.

Winslow beschützte Violet auch weiterhin, indem er auf dem Weg zum Strandlokal zwischen ihr und Dominick lief. Zweimal musste sie den Hund ermahnen, weil er nach Dominick schnappte. Es war unübersehbar, dass die beiden keine Freunde werden würden. Violet band Winslow an ein Tischbein, bevor sie sich setzten.

„Schläft er denn auch mal, oder müssen wir ihn überallhin mitnehmen?", fragte Dominick leicht genervt.

„Wir können ihn heute Nachmittag in meinem Zimmer lassen", antwortete Violet. „Wir haben reichlich Zeit, uns Sunpiper anzusehen. Außerdem muss ich noch ein paar Sachen von Ihrer Geschenkeliste besorgen." Sie nahm den Zettel aus ihrer Handtasche. „Die übrigen Geschenke lasse ich von Lillian ausliefern. Bleiben noch Heather, Mia, Sandy und Bethany. Die Geschenke für sie muss ich schnell besorgen, damit sie noch rechtzeitig zu Weihnachten in Atlanta ankommen. Haben Sie irgendwelche besonderen Wünsche?"

Dominick wirkte eine Spur verlegen. „Na ja, das Geschenk für Bethany sollte schon irgendein Schmuck sein."

Prompt spürte Violet einen Anflug von Eifersucht. „Vielleicht ein Armband? Oder Ohrringe?"

„Lassen Sie uns später über das Geschäftliche sprechen", schlug er vor.

Während Violet das Blatt wieder in ihrer Handtasche verschwinden ließ, fragte sie sich, ob das mit ihm und Bethany etwas Ernstes war und er womöglich an einen Ring für sie dachte. Außerdem fragte sie sich, was Bethany davon hielt, dass ihr Freund Weihnachten mit einer anderen Frau in Miami verbrachte.

Nicht, dass ich irgendeine Art von Bedrohung darstelle, sagte Violet sich. Nan lag mit ihrer Prophezeiung völlig falsch, denn Dominick war bisher höchstens freundlich und nett zu ihr gewesen. Nichts sprach dafür, dass er versuchen würde, sie ins Bett zu bekommen, wie ihre Freundin sich ausgedrückt hatte.

Violet wischte sich die feuchte Stirn ab, trank einen großen Schluck Wasser und betrachtete verstohlen sein attraktives Profil.

Die Kellnerin kam und nahm ihre Bestellung auf. Wegen der Hitze hatte Violet keinen großen Hunger. Da sie bisher jedoch nur den Drink im Flugzeug und Wasser zu sich genommen hatte, bestellte sie einen Shrimp-Cocktail. Dominick entschied sich für Meeresfrüchtesalat. Während sie auf das Essen warteten, machten sie Small Talk. Violet fühlte sich ein wenig befangen und steif neben Dominick, der im Gegensatz zu ihr sehr entspannt wirkte. Ihm war der lässige Lebensstil in Miami vertraut, und er passte auch gut zu ihm. Sie kam sich dagegen vor, als wäre sie zu Besuch auf einem anderen Planeten.

Die Menschen in Miami waren stolz auf ihre Körper und ihre Sexualität. Alle flirteten, berührten sich, lachten und tanzten. Der Alkohol floss in Strömen, und es war ganz normal, Zuneigung zur Schau zu stellen. Alle waren als Paare oder in Gruppen unterwegs, und jeder schien für spontane Späße und Einfälle offen zu sein, vom Limbo bis zu dem Spiel mit der Orange, die man sich unters Kinn klemmte, um sie an den Nächsten weiterzugeben, dem man dabei körperlich näher kam. Alle schienen in Feierlaune zu sein und ließen es so kurz vor Weihnachten krachen. In den Palmen hingen Girlanden, und viele Strandbesucher trugen Weihnachtsmannmützen.

Das Essen wurde serviert, und sie ließen es sich schmecken.

Winslow winselte unter dem Tisch, weil er gefüttert werden wollte, und Violet beruhigte ihn mit einem Plastikbecher voll Wasser, den sie ihm zum Trinken hinstellte.

Als Dominick seine Meeresfrüchte aufgegessen hatte, faltete er die Hände hinter dem Kopf und streckte die langen Beine aus. „Herrliches Wetter, oder?"

Sie nickte und fuhr mit dem Finger unter den Kragen ihrer Jacke, die in der heißen Sonne viel zu warm war.

„Ich bin froh, dass Sie mitgekommen sind, Vee."

Seine beiläufige Bemerkung verursachte ihr Herzklopfen – die Wirkung dieses Mannes auf sie war erstaunlich. Als sie antwortete, versuchte sie ebenso zwanglos zu klingen wie er. „Ja, ich auch."

„Ich hoffe, Ihre Eltern waren nicht böse, dass Sie Ihre Meinung geändert haben und Weihnachten nun doch nicht mit ihnen verbringen."

Violet wünschte, sie hätte ihre Sonnenbrille auf, weil ihr die Tränen in die Augen stiegen. Aber es gelang ihr, sich rechtzeitig abzuwenden und ihre Emotionen unter Kontrolle zu bekommen. „Nein, sie waren nicht sauer."

„Was machen Ihre Eltern?"

„Meine Mutter ist Lehrerin, mein Vater Übersetzer. Sie verbringen die meiste Zeit im Ausland."

„Hört sich nach einer spannenden Kindheit an."

„Ich bin meistens bei meinen Großeltern in Atlanta geblieben", entgegnete sie und spielte mit der Serviette auf ihrem Schoß.

„Dann werden die Sie Weihnachten vermissen."

„Meine Großeltern sind Anfang des Jahres gestorben", erklärte sie. „Nur zwei Monate nacheinander."

„Das tut mir leid", bemerkte er mitfühlend.

„Sie hatten ein erfülltes Leben." Damit wiederholte sie genau die Worte, die man ihr damals zum Trost gesagt hatte.

„Sie vermissen sie trotzdem", stellte er fest.

„Ja", gestand sie. „Haben Sie eine große Familie?"

„Nein, ich bin Einzelkind, und meine Eltern sind schon eine Weile tot."

Damit offenbarte er eine neue Seite von sich, denn sie hatte ihm aufgrund seiner unbekümmerten Art ein sorgloses Leben unterstellt. „Tut mir leid", murmelte sie und wollte schon seine Hand ergreifen, riss sich aber im letzten Moment zusammen. „Was machen Sie Weihnachten für gewöhnlich?", fragte sie, um das Thema zu wechseln.

„Verreisen oder aus Flugzeugen springen."

Sie lächelte. „Oder Unternehmen aufkaufen?"

„In diesem Jahr vielleicht." Er wirkte beinah jungenhaft hoffnungsvoll. Diese sensiblen Seiten an ihm zu entdecken, war gar nicht gut. Es war einfacher, für einen notorischen Playboy zu schwärmen, weil sie den nicht ernst nehmen musste. Doch je besser sie Dominick kennenlernte, desto mehr kam sie zu dem Schluss, dass er nicht nur der Draufgänger war, zu dem ihn die Presse erklärt hatte.

Die Kellnerin kam mit einem Drink an den Tisch und stellte das Getränk vor Dominick. „Sex on the Beach“, erklärte sie. „Von der Frau dort drüben.“

Violet konnte nicht widerstehen und drehte sich zu der sehr attraktiven Frau im Leoparden-Bikini um, die Dominick zuwinkte. Offenbar war sie der Ansicht, dass Violet und Dominick unmöglich ein Paar sein konnten. Rasch drehte Violet sich wieder um und beobachtete seine Reaktion. Das Ganze war unfassbar peinlich.

„Entschuldigen Sie mich bitte einen Moment“, bat er, hob den Drink und schenkte Violet ein kleines Lächeln.

Mit dem Glas in der Hand stand er auf und ging zu der blonden Frau. Da Violet es nicht ertragen konnte, den beiden zuzusehen, kraulte sie Winslow hinter den Ohren und fütterte ihn mit kleinen Stückchen von ihren Shrimps. Vermutlich passierte es Dominick ständig, dass sich ihm wunderschöne, aufregende Frauen an den Hals warfen. Das rückte ihre Schwärmerei für ihn ins rechte Licht und machte ihr klar, was sie war: ein Niemand.

Wenige Minuten später kehrte er wieder zurück, ohne den Drink, den er offenbar getrunken hatte. „Gehen wir?“

Violet band Winslow los, und Dominick legte Geld auf den Tisch. Sie hängte sich ihre Handtasche um und ging voraus, wobei sie sich dem Hund widmete, um ihre Verlegenheit zu verbergen. Wahrscheinlich hatte Dominick sich für später mit der Frau verabredet.

Keiner von ihnen erwähnte den Vorfall auf dem Rückweg zum Hotel. Sobald Dominick den Fehler beging und ihr zu nah kam, ließ Winslow es ihn wissen. Einmal hieb er seine spitzen Zähne sogar in dessen Knöchel.

„Au!“, schrie Dominick.

„Verzeihung“, bat Violet bestürzt und trennte die beiden. „Hat er Sie richtig gebissen?“

„Nein, ich glaube nicht“, murmelte er und rieb sich den Knöchel.

„Wahrscheinlich ist er von der langen Reise durcheinander. Sehen wir uns jetzt die Sportschule an?“

„Aber nur, wenn wir das kleine Biest für ein paar Stunden abschütteln können.“

„Ich bringe ihn auf mein Zimmer“, versprach sie.

„Gut, ich hole den Wagen“, erwiderte er gereizt.

„Du bist ein böser Junge“, flüsterte Violet, verkniff sich ein Lachen und trug Winslow zum Fahrstuhl.

Der Hund schmiegte das Gesicht an ihren Hals, und sie streichelte ihn, um sich davon abzulenken, dass sie in einem Glaskasten ein Hochhaus hinaufrasten. Eines Tages hoffte sie ihre Höhenangst zu überwinden.

Im Zimmer setzte sie Winslow auf den Boden und stellte ihm Wasser und ein bisschen Futter hin. Nachdem sie seine Kauspielzeuge verteilt hatte, schaltete sie den Fernseher ein und wählte „Animal Planet“. Zufrieden registrierte sie, dass die bellenden Hunde in der Tiersendung Winslows Aufmerksamkeit weckten. Schnell nahm sie ihren Laptop und ihre Handtasche und schloss die Tür hinter sich. Nach unten fuhr sie diesmal mit dem Lieferantenaufzug, der zwar weniger elegant, aber dafür geschlossen war.

Dominick wartete im Wagen und klopfte zum Takt eines

Songs aus der Stereoanlage aufs Lenkrad. Violet nutzte den Moment, um ihn in Ruhe zu beobachten, und sie sah, was alle Frauen sahen – dass einfach alles an diesem Mann unglaublich sexy war, angefangen bei dem zerwühlten Haar bis zum schlanken, muskulösen Körper. Es fiel nicht schwer, ihn sich bei all den Extremsportarten vorzustellen, für die er bekannt war. Er strahlte tatsächlich etwas Draufgängerisches aus. Heftiges Verlangen erwachte in ihr.

Als er sie entdeckte, winkte er. „Vee! He, ich habe mir schon Sorgen um Sie gemacht."

Sie ging zum Wagen. „Tut mir leid. Ich habe noch meinen Laptop geholt. Erwartet uns jemand in der Sportschule?"

„Nein. Ehrlich gesagt weiß niemand, dass wir kommen."

„Oh. Wie beschaffen wir uns dann die Informationen, die wir brauchen?"

„Ich habe da einen Plan", erklärte er. „Sie werden schon sehen."

In seinem Ton schwang etwas mit, das sie misstrauisch machte, aber sie hielt lieber den Mund. Schließlich war sie hier, um für ihn zu arbeiten.

Die Straßen waren voller Autos und Fußgänger, die zwischen den Autos hin und her liefen. Die halb nackten Körper, die Rufe und das Lachen beschleunigten Violets Puls, und die Sonne brannte heiß vom Himmel. Sie öffnete ihre Jacke, um sich ein bisschen Luft zuzufächeln, hatte aber nach wie vor das Gefühl, wie ein Weihnachtstruthahn gegrillt zu werden. Darum beugte sie sich vor und zog ihre Jacke ganz aus. Als sie sich wieder zurücklehnte, bemerkte sie Dominicks Blick. Interessiert musterte er ihr grünes Trägertop mit dem tiefen Ausschnitt, das die Wölbung ihrer Brüste betonte.

„Aha, das haben Sie also die ganze Zeit unter Ihrer seriösen Kleidung versteckt", bemerkte er lächelnd.

Zu ihrem Entsetzen richteten sich ihre Brustwarzen auf, was deutlich zu sehen war, da sie keinen BH trug. Und Dominick schaute genau dorthin, was nur dazu führte, dass sie sich noch mehr aufrichteten. Violet saß ganz still und versuchte sich zu entspannen, was ihr nicht gelang, da sie seinen Blick während der Fahrt immer wieder spürte. Zu ihrem Schrecken erwachte die Lust, die sie in der Flugzeugtoilette gestillt zu haben glaubte, von Neuem. Sie kam sich entsetzlich dumm vor, da Dominicks Verhalten überhaupt nichts zu bedeuten hatte. Indem er mit ihr flirtete und sie neckte, verhielt er sich nur wie immer. Darum ermahnte sie sich, seine Aufmerksamkeiten um Himmels willen nicht zu ernst zu nehmen. Als sie die Sunpiper Extreme Sports School erreichten, atmete sie erleichtert auf und zog ihre Jacke beim Aussteigen wieder an, froh, ihren Körper für eine Weile verstecken zu können.

Violet erkannte die Fassade des Gebäudes und, als sie eintraten, die Lobby von den Fotos auf der Website des Unternehmens wieder. Im Grunde handelte es sich um eine große Arena, bestehend aus Kletterwänden und anderen interaktiven Spielmöglichkeiten, ausgeleuchtet mit viel Neon. Im Hintergrund wummerte energiegeladene Musik. Ein teurer Laden führte alle Sorten von Ausrüstung – ein Grund dafür, dass Sunpiper gut zu Dominicks Unternehmen für Sportzubehör passte. Es bot ihm eine zusätzliche Verkaufsmöglichkeit.

„Und wie sieht Ihr Plan nun aus?", flüsterte sie auf dem Weg zum Empfangstresen.

„Ganz einfach. Wir schreiben uns für irgendwelche Kurse ein und erfahren aus erster Hand, wie diese Schule ist."

Violet hielt ihn erschrocken am Arm fest. „Wir?"

„Natürlich wir."

„Aber … aber ich kann keine Extremsportarten. Ich bin ja noch nicht einmal Sportlerin. Und ich habe Höhenangst."

„Dann erfahren wir umso genauer, wie man hier Anfänger behandelt", argumentierte Dominick. „Kommen Sie schon, Vee, ich muss diese Art von Recherche betreiben. Außerdem müssen Sie keine sportlichen Fähigkeiten besitzen, um an irgendwelchen Aktivitäten teilzunehmen. Sie werden sehen, es macht bestimmt Spaß." Mit provozierend funkelnden Augen fügte er hinzu: „Sie wissen doch, wie man Spaß hat, oder?"

Wieder musste sie an Lillians Kommentar denken, dass sie sich nie zu amüsieren schien. Hin- und hergerissen sah sie zu den Sportangeboten. Dominick bezahlte sie für Recherchearbeit, das war schließlich der Zweck dieser Reise. Sie sollte sich auf das Berufliche konzentrieren, doch ihre schon lang andauernde Schwärmerei für ihn lenkte sie ab.

Er beugte sich zu ihr herüber. „Keine Angst, Vee. Ich werde nicht zulassen, dass Ihnen etwas zustößt."

Gegen seinen hypnotisierenden Ton und die überzeugenden blauen Augen hatte sie keine Chance. „Okay", murmelte sie und hoffte nur, dass er nichts im Sinn hatte, was zu extrem war … und ihr eine solche Angst machte, dass sie davon erregt wurde.

Ein junger Mann in einem roten Sunpiper-T-Shirt und einer Kappe mit Rentiergeweih erschien hinter dem Empfangstresen. „Hallo, ich bin Tim. Kann ich euch helfen, Leute?"

„Ja", sagte Dominick gut gelaunt, „meine Freundin und ich würden gern an einem Kurs teilnehmen."

Völlig perplex starrte Violet ihn an. Freundin?

Er ignorierte ihren Blick und legte den Arm um die Schultern. „Wir hatten da an Bungee-Jumping für Paare gedacht."

6. Kapitel

Wegen Dominicks Arm und seiner Nähe war Violet so abgelenkt, dass sie beinah nicht mitbekommen hätte, was er gesagt hatte. Aber dann erstarrte sie. Bungee-Jumping für Paare?

Dominick drückte sie fester an sich, sodass sie seine Wärme spürte.

„Sind Sie schon mal gesprungen?", erkundigte sich Tim und griff bereits nach den Anmeldeformularen.

„Ich bin ein erfahrener Springer", erklärte Dominick. „Aber für meine Freundin ist es das erste Mal."

Da war es schon wieder: Freundin. Ihr Hirn sandte lauter verwirrende Nachrichten in die verschiedenen Zonen ihres Körpers.

„Aus welcher Höhe sind Sie gesprungen?", fragte Tim auf die Art, mit der Männer für gewöhnlich ihre Prahlereien einleiteten.

„Bloukrans River in Südafrika war mein höchster Sprung, na ja, jedenfalls mein höchster erlaubter Sprung."

Der junge Mann staunte. „Im Ernst? Mann, ich habe gehört, dass Bloukrans der ultimative Sprung ist."

„Ja, das war wirklich toll."

„Und jetzt wollen Sie einen Tandemsprung machen?", fragte Tim und deutete mit dem Kopf auf Violet.

„Ganz genau." Dominick drückte sie erneut an sich. „Was haben wir für Möglichkeiten?"

Tim sah auf seine Uhr. „In fünfundzwanzig Minuten fährt der Bus für den letzten Sprung des Tages. Es ist ein guter

Sprung, von einer Brücke über einem Kanal, ungefähr fünfunddreißig Meilen von hier. Man hat eine tolle Aussicht dort, und wir benutzen die Pendel-Bungeetechnik für einen reibungslosen Sprung."

„Wird man auf dem Wasser abgeholt oder die Brücke wieder hinaufgezogen?", wollte Dominick wissen.

Bei dem Gedanken, langsam wieder zum Absprungspunkt hinaufgezogen zu werden, verkrampfte sich alles in Violet. Offenbar spürte Dominick ihre Reaktion, denn er streichelte beruhigend ihre Schulter.

„Sie werden auf dem Wasser abgeholt", erklärte Tim. „Es ist ein angenehmer Sprung für Anfänger."

„Ja, das hört sich gut an", meinte Dominick und sah Violet an. „Findest du nicht, Schatz?"

Sie brachte nur ein schwaches Lächeln zustande.

„Großartig", sagte Tim. „Dann müssen Sie nur noch die Formulare ausfüllen und die Gebühr bezahlen." Er beugte sich über den Tresen, um ihre Schuhe zu begutachten. „Es wäre besser, Turnschuhe zu tragen. Falls Sie keine dabeihaben, gibt es in unserem Geschäft eine gute Auswahl." Gleich darauf musterte er Violets schwarzes Kostüm. „Und Sie sollten lieber Freizeitkleidung tragen."

Am liebsten hätte sie erwidert, sie sei beruflich unterwegs und entsprechend gekleidet und nicht, um kopfüber an einem Gummiband zu hängen.

„Sehr gut." Dominick nahm den Arm von ihren Schultern, griff nach seiner Brieftasche und schob seine Kreditkarte über den Tresen.

Sofort sehnte Violet sich nach seiner Umarmung zurück, andererseits funktionierte ihr Verstand wieder. „Entschuldigen Sie bitte, aber wie hoch ist dieser Sprung?"

„Ungefähr siebzig Meter“, antwortete der junge Mann grinsend. „Hoch genug, um den Sprung zu genießen und einen hübschen Rückprall zu erhalten.“

Plötzlich war ihre Kehle wie zugeschnürt. „Das ist fast die Länge eines Footballfelds, oder?“, fragte sie Dominick.

„Entspann dich, du wirst begeistert sein“, versicherte er ihr.

Doch die Formulare trugen nicht unbedingt dazu bei, dass sie sich entspannte. Das galt besonders für die Verzichtserklärung, in der es hieß: „Der Teilnehmer ist sich bewusst, dass es sich beim Bungee-Jumping um eine Risikosportart handelt, die Gefahren birgt und trotz genauer Einweisung und umfangreicher Vorsichtsmaßnahmen zu schweren Verletzungen sowie zum Tode führen kann.“

„Keine Sorge“, flüsterte Dominick ihr ins Ohr. „Ich werde die Ausrüstung persönlich prüfen.“

Mit zitternder Hand unterschrieb Violet. Sie wusste nicht, wovor sie sich mehr fürchtete – vor dem Sprung oder vor der Reaktion ihres Körpers auf die damit verbundene Angst.

Nachdem die Formulare ausgefüllt waren, wog Tim jeden von ihnen und trug das Gewicht in die Unterlagen ein. Anschließend erklärte er ihnen, wo der Bus abfuhr.

„Tut mir leid, dass ich Sie meine Freundin genannt habe“, sagte Dominick auf dem Weg durch die Lobby zu dem Geschäft. „Das erschien mir einfach glaubwürdiger.“

„Die Frau in dem Lokal fand das nicht sehr glaubwürdig“, konterte sie.

Er stutzte kurz, dann sah er sie belustigt an. „Also, wenn ich es nicht besser wüsste, würde ich glatt denken, Sie seien eifersüchtig.“

Sie errötete.

„Aber natürlich weiß ich es besser", setzte er mit einem Augenzwinkern hinzu.

Seine Bemerkung brachte sie ein wenig aus der Fassung, da sie nicht wusste, ob sie sich geschmeichelt oder beleidigt fühlen sollte.

Ratlos folgte sie ihm in den Ausrüstungsladen, in dem es noch mehr Neonlicht und pulsierende Beats gab. Dominick schaute sich um. „Die könnten hier gut Burns-Kleidung verkaufen, aber ansonsten ist es keine schlechte Auswahl."

In der Schuhabteilung suchte Dominick für sie beide Schuhe aus. Violet war seltsam befangen, da das Anprobieren von Schuhen ihr wie ein sehr intimer Akt vorkam. Sie musste sich zusammenreißen, um sich nicht tatsächlich für Dominicks Freundin zu halten, weil er einfach zu wundervoll war.

Auf seine Ermunterung hin probierte sie außerdem eine Cargohose und ein multifunktionales T-Shirt für den Sprung an – und für „zukünftige Aktivitäten", wie er geheimnisvoll meinte. In Windeseile schnappte sie sich auch noch einen Sport-BH, den sie it in die Ankleidekabine mitnahm. Als sie in der Sportkleidung wieder herauskam, hatte Dominick schon für seine und ihre Sachen bezahlt. Er trug ganz ähnliche Kleidung wie sie, eine lange robuste Hose und ein ultraleichtes T-Shirt. Zu Hause besaß Violet zwar bequeme Outfits für ihren Yogakurs, doch in dieser strapazierfähigen Hightech-Kleidung fühlte sie sich nicht ganz wohl. Dominick betrachtete sie von Kopf bis Fuß, aber sie konnte nicht sagen, ob sein Blick anerkennend oder belustigt war.

„Wir sollten uns auf den Weg machen, Vee."

Die Busfahrt war nervenaufreibend, weil alle bis auf sie selbst sich auf den bevorstehenden Sprung freuten. Zum Glück saß Dominick neben ihr und beruhigte sie von Zeit zu Zeit. Ihr

Puls raste trotzdem, und das Atmen fiel ihr schwer. Als sie an der Brücke, wo der Sprung stattfinden sollte, aus dem Bus stiegen, konnte sie sich kaum noch bewegen. Allein schon auf der schmalen Brücke zu stehen und die Weite um sie herum zu spüren, machte Violet benommen.

„Beim ersten Mal ist jeder nervös", sagte Dominick und legte ihr den Arm um die Taille, damit sie weiterging. „Es ist in Ordnung, Angst zu haben."

„Sie haben keine", stellte sie fest.

„Ich werde auch immer nervös vor einem Sprung. Ohne Angst würde man keinen Adrenalinkick bekommen, und das ist es doch gerade, was den Spaß ausmacht."

Allmählich kam Violet zu der Erkenntnis, dass ihre Vorstellung von Spaß nicht mit der vom Rest der Welt übereinstimmte. In dem Brief, den sie auf dem College geschrieben hatte, hatte sie ihre Sehnsucht nach Aufregung formuliert. Aber dies hier ging schon ein bisschen zu weit. Sie presste eine Hand gegen ihr erhitztes Gesicht. Sie fühlte sich nervös ... angespannt ... stimuliert.

„Was halten Sie bis jetzt von dem Kurs?", fragte sie Dominick, um die Unterhaltung wieder aufs Berufliche zu lenken und nicht mehr daran denken zu müssen, was sie gleich tun würde.

„Bis jetzt ist er ganz gut. Aber warten wir mal ab, wie es mit den Instruktionen der Kursleiterin hier an der Brücke aussieht."

Die kleine Gruppe versammelte sich um die Kursleiterin namens Natalie, die sie willkommen hieß und fragte, ob irgendjemand zum ersten Mal sprang. Violet hob zaghaft die Hand.

„Sehr gut. Springen Sie allein?", wollte die Frau wissen.

„Nein, wir machen einen Tandemsprung“, erklärte Dominick an ihrer Stelle.

„Gibt es noch weitere Tandemspringer?“

Es gab noch zwei weitere Paare, die zusammen springen wollten. Natalie entschied, dass die drei Paare am Schluss an der Reihe waren. Violet schaute der Frau zu, die das Knöchelgeschirr erläuterte und die Befestigung des Seils an der Brücke.

„Seht nicht nach unten“, warnte die Kursleiterin. „Seht geradeaus, wenn ihr an den Rand tretet. Die Gruppe und ich werden dann zusammen den Countdown bis zum Sprung zählen.“ Sie stieg auf eine Kiste, um es zu demonstrieren. „Dann beugt ihr euch vor und springt von der Brücke weg. Diejenigen, die solo springen, breiten die Arme aus wie ein Vogel.“ Sie hüpfte von der Kiste und stellte die Haltung übertrieben dar, bevor sie sich aufrichtete und lächelnd in die Runde schaute. „Diejenigen, die zu zweit springen, klammern sich fest aneinander.“

Mit einem unbehaglichen Gefühl beobachtete Violet, wie die anderen beiden Pärchen Händchen hielten, sich küssten und sich verliebte Blicke zuwarfen. Plötzlich nahm Dominick ihre Hand und lächelte ermutigend.

„Keine Sorge“, fuhr Natalie fort. „Ihr werdet weder das Wasser berühren noch vom Rückstoß gegen die Brücke prallen. Schreit einfach, was das Zeug hält, und genießt den Sprung. Wenn ihr nicht mehr auf und ab hüpft, seid ihr dicht genug über dem Wasser, sodass unsere Mitarbeiter eine Luftmatratze unter euch in Position bringen können, damit ich euch herunterlassen kann. Noch Fragen?“

Nach einigen Fragen von erfahrenen Springern über Freestyle stellten sich alle an. Als eine Bö über die Brücke wehte, schwankte Violet, und Dominick umfasste ihren Arm.

„Halten Sie sich an mir fest“, forderte er sie auf.

Das tat sie, indem sie sich mit einer Hand an sein Shirt klammerte, um das Gleichgewicht zu behalten. Doch als den ersten Springern das Knöchelgeschirr angelegt wurde und sie mit einem begeisterten Countdown der Gruppe über den Rand der Brücke geschickt wurden, nahm ihre Angst zu. Viele aus der Gruppe schauten über das Geländer, um den Sprung zu verfolgen, doch Violet konnte sich nicht dazu überwinden, so nah an die Kante zu gehen. Die zunehmende Furcht machte sie immer erregter. Mit der Zungenspitze leckte sie die feinen Schweißtröpfchen auf ihrer Oberlippe ab.

Als nur noch die drei Paare übrig waren, schob Dominick sie näher zur Plattform.

„Ich glaube, ich kann das nicht.“

„Natürlich können Sie“, versuchte er sie zu beruhigen. „Sie werden in guten Händen sein.“

Sie schloss für einen Moment die Augen, denn er trug nicht wirklich zur Beruhigung ihrer Nerven bei.

Das erste Paar machte sich fertig zum Sprung, nachdem das Geschirr an ihren Knöcheln befestigt war. Das Bungeeseil für Tandemspringer war dicker, wegen des höheren Gewichts. Die beiden standen am Rand der Plattform und schlangen die Arme umeinander. Als das Paar bereit war, zählte die Kursleiterin den Countdown, und dann sprangen die zwei mit einem triumphierenden Jauchzen in die Tiefe.

Violet drehte sich beinah der Magen um, und zwar sowohl bei der Vorstellung, dass sie gleich an der Reihe waren, als auch wegen der Erkenntnis, wie nah sie und Dominick sich sein würden. Prompt spürte sie Hitze zwischen den Beinen und fühlte sich schwach.

Innerhalb weniger Minuten wurde das leere Seil eingeholt

und am nächsten Pärchen befestigt. Die beiden küssten sich leidenschaftlich, während Natalie den Countdown zählte, dann sprangen sie und verschwanden hinter der Kante.

„Wir sind dran“, sagte Dominick und führte Violet auf die Plattform. Ein sinnliches Kribbeln hatte sich inzwischen überall in ihrem Körper ausgebreitet, besonders in ihren Brüsten und zwischen ihren Schenkeln. „Ich kann das nicht“, wiederholte sie.

„Doch, das können Sie.“ Er hielt sie an den Oberarmen fest. „Ich habe Ihnen doch gesagt, dass ich nicht zulassen werde, dass Ihnen etwas passiert. Vertrauen Sie mir nicht?“

Violet biss sich auf die Unterlippe. „Doch.“ Das Problem war nur, dass sie sich selbst nicht traute.

„Dann lassen Sie es uns tun.“ Sanft zog er sie mit sich in die richtige Position auf der Plattform. „Schauen Sie nicht nach unten, konzentrieren Sie sich aufs Atmen.“

Das Gefühl der Höhe überwältigte sie. Es war so entsetzlich, dass sie gegen den Impuls ankämpfen musste, auf die Knie zu sinken und zum Bus zurückzukriechen. Anscheinend spürte Dominick, dass sie kurz vor der Kapitulation stand, denn er sah ihr in die Augen und hielt ihren Blick fest, bis das leere Seil hinaufgezogen war.

„Ganz ruhig“, sagte er und rieb ihre Oberarme. „Wir sind zusammen.“

Schön wär’s, dachte sie flüchtig.

„Fertig?“, fragte Natalie.

„Warten Sie“, meinte Dominick und kniete sich hin, um den Mechanismus, mit dem das Seil an der Brücke befestigt war, zu überprüfen. Zufrieden richtete er sich wieder auf. „Ja, wir sind bereit.“

Natalie lächelte. „Haltet bitte eure Hosenbeine hoch.“

Sie kamen der Aufforderung nach, damit die Kursleiterin das Geschirr an ihren Knöcheln befestigen konnte. Nachdem sie fertig war, überprüfte Dominick auch die Bindungen. Der Wind wehte stärker und pfiff Violet in den Ohren. Inzwischen war sie regelrecht in Panik und krallte sich an Dominicks Schultern fest. Dass er sie zur Beruhigung leicht in den Po kniff, machte die Sache nur schlimmer. Als er die Arme um sie legte und fest an sich drückte, sog sie scharf die Luft ein. Ihre Körper schienen perfekt zueinanderzupassen.

„Legen Sie Ihre Arme um mich“, forderte er sie auf.

Das tat sie und spürte seine Kraft.

„Fester“, ermutigte er sie. „Richtig fest.“

Sie schluckte und verstärkte die Umklammerung. Ihr Kopf reichte gerade bis zu seinem Kinn, daher fühlte sie seinen Herzschlag an ihrer Wange, leicht beschleunigt, aber gleichmäßig. Sie schmiegte sich an ihn und verließ sich auf seine Kraft.

„Na schön, Leute“, rief Natalie. „Das hier ist so einfach, wie sich zu verlieben.“

Angesichts der unfreiwilligen Ironie dieser Bemerkung schloss Violet die Augen. Die Vorstellung, Dominick Burns könnte sich jemals in sie verlieben, war lachhaft. Nur leider war ihr gerade überhaupt nicht zum Lachen zumute.

„Auf eins“, rief Natalie. „Drei!“

„Du lieber Himmel!“, schrie Violet und klammerte sich an Dominick.

„Zwei!“

„Manche machen das nackt“, flüsterte er ihr ins Ohr.

Seine Worte lenkten sie für den Bruchteil einer Sekunde ab.

„Eins – Sprung!“

Violet fühlte, wie seine Muskeln sich anspannten. Gern hätte sie behauptet, sie wäre mit ihm gemeinsam abgesprungen, doch in Wahrheit presste sie nur das Gesicht an seine Brust und ließ sich fallen. Es folgten atemberaubende Sekunden völliger Schwerelosigkeit, bevor sie wie ein Sack Steine in die Tiefe sausten.

Sie würden sterben. Während der Wind um sie herumrauschte, zog ihr Leben an ihr vorbei – besonders die Dinge, zu denen sie nicht gekommen war.

Währenddessen schrie Dominick seine Begeisterung heraus. „Vee, sehen Sie hin! Es ist großartig!"

Ihre Schreie vermischten sich mit seinem Lachen, bis sie endlich langsamer wurden und Violet die Augen aufmachte. Farbflecken rasten an ihr vorbei. Völlig orientierungslos versuchte sie, ihre Atmung wieder unter Kontrolle zu bekommen.

„Sehen Sie hin, Vee! Das macht wirklich Spaß!"

Tatsächlich versuchte sie, den Kopf zu heben, doch ihre Angst hinderte sie daran. Dann fühlte es sich an, als würden sie anhalten, bis sie am Knöchel erneut nach oben gezogen wurden. Sie klammerte sich an Dominick, als ginge es um ihr Leben. Durch den freien Fall wurden sämtliche erogenen Zonen zusätzlich durchblutet und äußerst empfänglich gemacht. Der Rückprall war kurz, danach fielen sie wieder, aber viel langsamer, bis sie schließlich nur noch kopfüber leicht hin und her schwangen. Allmählich sah Violet wieder klarer.

„Sie haben es getan", meinte Dominick belustigt.

„Ja, das habe ich."

Zur Feier des Tages gab er ihr einen Kuss, der schon wieder vorbei war, ehe sie richtig begriff, was da geschah. Sie war völlig perplex und beruhigte sich mit dem Gedanken, dass er es ganz spontan getan hatte und es nichts bedeutete.

Schließlich konnte er nicht wissen, dass sie seit einem Jahr von einem Kuss fantasierte, seit sie Dominick zum ersten Mal begegnet war. Und jetzt war es, als würde sie frische Luft einatmen, während in ihrem Körper das Feuer loderte. Noch auf der Luftmatratze, als sie vom Geschirr befreit wurden, hämmerte ihr Herz so stark wie kurz vor dem Absprung.

Später, auf der Rückfahrt zur Sunpiper Extreme Sports School, versicherte sie Dominick, es ginge ihr gut. Gegen den Aufruhr in ihrem Innern jedoch konnte sie nichts tun. Die Erinnerung daran, wie sein Körper sich an ihren gepresst hatte, das Adrenalin, der flüchtige Kuss …

Sie stand kurz davor, die Kontrolle zu verlieren.

„Sie waren klasse", bemerkte Dominick begeistert, als sie schließlich in dem gläsernen Fahrstuhl nach oben fuhren. „Geht es Ihnen wirklich gut?"

Violet hielt sich am Geländer fest, den Blick starr auf die Türen gerichtet. Ihr Atem ging gepresst. Sie brachte es nicht fertig, Dominick anzusehen, aus Angst, er könne ihr Verlangen bemerken. „Ja, alles in Ordnung", antwortete sie leise. „Ich bin nur müde."

Als die Fahrstuhltüren aufgingen, lief sie eilig den Flur entlang zu ihrem Penthouse. Sie hatte schon aufgeschlossen, als Dominick sie einholte. Die untergehende Sonne verbreitete ein sanftes goldenes Licht in der Suite.

„He, warum so eilig?" Dominick hielt sie am Arm fest, bevor sie eintreten konnte.

Nur mit Mühe unterdrückte Violet ein Stöhnen. Dieser Mann war einfach viel zu sexy, und die Nähe zu ihm ließ sie an lauter gefährliche Dinge denken.

„Danke, dass Sie keine Spielverderberin waren", sagte er. „Der Sprung hat mir zu einem Einblick in die Arbeitsweise des

Unternehmens verholfen." Er nahm ihre Hand und verschränkte seine Finger mit ihren. „Außerdem hätte es ohne Sie nicht annähernd so viel Spaß gemacht."

Ihr Herz schlug schon wieder schneller. Sie versuchte, ihre Hand aus seiner zu befreien, doch er ließ sie nicht los.

„Vee ..."

Als sie sich umdrehte, presste er seine Lippen sanft auf ihre. Doch diesmal geschah es nicht zur Feier des Tages, und es war auch kein flüchtiger Kuss. Seine Lippen lagen warm und weich auf ihren und fachten ihre Begierde, die sie die ganze Zeit unter Kontrolle zu halten versuchte, zu einem lodernden Feuer an. Sie öffnete die Lippen und fühlte, wie sie über den Abgrund gezogen wurde.

Einen freien Fall hatte sie bereits überstanden. Dieser hier mochte zwar viel gefährlicher ein, aber er versprach auch noch mehr Spaß zu machen.

Violet schmiegte sich an Dominick, als der Kuss immer leidenschaftlicher wurde. All die Anspannung, die Angst und die Euphorie der letzten Stunden vermischten sich mit ihren sexuellen Fantasien von Dominick, und das steigerte ihr Verlangen noch weiter. Sie stöhnte und schob die Hände unter sein T-Shirt, um seine nackte Haut zu berühren. Für einen kurzen Moment löste er sich von ihr, um es sich über den Kopf zu ziehen, bevor er ihres auszog. Ohne zu zögern, hob sie die Arme und gestattete es ihm. Die kühle Luft der Klimaanlage ließ sie ein wenig frösteln.

Dominick küsste ihren Hals, während er aufreizend ihren Po streichelte.

Violet konnte kaum fassen, was passierte, wollte aber auf keinen Fall innehalten, um darüber nachzudenken. Er öffnete ihren Sport-BH, befreite ihre Brüste daraus, und sie seufzte beinah vor Erleichterung. Die Brustwarzen waren dunkelrosa und aufgerichtet. Dominick öffnete ihren Pferdeschwanz, sodass ihr die Haare über die Schultern fielen. Als er sie auf Armeslänge von sich weghielt, empfand sie eine plötzliche Scheu, weil sie so blass war. Der Ausdruck in seinen Augen verriet jedoch Freude an dem, was er sah.

„Vee", raunte er, und in seiner Stimme lag Bewunderung, „du bist wunderschön. Lass mich den Rest von dir ansehen."

Sie zog ihre Tennisschuhe aus, richtete sich wieder auf und hielt seinem Blick stand, während sie die Cargopants zusammen mit ihrem Slip abstreifte. Nun stand sie völlig nackt vor ihm. Er betrachtete sie schweigend von Kopf bis Fuß, sodass sie schon glaubte, irgendetwas falsch gemacht oder sich zu schnell bewegt zu haben … oder womöglich überhaupt nicht sein Typ zu sein. Aber dann zog er sie an sich und ließ seine Hände beinah ehrfürchtig über ihren Rücken und ihre Hüften gleiten.

Durch den Stoff seiner Hose hindurch spürte Violet seine Erektion an ihrem Bauch. Ungeduldig zerrte sie an seinem Hosenbund. Dominick kickte seine Schuhe weg, knöpfte die Hose auf und zog sie herunter. Erst in diesem Moment, als sie seinen festen und harten Penis sah, begriff sie, dass es wirklich passieren würde – sie würde Sex mit Dominick haben. All die Zeit, in der sie davon fantasiert hatte, mit ihm zusammen zu sein, hatte sie nicht eine Sekunde geglaubt, dass es Wirklichkeit werden könnte. Seine warme, nackte Haut unter ihren Fingern zu spüren, war aufregender als alles, was sie sich je hätte ausmalen können.

Er nahm ein Kondom aus seiner Brieftasche, bevor er seine Hose ganz auszog. Dann hob er Violet auf die Arme, setzte sie auf die Arbeitsfläche der Küchenzeile und küsste sie stürmisch, forderte sie mit dem wilden Spiel seiner Zunge zu einer Reaktion heraus.

Nach einer Weile unterbrach er den Kuss, um an einer ihrer aufgerichteten Brustwarzen zu saugen, während er mit der Hand ihre Brust massierte. Violet stöhnte, warf den Kopf in den Nacken und bog sich ihm entgegen. Die lustvollen Empfindungen überwältigten sie völlig, genau wie die Tatsache, dass es Dominick war, der all diese aufregenden Dinge mit ihr tat. Sie fuhr ihm durch die Haare und drängte ihn stumm weiterzumachen, und er saugte an ihrer Brustwarze, bis Violet laut stöhnte. Ihr Körper schrie förmlich nach ihm.

Er löste sich von ihr, riss das Kondompäckchen auf und streifte sich den Schutz über. Violet rutschte zur Kante der Arbeitsfläche und schlang ihm die Arme um den Nacken. Dominick küsste sie leidenschaftlich und legte ihr die Hände auf die Taille. Als er ein kleines Stück in sie eindrang, sog sie scharf die Luft ein. Aus seiner ungleichmäßigen Atmung schloss sie, dass er sich sehr um Beherrschung bemühte. Zentimeter für Zentimeter füllte er sie aus, bis er ganz in ihr war.

„Ah … das fühlt sich so gut an“, flüsterte er mit vor Erregung heiserer Stimme und fand zu einem langsamen Rhythmus, bei dem er mit kraftvollen, tiefen Stößen in sie eindrang und wieder hinausglitt. Nie zuvor hatte sie etwas so Intensives gespürt …

… bis er anfing, die Perle ihrer Lust mit dem Daumen zu streicheln. Unbeschreibliche Gefühle, heißes Verlangen und die Sehnsucht nach Erfüllung ließen Violet erbeben. Schon merkte sie, wie sich der Orgasmus ankündigte, nach dem sie sich schon den ganzen Nachmittag sehnte. Seufzend schmiegte sie das Gesicht an seinen Hals und flüsterte ihm sexy Sachen ins Ohr, wie gut es sich anfühlte, ihn in sich zu spüren, und dass er sie zum Höhepunkt bringen würde, wenn er so weitermachte. Die Worte kamen einfach so und konfrontierten sie mit ihrer anderen Seite – der sexuell selbstbewussten Violet, die noch nie ein Mann aus ihr hervorgelockt hatte.

Dominick stöhnte und fachte ihre Lust mit raffinierten Liebkosungen weiter an, bis sie ihm die Beine um seine Taille schlang und fest zudrückte, als er sie zum Orgasmus brachte. Die Empfindungen, die er in ihr weckte, waren so überwältigend, dass sie seinen Namen herausschrie, während sich ihre inneren Muskeln um ihn zusammenzogen. „Dominick … oh ja … Dominick … Dominick!"

Er atmete schnell und heftig und stand kurz vor dem eigenen Höhepunkt. Er packte ihre Hüften, beschleunigte seinen Rhythmus und nahm Violet, bis sich sein ganzer Körper anspannte und er die ersehnte Erfüllung fand. „Vee … Vee … ahh!" Ein heftiges Zittern durchlief ihn, erschöpft sank er auf sie.

Violet hielt seinen Kopf an ihre Brüste gedrückt. Ihre Atmung normalisierte sich allmählich wieder, ihre Begierde war auf wundervolle Weise gestillt worden.

Ein Geräusch durchdrang die Stille, ein Kratzen und Winseln aus Violets Schlafzimmer. Winslow hatte sie offenbar gehört und langweilte sich. Sie stupste Dominick mit dem Zeigefinger an.

„Hm?" Er hob den Kopf.

„Ich glaube, Winslow braucht mich."

Als Antwort gab er einen ziemlich gereizten Laut von sich und löste sich von ihr. „Na schön, aber wir müssen über das hier reden."

„Da gibt es nichts zu reden", erwiderte sie in einem frischfröhlichen Ton, glitt von der Arbeitsfläche und suchte ihre Sachen zusammen. Sie musste unbedingt ein wenig Abstand zwischen sich und ihn bringen, um das Unglaubliche, das gerade passiert war, zu verarbeiten. Der Sex mit Dominick hatte das, was Dr. Alexander in ihren Vorlesungen geschildert hatte, noch bei Weitem übertroffen.

Noch immer ein bisschen wacklig auf den Beinen, zwang sie sich, ihn anzusehen. „Danke, es war sehr schön, Dominick. Aber ich hoffe, es ändert nichts an unserer Arbeitsbeziehung."

Dominick stutzte. Es war ihm immer wichtig gewesen, seine Geliebten zu befriedigen, doch bedankt hatte sich noch nie eine bei ihm. Und die knappe Art, mit der Violet ihn abfertigte, ließ Selbstzufriedenheit gar nicht erst aufkommen.

Es war sehr schön – was zur Hölle hatte das zu bedeuten? Er führte zwar nicht Buch, doch konnte er für sich sagen, dass der Sex mit ihr zu den außergewöhnlichsten Erfahrungen seines Lebens zählte.

Vielleicht war es schneller gegangen, als er beabsichtigt hatte, aber das lag daran, dass er es einfach nicht mehr ausgehalten hatte. Eigentlich beabsichtigte er, sich beim zweiten Mal mehr Zeit zu nehmen, und er war auch schon wieder bereit für sie. Wie sollte er auch keine Erektion haben, wenn sie wie eine nackte Göttin vor ihm stand? Allein ihre wunderbaren Brüste faszinierten ihn derart, dass er nicht genug von ihnen bekam.

Seine Reaktion verwirrte ihn. „Nein", versicherte er ihr, „es wird unser Arbeitsverhältnis nicht beeinträchtigen."

„Gut."

Fieberhaft suchte er nach irgendeinem unverfänglichen Thema. „Was hältst du davon, wenn wir uns frisch machen und zum Abendessen ausgehen?"

„Nicht viel.“ Sie zog sich an und verbarg damit ihren aufregenden Körper wieder unter Kleidungsstücken. „Ich muss noch ein paar Telefonate erledigen, außerdem bin ich wirklich müde. Ich glaube, ich lasse mir etwas vom Zimmerservice kommen und gehe mit Winslow Gassi. Was steht für morgen auf dem Programm?“

Weil sie über die Arbeit sprachen, während er hier splitternackt vor ihr stand, musste er lachen. Offenbar war sie nicht sonderlich beeindruckt. „Wir sollten uns zum Frühstück im Café treffen und dann den Tagesablauf planen.“

„Um wie viel Uhr?“

Er hob ratlos die Hände. „Wie wäre es um neun?“

„Einverstanden.“ Sie band ihre herrlichen Haare wieder zu dem üblichen strengen Pferdeschwanz zusammen und schenkte Dominick ein fröhliches Lächeln. „Ich wünsche dir noch einen schönen Abend.“

Halbwegs rechnete er damit, dass sie noch „Mr. Burns“ hinzufügte, aber das tat sie dann doch nicht. Stattdessen drehte sie sich einfach um und verschwand in ihrem Zimmer. Den Geräuschen nach zu urteilen, die er von dort hörte, war dieser kleine Hund verdammt glücklich, sie zu sehen.

Dominick unterdrückte einen Fluch und sammelte auf dem Weg in sein Zimmer mit dem großen, einsamen Bett seine Kleidungsstücke ein. Er duschte ausgiebig und grübelte darüber nach, was sie gerade getan hatten. Noch immer verspürte er Verlangen nach Violet, eine erstaunliche Sehnsucht, jeden Zentimeter ihres Körpers zu erforschen und sie auf jede nur erdenkliche Art zu verwöhnen. Und wer hätte gedacht, dass dieses liebe Mädchen, das sich zu Weihnachten Frieden auf der Welt wünschte, in Ekstase so sündige Dinge flüstern konnte? Es war fast, als würde sie sich in seinen Armen in eine andere Frau verwandeln. Als er schon wieder hart wurde, drehte er das kalte Wasser auf und kam sich wie ein Schuljunge vor.

Seine düstere Stimmung hielt an, während er sich für das Abendessen anzog. Beim Auspacken seines Koffers stieß er auf den Brief, den Violet geschrieben hatte. Er faltete die pinkfarbenen Blätter auseinander und las die Worte noch einmal, bis zu der Stelle, an der sie von den Jungen berichtete, die bereits fertig waren, noch ehe sie sich die Bluse ausgezogen hatte. Offenbar war ihr nicht klar gewesen, dass sie die Jungen mit ihrem sexy Körper dermaßen erregt hatte, dass die sich einfach nicht beherrschen konnten.

Genau wie ich, dachte er zerknirscht, bevor er den Brief wieder verstaute und das Zimmer verließ. Auf dem Weg hinaus warf er einen sehnsüchtigen Blick zu Violets Tür.

Kurz darauf fand er ein gut besuchtes Restaurant am Strand, das voll gebräunter, attraktiver und halb nackter Frauen war, die tanzten, lachten, tranken und flirteten. Etliche kamen zu ihm an die Bar, pressten sich an ihn und ließen andere Männer Salz zum Tequila aus ihrem Ausschnitt lecken.

Diese Frauen verstehen es, sich zu amüsieren, dachte Dominick.

Warum musste er dann immer wieder an die blasse Frau mit den Sommersprossen denken, die Rollkragenpullover trug und die Ruhe ihres Zimmers einem Abend mit ihm vorzog?

Dominick trank seinen Wodka-Tonic aus und signalisierte dem Barkeeper, dass er noch einen wollte. Je wütender er wurde, desto stärker wurde sein Verlangen nach Violet. Er durfte gar nicht daran denken, dass sie praktisch ein Jahr direkt vor seiner Nase gesessen und er ihren Sex-Appeal nicht erkannt hatte.

Sex auf der Arbeitsfläche in einem Hotelzimmer nach einem Bungeesprung von einer Brücke entsprach also noch nicht ganz der Vorstellung dieser Frau, die von aufregender Erotik fantasiert hatte?

Dann gibt es nur eine Lösung, dachte er, nahm das frische Glas, das der Barkeeper serviert hatte, und trank einen großen Schluck.

Morgen würde er sich eben noch mehr einfallen lassen müssen.

7. Kapitel

Noch drei Tage bis Weihnachten

Violet war schrecklich nervös, als sie zu dem Strandcafé ging, in dem sie und Dominick sich zum Frühstück treffen wollten. Letzte Nacht hatte sie kaum geschlafen, weil sie immer wieder jedes erotische Detail Revue passieren ließ, bis es sich unauslöschlich in ihre Erinnerung eingebrannt hatte. Gegen zwei Uhr morgens hatte sie Dominick zurückkehren gehört, und dem Lärm nach zu urteilen, den er dabei veranstaltete, war er ziemlich angesäuselt. Da er schon wieder eine Erektion gehabt hatte, als sie in ihr Zimmer ging, hatte er sich vermutlich jemanden zum Feiern gesucht. Offenbar war sie nicht Frau genug gewesen, um ihm zu genügen.

Als sie das Penthouse heute Morgen für einen Strandspaziergang verlassen hatte, war seine Tür noch geschlossen gewesen. Sie dachte lieber nicht darüber nach, warum.

Winslow trippelte nach einer Nacht in ihrem Bett begeistert neben ihr her. Der kleine Hund schnarchte wie ein Bernhardiner, trug aber keine Schuld an ihrer Schlaflosigkeit. Denn neben den berauschenden Erinnerungen an den Sex mit Dominick hatten Selbstvorwürfe sie gequält. Im Lauf dieses Jahres war Dominick einer ihrer besten Kunden geworden. Auch wenn er behauptete, der Sex ändere nichts an ihrem Arbeitsverhältnis, bezweifelte sie das stark. Sobald man einen Menschen nackt gesehen hatte, lagen die Dinge anders. Jetzt blieb ihr nur noch, Schadensbegrenzung zu betreiben.

Sie trug ihren schwarzen Hosenanzug, dazu wegen der Hitze jedoch eins von Lillians bunten Trägertops. Als sie sich dem Café näherte, entdeckte sie Dominick an dem gleichen Tisch, an dem sie gestern zu Mittag gegessen hatten. Er trug Cargoshorts, ein T-Shirt, das seine breiten Schultern betonte, und eine Sonnenbrille. Ein wenig in sich zusammengesunken saß er auf dem Stuhl und massierte sich die Schläfen. Ihr Körper reagierte – wie vorauszusehen – mit einem sinnlichen Erschauern. Auch Winslow erblickte seinen Feind und zerrte kläffend an seiner Leine.

Dominick sah genervt auf – ob ihretwegen oder wegen des Hundes, vermochte sie nicht zu sagen. Er nahm die Sonnenbrille ab und rieb sich die Augen mit Daumen und Zeigefinger. „Guten Morgen, Vee", begrüßte er sie.

„Guten Morgen." Sie setzte ihr eingeübtes Lächeln auf.

Gequält verzog er das Gesicht und deutete auf Winslow. „Muss der eigentlich so laut sein?"

Sie band die Leine um ein Stuhlbein und ging vor dem Hund in die Hocke, um ihn zu beruhigen. „Er freut sich einfach, dich zu sehen", erwiderte sie unbekümmert.

„Ach, dann ist das ein freundliches Knurren?" Dominick legte die Sonnenbrille auf den Tisch.

Es war unmöglich, ihn anzusehen, ohne sich daran zu erinnern, wie seine Lippen und Hände sie gestern Abend verwöhnt hatten. Sofort richteten sich ihre Brustwarzen auf. „Hattest du ein angenehmes Dinner?"

Die Kellnerin erschien an ihrem Tisch, ehe er antworten konnte. Violet bestellte Joghurt und Orangensaft, Dominick Aspirin und einen Energydrink. Nachdem die Frau verschwunden war, lehnte er sich wieder zurück und lachte reumütig. „An das Essen erinnere ich mich nicht mehr, aber ich habe eindeutig zu viel getrunken. Falls ich dich geweckt haben sollte, als ich nach Hause kam, tut es mir leid."

„Nein, hast du nicht", log sie.

„Du konntest also schlafen?"

„Ja." Hoffentlich bemerkte er die dunklen Ringe unter ihren Augen nicht, die das Make-up nur schlecht überdeckte.

„Und wie fühlst du dich jetzt, am Morgen danach?"

Sie starrte ihn an.

„Ich meinte, nach dem Bungeespringen." Er grinste frech.

„Oh, ach so. Mir tun ein paar Muskeln weh", gestand sie, obwohl die leichten Schmerzen in der Hüfte und den Oberschenkeln wohl eher von ihren lustvollen Aktivitäten herrührten.

„Bist du bereit für mehr?"

„Mehr was?", keuchte sie.

„Kurse bei Sunpiper. Ich hatte vor, heute irgendetwas anderes auszuprobieren … wenn du Lust hast."

„Äh … klar." Schließlich hatte sie selbst gewollt, dass sie zum Beruflichen zurückkehrten. Das hier war eine Geschäftsreise und sonst nichts. „Solange es nichts zu … Extremes ist."

„Ich habe allerdings den Eindruck, dass du eine hohe Reizschwelle für aufregende Dinge hast", entgegnete er.

Seine Worte brachten sie völlig durcheinander.

Die Kellnerin kam mit der Bestellung, und Dominick hielt die Aspirinpackung hoch. „Ich brauche noch eine Weile, bis ich mich wieder menschlich genug fühle, um einen Adrenalinkick zu riskieren."

„Das passt mir gut." Violet hatte nichts dagegen, die nächste Aktion so lange wie möglich aufzuschieben. „Ich habe ein paar

Boutiquen gesehen und würde gern deine Geschenkeliste abarbeiten und die Einkäufe an mein Büro schicken, bevor wir aufbrechen."

„Ich werde dich begleiten", sagte er. „Vielleicht lerne ich ja etwas und kann meine Geschenke in Zukunft selbst einkaufen."

Nachdenklich rührte Violet ihren Joghurt um, während ein unangenehmes Schweigen zwischen ihnen entstand, bis sie plötzlich gleichzeitig sagten: „Das Wetter ist toll."

Violet musste lächeln, und er erwiderte das Lächeln, was die Befangenheit vertrieb. „Es ist nur schwer, in Weihnachtsstimmung zu kommen, wenn es so warm und sonnig ist", fügte sie hinzu.

„Darum gefällt es mir hier, hier kann ich Weihnachten vergessen", meinte er.

„Du magst Weihnachten nicht?"

„Ich habe nichts dagegen. Es ist schön für Kinder. Ich verstehe nur das Aufheben nicht, das die Erwachsenen darum machen."

Während Violet auf ihren Joghurt blickte, bekam sie plötzlich Heimweh.

„Habe ich etwas Falsches gesagt?"

„Nein", versicherte sie ihm rasch. „Als kleines Mädchen habe ich mir immer ein klassisches Weihnachtsfest mit meinen Eltern gewünscht, mit einem großen Baum und Schnee und Weihnachtsliedern."

„Waren deine Eltern Weihnachten denn nicht da?"

Sie schüttelte den Kopf.

„Und dieses Jahr wolltest du endlich mit ihnen zusammen feiern?"

„Na ja, inzwischen bin ich erwachsen", erwiderte sie. Es

wurde Zeit, diesen alten Traum zu begraben, er würde ohnehin nicht in Erfüllung gehen.

„Als ich klein war, hat meine Mutter immer liebevoll den Baum geschmückt, Kekse gebacken und Geschenke eingepackt", erzählte er. „Deshalb arbeite ich Weihnachten lieber, ohne meine Familie macht es keinen Spaß."

„Darf ich fragen, was mit deinen Eltern passiert ist?"

„Meine Mutter ist an Krebs gestorben und mein Vater knapp ein Jahr später an einem Herzinfarkt." Dominick lächelte traurig. „Ich war immer davon überzeugt, dass er an gebrochenem Herzen gestorben ist."

„Hört sich an wie bei meinen Großeltern", sagte sie. „Es tut mir schrecklich leid."

„Mir auch." Er wich ihrem Blick aus und leerte seinen Energydrink, so als wollte er rasch das Thema wechseln oder verschwinden.

Violet aß schnell auf und beobachtete ihn verstohlen. Es war verständlich, warum er mit Weihnachten nichts mehr anfangen konnte, aber es war auch sehr traurig. Jedenfalls erklärte es, warum er jemanden damit beauftragte, seine Geschenke zu kaufen, und erst nach dem Fest wieder nach Atlanta zurückkehren wollte. Ob er trotz seiner zahlreichen Freundinnen einsam war?

Dominick fand es angenehmer, neben Violet zu gehen, als ihr gegenüberzusitzen. Er konnte sie zwar nach wie vor nicht berühren, aber er war ihr näher. Dummerweise knurrte ihn dieser verdammte Hund jedes Mal an, wenn er ihr zu nah kam. Also musste er sich damit begnügen, sie aus einer Armeslänge Entfernung heimlich zu betrachten.

Ihre Bewegungen waren sparsam – sie nahm nicht mehr

Platz ein als nötig, hielt die Ellbogen angelegt, ging beherrscht. Doch ihre Haltung verriet keine Scheu, im Gegenteil, sie hielt sich aufrecht, was ihre wundervollen Brüste besonders gut zur Geltung brachte, auch wenn sie sie unter der schwarzen Kostümjacke zu verstecken versuchte. Bei der Erinnerung daran, wie er an den harten Brustwarzen gesaugt hatte, durchzuckte es heiß seine Lenden

„Das hier sieht vielversprechend aus“, sagte sie und blieb stehen.

Das Schaufenster vor ihnen war mit Glasnippes und allerlei Schnickschnack dekoriert. „Muss ich in solche Läden, wenn ich meine Weihnachtseinkäufe selbst erledigen will?“

„Wenn die Beschenkten zu neunzig Prozent Frauen sind, ja“, antwortete sie.

„Na schön, zeig mir, wie es geht.“

Sie öffnete die Tür und erkundigte sich bei der Angestellten, ob sie Winslow mit hineinnehmen durfte. Die junge Frau bejahte freundlich. Drinnen wickelte Violet sich die Leine ums Handgelenk, zückte ihren Blackberry und tippte ein paar Befehle ein.

Neugierig schaute Dominick ihr dabei über die Schulter. „Was machst du da?“

„Auf deiner Liste sind noch vier Personen übrig – Heather, Mia, Sandy und Bethany. Ich überprüfe noch einmal deine vorherige Geschenkeliste.“

„Du führst Buch darüber, was ich jeder dieses Jahr geschenkt habe?“

„Auf diese Weise verschenke ich nicht zweimal das Gleiche.“ Als die Liste im Display erschien, las sie vor: „Heather hast du zum Valentinstag Pralinen geschenkt und im April einen iPod.“

Dominick war das peinlich. „Sie ist noch jung.“ Eine Cheerleaderin von der Georgia State University, um genau zu sein. Sie konnte Spagat machen, aber sie erregte ihn nicht so wie Violet.

„Schwebt dir etwas Bestimmtes vor?“, fragte sie und riss ihn damit aus seinen Gedanken.

„Nein. Was schlägst du vor?“ Er hatte Heather seit Monaten nicht mehr gesehen, daher würde es eine Art Abschiedsgeschenk sein.

„Der Schlüssel zum Schenken liegt darin, sich genau zu überlegen, was dieser Person wohl gefallen, sie sich aber nie selbst kaufen würde. Wie wäre es mit einer Puderdose für die Handtasche?“ Sie zeigte ihm eine hübsche silberne, mit Kristallen besetzte Puderdose.

„Eine Puderdose mit Spiegel?“

„Genau.“

„Perfekt“, rief er erleichtert. Das war ja gar nicht so schwer.

Violet legte die Dose auf den Tresen und beugte sich vor, um eine Puppe mit rundlichem Gesicht in einer ausgeblichenen Schachtel zu betrachten. „Wie viel kostet diese Puppe?“, fragte sie die Angestellte.

„Tut mir leid, sie gehört der Besitzerin und ist nicht zu verkaufen.“

Daraufhin gab Violet einen enttäuschten Laut von sich.

„Was ist das?“, wollte Dominick wissen.

„Eine alte Little-People-Puppe. Sie waren die Vorläufer der Cabbage-Patch-Kid-Puppen, bevor sie in Massen produziert wurden. Als ich sieben war, waren sie der letzte Schrei.“

„Hattest du eine?“

Sie lachte. „Oh nein, die konnten meine Großeltern sich nicht leisten. Aber sie nahmen mich mit in den Norden Georgias zur Klinik.“

„Klinik?"

„Dort werden die Puppen geboren und gepäppelt, bis sie adoptiert werden", erklärte sie.

Er schüttelte den Kopf. „Jungenspielzeug ist doch viel unkomplizierter. Mit sieben wollte ich bloß ein Skateboard haben."

„Die Nächste auf der Liste ist Mia. Zum Valentinstag hast du ihr Pralinen geschenkt und Blumen im Juli."

Ratlos schaute er sich in dem überfüllten Laden um. „Ich habe keine Ahnung."

„Wie ist sie?", wollte Violet wissen.

„Na ja ..." Dominick schaffte es nicht einmal, sich ihr Bild ins Gedächtnis zu rufen. Mia war Pharmavertreterin ... vermutlich. Er schnippte mit den Fingern. „Sie riecht immer gut." Allerdings nicht so gut wie Violet, die nach – er schnupperte an ihrem Pferdeschwanz – aparten Gewürzen duftete.

Der Hund bellte, und Dominick wich rasch zurück.

Da Violet nichts mitbekommen hatte, tadelte sie den Hund, der winselnd näher an sie heranrückte und Dominick mit seinen kleinen dunklen Augen beobachtete.

„Wie wäre es mit einem Flakon?", schlug sie vor.

„Wofür?"

Sie zeigte ihm einen pinkfarbenen Glasflakon mit einem Glasstöpsel. „Darin kann sie ihr Lieblingsparfüm aufbewahren."

„Ausgezeichnet." Ein weiteres Abschiedsgeschenk.

Auch der Flakon landete auf dem Tresen, und wieder zog Violet ihre Liste zurate. „Sandy hast du Pralinen zum Valentinstag geschenkt, Blumen im Mai und Karten für die Spielzeit der Symphonie im Oktober."

„Sie ist meine Haushälterin", erklärte er. „Ich kenne sie seit meiner Kindheit. Eine großartige Frau."

Violets Miene entspannte sich. „Das ist schön. Was möchtest du ihr schenken?"

„Etwas ganz Besonderes, denn sie verbringt viel zu viel Zeit damit, sich um mich zu kümmern."

„Wie wäre es mit einem Kaschmirmorgenmantel? Das ist luxuriös und wirklich etwas Besonderes."

Dominick berührte den superweichen hellgrauen Stoff und bemerkte dabei, wie anmutig Violets Hände waren, mit schlanken Fingern und gepflegten unlackierten Nägeln. An der rechten Hand trug sie einen Ring, der alt aussah. Vermutlich stammte er von ihrer Großmutter.

„Der Bademantel ist eine ausgezeichnete Idee", stimmte er zu. Sandy würde dieses extravagante Geschenk die Sprache verschlagen. „Danke, Vee. Es ist mir nämlich sehr wichtig, Sandy etwas Spezielles zu schenken."

Sie nahm den Bademantel vom Kleiderständer. „Dafür hast du mich engagiert."

Ein wenig durcheinander, weil sie ihn daran erinnert hatte, dass sie für ihn arbeitete, folgte Dominick ihr zum Verkaufstresen, um die Sachen zu bezahlen. Als sie den Laden mit den Geschenken verließen, hielt er sie am Arm fest. „Vee … letzte Nacht im Hotel … da fühltest du dich doch nicht genötigt …" Er räusperte sich und kam sich wie ein Idiot vor.

„Nein", versicherte sie ihm schnell, wobei sich ihre Wangen pink färbten. „Ich wollte es."

„Gut", sagte er erleichtert und verlegen.

Sie zeigte auf einen Juwelier zwei Türen weiter. „Schmuck für Bethany, richtig? Dort können wir das letzte Geschenk besorgen."

Die Vorstellung, zusammen mit ihr Schmuck für eine andere Frau auszusuchen, war ihm aus irgendeinem Grund unangenehm. „Vielleicht sollte ich mich darum lieber allein kümmern."

Sie runzelte die Stirn. „Oh. Okay. Ich gehe inzwischen ein bisschen mit Winslow spazieren. Lass dir Zeit."

Am liebsten wäre Dominick ihr gefolgt. Stattdessen betrat er den Laden. Beim Anblick der vielen Glasvitrinen mit Verlobungsringen bekam er beinah eine Panikattacke. Hastig bewegte er sich weiter zu den Vitrinen mit harmloserem Schmuck wie zum Beispiel Ohrringen. Er kratzte sich am Kopf. Waren Bethanys Ohrläppchen eigentlich durchstochen? Er hatte nicht viel Zeit damit verbracht, sich ihre Ohren anzusehen. Vielleicht sollte er ihr als Abschiedsgeschenk lieber ein Armband kaufen. Aber das kam ihm auch ein wenig zu intim vor. Dann fiel sein Blick auf eine Vitrine mit Uhren. Das war genau das Richtige.

Er wählte eine feminine, aber schlichte Uhr, bezahlte und hatte es furchtbar eilig, zu Violet zurückzukehren. Plötzlich kam ihm ein Gedanke: Sollte er nicht auch für sie ein Weihnachtsgeschenk kaufen?

Nahe der Tür blieb er stehen und schaute in eine Vitrine, in der zufällig Ringe ausgestellt waren. Ein filigraner goldener Ring fiel ihm ins Auge, der sehr gut zu Violets anmutigen Händen passen würde.

„Möchten Sie sich einen Ring näher ansehen, Sir?", erkundigte sich der Angestellte mit wissendem Lächeln.

Dominick richtete sich auf. „Nein, danke." Er stürzte beinahe aus dem Laden und blieb benommen auf dem Gehsteig stehen. Was hatte er sich nur dabei gedacht? Selbst ohne Diamant besaß ein Ring für eine Frau immer eine Bedeutung.

Nein, ein Ring war völlig unpassend für die Art von Beziehung, die ihn und Vee miteinander verband.

Und was für eine war das? Der Sex hatte die Grenzen ein wenig verwischt, zumindest für ihn.

In einigen Metern Entfernung entdeckte er Violet, wie sie vor dem hässlichen kleinen Hund kniete, seinen Kopf knuddelte und mit ihm sprach, als wäre er ein Kind. Ihre Hingabe an den Hund einer Kundin war bewundernswert und verriet viel über ihre Lebenseinstellung. Sie war arglos und unvoreingenommen, und das fand er irgendwie erfrischend.

Sie sah auf, winkte und kam auf ihn zu, wobei sie den Hund mit gutem Zureden hinter sich herlockte. „Alles erledigt?", erkundigte sie sich.

Während er bejahte, registrierte er ein eigenartiges Gefühl.

„Gut. Im Hotel gibt es ein Service-Center. Ich werde alle Geschenke an Lillian schicken, damit sie sie einpackt und vor Heiligabend ausliefert."

„Hör sich gut an", sagte er, noch immer durcheinander wegen der heftigen Zuneigung, die er für sie zu entwickeln schien. „Hast du deine eigenen Weihnachtseinkäufe erledigt?"

Sie senkte den Blick. „Ich habe die Geschenke für meine Eltern bei ihnen gelassen, bevor ich abgereist bin", antwortete sie und sah wieder auf. „Wollen wir?"

„Ja, natürlich."

Den Weg zum Hotel legten sie überwiegend schweigend zurück. Nur ein gelegentliches Knurren von Winslow unterbrach die Stille, wenn Dominick Violet zu nahe kam.

„Heute Nachmittag lasse ich ihn im Hundesalon", sagte sie und wischte sich die Hundehaare von ihrer dunklen Hose. „Er muss gepflegt werden."

„Er muss vor allem eine andere Einstellung bekommen“, bemerkte Dominick trocken.

Violet lachte. „Ich muss im Salon eine Uhrzeit angeben, wann ich ihn wieder abhole. Wie lange werden wir heute mit der Recherche verbringen?“

Dominick zögerte. Ihm kamen Zweifel, ob es klug war, sie erneut zu verführen, indem er ihr einen Adrenalinkick verschaffte. Eine dauerhafte Beziehung konnte er ihr nicht bieten, und sie war trotz ihrer in dem Brief beschriebenen Fantasien eine Frau, die mehr brauchte – und verdiente – als nur ein paar Nächte Sex. Im Grunde sollte sie zu Hause bei ihren Eltern sein, um mit ihnen Weihnachten so zu feiern, wie sie es sich immer erträumt hatte.

Doch als sie den Blick zu ihm hob, befeuchtete sie sich mit der Zungenspitze die Lippen, und ihre Wangen waren nicht nur wegen der Hitze gerötet. Nein, sie wollte es ebenso sehr wie er, und diese Vorstellung war äußerst erregend.

„So lange es dauert“, erwiderte er, halb zu sich selbst.

8. Kapitel

Tandem-Paragliding, so lernte Violet, hieß es, wenn zwei Leute hintereinandersitzend an einer Art Fallschirm durch die Luft segelten.

„Ich bin schon oft zwei Stunden lang in der Luft geblieben“, versicherte Dominick ihr, während er ihr das Geschirr anlegte. „Aber diesmal werden wir höchstens eine Stunde unterwegs sein, das ist sicher und macht Spaß. Mit Paragliding kommt der Mensch dem Vogelflug am nächsten.“

Doch selbst nach einer Einweisung des Sunpiper-Kursleiters, die Dominick beeindruckte, bibberte Violet vor Angst. „Ich wollte nie ein Vogel sein.“

„Wenn es dir nicht gefällt, sobald wir in der Luft sind, landen wir wieder. Einverstanden?“

„Einverstanden.“

Sie standen auf einem grasbewachsenen Abhang nördlich von Miami, zusammen mit anderen Kursteilnehmern. Die Sonne brannte vom fast wolkenlosen Himmel, die Temperatur betrug über dreißig Grad. Dominick war ausgebildeter Paragliding-Pilot, darum durfte er mit ihr fliegen. Die anderen Schüler absolvierten entweder kurze Soloflüge oder flogen mit einem ausgebildeten Lehrer.

Ein Schweißtropfen lief ihr den Rücken hinunter, und sie verspürte ein Kribbeln im Bauch. Als Dominick die Gurte an ihren Oberschenkeln straff zog, hätte sie fast gestöhnt. Er sah ihr ins Gesicht, und sein Blick verriet, dass er an ihr privates

Abenteuer von gestern Abend dachte.

„Alles in Ordnung?"

Sie schluckte. „Ja."

Nachdem er ihr beim Aufsetzen des Helms geholfen hatte, zurrte er den Kinnriemen fest und tippte ihr auf die Nasenspitze. „Ich werde nicht zulassen, dass dir etwas passiert, also genieß den Flug."

Immerhin brachte sie ein zaghaftes Lächeln zustande. Obwohl Dominick großes Selbstvertrauen und Kompetenz ausstrahlte, änderte das nichts an ihrer Angst ... was eine entsprechende Reaktion ihres Körpers zur Folge hatte. Unter ihrem Sport-BH und der strapazierfähigen Kleidung richteten sich ihre Brustwarzen auf, und zwischen ihren Schenkeln kribbelte es verräterisch.

Dominick überprüfte noch einmal alle Gurte. Seine Berührung löste ein sinnliches Prickeln aus. Dann setzte er sich hinter sie in seinen Gurt. Zur Sicherheit hatte er ein Funkgerät dabei.

„Auf drei rennen wir los", erklärte er. „Mit dem rechten Fuß zuerst. Sobald du merkst, dass du keinen Boden mehr unter den Füßen hast, lehnst du dich in deinem Gurt zurück. Verstanden?"

„Ja", bestätigte sie und holte tief Luft. Ihr Herz hämmerte wie wild in ihrer Brust.

„Los geht's – eins ... zwei ... drei!"

Mithilfe von Seilen brachte Dominick das Segel vom Boden, während sie losrannten. Nach einem halben Dutzend Schritten verlor Violet den Bodenkontakt, ihre Füße hingen in der Luft. Zuerst erfüllte sie blankes Entsetzen, bis ihr einfiel, dass sie sich in den Gurt lehnen sollte. Plötzlich fühlte es sich an wie in einem Sessellift, in dem sie höher- und höherstiegen, getragen von einem orangefarbenen Segel, das sich nun voll ausgebreitet über ihnen blähte. Das Geschirr erzeugte einen leichten Druck an den Schultern, doch ihre Beine baumelten von den Knien abwärts frei in der Luft.

„Wie geht es dir?“, erkundigte Dominick sich.

Violet hatte gar nicht gemerkt, dass sie die Luft anhielt, darum atmete sie erst einmal aus und hielt das Gesicht in den Wind. Die Angst blieb.

„Antworte mir, Vee.“

„Es geht mir … gut“, brachte sie heraus, ohne den Kopf zu bewegen.

„Entspann dich einfach“, sagte er. „Ich bin direkt hinter dir.“ Wie zur Bestätigung drückte er seine Knie seitlich gegen ihre Oberschenkel. „Lehn dich zurück und genieß den Flug.“

Adrenalin durchflutete sie. Dominicks warmen Körper hinter sich zu spüren, war noch erregender. Sie blinzelte mehrmals, um sich zu konzentrieren, bevor sie ganz langsam den Kopf hob, um die Aussicht, die sich ihnen bot, zu genießen.

Es war atemberaubend. Der Horizont erstreckte sich vor ihnen und schien mit dem Meer zu verschmelzen. Unter ihnen sah sie die Wipfel der Palmen, sandige Felder und Marschland. Sie stiegen weiter, ritten durch den weißen Wolkennebel, bis man kaum noch Einzelheiten am Boden erkennen konnte. Die Zeit schien stillzustehen, während sie dahinschwebten. Alles unter ihnen war winzig klein und verlor irgendwie an Bedeutung. Violet fühlte sich plötzlich allmächtig angesichts der winzigen Fahrzeuge und Gestalten dort unten.

„Sieh nach links“, sagte Dominick ihr ins Ohr.

Eine Möwe flog direkt neben ihnen, und ihre Flügel bewegten sich wie in Zeitlupe. Nun fühlte sie sich beinahe frei wie ein Vogel. Violet atmete tief ein. Die Luft in dieser Höhe war kühler, und es war unglaublich still. Sie hörte nur das Flattern des Segels über ihnen und das Sirren der Drähte, mit denen Dominick steuerte. Aber auch ihren eigenen Herzschlag und das Blut, das in ihren Ohren rauschte, konnte sie hören.

„Wie gefällt es dir, Vee?"

Sie schloss die Augen, denn seine raue Stimme erregte sie und weckte lauter erotische Fantasien. Zum Beispiel malte sie sich aus, wie sie nackt in dieser Position auf seinem Schoß saß, während er in sie eindrang. „Mm", murmelte sie.

„Das bringt das Blut in Wallung, was?"

Das konnte sie nicht bestreiten, und sie wünschte, dieser Flug würde niemals enden – wegen der Empfindungen, die sie dabei verspürte. Gleichzeitig wünschte sie sich, dass er sofort endete. Denn der Druck, der sich in ihrem Unterleib aufbaute, war sowohl berauschend als auch unerträglich.

„Bist du für eine kleine Steigerung bereit?", wollte Dominick wissen.

„Wie meinst du das?"

„Man nennt es Wing-over. Dabei verlagern wir unser Gewicht von einer Seite auf die andere und fangen an zu schaukeln. Das ist toll. Mach es mir einfach nach."

Zwar bekam Violet Angst, aber als er sie mit den Knien drückte und aufforderte, sich nach rechts zu lehnen, tat sie es.

„Und jetzt nach links … und wieder rechts."

Mit jeder neuen Gewichtsverteilung schwangen sie höher, bis sie auf gleicher Höhe und sogar über dem orangefarbenen Segel waren. Es war aufregend und beängstigend zugleich, sodass Violet bei jedem neuen Schwung kreischte. Langsam stabilisierte Dominick ihre Lage wieder.

„Das war wirklich toll", rief sie lachend über die Schulter.

Wieder drückte er sie mit den Knien, was ein ganz anderes Kribbeln in ihrem Körper auslöste.

Eine Weile segelten sie schweigend, bis Dominick verkündete: „Das reicht für heute." Langsam verloren sie an Höhe. Sie sanken so schleppend, dass Violet überrascht war, als sie die Wipfel der Palmen streiften und auf eine verlassene Wiese mit hohem Marschgras zusteuerten.

„Okay, stell dich aufrecht in dein Beingeschirr", forderte er sie auf.

Sie bewegte sich nach vorn und bekam sofort Angst, da sie die sichere Sitzposition im Gurt aufgeben musste. Schnell tröstete sie sich damit, dass sie sich bei einem Sturz aus dieser Höhe wahrscheinlich nicht *jeden* Knochen brechen würde.

„Wir landen gegen den Wind", erklärte er. „Es müsste also eine ziemlich sanfte Landung werden. Deine Beine werden sich wie Pudding anfühlen, trotzdem musst du rennen, sobald wir aufsetzen und so lange weiterlaufen, bis du mich bremsen spürst."

Sie lehnte sich nach vorn und spreizte ihre Beine ein wenig. Als sie das Gras unter ihren Füßen spürte, rannte sie los, bis sie den Widerstand spürte und Dominicks Arme sich von hinten um sie legten. Sie stolperten zu Boden, und Violet landete außer Atem unter Dominick. Lachend hielt er sie fest an sich gedrückt.

„Wie hat es dir gefallen?" Seine blauen Augen leuchteten.

Ihr Körper fühlte sich an wie eine vibrierende Klaviersaite. „Ich … fand es besser als das Bungee-Jumping."

„Habe ich dich also zum Extremsport bekehrt?"

Sie befeuchtete sich die Lippen. „Na ja, ich sehe die gesunden Vorteile."

„Manche Menschen erleben nie, wie das Adrenalin durch ihre Adern rauscht."

„Das ist wirklich ein Jammer", bestätigte sie.

Er rollte sich von ihr herunter, sodass sie nur noch halb unter ihm lag. Der Geruch von Erde und Gras stieg ihr in die Nase, während das Funkeln in Dominicks Augen sie heftig erregte. Unwillkürlich bog sie ihm das Becken entgegen.

Dominick nahm ihre Hand und streichelte ihre Handfläche mit seinem Daumen. „Was hältst du davon, wenn wir uns ein wenig Zeit lassen, bis wir die Bodenmannschaft anfunken, damit sie uns abholt?"

Unsicher sah Violet sich um, ob irgendwelche Häuser oder Autos in der Nähe waren. Doch das hohe Gras versperrte ihr die Sicht. „Und wenn jemand uns sieht?"

„Und wenn schon? Es gibt nichts, weswegen du dich schämen müsstest."

Sie errötete. „Einverstanden."

Rasch entledigten sie sich des Geschirrs und der Helme, dann breitete Dominick den Nylonfallschirm aus, damit sie darauf liegen konnten. Er löste ihr Haar aus dem Haargummi und fuhr mit den Händen hindurch, während er sie leidenschaftlich küsste. Violet riss ihm förmlich die Kleidung vom Leib. Anschließend zog er sie aus.

Zum ersten Mal in ihrem Leben war Violet völlig nackt unter freiem Himmel. Die Sonne wärmte aufs Angenehmste ihren Rücken und Po. Hingerissen betrachtete sie Dominicks perfekten Körper, und der Anblick seiner Erektion ließ sie schließlich alle Hemmungen vergessen.

„Ich will dich reiten", flüsterte sie und presste sich an ihn. Er leistete keinerlei Widerstand. Aus seiner Hose angelte er ein Kondom, das er sich überstreifte, bevor Violet sich auf ihn setzte, um ihn tief in sich aufzunehmen. Den ganzen Nachmittag über hatte sie fantasiert, wie er sie hart und heiß ausfüllte.

Sie war so überwältigt von dem erregenden Gefühl, ihn in sich zu spüren, dass sie aufschrie.

Stöhnend schloss Dominick seine Hände um ihre Brüste und massierte die Brustwarzen, die bereits aufgerichtet waren. „Langsam", murmelte er zwischen zusammengebissenen Zähnen.

Doch sie war bereits zu erregt, nachdem das Verlangen den ganzen Tag über in ihr geflammt hatte. Sie streichelte sich selbst und gelangte innerhalb von Sekunden zu einem Orgasmus, der sie lustvoll aufschreien ließ, während sie sich auf Dominick hin und her wiegte, um diese unbeschreiblich sinnlichen Empfindungen voll auszukosten.

Dominick versuchte die Namen der US-Präsidenten in die richtige Reihenfolge zu bringen und von hundert rückwärts zu zählen und dabei jede Zahl mit neun zu multiplizieren. Kurz, er probierte alles, um den Höhepunkt hinauszuzögern, der sich unaufhaltsam ankündigte. Doch als sich Violets Muskeln um ihn zusammenzogen, war es um seine Selbstbeherrschung geschehen, und er verströmte sich so heftig, dass er sich aufbäumte, was den verzückten kleinen Schreien Violets nach zu urteilen ihren Orgasmus verlängerte.

Schließlich sank sie erschöpft auf seine Brust. Ihr rotgoldenes Haar fiel auf sein Gesicht, doch er besaß nicht mehr die Kraft, um es wegzustreichen. Er lag einfach nur da, atmete den Duft ihrer Locken ein und versuchte zu verarbeiten, was gerade geschehen war. Er musste nicht erst auf die Uhr sehen, um zu wissen, dass kaum eine Minute vergangen war, seit Violet sich auf ihn gesetzt hatte.

So schnell war er seit der Highschool nicht mehr gekommen, und das war ein wenig beunruhigend. Aber er schob es darauf, dass Violet wirklich eine unglaubliche Frau war und ihre Neugier auf „aufregenden“ Sex seine Leidenschaft beflügelte.

Zumindest hoffte er, dass das der einzige Grund war.

Noch zwei Tage bis Weihnachten

Das Geräusch einer Motorsäge riss Violet aus dem Schlaf, bis sie erkannte, dass es sich lediglich um Winslow handelte, der schnarchend neben ihr lag. Erste Sonnenstrahlen fielen durch die dünnen Vorhänge in ihr Zimmer. Die Uhr zeigte zwei Minuten nach sieben an. Noch eine Stunde und achtundfünfzig Minuten, bis sie mit Dominick zum Frühstück verabredet war.

Seufzend sank sie wieder in die Kissen. Sie war besorgt und fassungslos zugleich. Der Sex gestern mit Dominick auf der einsamen Wiese war das erotischste Erlebnis ihres bisherigen Lebens gewesen. Aber hinterher hatte sie sich von ihm zurückgezogen, anstatt mit ihm zu Abend zu essen. Als Begründung hatte sie vorgeschoben, mit Winslow Gassi gehen zu müssen, damit Dominick nicht ahnte, was mit ihr passierte. Denn trotz ihrer Vorsätze und wider besseres Wissen war sie auf dem besten Weg, sich hoffnungslos in ihn zu verlieben.

Erstaunlich, wie er es schaffte, sie aus ihrem Schneckenhaus zu locken und ganz neue Dinge auszuprobieren. Außerdem schien er sehr genau zu wissen, was er tun musste, um sie heißzumachen. Das fand sie beinah unheimlich …

Andererseits gab er wahrscheinlich jeder Frau, mit der er zusammen war, dieses Gefühl, als wüsste er genau, was sie erregte. Seinen Ruf als Playboy hatte er schließlich nicht von ungefähr. Die Geschenkeliste war schon Beweis genug, dass er nicht Gefahr lief, in absehbarer Zeit nur einer einzigen Frau zu gehören. Und sollte er sich eines Tages fest an eine binden, dann vermutlich an eine durchtrainierte Sportlerin, die steile Bergwände hinaufkletterte, und nicht an eine, die auf Yoga stand und unter Höhenangst litt.

Winslow erwachte schnaufend, blinzelte verschlafen und leckte sich die Lefzen.

„Guten Morgen, mein Schöner", sagte sie und kraulte ihn hinter den Ohren.

Glücklich und zufrieden gab er wohlige Laute von sich.

Wie es wohl wäre, neben Dominick aufzuwachen? Ob er schnarchte oder Geräusche im Schlaf von sich gab? Sie verdrängte diesen sinnlosen Gedanken, schwang die Beine aus dem Bett und stand auf, um sich zu strecken. Winslow stellte sich auf seine kurzen Beine, sprang vom Bett und leckte ihr die Füße.

Sie lachte und wackelte mit den Zehen. „Na, da bin ich aber froh, dass mich wenigstens einer anbetet."

Daraufhin schaute er erst sehnsüchtig zu ihr auf und sah sich dann winselnd im Zimmer um.

„Vermisst du dein Frauchen? Ich frage mich jedenfalls, ob dein Frauchen dich vermisst." Manche Haustierbesitzer unterschätzten, wie traumatisch es für die Tiere sein konnte, wenn ihre tägliche Routine unterbrochen wurde. Auch wenn Winslow nicht mit Patricia Kingsbury Gassi gehen wollte, war er doch an ihre Stimme, ihren Geruch und ihre Nähe gewöhnt.

„Machen wir einen Strandspaziergang", schlug sie vor. „Da kommen wir beide auf andere Gedanken."

Sie zog Shorts an, ein T-Shirt und Sandaletten. Dann band sie die Haare wie üblich zu einem Pferdeschwanz zusammen und erinnerte sich dabei daran, wie Dominick sie beide Male beim Sex daraus gelöst hatte. Und warum auch nicht? Es half, die Verwandlung zu vervollkommnen, denn in seinen Armen fühlte sie sich wie eine andere Frau.

Ich hoffe, Du hast einen Weg gefunden, um aus Dir herauszukommen.

Violet dachte an ihre Worte in dem Brief an sich selbst. Vielleicht gelang ihr gerade genau das. Sie hoffte nur, dass sie dabei nicht ihr Herz verlor.

Der Brief ... Nun, da sie die Fantasien, über die sie geschrieben hatte, tatsächlich auslebte, wünschte sie, ihn wenigstens als Andenken aufbewahrt zu haben. Schließlich war er der Auslöser dafür gewesen, dass sie Dominicks Einladung angenommen hatte. Sie sah auf die Uhr. Vermutlich war Lillian schon im Büro. Violet wählte die Nummer, und Lillian meldete sich prompt nach dem zweiten Klingeln.

„Summerlin at Your Service, Lillian am Apparat."

„Hallo, Lillian. Ich bin's, Violet."

„Guten Morgen. Wie ist Ihre Reise?"

„Sie ist ... angenehm", antwortete sie zögernd. „Ich wollte nur hören, ob alles gut läuft."

„Bestens."

„Keine Probleme?"

„Absolut keine Probleme. Wie geht es Winslow?"

Lächelnd sah Violet zu dem kleinen Hund, der mit der Leine im Maul zu ihren Füßen saß. „Ihm geht es gut. Uns beiden geht es gut."

„Fein", meinte Lillian fröhlich.

„Übrigens, dieser Brief, den ich neulich im Büro gesucht habe – ist der zufällig wieder aufgetaucht?"

„Nein, tut mir leid."

„Na ja, ich wollte nur noch mal nachfragen." Violet konnte ihre Enttäuschung nicht leugnen. „Rufen Sie mich an, falls irgendetwas ist."

„Mach ich."

Ein wenig ratlos angesichts der Tatsache, dass ihre Firma genauso gut von jemand anders geführt werden konnte, legte sie auf. Vielleicht war es doch möglich, weniger zu arbeiten, wenn sie zurück in Atlanta war.

Winslow winselte und erinnerte sie an ihr Versprechen, mit ihm Gassi zu gehen. So leise wie möglich öffnete Violet die Schlafzimmertür und stellte fest, dass das Wohnzimmer leer war und die Tür zu Dominicks Zimmer geschlossen. Er war wieder erst spät nach Hause gekommen, um drei Uhr morgens. Zweifellos hatte er für den Abend weibliche Gesellschaft gefunden, möglicherweise lag in diesem Moment eine Frau in seinem Bett. Sie verdrängte den plötzlichen Anflug von Eifersucht und führte Winslow hinaus auf den Flur, wo sie mit dem Lastenaufzug nach unten fuhren.

Wegen der vom Meer wehenden Brise war es noch kühl zu dieser frühen Stunde, doch würde es ein weiterer heißer Tag werden. Violet atmete tief die salzige Luft ein und überredete Winslow, auf dem für ihn ungewohnten Untergrund spazieren zu gehen. Bis er merkte, dass der Sand ihm nicht wehtat, zierte er sich und winselte. Dann jedoch lief er an der Leine voraus und erkundete das Terrain.

Bunte Mietliegestühle und Sonnenschirme wurden bereits aufgestellt in Erwartung zahlreicher Strandbesucher. Violet fand es erstaunlich, wie viele Menschen über Weihnachten verreisten, anstatt zu Hause zu feiern. Aber sie nahm an, dass jeder seinen eigenen Grund dafür hatte.

Genau wie sie und Dominick.

Sie streifte die Sandaletten ab und trug sie in der Hand. Es war herrlich, den feinen Sand zwischen den Zehen zu spüren. Violet ging näher ans Wasser und lachte über Winslows Neugier und gleichzeitige Furcht vor den Wellen.

Ein einsamer Schwimmer kam auf den Strand zugeschwommen, mit so gleichmäßigen, kräftigen Zügen, dass Violet sich fragte, ob er für irgendeinen Wettkampf trainierte. Obwohl sie keine schlechte Schwimmerin war, hatte sie immer Angst davor gehabt, im Meer zu schwimmen.

Nach den sportlichen Herausforderungen der letzten Tage kam ihr eine Runde Schwimmen im Meer allerdings nicht mehr so beängstigend vor.

Der Schwimmer näherte sich dem Ufer. Als er aufstand, erkannte Violet voller Schreck Dominick. Auch er entdeckte sie und ging auf sie zu. Der Anblick seines nassen, muskulösen Körpers, nur mit einer schwarzen Badehose bekleidet, beschleunigte sofort ihren Puls.

Und offensichtlich auch den von Winslow, denn der Hund sprang auf und ab und bellte wie verrückt, sodass Violet an der Leine ziehen musste, um ihn zu beruhigen.

„Du bist früh auf“, sagte Dominick und schüttelte die Wassertröpfchen von sich ab.

„Ich hatte Lust auf einen Spaziergang. Es ist schön am Strand um diese Uhrzeit. Bei meiner hellen Haut kann ich es mir nicht erlauben, hier draußen zu sein, wenn die Sonne vom Himmel brennt.“

Er musterte sie ausgiebig von Kopf bis Fuß. „Du siehst aus, als hättest du in diesen Tagen ein wenig Sonne abbekommen. Oder zumindest ein paar Sommersprossen mehr“, fügte er lächelnd hinzu.

„Davon habe ich reichlich“, gab sie zu.

„Vorsichtig, Vee. Wenn ich anfange, an all deine Sommersprossen zu denken, muss ich schnell wieder ins kalte Wasser."

Verlegen wandte sie den Blick ab. Er nahm sie doch nur auf den Arm. Kein Mann konnte ihre mit Sommersprossen gesprenkelte helle Haut sexy finden.

„Hast du etwas dagegen, wenn ich mit dir zurück zum Hotel gehe?"

„Überhaupt nicht." Winslow knurrte, doch sie brachte ihn mit erhobenem Zeigefinger zum Schweigen.

„Ich hole nur schnell mein Hemd und meine Schuhe." Dominick lief in die Dünen, wo er seine Sachen abgelegt hatte. Er trocknete sich rasch ab und kehrte zu Violet zurück. Dabei entging ihr keineswegs, dass jede Frau in der Nähe sich nach ihm umdrehte. Es war aufregend, dass er mit ihr zusammen war.

Na ja, nicht richtig zusammen, natürlich, aber ...

„Bist du in der Stimmung für weitere Recherchen?", erkundigte er sich.

Sofort musste sie daran denken, wie die „Recherchen" der letzten beiden Tage geendet hatten. „Was schwebt dir denn vor?"

„Wenn wir uns beeilen, schaffen wir noch den Canopy-Climb. Der Kurs dauert den ganzen Tag, weil er eine Busfahrt mit einschließt, aber es ist bestimmt interessant."

„Was ist ein Canopy-Climb?"

„Dabei bewegt man sich entlang eines Drahtseils über den Baumwipfeln eines Waldes."

„Seit ich dir meine Höhenangst gestanden habe, hängst du mich immer wieder in die Luft", warf sie ihm scherzhaft vor.

Er grinste frech. „Bei den meisten Extremsportarten geht es um Höhen. Außerdem hältst du dich doch ziemlich gut. Hattest du schon immer Höhenangst?"

„Seit meinem elften Lebensjahr."

„Was ist denn passiert, als du elf warst?"

„Ich bin auf einen Baum geklettert."

„Und kamst nicht wieder herunter?"

Violet presste die Lippen zusammen. „Es war ein Baum, auf den ich schon oft geklettert war, nur an diesem Tag wollten meine Eltern wieder einmal auf Reisen gehen. Ich kletterte hinauf und tat so, als würde ich nicht wieder herunterkommen, in der Hoffnung, dass mein Dad die Reise abblasen und mich stattdessen retten würde."

„Aber das hat er nicht getan?"

„Nein. Meine Eltern sind trotzdem abgereist, und dann konnte ich aus irgendeinem Grund tatsächlich nicht mehr vom Baum klettern, sodass meine Großmutter die Feuerwehr rufen musste. Seitdem habe ich eine Abneigung gegen Höhen."

„Verständlich", sagte er. „Nur gibt es heute einen großen Unterschied zu damals."

„Und welchen?"

Zart zupfte er an ihrem Pferdeschwanz. „Falls du nicht von einem Baum herunterkommst, werde ich da sein, um dir zu helfen."

In seinen Augen lag ein Funkeln, aber er klang halbwegs ehrlich … vielleicht war das aber auch nur Wunschdenken. Trotzdem gab Violet sich ein paar Sekunden lang der wundervollen Fantasie hin, sich an Dominicks starke Schulter anlehnen zu dürfen. Wenn sie nach Atlanta zurückkehrten, würde er diese sexy Schulter jemand anders zur Verfügung stellen, doch solange sie hier waren …

„Ich werde den Canopy-Climb mitmachen", verkündete sie und atmete tief durch. „Aber nur, wenn wir Winslow im Hundesalon lassen können."

„Klar können wir das", meinte Dominick, nach unten deutend. „Obwohl er den Tag anscheinend lieber mit dir verbringen würde."

Winslow umklammerte wieder ihr Bein. Tadelnd befreite sie sich von dem Hund.

Dominick lachte. „Zu seiner Verteidigung muss ich sagen, dass ich genau weiß, wie er sich fühlt."

Violet errötete und verspürte ein erregendes Kribbeln. Im Grunde wusste sie längst, wie dieser Tag enden würde … und sie sehnte sich bereits jetzt unbändig danach.

9. Kapitel

Dominick klinkte einen Karabinerhaken an Violets Geschirr am Drahtseil ein. Sie standen mit einer Gruppe anderer Kletterer auf einer Plattform hoch über einem ausgedehnten Wald östlich von Miami. Am liebsten hätte Dominick Violet geküsst, um ihren besorgten Gesichtsausdruck zu vertreiben. Stattdessen gab er ihr einen zärtlichen Klaps. „So. Jetzt wirst du dich in keine Richtung bewegen, in die du dich nicht bewegen willst."

Sie fluchte leise. Bei diesem Abenteuer würden sie nicht miteinander verbunden sein.

Er zwinkerte ihr zu. „Ich werde ständig ein paar Schritte hinter dir sein."

Allmählich meldete sich sein Gewissen. Einerseits war es großartig, drei Kurse mitzumachen, um zu erfahren, wie Sunpiper arbeitete. Andererseits nutzte sich der Vorwand der Recherche langsam ab. Er konnte Violet nicht weiterhin ständig in riskante Situationen bringen, nur damit sie erregt genug war, dass er sich auf sie stürzen und den Tag mit einem überwältigenden Orgasmus beschließen konnte.

„Okay, los geht's!", rief der Kursleiter. „Verlasst nacheinander die Plattform und haltet einige Schritte Abstand zu der Person vor euch."

Dominick bemerkte Violets Anspannung, und sein Beschützerinstinkt erwachte. Am liebsten hätte er sie jetzt in die Arme genommen, damit sie sich sicher fühlte. Stattdessen flüsterte er ihr ins Ohr: „Denk einfach daran, was für eine wunderbare Zeit wir hinterher miteinander verbringen werden."

Bevor sie etwas erwidern konnte, war sie an der Reihe. Sie holte tief Luft und schloss die Augen, als sie die Plattform verließ. Dominick machte sich bereit, ihr hinterherzustürzen, falls ihre Ausrüstung nicht hundertprozentig funktionierte. Als sie sicher am Kabel hing, war er erleichtert.

Violet erstarrte, und sie klammerte sich mit ihren in Handschuhen steckenden Händen an das Drahtseil, als handele es sich um eine Rettungsleine. Doch als sie merkte, dass sie gesichert war, öffnete sie die Augen, lehnte sich mit übereinandergeschlagenen Beinen zurück, wie der Trainer es den Teilnehmern erklärt hatte, und bewegte sich am Seil entlang.

„Gutes Mädchen", flüsterte Dominick voller Stolz.

Sobald der Abstand groß genug war, schwang auch Dominick sich von der Plattform, genoss den Fall, bis er sich stabilisiert hatte, und folgte Violet.

Als sie eine Stelle überquerten, an der sich Alligatoren an einem Tümpel sonnten, schaute Violet erschrocken über die Schulter zu Dominick.

Er lächelte ihr beruhigend zu, denn er wollte nicht nur, dass sie sich sicher fühlte, sondern auch Spaß hatte. Weil er selbst schon so lange Extremsport betrieb, hatte er ganz vergessen, wie viel Spaß eine harmlosere Erfahrung wie diese machen konnte. Abenteuer mit Violets Augen zu sehen, erinnerte ihn daran, dass es im Bereich des Extremsports Platz für verschiedene Stufen von Wagemut und Geschick gab.

Und etwas Wagemutiges zu probieren hatte nicht viel Sinn, wenn man dabei nicht auch Spaß hatte. Nicht nur beim Sex hatte er mit Violet in den vergangenen Tagen so viel Spaß gehabt wie … wie schon sehr lange nicht mehr.

Erneut verspürte er ein eigenartiges Gefühl in der Brust, das bis zum Ende der zweistündigen Tour anhielt.

„Wie hat es dir gefallen?", fragte Dominick, als sie wieder festen Boden unter den Füßen hatten.

Ihre Wangen waren von der Sonne und dem Abenteuer gerötet, ihre hellblauen Augen leuchteten. „Es war toll!" Violet lachte. „Meine Arme sind müde, und ich bin ein bisschen wacklig auf den Beinen, aber ich werde es überstehen."

Sie hatte einen Fleck am Kinn, ihr Pferdeschwanz hing schlaff herunter, und einige rotgoldene Strähnen klebten an ihrer vom Schweiß feuchten Schläfe. Dominick fand, dass sie die schönste Frau war, die er je gesehen hatte. „Gut", brachte er mühsam heraus und rieb sich über die Brust.

„Ist alles in Ordnung mit dir?", fragte sie, als sie die Bewegung bemerkte.

„Ja, nur etwas Sodbrennen, nehme ich an. Nichts Schlimmes."

Violet trat näher. „Dominick, hinter dir steht ein Mann in einem gelben T-Shirt. Er fiel mir auf, als ich meine Ausrüstung verstaut habe. Auf seinem Shirt steht ‚Cambrian'. Ist das nicht der Name des Unternehmens, das ebenfalls am Kauf von Sunpiper interessiert ist?"

Das Unternehmen, das Vee in ihrem Recherchebericht erwähnt hatte. Er nickte nachdenklich. „Stimmt." Dann drehte er sich unauffällig um und musterte den Mann im gelben T-Shirt, der sich mit einem anderen Mann mit Brille und Designer-Outdoor-Kleidung zu besprechen schien. Dieser Mann sah verdächtig nach einem Finanzberater aus.

„Gut aufgepasst, Vee. Es sieht ganz danach aus, als müsste ich rasch handeln."

„Du bist also nach wie vor am Kauf der Sportschule interessiert?"

„Zumindest will ich ein Treffen mit den Besitzern arrangieren, bevor ich abreise."

Sie lächelte. Offenbar freute es sie, mit ihrer Recherche einen Anteil an seiner Entscheidung zu haben. Dominick wiederum war froh, dass das Auftauchen des Konkurrenten die Geschäftsreise, die eher ein Vorwand gewesen war, rechtfertigte.

Da Violet die Namen der Besitzer in ihrem Blackberry gespeichert hatte, konnte Dominick gleich bei der Rückkehr am Empfangstresen von Sunpiper um einen Termin bitten. Er erklärte den Grund für seine Anfrage und reichte der Rezeptionistin seine Visitenkarte. Nach einem kurzen Telefonat informierte sie ihn, dass die Besitzer nach Weihnachten wieder im Unternehmen sein würden. „Passt es Ihnen gleich morgens um neun am siebenundzwanzigsten?"

„Gern", antwortete Dominick. „Danke."

Als sie das Gebäude verließen und in das gemietete Cabrio stiegen, war Violet ziemlich aufgekratzt – und sehr sexy. „Ich kann dir bis dahin bei weiteren Recherchen helfen", bot sie an. „Die örtliche Bibliothek hat vielleicht ..."

„Vee", unterbrach er sie. „Du musst nicht bis zu dem Treffen hierbleiben."

Sie stutzte. „Ich wollte nicht ... ich habe gar nicht angenommen, dass du mich für das Treffen einplanst."

„Das habe ich nicht gemeint. Ich finde nur, du solltest Heiligabend mit deinen Eltern verbringen, falls du das immer noch möchtest. Ich werde dich persönlich nach Hause fliegen. Es war selbstsüchtig von mir, dich von deiner Familie wegzulocken, nur weil ich mit Weihnachten nicht viel anfangen kann."

Einige Sekunden lang blickte sie stumm auf ihre Hände.

„Danke für das Angebot, aber ich werde es nicht nutzen können, da meine Eltern gar nicht zu Hause sind."

„Haben sie sich entschlossen zu verreisen, nachdem du ihnen von deiner Geschäftsreise erzählt hast?"

„Nein, sie bekamen die Gelegenheit, mit Freunden eine Kreuzfahrt nach Panama zu unternehmen, und fragten mich, ob es mir etwas ausmache, Weihnachten ohne sie zu verbringen." Ihr Versuch zu lächeln scheiterte kläglich. „Es war eine Gratisreise, deshalb wäre es verrückt gewesen, sich das entgehen zu lassen."

Ihre Eltern ließen sie am ersten Weihnachtsfest ohne ihre Großeltern allein? Das war wirklich herzlos. Sofort erwachten in Dominick Beschützerinstinkte. Zu gern hätte er Violet in die Arme geschlossen, um sie zu trösten. Aber irgendwie kam ihm das zu persönlich vor.

Aber es gab noch andere Möglichkeiten, um ihr Trost zu spenden. Er legte seine Hand auf Violets. „Was für ein Glück für mich, denn ohne dich würde ich nicht hier sitzen und darüber nachdenken, diese Sportschule zu kaufen und mit meinem Unternehmen zu expandieren."

Diesmal lächelte sie wirklich beinah.

Er verspürte den überwältigenden Wunsch, sie glücklich zu machen. Zwar konnte er ihr keine Beziehung anbieten, aber dafür die Fantasien real werden lassen, über die sie in ihrem Brief an sich selbst geschrieben hatte.

„Um ehrlich zu sein, ich finde, wir sollten rasch ins Hotel zurückkehren und unsere erfolgreiche Reise feiern", sagte er und küsste ihre Handfläche.

Ein Kuss auf die Handfläche – und schon kribbelte ihr ganzer Körper. Ihre erotische Empfänglichkeit war nach den Aktivitäten der letzten Tage so groß, dass selbst ein Blick von ihm die gleiche Wirkung gehabt hätte.

Aber Violet wusste seine Bemühungen zu schätzen.

Außerdem war sie dankbar, dass er sie nicht weiter über die Absage ihrer Eltern ausgefragt hatte. Es war so schon peinlich genug, auch ohne näher darauf einzugehen. Und was die Ablenkung betraf, die er ihr anbot …

Sie wollte begehrt und gebraucht werden. Wenn sie mit Dominick zusammen war, fühlte sie sich lebendig und einzigartig. Ihm gelang es, sie aus sich herauszulocken, sodass sie wagemutig wurde.

Lächelnd sagte sie: „Beeilen wir uns."

Auf der Rückfahrt zum Hotel übertrat er jede Geschwindigkeitsbegrenzung und warf, dort angekommen, dem Parkhelfer den Schlüssel zu. Sie rannten durch die Lobby wie zwei Teenager, die scharf aufeinander waren, und fuhren in dem gläsernen Fahrstuhl nach oben, was Violets Erregung noch weiter steigerte.

Die Sonne ging bereits unter, als sie das Penthouse betraten, und Dominick küsste sie, noch ehe sie die Tür geschlossen hatte. Violet überlegte, ob sie schnell noch duschen sollte, verwarf die Idee aber als zu … romantisch. Denn das Einzige, was sie davon abhielt, sich Hals über Kopf in diesen Mann zu verlieben, war die Tatsache, dass der Sex mit ihm hart und wild war. Das half ihr, sich einzureden, dass es ihr genauso wenig bedeutete wie ihm.

Sie hinterließen eine Spur aus Schuhen und Kleidungsstücken, die an der Tür begann und die Stufen zum Wohnzimmer hinunterführte. Als Violet merkte, dass er sie zu dem Balkon führte, schlug ihr Herz schneller. Er entriegelte die Glasschiebetür und schob sie auf, bevor er rückwärts hinaustrat und

Violet mit sich zog. Sie trug nur noch ihre Unterwäsche, einen schwarzen Slip und einen schwarzen Sport-BH. Der Wind wehte, als wollte er sie daran erinnern, dass sie in dieser Höhe leicht davongepustet werden könnte. Unwillkürlich spannte sie ihre Beinmuskeln an, um sich auf dem Fliesenboden auf den Füßen zu halten.

„Ich hab dich", murmelte Dominick.

Sie klammerte sich an ihn und zwang sich hinzusehen. Die Sonne versank am Horizont und färbte die Wolken orange, während Meer und Strand eine dunkle grünblaue Färbung annahmen.

Violet war überwältigt, sowohl von dem malerischen Anblick als auch von der Nähe des aufregenden Mannes neben sich. Dominick war barfuß und von der Hüfte aufwärts nackt. Bewundernd betrachtete sie die muskulösen Schultern, die breite Brust und den flachen Bauch. Seine graue Cargohose saß tief auf den Hüften und gab den Blick auf den elastischen Bund seiner Boxershorts frei. Der Wind zerzauste sein dunkles Haar, das ihm in die Stirn fiel. In den blauen Augen entdeckte sie das gleiche Verlangen, das ihren Körper in Brand setzte.

Er drehte sie um, sodass sie mit dem Rücken am Geländer lehnte. Dann löste er ihre Haarklammer, und der Wind fuhr in ihre Haare. An ihren Schultern und ihrem Nacken nur Leere zu spüren, ließ sie ängstlich erbeben.

„Sei unbesorgt", flüsterte er ihr ins Ohr. „Wusstest du, dass wir alle mit der Furcht vor dem Fall auf die Welt kommen?"

Sie schüttelte den Kopf.

„Lass dich darauf ein", raunte er. „Nutze sie. Spüre, wie angenehm die Luft auf deiner Haut ist." Er hakte ihren BH auf und befreite ihre vollen Brüste, deren Brustwarzen sich bei der Liebkosung des Windes sofort aufrichteten. Violet bog sich

Dominick entgegen und lehnte sich dabei über das Geländer zurück, als sich seine warmen Lippen um eine ihrer Brustwarzen schlossen. Verlangen zuckte durch ihren Schoß, ließ sie lustvoll aufstöhnen.

So lange und ausgiebig verwöhnte Dominick ihre Brüste, dass sie die süße Qual, die er in ihr weckte, kaum noch auszuhalten glaubte. Endlich zog er ihr den Slip bis zu den Knien herunter. Sie zerrte am Bund seiner Hose, öffnete Knopf und Reißverschluss und schloss ihre Finger um ihn. Hart und heiß spürte sie ihn in ihrer Hand. Dominick stöhnte auf und schob das Becken vor. Kurz löste er sich von Violet, suchte hastig in der Hosentasche nach einem Kondom und streifte es rasch über. Dann wandte er sich Violet wieder zu und drehte sie um. Nun stand sie mit dem Gesicht zum Geländer, und er stützte sich mit den Armen neben ihren ab.

Vom Balkon aus ging es dreißig Stockwerke nach unten. Die schwindelerregende Tiefe trieb ihre Lust in schwindelerregende Höhe.

„Ich hab dich", versicherte er ihr. Seine Brust lag warm an ihrem Rücken, das Kinn schmiegte er in ihre Halsbeuge. Langsam drang er in sie ein, erst ein paar Zentimeter, dann ein bisschen mehr. Ihre Muskeln spannten sich um ihn, als wollte sie ihn endlich so tief wie möglich in sich aufnehmen. Doch er widerstand und begann stattdessen, sie mit dem Zeigefinger im Rhythmus seiner Bewegungen zu stimulieren.

Was er mit ihr tat, löste unglaublich lustvolle Gefühle in Violet aus, und die windige Höhe, in der sie sich befanden, sorgte für einen Nervenkitzel, der dieses erotische Erlebnis vollkommen machte. Endlich fand die Begierde, die sie schon den ganzen Tag empfunden hatte und die immer wieder durch kurze Blicke oder Berührungen angefacht worden war, ihr

Ventil. Unaufhaltsam baute sich ihr Orgasmus auf. Dominick reagierte auf ihr Stöhnen. Schneller und tiefer drang er in sie ein, trieb sie dem Gipfel entgegen, und als sie zum Höhepunkt gelangte, drohten ihre Beine nachzugeben.

Nur Sekunden später erlebte Dominick seinen Orgasmus. Er hielt sie fest umklammert und drang immer wieder in sie ein, bis das Erschauern nachließ und schließlich ganz aufhörte.

Als Violet die Augen öffnete, umgaben sie schwülwarme Luft und Dunkelheit. Die Sonne war untergegangen, und tief unter ihnen funkelten die Lichter der Stadt.

Sie fühlte sich zutiefst befriedigt und zugleich angenehm erschöpft. Dominick strich ihr die Haare aus dem Nacken und küsste sie dort. Für einen kurzen Moment schloss sie die Augen und gab sich der Fantasie hin, dass sie einfach so weitermachen könnten.

Als er sich aufrichtete, kühlte die Luft ihre Haut dort, wo sich ein Schweißfilm gebildet hatte.

Dominick zog sich zurück und drehte sie um, um sie in den Armen zu halten. „Das war fantastisch", sagte er mit heiserer Stimme, immer noch ein wenig außer Atem.

„Ja", pflichtete sie ihm bei.

„Ich sterbe vor Hunger. Gehen wir etwas essen."

Sie wollte ihn begleiten, wollte sich weiter der Fantasie hingeben, seine Freundin zu sein, doch im Geiste sah sie bereits den Punkt, an dem ihre Beziehung jäh enden würde.

„Lieber nicht", entgegnete sie daher. „Ich muss mit Winslow raus und außerdem noch ein paar Anrufe erledigen."

„Oh." Er fuhr sich übers Kinn. „Na schön. Ich dachte nur …"

Um den Slip hochzuziehen, bückte Violet sich. Ihren BH konnte sie in der Dunkelheit nirgends entdecken, deshalb beschloss sie, später danach zu suchen. Sie richtete sich auf und fragte: „Was dachtest du?“

Nach einem kurzen Zögern winkte er ab. „Schon gut.“

Violet ging an ihm vorbei zurück ins Zimmer. Es war besser, sich unnahbar zu geben, besonders jetzt. Denn ihr war schlagartig klar geworden, dass sie sich in Dominick verliebt hatte.

10. Kapitel

Heiligabend

Schon öfter hatte Violet sich ausgemalt, von der zärtlichen Liebkosung einer Zunge aufzuwachen. Doch die Realität konnte mit ihrem Traum nicht mithalten – zumal ihr morgendlicher Bewunderer Knopfaugen und einen Unterbiss hatte.

„Guten Morgen, Winslow." Sie streichelte seinen Kopf und bemerkte, dass die Sonne hell in ihr Zimmer schien. Plötzlich fiel ihr ein, was für ein Tag heute war. „Es ist Heiligabend!", rief sie und sprang aus dem Bett.

Winslow folgte ihr aufgeregt und bellte dabei.

„Scht! Du weckst Dominick auf. Wahrscheinlich ist er gestern Abend erst spät zurückgekommen."

Bei der Erwähnung von Dominicks Namen knurrte der Hund.

Tadelnd hob Violet den Zeigefinger. „Nicht knurren." Seufzend nahm sie ihn auf den Arm und kraulte seine Brust. „Außerdem glaube ich, dass ich ihn liebe."

Winslow legte den Kopf schief.

„Ich weiß, es ist verrückt und sinnlos. Trotzdem ist es herrlich, Weihnachten verliebt zu sein. Das ist wie ein Geschenk, mit dem ich nicht gerechnet habe." Sie legte den Zeigefinger auf die kühle feuchte Hundeschnauze. „Und du kannst es niemandem verraten."

Der Pekinese winselte.

Als Violet das Fenster öffnete, drangen das Rauschen des Meeres und die Schreie der Möwen herein. Die Aussicht glich einem Postkartenfoto – azurblaues Wasser, majestätische Palmen, türkisfarbener Himmel, heller Sand. Das war etwas völlig anderes als der Schnee, den sie sich zu Weihnachten gewünscht hatte, aber wenn sie die Augen zusammenkniff, konnte sie sich den weißen Sand ganz gut als Schnee vorstellen.

Wenigstens würde sie Weihnachten nicht allein sein.

Sie setzte Winslow wieder auf den Boden und zuckte angesichts ihres leichten Muskelkaters zusammen. In den vergangenen Tagen hatte sie sich körperlich einiges zugemutet, von Bungee-Jumping über Klettertouren bis zu leidenschaftlichem Sex mit Dominick.

Es war so aufregend mit Dominick, dass allein schon der Gedanke daran, ihn in sich zu spüren, heiße Schauer durch ihren Körper sandte.

Das hatte Dr. Alexander also gemeint, als sie ihren Studentinnen die Wonnen intensiver sexueller Erfahrungen mit dem richtigen Partner geschildert hatte. Bei Dominick hatte sie das Gefühl, vor Lust zu explodieren. Dafür war nicht allein der Sex verantwortlich, sondern auch Zeit, Ort und Leidenschaft spielten eine Rolle. Der Kurs „Sex für Anfänger" hatte ihr einen winzigen Einblick in die Welt der Erotik gegeben, aber zusammen mit Dominick hatte sie sie erkundet.

Als sie zusammen mit Winslow aus ihrem Zimmer trat, bemerkte sie die offene Balkontür. Dominick saß draußen, las Zeitung und trank Kaffee. Er trug Shorts und T-Shirt und sah fit und ausgeruht aus. Lächelnd schaute er auf und winkte sie zu sich.

Auf keinen Fall durfte sie sich ihre Gefühle für ihn anmerken lassen. Abgesehen davon wollte sie ihn nicht in Verlegenheit bringen, und nach der Zurückweisung durch ihre Eltern brauchte sie keine weitere demütigende Erfahrung dieser Art. Diese Reise hatte ihr mehr gegeben, als sie jemals erwartet hätte, und sie war dankbar für die Erinnerungen, die sie ein Leben lang bewahren würde.

Das musste genügen.

Also setzte sie eine unbekümmerte Miene auf und ging zu ihm, wobei sie erneut daran denken musste, was gestern Abend auf dem Balkon passiert war. Sofort überlief sie ein sinnlicher Schauer.

„Guten Morgen", begrüßte Dominick sie gut gelaunt.

Winslow, der ihr gefolgt war, knurrte und zog die Lefzen hoch.

„Guten Morgen", sagte sie und ermahnte den Hund.

„Möchtest du Kaffee?"

„Gern." Neben der leeren Tasse, die er ihr hinstellte, lag ihr BH, den sie gestern Abend nicht wiedergefunden hatte. Errötend stopfte sie ihn diskret in die Tasche. Irgendwie war sie wie Dr. Jekyll und Mr. Hyde – bei Tag anständig und zugeknöpft, in Dominicks Armen jedoch verwandelte sie sich in eine wilde Sexkatze. Ein leichter Windstoß erinnerte sie daran, in welcher Höhe sie sich befanden. Benommen von ihren Empfindungen wich sie einen Schritt zurück, um am Türrahmen Halt zu suchen. Sofort sprang Dominick auf, um sie zu stützen.

„Ist alles in Ordnung mit dir?", erkundigte er sich besorgt.

Doch seine Berührung machte alles nur noch schlimmer. Sie lachte nervös und löste sich von ihm. „Ich glaube, ich gehe lieber zuerst mit Winslow Gassi." Sie ging zurück ins Zimmer und atmete tief durch, um ihre Nerven zu beruhigen.

Dominick folgte ihr mit der Zeitung und dem Kaffee und schob die Glastür zu. „Möchtest du Frühstück?"

Am liebsten hätte sie Ja gesagt. Und wenn er sie auf eine Art gefragt hätte, die verriet, dass ihm wirklich etwas daran lag, hätte sie auch eingewilligt. Aber es klang beiläufig, und er sah sie dabei nicht einmal an, woraus sie schloss, dass er sie nur aus Höflichkeit gefragt hatte.

„Danke, ich glaube, ich verzichte", murmelte sie. Ein Spaziergang würde ihr sicher guttun und ihr helfen, Abstand zu gewinnen. Schließlich waren sie immer noch aus geschäftlichen Gründen hier. „Was steht heute auf dem Programm?"

„Heute ist Heiligabend", erwiderte er lächelnd.

„Ich weiß."

„Na ja, und da dachte ich, wir unternehmen etwas Weihnachtliches."

„Was denn?"

Er hielt ihr die Zeitung hin. „Das zum Beispiel."

Violet las die Schlagzeile: „Örtlicher Wohltätigkeitsverein bittet um Geschenke für Kinder".

„Die brauchen noch Spielzeuge", erklärte er und wirkte beinah ein wenig verlegen. „Ich hatte gehofft, du würdest mir beim Einkaufen helfen."

Ein warmes Gefühl breitete sich in ihr aus, und noch etwas erwachte – Hoffnung. Vielleicht war Dominick Burns doch nicht der oberflächliche Playboy, für den jeder ihn hielt. Sie blinzelte gegen die plötzlich aufsteigenden Tränen der Rührung an. „Ich finde, das ist eine wundervolle Geste, Dominick, und ich würde dir sehr gern helfen."

„Fein. Ganz in der Nähe gibt es ein Einkaufszentrum mit einem riesigen Spielzeugladen."

„Können wir Winslow mitnehmen?", fragte sie vorsichtig.

„Klar, es ist schließlich Weihnachten." Er wollte Winslow den Kopf tätscheln, doch der Hund schnappte nach ihm. Dominick wich erschrocken zurück. „Wenn du mit dem kleinen Sonnenschein Gassi gegangen bist, komm zum Café, dann machen wir uns von dort auf den Weg."

Voller Zuneigung beobachtete Violet, wie Dominick einer Gruppe Kindern zeigte, wie man am besten auf einem Skateboard balancierte. Ziemlich schnell hatte sich eine ganze Gruppe um ihn herum gebildet, und nun schauten die Kinder ihm aufmerksam zu. Er pries die Vorzüge sportlicher Aktivitäten unter freiem Himmel an und begeisterte alle, einschließlich der Angestellten, mit der Ankündigung, jedes Kind im Laden dürfe sich ein Skateboard oder Inlineskates aussuchen.

„Ist das nicht toll hier?", fragte er, als er zu Violet zurückkam. „Komm, gehen wir shoppen."

„Hast du ein Budget?", erkundigte sie sich, da sie stets gewissenhaft war, wenn es darum ging, das Geld anderer auszugeben.

„Nicht bei so etwas Besonderem." Er nahm einen Spielzeugknochen aus einem Regal und bot ihn Winslow an. Der Pekinese schnupperte misstrauisch an dem Spielzeug, nahm es dann aber ins Maul.

Diese Seite von Dominick hatte Violet noch nie gesehen, und in diesem Augenblick liebte sie ihn so sehr, dass es wehtat.

Dominick war seltsam froh, als der hässliche kleine Hund das Spielzeug annahm, ohne ihn in die Hand zu beißen. Doch das war nichts im Vergleich zu den Gefühlen, die in ihm aufstiegen, sobald er Vee ansah. Im Lauf des Jahres, seit sie für ihn arbeitete, hatte er sich immer mehr auf ihr Urteilsvermögen und ihre Integrität verlassen. Aber hier in Miami hatte er noch eine andere Seite von ihr kennengelernt – eine sexy, aufregende Seite.

Beides zusammen ergab ein starkes Paket.

Sie gingen durch den Laden und orientierten sich bei ihren Einkäufen an der Wunschliste in der Zeitung. Puppen, Spielzeugautos, Bücher und Spiele wanderten aus den Regalen in die Einkaufswagen. Violet war effizient wie immer, strahlte jedoch auch eine Wärme und Güte aus, die sein Verlangen nach ihr eigenartigerweise noch verstärkte.

Als eine leise Stimme ihm sagte, dass es vielleicht mehr als Lust sei, was er für sie empfand, tat er diesen Gedanken als weihnachtliche Sentimentalität ab.

Und später – Violet ließ Winslow zusammen mit dem Weihnachtsmann fotografieren – spürte er erneut dieses Ziehen in der Brust. Und tat auch das als Weihnachtsrührseligkeit ab.

Dann entdeckte Violet eine Eisbahn, die extra zu Weihnachten in der Shopping Mall angelegt worden war. „Komm, lass uns Schlittschuh laufen!", rief sie begeistert.

Er sträubte sich. „Ich … ich kann nicht Schlittschuh laufen."

Zuerst wirkte sie verblüfft, dann lachte sie. „Ich werde es dir beibringen."

Weil die Vorstellung, unbeholfen auf Kufen über das Eis zu stolpern und womöglich auf dem Hintern zu landen, nicht gerade verlockend war, wollte er protestieren.

Aber sie sah ihn mit großen Augen an. Wie konnte er da widerstehen? Außerdem hatte sie beim Bungee-Jumping, Paragliding und dem Canopy-Climb mitgemacht, weil er sie dazu gedrängt hatte. Also war er ihr etwas schuldig.

„Na schön", gab er nach. Sie mieteten sich Schlittschuhe und banden Winslow am äußeren Geländer fest. Violet erklärte Dominick, wie er das Gleichgewicht behielt und dass er zunächst auf dem Eis gehen sollte, um ein Gefühl dafür zu bekommen.

Bei ihrer Vorführung der wichtigsten Bewegungen sah sie unglaublich sexy aus in ihrem züchtigen schwarzen Hosenanzug und mit den weißen Schlittschuhen. Lachend umkreiste sie ihn, offenbar hingerissen von seiner Unbeholfenheit. Er stand wacklig auf dem Eis und ruderte mit den Armen, bevor er prompt auf dem Po landete.

„Alles in Ordnung?", erkundigte sie sich.

„Ja. Aber ich springe lieber aus Flugzeugen."

Sie half ihm wieder auf die Beine und führte ihn an beiden Händen. „Beug die Knie ein wenig", forderte sie ihn auf. „Und entspann dich."

„Das versuche ich ja. Wo hast du eigentlich Schlittschuh laufen gelernt?"

„Mein Großvater hat es mir beigebracht. Er wuchs in Wisconsin auf. Dort hat er Eishockey gespielt. Und zwar ziemlich gut", fügte sie lächelnd hinzu. „In der Weihnachtszeit nahm er mich immer mit zum Schlittschuhlaufen."

„Erzähl mir von diesem magischen Weihnachten, von dem du immer geträumt hast."

„Ich stelle mir ein Fest mit einem reich geschmückten Baum, Weihnachtsliedern, Geschenken und Schnee vor."

„Schnee? In Atlanta?", fragte er skeptisch.

Sie zuckte die Schultern. „Ein Mädchen darf ja wohl noch träumen."

Dominick hatte den Eindruck, dass sie ihre Träume bisher immer nur für sich behalten hatte. Weil sie so oft enttäuscht worden war?

„Ich verrate dir ein Geheimnis."

„Welches?"

„Der Weihnachtsmann wird dir ein Geschenk bringen."

„Oh, hast du direkten Kontakt zu ihm?"

„Ich bin sein geheimer Einkäufer", neckte er sie.

„Du kaufst ja nicht einmal für deine Freundinnen selbst ein", konterte sie und erschrak. „Ich meine … ich wollte damit nicht andeuten, dass ich deine Freundin bin. Ich meinte die anderen Frauen in deinem … in deinem Leben."

„Zunächst mal: Ich habe keine Freundin. Du hast allerdings recht, für gewöhnlich kaufe ich nicht selbst ein", gestand er amüsiert. „Aber bei dir mache ich eine Ausnahme."

„Was ist es denn?"

„Das kann ich nicht verraten. Und du darfst nicht heimlich nachschauen."

„Na schön", meinte sie. „In dem Fall …"

Sie ließ seine Hände los und entzog sich ihm durch kleine Drehungen und Kurven, was ihm einen Vorgeschmack darauf gab, wie es ohne sie sein würde … öde und leer.

Und prompt verlor er das Gleichgewicht und landete erneut auf dem Hintern. Er stöhnte, aber offenbar hatte die harte Landung ihn zur Vernunft gebracht, denn er fasste einen Entschluss: Egal, was Vee in ihrem Brief an sich selbst über Sex an langweiligen Orten geschrieben hatte – er wollte nicht, dass sein Bett heute Nacht leer blieb.

Violet hätte sich kein schöneres Weihnachtsfest vorstellen können, als Dominick beim Kauf all der Spielsachen zuzuschauen und zu wissen, wie viele benachteiligte Kinder etwas Besonderes zur Bescherung bekommen würden. Sogar Winslow schien seinen Hass auf Dominick zu begraben, denn sein Kopf lag während des Essens draußen in einem Café auf Dominicks Fuß.

Ihre Gefühle für ihn wurden immer stärker. Alles, was er tat, alles, was er sagte, verstärkte ihren Wunsch, mit ihm zusammen zu sein. Und nach dem heutigen Tag schöpfte sie leise Hoffnung, denn er hatte sie auf diese Weise angesehen …

Nun, ein Mädchen durfte sich ja wohl noch Hoffnung machen.

Er hatte gesagt, er habe keine Freundin. Außerdem hatte er ihr ein Weihnachtsgeschenk gekauft, und das war mehr, als ihre Eltern getan hatten.

Als sie ins Hotel zurückkehrten, war sie guter Dinge und aufgekratzt. Kaum war die Tür hinter ihnen zugefallen, küsste Dominick sie so leidenschaftlich, dass es ihr den Atem raubte. Dann umfasste er ihr Gesicht mit beiden Händen.

„Bleib heute Nacht bei mir, Vee."

In seinem Zimmer … in seinem Bett. Wenn sie blieb, würde sie ihre Gefühle für ihn nicht mehr verbergen können. Sie wusste, dass sie danach nicht mehr so tun könnte, als habe sie kein Problem mit einer rein sexuellen Beziehung.

Aber wenn sie nicht blieb, würde sie es für den Rest ihres Lebens bereuen, diese Chance, etwas über sich selbst zu erfahren, nicht wahrgenommen zu haben – auch wenn es nicht sehr wahrscheinlich war, dass Dominick ihre Gefühle erwiderte. Außerdem wollte sie am Weihnachtstag nicht allein aufwachen.

Darum nickte sie. Und Dominick belohnte sie mit einem sinnlichen Funkeln in seinen Augen, das sein Verlangen verriet. Winslow bellte zu ihren Füßen, um sie daran zu erinnern, dass er auch noch da war. Sie brachte ihn in ihr Zimmer, wo sie sich im Spiegel betrachtete und darüber staunte, wie sehr sie sich seit ihrer Ankunft in Miami bereits verändert hatte. Und das alles war Dominick zuzuschreiben.

Vielleicht fühlte er sich schon die ganze Zeit genauso zu ihr hingezogen wie sie sich zu ihm. Warum sonst hätte er sie über

Weihnachten nach Miami einladen sollen statt eine seiner Freundinnen? Er hatte zwar darauf spekulieren, aber nicht wissen können, dass sie mit ihm schlafen würde. Die anderen Frauen wären da eine sicherere Wahl gewesen, abgesehen davon, dass die bei den Extremsportkursen mehr Begeisterung gezeigt hätten.

Aus ihrer Handvoll Unterwäsche wählte Violet ein türkisfarbenes Seidenhemdchen und einen schwarzen Slip und zog beides an. Dann öffnete sie ihren Pferdeschwanz. Zufrieden betrachtete sie sich im Spiegel. Ja, Dominick musste wirklich etwas für sie empfinden, denn es war unmöglich, dass sie all die kleinen Anzeichen im Lauf der vergangenen Woche falsch interpretiert hatte.

Sie lächelte ihrem Spiegelbild zu. „Frohe Weihnachten", flüsterte sie.

Noch einmal sah sie nach Winslow, der auf ihrem Bett lag und schnarchte, dann schlich sie leise durchs Wohnzimmer und klopfte nervös an Dominicks Tür. Das Verlangen nach ihm war da, nur hatte sie heute keinen Adrenalinkick gehabt. Würde der Sex anders sein? Weniger aufregend?

Als er die Tür nur mit einer Boxershorts bekleidet aufmachte, pochte ihr Herz noch schneller. Er musterte sie von Kopf bis Fuß. „Vee, du siehst …"

„Anders aus?"

„Umwerfend", verbesserte er sie, küsste sie und zog sie ins Zimmer. Seine starken Hände glitten über ihren Rücken, und sie fragte sich, ob der Tag kommen würde, an dem sie ihn bat, es langsam anzugehen. Jetzt jedenfalls konnte sie es wieder einmal kaum erwarten, ihn in sich zu spüren.

Er schloss die Tür und reichte ihr einen Drink. „Cheers."

„Fröhliche Weihnachten", murmelte sie und stieß mit ihm

an. Sie probierte und stellte fest: „Love in an Elevator."

„Im Flugzeug hatte ich den Eindruck, dass du den magst."

„Stimmt. Danke." Möglichst unauffällig sah sie sich in seinem Zimmer um und versuchte irgendwo zwischen seinen Sachen eine Tüte oder ein Päckchen zu entdecken, die ihr einen Hinweis darauf liefern konnten, was er für sie zu Weihnachten gekauft hatte. Ein erwachsener Mensch sollte wegen eines Weihnachtsgeschenks nicht so aufgeregt sein, aber sie konnte einfach nichts dafür. Würde es das erste von vielen Geschenken sein, die er für sie kaufte? Und war es das erste von vielen gemeinsamen Weihnachtsfesten?

Dominick führte sie zum Doppelbett und drängte sie sanft, sich auf die Bettkante zu setzen. Er stellte die Drinks auf den Nachtschrank, kniete sich vor sie und küsste sie, während seine Hände langsam ihre Schenkel hinaufglitten, bis er den Saum ihres Hemdchens erreichte. „Du hast viel zu viel an", murmelte er und zog es ihr aus. Einige Sekunden lang sah er sie einfach nur an, und Violet hatte das Gefühl, unter seinem Blick zu erblühen.

Schließlich beugte er sich hinunter und küsste stürmisch zugleich ihre Brüste. Violet erbebte unter den Hitzewellen, die er in ihr hervorrief. Als Nächstes wollte er ihr den Slip abstreifen und sah, dass er im Schritt offen war. Der Anblick erregte ihn so, dass er aufstöhnend innehielt. Nur um sie gleich darauf auf das Bett zu drücken, und ehe sie sich versah, hatte er ihre Schenkel gespreizt und fing an, sie auf unglaublich erotische Weise mit der Zunge zu verwöhnen.

Bisher hatte Violet von Oralsex nur gehört und darüber gelesen. Einmal hatte sie es sogar bei einem Mann probiert. Aber keiner hatte es je bei ihr getan, daher erlebte sie es geradezu wie einen sinnlichen Schock, als sie Dominicks Zunge spürte, die sie so intensiv stimulierte, dass sie aufschrie. Sie zog an seinen Haaren, damit er aufhörte, und ließ ihn los, denn sie wollte diese unglaubliche erotische Erfahrung bis zum Schluss auskosten.

Schneller als erwartet fand die süße Qual ein Ende, denn er war geschickt und wusste genau, was er tat. Atemlos und schwindlig vor Lust erlebte sie einen Orgasmus, der sie beinahe die Besinnung verlieren ließ. Überwältigt von den unglaublichen Empfindungen, die er ihr schenkte, rief sie: „Dominick … bitte … oh ja … Dominick!“ Sie kam kaum dazu, sich zu erholen, da richtete er sich schon auf und nahm ein Kondom vom Nachttisch, das er sich rasch überstreifte. Dann legte er ihre Knöchel auf seine Schultern und drang mit einem harten Stoß in sie ein. Sein Gesicht war in einer Mischung aus Lust und Schmerz verzerrt, woraus Violet schloss, dass er sich sehr zusammennehmen musste, um nicht gleich zu kommen.

Aber sie wollte alles von ihm … sofort.

„Es ist wundervoll, dich in mir zu spüren“, flüsterte sie und spannte die Muskeln an. „Komm ganz tief zu mir, Dominick … härter … schneller …“

Er betrachtete sie mit verschleiertem Blick. Ein Muskel zuckte in seiner Wange. Er küsste ihren Knöchel und biss zärtlich hinein. Ein Beben durchlief seinen Körper, als er – den kehligen Lauten nach zu schließen – offenbar gegen seinen Willen schon zum Höhepunkt gelangte. Erschöpft sank er auf sie.

Violet schmiegte sich vollkommen befriedigt an ihn. Die Chemie zwischen ihnen war erstaunlich, er schien genau zu wissen, was zu tun war, damit sie ihre Hemmungen verlor. Er schlang die Arme um sie und küsste ihr Haar. Neue, wunderbare Liebe erblühte in ihrem Herzen. Sie wünschte sich, diese Nacht möge nie enden.

In seinen Armen gab sie sich friedlichen Träumen hin.

Der Weihnachtsmorgen, dachte Violet, als sie erwachte. Sie setzte sich auf, nur um erstaunt festzustellen, dass Dominick verschwunden war. Aber dann hörte sie die Dusche im Badezimmer. Vermutlich verschaffte er sich ein wenig Abkühlung. Sie schaltete das Licht ein, regulierte die Klimaanlage, da es ziemlich warm im Zimmer war, und überlegte, ob sie Dominick unter der Dusche Gesellschaft leisten sollte. Warum nicht? Sie war inzwischen ein anderer Mensch, genau die sinnliche, selbstbewusste Frau, die sie immer hatte sein wollen.

Plötzlich fiel ihr das Geschenk ein, das Dominick angeblich für sie hatte, und ihre Neugier siegte. Sie wollte endlich wissen, was es war. Also machte sie sich kurz entschlossen auf die Suche. Bei den Kommodenschubladen fing sie an und hatte schon bei der dritten Glück – zwischen den Socken und der Unterwäsche lag eine Geschenktüte.

Sie streckte bereits die Hand danach aus, als ihr etwas anderes ins Auge fiel. Es war pink und kam ihr vage bekannt vor, und plötzlich erkannte sie, um was es sich dabei handelte.

Einen pink gepunkteten Briefumschlag.

11. Kapitel

Violet starrte den Briefumschlag an, von dem sie geglaubt hatte, sie habe ihn weggeworfen. Verwirrt nahm sie ihn aus Dominicks Schublade. Warum um alles in der Welt besaß er diesen Brief?

Erst dann dachte sie daran, was in dem Brief stand, und das traf sie wie ein Schock: ihre sexuellen Fantasien. Ihr Geständnis, von Sex nicht sehr beeindruckt zu sein, und ihre Hoffnung, eines Tages aufregenden Sex zu erleben.

Sie schlug die Hand vor den Mund, um einen Aufschrei zu unterdrücken. Als sie aufsah, kam Dominick gerade aus dem Badezimmer, ein Handtuch um die Hüften geschlungen.

„Ich wollte dich nicht aufwecken, Vee …"

„Woher hast du den?", unterbrach sie ihn und hielt den Umschlag mit zitternder Hand hoch.

Dominick erstarrte. Er schien etwas sagen zu wollen, doch dann stemmte er nur resigniert die Hände in die Hüften.

„Antworte mir!"

Für einen Moment schloss er die Augen. „Er war in dem Umschlag mit den Rechercheergebnissen, den du mir geschickt hast."

In Gedanken kehrte sie zu dem Tag zurück. Sie hatte den Brief erhalten, gelesen und ihn unter irgendwelchen Papieren auf ihrem Schreibtisch versteckt, als Lillian in ihr Büro kam. Später hatte sie die Recherche für Dominick erledigt und sie ihm in einem Umschlag per Kurier gesandt. Dabei musste der

Brief aus Versehen zwischen die anderen Unterlagen geraten sein.

„Dieser Brief ist privat“, sagte sie mit erstickter Stimme.

„Ich weiß.“ Er machte einen Schritt auf sie zu. „Es tut mir leid, Vee.“

Sie hob die Hände. „Nenn mich bloß nicht so“, rief sie und wich zurück. „Warum hast du ihn noch?“

„Ich … ich wusste nicht, wie ich ihn dir zurückgeben sollte, ohne dich in Verlegenheit zu bringen. Und ihn wegzuwerfen kam mir falsch vor.“

Allmählich dämmerte es ihr – die kurzfristige Einladung, ihn nach Miami zu begleiten … der Sex … der aufregende Sex. Sie fühlte sich gedemütigt. „Du hast diese ganze Reise nur wegen des Briefs geplant, nicht wahr?“

Er brauchte gar nicht zu antworten, sie las die Antwort von seinem Gesicht ab. Sein Hauptinteresse hier hatte nie Sunpiper gegolten – die eigentliche Eroberung war sie gewesen.

„Was wolltest du dir beweisen? Dass du mich verführen kannst? Einem naiven Mädchen wie mir zeigen, was ihm alles entgangen ist?“ Mühsam unterdrückte sie ein Schluchzen. „Oder wolltest du mich dazu bringen, dass ich mich in dich verliebe?“

Seine Miene war finster, aber er schwieg.

„Hast du mit deinen Freunden zusammen ordentlich darüber gelacht?“ Inzwischen ließen sich die Tränen nicht mehr aufhalten.

„Nein“, sagte er schließlich leise. „Niemand weiß von diesem Brief.“

„Dann war ich dein ganz persönliches Projekt für die Feiertage?“

Dass er nicht antwortete, machte den Schmerz noch größer.

„Ich reise ab“, verkündete sie und wandte sich zum Gehen.
„Vee … Violet, warte. Lass es mich dir erklären.“
Sie blieb stehen und wartete … und wartete …

Dominick wollte Violet in die Arme schließen und ihr gestehen, was für ein Idiot er gewesen war. Er wollte sie um Verzeihung bitten, hatte aber nichts zu seiner Verteidigung vorzubringen. Es stimmte, diese Reise hatte lediglich seinem Vergnügen dienen sollen. Ihn hatte die Aussicht gelockt, Violet ins Bett zu bekommen und ihr zu zeigen, was aufregender Sex war. Nicht eine Sekunde hatte er bedacht, wie herablassend sie das finden könnte, weil er es nicht im Traum für möglich gehalten hatte, dass sie den Brief finden könnte.

Aber das war nicht die einzige Überraschung, denn er hatte auch nicht damit gerechnet, dass sie eine nie gekannte Begierde in ihm entfachen würde und dass sie so wundervoll, amüsant und aufrichtig sein würde, dass er sich in sie verliebte.

Das alles konnte er ihr nicht sagen, weil sie ihm jetzt nie und nimmer glauben würde. Und daran war er ganz allein schuld.

„Ich ziehe mich an und fliege dich nach Hause“, erklärte er mit belegter Stimme.

Darauf gab sie einen angewiderten Laut von sich. „Das kann nicht dein Ernst sein. Ich will keine Sekunde mehr mit dir verbringen. Ich komme schon allein nach Hause.“

Mit Tränen in den Augen lief Violet in ihr Zimmer, wo Winslow vom Bett sprang. Wahrscheinlich hatten sie ihn mit ihrem lauten Wortwechsel geweckt. Er tänzelte winselnd um sie herum, als spüre er ihre Stimmung.

Violet duschte zwei Minuten und zog sich anschließend so schnell wie möglich an. Dabei liefen ihr immer noch Tränen über die Wangen. Sie band die Haare zu einem strengen Pferdeschwanz zusammen und trug ein wenig Puder auf, weil ihr Gesicht vom Weinen gerötet war. Leider war es zwecklos, denn damit sah sie nur aus wie ein Zombie mit rotem Kopf.

Der grässliche Brief wanderte nach ganz unten in ihrer Handtasche. Ihre Kleidungsstücke warf sie ungeordnet in ihren Koffer, scheuchte Winslow in seine Transportbox und verließ mit ihrem Gepäck das Zimmer.

Dominick stand vollständig bekleidet neben seiner Zimmertür, aber sie konnte ihn nicht ansehen. Sie fühlte sich so gedemütigt, besonders weil sie sich in ihn verliebt hatte. Dabei hatte er nur mit ihr gespielt und sie wegen ihres sexlosen Lebens bemitleidet.

Als er versuchte, ihr beim Tragen des Gepäcks zu helfen, wich sie zurück. „Ich will deine Hilfe nicht", erklärte sie.

Er schien noch etwas sagen zu wollen, nickte dann aber nur.

„Leb wohl, Dominick", sagte sie und verließ das Penthouse, um mit dem Lastenaufzug nach unten zu fahren, wo ihr ein Portier zu Hilfe eilte. Sie bat ihn, ihr ein Taxi zu rufen.

Es gelang ihr, weitere Tränen zurückzuhalten, bis sie im Wagen saß und zum Miami-Airport fuhr. Unterwegs zog sie den Umschlag hervor, und sofort flossen erneut die Tränen bei der Vorstellung, wie Dominick den Brief voller Belustigung las. Kein Wunder, dass er genau gewusst hatte, wie er sie erregen konnte. Der Brief war ja praktisch eine Gebrauchsanweisung dafür, wie man sie am besten auf Touren brachte.

Gütiger Himmel, Dominicks Verrat schmerzte so sehr!

Sie putzte sich die Nase und versuchte, die leisen wimmernden Laute, die ihr entwichen, zu stoppen. Aber es ging nicht, weshalb der Taxifahrer ihr besorgte Blicke im Rückspiegel zuwarf und Winslow an der Tür seiner Box kratzte.

Violet versuchte den Pekinesen mit tröstenden Worten zu beruhigen.

„Wir hätten zu Hause bleiben sollen, Winslow." Dummerweise beruhigte diese Feststellung *sie* nicht.

Am Flughafen half der Fahrer ihr mit dem Gepäck und nahm sein Trinkgeld entgegen. „Frohe Weihnachten, Ma'am."

Violet setzte ihr freundlichstes Lächeln auf. „Die wünsche ich Ihnen auch."

So viel zu ihrem romantischen Weihnachtsfest. Niemand wollte sie. Zuerst hatte sie befürchtet, an Weihnachten würde es nicht genug Flüge geben, doch der Flughafen war voller Menschen. Wer hätte gedacht, dass am ersten Weihnachtstag so viele Leute unterwegs waren?

Da ein Gewitter aufgezogen war, erwies es sich allerdings als schwierig, einen Flug zu bekommen.

„Achten Sie auf die Ankündigungen", riet ihr eine gehetzt wirkende Angestellte am Schalter. „Aber ich fürchte, dass in den nächsten Stunden kein Flugzeug hier landen oder starten wird."

Traurig dachte Violet daran, dass sie sich Schnee zu Weihnachten gewünscht hatte – und jetzt saß sie auf dem Flughafen von Miami fest.

„Kann ich sonst noch etwas für Sie tun, Ma'am?"

„Haben Sie zufällig einen Aktenvernichter?"

„Ja, Ma'am."

Violet gab ihr den Umschlag und wartete, bis die Angestellte den Brief auch wirklich geschreddert und pinkfarbenes Konfetti daraus gemacht hatte.

Ein Glück, dass ich den los bin, dachte sie.

Wenn dieser blöde Brief nicht gewesen wäre, hätte sie ihr Leben wahrscheinlich nicht plötzlich langweilig gefunden und stattdessen Dominicks Einladung ausgeschlagen. Ohne diesen verdammten Brief hätte sie nicht mit ihm geschlafen … auf dem Küchentresen … auf einer Wiese … auf dem Balkon des Penthouses … in seinem Bett …

„Ma'am?", fragte die Angestellte. „Ist alles in Ordnung mit Ihnen?"

„Ja", antwortete Violet. „Könnten Sie mir bitte zeigen, wo ich mit meinem Hund Gassi gehen kann?"

Die Angestellte wies nach links. „Gehen Sie in diese Richtung, und achten Sie auf die Hinweisschilder."

„Darf ich ihn aus seiner Transportbox lassen?"

„Nur wenn er stubenrein und angeleint ist."

„Danke." Sie ging mit Winslows Transportbox zu einem Wartebereich, von dem aus sie die Lautsprecherdurchsagen hören konnte und der sich in der Nähe der Glastüren befand, die zu einem Rasenstück mit Auslauffläche für Hunde führten. Nachdem sie den Pekinesen aus seiner Box befreit hatte und mit ihm Gassi gegangen war, durfte er sich auf den freien Platz neben ihr setzen, wo er es sich bequem machte und auf dem Spielzeugknochen herumkaute, den Dominick ihm geschenkt hatte.

Ihre Gedanken hörten nicht auf, um das zu kreisen, was sie zusammen mit diesem Mann erlebt hatte. Er war ein begnadeter Schauspieler, das musste man ihm lassen. Sie jedenfalls war auf seine liebevollen Blicke, sein unbeschwertes Lachen und die Spenden für einen wohltätigen Zweck hereingefallen. Am Ende hatte sie sogar angefangen zu glauben, hinter seiner Fassade verberge sich mehr.

Und die Fassade war schon hinreißend.

Sie rieb sich die pochenden Schläfen und fühlte sich elend. Vielleicht würde ihr straffes Arbeitspensum zu Hause in

Atlanta ihr helfen, über den Schmerz hinwegzukommen und dieses hässliche Kapitel hinter sich zu lassen. Arbeit war stets die Lösung ihrer Probleme gewesen und würde es wieder sein.

Aus den Lautsprechern erklangen Weihnachtslieder – „I'll Be Home for Christmas" von Bing Crosby. Als Violet den Text hörte, kamen ihr erneut die Tränen. Wenn das Wetter mitspielte, würde sie Weihnachten zu Hause sein. Nur gab es dort niemanden, der auf sie wartete.

Da sie jetzt Zeit hatte, ihre Sachen ordentlich zusammenzulegen, zog sie den Reißverschluss ihres prallen Koffers auf. Zu ihrer Überraschung fand sie die Geschenktüte, die sie in Dominicks Kommodenschublade gesehen hatte. Verblüfft fragte sie sich, wann er …

Er musste sie irgendwie in ihren Koffer geschmuggelt haben. Der hat ja Nerven, dachte sie, mir ein Geschenk unterzuschieben, nach allem, was er mir angetan hat. Was immer es war, sie würde es einfach wegwerfen.

Aber dann biss sie sich auf die Unterlippe und sah Winslow an. „Soll ich es aufmachen?"

Er ließ seinen Kauknochen fallen und kläffte begeistert.

„Vielleicht ist es noch etwas, auf dem du herumkauen kannst", bemerkte Violet trocken und musste zugeben, dass ihre Neugier doch groß war. Außerdem wollte sie wissen, was es war, damit sie es hassen konnte. Also öffnete sie die Geschenktüte, zog eine Schachtel heraus … und schnappte nach Luft.

Es war die Little-People-Puppe aus der Boutique, die nicht zu verkaufen gewesen war. Sie schluckte. Dominick hatte bestimmt ein Vermögen dafür bezahlt, damit die Besitzerin sich davon trennte. Sein Kommentar zu ihrer Frage, ob er ein Limit beim Einkaufen habe, kam ihr wieder in den Sinn: nicht bei so etwas Besonderem.

Nein, dieses Geschenk konnte sie unmöglich hassen. Sie musste einfach einen Weg finden, um Dominick das Geld für die Puppe zurückzuerstatten.

Was schwer werden würde, da sie mit ihm auch ihren besten Kunden verloren hatte.

Als sie die Schachtel in die Tüte zurückschob, fiel ihr ein kleiner Umschlag auf, der in Dominicks ausdrucksvoller Handschrift mit „Vee" adressiert war. Sie zögerte und redete sich ein, dass es ihr vollkommen egal war, was er ihr schrieb.

Dann betrachtete sie die Puppe. Er hatte sie vor der Auseinandersetzung gekauft. Das musste etwas bedeuten, oder? Sie lachte bitter. Ja, es bedeutete, dass er ein schlechtes Gewissen hatte, dieser Idiot.

Entschlossen riss sie den Umschlag auf, in dem eine schlichte weiße Weihnachtskarte mit einer Taube als Motiv steckte. Das war fast romantisch …

Vee, das ist zwar nicht der Weltfrieden, aber ich hoffe trotzdem, dass Dich dieses Geschenk zum Lächeln bringt. Dominick.

Tränen stiegen ihr in die Augen. Das musste sie ihm lassen – er war wirklich charmant. Fast hätte sie glauben können, er meine es aufrichtig, wie sie es während der Extremsportkurse, beim Sex und beim Schlittschuhlaufen gedacht hatte. Die Tränen liefen ihr die Wangen hinunter. Winslow winselte und leckte ihr das Gesicht.

„Vielleicht erlaubt Patricia mir, dich zu adoptieren, wenn wir wieder zu Hause sind", sagte sie. „Würde dir das gefallen?" Trotz allem musste sie lächeln, denn es war nahezu unmöglich, traurig zu sein, wenn einem ein Hund das Gesicht leckte.

Sie blickte auf die Uhr. Wie lange sie hier wohl schon saß? Verblüfft stellte sie fest, dass mehrere Stunden vergangen waren. Und noch immer kein Aufruf für einen Flug nach Atlanta.

„Seht nur!“, rief jemand. „Es schneit!“

Verblüfft sah Violet auf. Tatsächlich fielen draußen Schneeflocken und bedeckten das grüne Gras. Dabei betrug die Außentemperatur über fünfundzwanzig Grad. Wie war das möglich? Sie stand auf und schaute zusammen mit den anderen Leuten um sie herum staunend durch die Glasscheibe.

Hinter ihr entstand ein Aufruhr auf dem Gang. Als Violet sich umdrehte, erlebte sie die nächste große Überraschung. Dominick marschierte auf sie zu, und er trug einen … geschmückten Weihnachtsbaum.

Er hatte ein ganzes Gefolge im Schlepptau, manche als Elfen gekleidet, die Geschenke an die Reisenden verteilten, manche als Sternsinger, die den Menschen Ständchen brachten. Violet war völlig durcheinander.

Eine Armeslänge von ihr entfernt blieb Dominick stehen und stellte den Baum auf den Boden.

Ihr Herz pochte. „Was hat das alles zu bedeuten?“

„Ich habe dir dein romantisches Weihnachten mitgebracht, und mir fiel ein, dass du dir Schnee gewünscht hast.“

„Aber wie hast du es schneien lassen?“

„Na ja, es ist nur künstlicher Schnee. Er besteht hauptsächlich aus Wasser und ein paar anderen Substanzen, die verhindern, dass er zu schnell schmilzt. Ein befreundeter Pilot besitzt ein Flugzeug mit einem Sprayer. Er hat mir einen Gefallen getan.“

Dass er diese Mühen auf sich genommen hatte, schmeichelte ihr zwar, doch sie konnte einfach nicht vergessen, was er ihr angetan hatte. „Warum hast du das getan?“

Einen Moment lang wirkte er nervös, so wie sie, wenn sie einen Abhang hinunterblickte. „Weil … ich dich liebe, Vee."

Ihr Herz tat einen Sprung. Sie wollte ihm so gern glauben. „Dominick, du musst das nicht sagen …"

„Ich sage es nicht nur, Vee, ich meine es auch so." Er atmete schwer aus. „Ich habe einmal einer klugen Frau versprochen, dass ich springen würde, falls ich eines Tages jemanden kennenlerne, bei dem ich mich lebendiger fühle als bei meinen verrückten Stunts."

Konnte das wahr sein? Hatte sie es sich doch nicht nur eingebildet, dass da mehr war zwischen ihnen?

„Ich wollte nicht, dass das passiert, aber es geschieht mir wohl ganz recht, weil ich geglaubt habe, ich könnte dir das ein oder andere beibringen." Er nahm ihre Hand. „Dabei warst du diejenige, die mir etwas beigebracht hat."

Diesmal musste sie Freudentränen zurückhalten.

„Kannst du mir jemals verzeihen? Und wirst du jemals so für mich empfinden wie ich für dich?"

Violet befeuchtete sich die Lippen und schmeckte ihre Tränen. „Ja."

Er schloss sie in die Arme und drückte sie fest. „Danke. Denn ich habe das Gefühl, dass ich nicht mehr ohne dich leben kann."

Fest an ihn geklammert, spürte sie seine Kraft, seine Liebe.

„Weißt du", flüsterte er, „wenn du weiterhin an aufregendem Sex interessiert bist … ich habe auf dem Weg hierher einen Fahrstuhl gesehen."

Violet lachte und sah ihm ins Gesicht. In seinen blauen Augen las sie, wie sehr er sie liebte.

Und das schenkte ihr einen wunderbaren Einblick in den Rest ihres Lebens.

Epilog

„Sehen Sie mal, was heute mit der Post gekommen ist." Lillian Tremble hielt einen Brief hoch.

Dr. Michelle Alexander schaute von ihrem Computer auf. „Was ist das?"

„Ein Brief von Violet Summerlin."

Michelle lächelte. „Was schreibt sie?"

Eilig riss Lillian den Umschlag auf, zog den Brief heraus und las: „Liebe Frau Dr. Alexander, vor einigen Monaten erhielt ich den Brief, den ich auf dem College als Hausaufgabe in Ihrem Kurs über die sexuelle Psyche geschrieben habe. Damals konnte ich nicht ahnen, welche Kette von Ereignissen er in Gang setzen würde. Inzwischen habe ich nicht nur die Frau in mir entdeckt, die ich eigentlich bin, sondern auch noch den Mann meiner Träume gefunden. Wir werden bald heiraten, doch möchte ich die Planung unserer Abenteuerhochzeit kurz unterbrechen, um Ihnen für Ihre Weisheit zu danken. Es mag ein wenig seltsam klingen, aber mir kam der Zeitpunkt, an dem ich den Brief erhielt, beinah wie Zauberei vor. Ich hätte mir nie vorstellen können, jemals so glücklich zu sein. Mit den allerbesten Wünschen, Violet Summerlin."

Seufzend sah Lillian auf. „Klingt nach einer weiteren Erfolgsstory."

Michelle zog einen dicken schwarzen Aktenordner aus dem Regal hinter sich. „Sie haben beide kennengelernt. Glauben Sie, sie schaffen es?"

„Oh, absolut. Genau wie die anderen. Bisher hat Ihr sechster Sinn Sie noch nie getäuscht."

Im Ordner fand Michelle Violets Namen und machte ein paar Notizen.

„Und wer ist als Nächstes an der Reihe?", fragte Lillian und setzte sich auf die Schreibtischkante.

Michelle drehte sich mit ihrem Bürosessel um, nahm einen Kasten und betrachtete die Hunderte von Briefen, die ehemalige Studentinnen ihres Kurses „Sex für Anfänger" geschrieben hatten. Sie legte die Hand auf einen Stapel und schloss die Augen, um zu lauschen. Welche ihrer ehemaligen Studentinnen litt den größten Schmerz, befand sich in größter emotionaler Not? „Wenn eine meiner Studentinnen mich ruft, bin ich für sie da."

Lillian zwinkerte ihr zu. „Sie meinen, *wir* werden für sie da sein."

– ENDE –

Julie Kenner

Starstruck – Sinnliches Weihnachtsfest

Roman

Aus dem Amerikanischen von
Johannes Heitmann

mtb

1. Kapitel

Wann immer das trabende Pferd schnaubte oder wieherte, seufzten die sechs Fahrgäste in der offenen Kutsche selig auf.

Ganz hinten, in der letzten Sitzreihe, zog Alyssa Chambers sich die Decke etwas höher und umklammerte mit beiden Händen ihren Becher Glühwein. Aus den Lautsprechern in den Seitenwänden der Kutsche erklang leise Bing Crosbys „Winter Wonderland", und die neblige Abendluft schimmerte in allen Farben durch die bunten Lichterketten.

Es war die perfekte Dezemberstimmung.

Die Kutsche bewegte sich langsam die Straße entlang. Alyssa und den anderen Fahrgästen bot sich der idyllische Anblick der weihnachtlich geschmückten Häuser in Dallas' wohlhabendem Stadtviertel Highland Park.

„Oh, Mann." Claire Daniels seufzte. „Ist das nicht ein wunderbar romantischer Abend?"

Alyssa, die neben ihr saß, drehte sich fragend zu ihr. „Wie bitte? Wir haben beide kein Date! Schon vergessen?"

Sie sah zu den beiden Sitzreihen vor ihnen. Vier Personen je Sitzreihe, jeweils zwei Pärchen, eng umschlungen unter Decken gekuschelt. Von den bunten Lichtern und der Musik bekamen diese Menschen nichts mit, sie hatten nur Augen füreinander.

Alyssa schluckte vor Neid. Sie wurde sich der Tatsache nur allzu bewusst, dass sie hier mit ihrer besten Freundin saß statt mit einem festen Partner. „Versuchst du's neuerdings mit positivem Denken, Claire? Klappt das bei dir?" Trotz der Atmosphäre rings umher empfand sie nichts von der weihnachtlichen Stimmung.

„Nein, es funktioniert nicht", gab Claire zu. Ein paar Monate zuvor hatte ihr Freund Joe sich von ihr getrennt, und ihr Stolz war durch den Verlust immer noch verletzt.

Missmutig lehnte Alyssa sich in ihrem Sitz zurück und schmiedete Rachepläne gegen denjenigen, der einst entschieden hatte, dass Weihnachtsaktivitäten nur etwas für Pärchen waren.

Auf jeder Party wurde zu dieser Jahreszeit erwartet, dass man mit Partner erschien. Im Theater gab es Pärchen-Tickets für Show und Dinner, und selbst für die Kutschfahrten durchs weihnachtlich beleuchtete Highland Park wurden die Tickets nur im Zweierpack verkauft, so als sei man als Single ein Niemand.

Kein Wunder, dass zu dieser Jahreszeit die Selbstmordrate anstieg, oder?

Die Trennung von Bob im Sommer war besonders unschön gewesen, weil sie ursprünglich einfach nur gute Freunde gewesen waren. Irgendwann hatten sie abends ein richtiges Date gehabt, und bevor Alyssa sich versah, waren sie miteinander im Bett gelandet und hatten auf einmal einer Zukunft mit Ehe, Kindern und Hund entgegengesehen.

Zuerst war ihr alles perfekt vorgekommen, doch dann hatte sie sich an immer neuen Kleinigkeiten gestört, und es hatte nicht lange gedauert, bis weder Alyssa noch Bob hätten sagen können, wieso sie einmal so gut befreundet gewesen waren.

Sie hatten einfach nicht zusammengepasst.

Weil sie sich nicht nur vom Liebhaber, sondern gleich auch vom Freund getrennt hatte, war Alyssa dieser Schlussstrich sehr schwergefallen. Und seitdem hatte sie kein Date mehr gehabt.

„Nimm doch Chris mit, wenn du das nächste Mal auf eine Party gehst", schlug Claire vor.

Alyssa nickte. Sie würde denselben Fehler kein zweites Mal begehen. Chris, ihr Nachbar, war zwar ausgesprochen sexy. Aber er trug von Anfang an den Stempel „Guter Freund" auf der Stirn, und obwohl er so süß, klug und sexy war, würde sie diese Freundschaft niemals wegen Sex aufs Spiel setzen. Auf gar keinen Fall. Diese Lektion hatte sie, Bob sei Dank, gründlich gelernt.

Allerdings stand Sex bei Chris und ihr auch gar nicht zur Debatte. Als sie ihn zum ersten Mal getroffen hatte, hatte sie sich zu ihm hingezogen gefühlt, doch diese warme Empfindung hatte sie schnell unterdrückt, nicht zuletzt, weil Chris dieses Prickeln offenbar nicht gefühlt hatte.

In den zwei Jahren, die sie sich jetzt kannten, hatte er nie auch nur den kleinsten Annäherungsversuch unternommen.

Das hatte Alyssa anfangs ein bisschen gekränkt, zumal das gewisse Knistern sich bei ihr manchmal eher wie eine Feuersbrunst angefühlt hatte.

Andererseits machte Chris' mangelndes Interesse vieles leichter, denn mit seiner lässigen Lebenseinstellung als freier Autor kam er als möglicher Partner für sie ohnehin nicht infrage.

Auch wenn Alyssa zugeben musste, dass es schon Situationen gegeben hatte – etwa wenn sie abends zusammen fernsahen und ein paar Margaritas getrunken hatten –, in denen sie sich wünschte, Chris möge irgendetwas unternehmen, um nicht mehr als Mann tabu für sie zu sein.

Ihr Vater war genauso gewesen wie Chris: als freier Journalist immer auf der Jagd nach der nächsten Story, um wieder etwas Geld nach Haus zu bringen.

Als Kind hatte Alyssa sich oft nach ihrem Vater gesehnt, wenn er wieder wochenlang fort gewesen war. Sie hatte ihn angefleht, er möge sie mitnehmen, und wenn er zurückgekehrt war, hatte sie sich seine Fotoreportagen angesehen und sich ausgemalt, wie sie das alles mit ihm gemeinsam erlebte.

Aber sie war zur Schule gegangen, und er war wieder auf seine nächste Reise verschwunden.

Er hatte Alyssa und ihrer Mutter gesagt, er müsse reisen, um die Rechnungen bezahlen zu können, doch Alyssa hatte die ständigen Streitereien ihrer Eltern ums Geld mitbekommen. Ihre Mutter hatte sich beklagt, dass ihr Mann das Angebot einer festen Anstellung bei einer Lokalzeitung ausgeschlagen hatte.

Für eine Festanstellung war McCarthy Chambers zu reiselustig, doch obwohl er immer wieder hoffte, mit seiner nächsten Story einen Volltreffer zu landen, gelang ihm nie der ganz große Erfolg.

Als Alyssas Mom dann noch ihre Anstellung als Lehrerin verlor, musste die Familie aus ihrem hübschen kleinen Haus in der idyllischen Allee ausziehen. Mit elf Jahren musste Alyssa Abschied von ihren Freundinnen aus der Nachbarschaft nehmen und mit ihren Eltern in ein ärmliches Ein-Zimmer-Apartment mit papierdünnen Wänden ziehen.

In jenem Monat hatte sie ihren Vater gehasst, obwohl sie ihn zugleich über alle Maßen liebte. Wenn er zu Hause war und alles gut lief, war das Leben mit ihm das reinste Paradies, aber wenn gerade wenig Geld da war und er keine guten Ideen hatte, wurde der Alltag mit ihm unerträglich.

Seit einiger Zeit konnte ihr Dad aus gesundheitlichen Gründen nicht mehr reisen, und so kamen ihre Eltern finanziell kaum noch über die Runden. Sie lebten von Sozialhilfe, und das war ein Leben, das Alyssa sich für ihre Zukunft auf keinen Fall vorstellte.

Seit sie erwachsen war, konnte sie nachvollziehen, was ihren Dad antrieb. Er liebte seine Familie, aber er hatte auch sein unstetes Junggesellenleben geliebt. Eigentlich hätte er niemals eine Familie gründen dürfen.

Alyssa liebte und verstand ihn, mittlerweile hatte sie ihm sogar ihre ärmliche Kindheit verziehen, aber niemals wollte sie so wie ihre Mutter enden oder gar eigenen Kindern ein solches Leben zumuten.

An ihren zukünftigen Partner stellte Alyssa Chambers eine ganze Reihe von Ansprüchen. Ganz oben auf der Liste stand, dass er sich seiner finanziellen Verantwortung bewusst war und dass er regelmäßig zu Hause war.

Chris besaß nicht einmal ein Sparkonto, geschweige denn eine Krankenversicherung. Er reiste wochenlang durch die Welt und verfasste Reiseberichte.

Selbst als Freund raubte er Alyssa mit seiner Sorglosigkeit oft den letzten Nerv. Dabei war er ein außergewöhnlich guter Journalist und besaß erstklassige Verbindungen zu „Tourist and Travel", einem der bekanntesten Reisemagazine der Welt. Soweit Alyssa wusste, konnte Chris mit Leichtigkeit genug Artikel verkaufen, um ein solides Jahreseinkommen zu erzielen. Doch stattdessen arbeitete er nur, wenn ihm das Geld ausging, und dann nahm er gleich drei bis fünf Aufträge an und verschwand für zwei Monate.

Die übrige Zeit zog er sich in sein Apartment zurück und arbeitete an einer Romanreihe, die er irgendwann zu veröffentlichen hoffte.

Einerseits bewunderte sie seine Kreativität, doch andererseits verstand sie nicht, wie er diesen Lebensstil ertragen konnte. Einmal hatte sie ihn dazu gedrängt, mit ihr über dieses Thema zu sprechen, und dabei hatte er zugegeben, dass er seine Gehaltsschecks auf ein Konto einzahlte und davon lebte, bis die Summe aufgebraucht war. Erst dann nahm er einen neuen Auftrag an, um wieder an neues Geld zu kommen. Ein paar Monate lang hatte er tatsächlich ausschließlich von Bohnen, Reis und Spaghetti gelebt, weil er, anstatt an einem neuen Auftrag zu arbeiten, lieber zu Hause an seinem Buch geschrieben hatte.

Es war nicht ihr Leben, und trotzdem machte Alyssa allein die Vorstellung jedes Mal nervös.

Das Fazit lautete: Ein Mann wie Chris würde niemals als Partner infrage kommen. Chris begleitete sie manchmal zu Partys, aber ein richtiges Date mit ihm war tabu.

Die beiden Pärchen vor Alyssa und Claire kuschelten sich noch enger aneinander und merkten gar nicht, dass die übrigen und weniger glücklichen Gäste in der Kutsche von diesen Zuneigungsbekundungen lieber nichts mitbekommen wollten.

Das Pferd bog nach links in eine Allee ab, in der der alte Geldadel von Dallas wohnte. Für diese Bürger war ein Ball noch immer ein wichtiges gesellschaftliches Ereignis, und sie konnten ihre Vorfahren bis in eine Zeit zurückverfolgen, als Texas noch eine eigenständige Republik war.

Solche Leute blieben entweder zu Hause, oder sie nahmen die gesamte Familie mit, wenn sie verreisten.

Claire deutete auf ein großes Haus im Kolonialstil. „Das hier war immer mein Lieblingshaus in der Gegend. Sieh doch! Die kleinen Buchsbäume sind wie Elfen geschnitten!"

Alyssa betrachtete die kunstvoll gestutzten Büsche. Sie wusste, dass hier Russell Starr wohnte.

Russell würde mit Sicherheit einen hervorragenden Kandidaten für ihre Partnerliste abgeben.

Die Starrs gehörten zu den wichtigsten Familien in Texas, seit sie vor über einem Jahrhundert die Starr Resorts gegründet hatten. Die heute weltweit vertretene Luxushotelkette war vor sieben Jahren nach dem Tod von Thomas Starr ins Straucheln geraten, als die Leitung dem damals 23-jährigen Russell übertragen worden war.

Alyssa war mit Russell zur Schule gegangen, daher hatte sie mitverfolgt, welchen Aufruhr es in der Geschäftswelt gegeben hatte, als einem so jungen Mann eine so große Verantwortung übertragen wurde. Alle hatten einen Niedergang der Hotelkette vorausgesagt, doch Alyssa hatte fest an Russells Erfolg geglaubt.

Und sie hatte sich nicht getäuscht. Seit Russell vor sieben Jahren die Führung übernommen hatte, waren die Starr Resorts gewachsen wie nie zuvor. Die Fünf-Sterne-Hotels gab es jetzt auf vier Kontinenten, und zahllose Prominente gehörten zu den Stammgästen.

„Ich hoffe, ich kann ihn bekommen", murmelte sie. „Ich meine, Starr Industries."

„Wirklich?"

„So lautet der Plan." Leider wusste Alyssa noch nicht, wie sie diesen Plan in die Tat umsetzen sollte. Allerdings musste ihr bald etwas einfallen, denn obwohl sie im ausklingenden Jahr hervorragenden Umsatz gemacht hatte, hatte sie für „Prescott and Bayne" im letzten Quartal keine neuen Klienten gewinnen können. Damit lag sie deutlich im Schatten von Roland Devries, ihrem Konkurrenten um den Platz des Teilhabers der Anwaltskanzlei.

Direkt nach den Weihnachtsferien würden die Partner der

Kanzlei sich treffen und beraten, wen sie zum Juniorpartner ernennen würden.

Alyssa musste unbedingt noch einen neuen Klienten auftreiben, damit nicht letztlich Roland das Ziel erreichte, auf das sie so hart hingearbeitet hatte. Schon während des Jurastudiums hatte sie sich geschworen, mit dreißig Teilhaberin in einer Kanzlei zu sein, und nach dem Studium hatte sie bei Prescott angefangen, weil die Kanzlei einen ausgezeichneten Ruf hatte und weil es hieß, dass man dort schnell Karriere machen könne. Teilhaber einer Anwaltskanzlei, das bedeutete finanzielle Absicherung, und schon deshalb war es Alyssas Traum.

„Glaubst du, du hast eine Chance? Die Anwälte umschwirren Russell doch bestimmt wie Bienen den Honig."

„Sein Unternehmen hat sogar eine eigene Rechtsabteilung."

„Und wieso sollte er dann eure Kanzlei beauftragen?"

„Erinnerst du dich noch an die Wohltätigkeitsveranstaltung Anfang des Jahres? Da wurde Geld für Waisenhäuser in China gesammelt. Russell saß mit mir im Komitee und sagte, er spiele mit dem Gedanken, sich eine Kanzlei zu suchen, damit seine Rechtsabteilung sich mehr auf ihre Aufsichtsfunktion konzentrieren könne." Sie zuckte mit den Schultern. „Was spricht da gegen Prescott and Bayne?"

„Nichts, nehme ich an." Prüfend sah Claire sie an. „Ein Mann wie Russell Starr wird sicher von vielen Kanzleien angesprochen. Was spricht für euch?"

„Wir haben einen ausgezeichneten Ruf. Außerdem hatte ich wirklich den Eindruck, dass er sich gern mit mir zusammensetzen würde, um eine mögliche Kooperation mit Prescott zu besprechen." Sie wurde rot. „Eigentlich wollte ich direkt nach der Wohltätigkeitsgala einen Termin mit ihm ausmachen, aber ... da kam es mir etwas unpassend vor."

Claire runzelte die Stirn. „Wieso?“

Alyssa holte tief Luft. „Weil er mich geküsst hat. Am Abend der Gala.“

„Nicht zu glauben. Was Ernstes?“

„Kommt drauf an. Ist ein siedend heißer Kuss etwas Ernstes?“

Jetzt sah Claire sie mit offenem Mund an. „Wieso weiß ich davon nichts?“

Wieder zuckte Alyssa mit den Schultern. „Damals war ich noch mit Bob zusammen. Es ist einfach so passiert, und ich habe mich danach entsetzlich gefühlt.“

„Ich will jedes Detail hören, und zwar sofort.“

„Da gibt es nicht viel zu erzählen.“ Alyssa bereute bereits, das Thema überhaupt angeschnitten zu haben.

„Fang ganz von vorn an.“ Auffordernd wedelte Claire mit der Hand. „Schieß schon los!“

Seufzend gab Alyssa nach. „Ich war mit ihm auf der Highschool. Wir kennen uns also schon eine Ewigkeit.“

Ungläubig hob Claire die Augenbrauen. „Du warst mit Russell Starr auf der Highschool?“

„Ehrlich gesagt bin ich fast sicher, dass seine Familie mir mein Stipendium bezahlt hat.“ Sie blickte wieder zum Haus der Starrs und seufzte. So eine Familie brauchte sich keine Gedanken darüber zu machen, wann der nächste Gehaltsscheck eintraf.

„Wart ihr befreundet?“

„Damals nicht. Er war eine Klasse über mir, aber alle Mädchen haben von ihm geschwärmt. Du weißt schon, er war der Typ, den alle haben wollten.“

„Verstehe. Aber kommen wir zurück zu diesem Kuss. Was ist genau passiert? Hat er dich um ein Date gebeten?“

„In gewisser Weise. Mein Auto hatte einen Platten, und da hat er mich nach Hause gebracht. Auf dem Weg schlug er vor, wir könnten doch noch etwas trinken gehen."

Der Abend war wunderbar gewesen. Sie hatten Wein getrunken, gelacht und sich zwischendurch tiefe Blicke zugeworfen. Als Russell sie anschließend heimgefahren hatte, hatte sie ihn noch hereingebeten, aber er hatte abgelehnt.

Stattdessen hatte er sich zu ihr gebeugt, sich für den wundervollen Abend bedankt und sie sehr zart, aber auch sehr vielversprechend geküsst. Sie hatte das Prickeln bis in die Zehenspitzen gefühlt, selbst als Russell sich bereits abgewandt hatte und zurück zum Wagen ging.

Wie ein Idiot hatte sie vor ihrer Apartmenttür gestanden.

Am nächsten Morgen war Bob zum Frühstück gekommen, und Alyssa hatte ihre Träumereien vom Märchenprinzen verdrängt. Sie war mit Bob zusammen, der Drink war nicht mehr gewesen als ein Drink, und der Kuss war nichts als eine süße Erinnerung.

Ab und zu hatte sie sich dann aber doch der Fantasie hingegeben, was hätte passieren können, wenn Russell mit in ihr Apartment gekommen wäre.

Sie seufzte, und ihr Atem kondensierte in der kalten Luft.

„Wow", stellte Claire fest. „Mist, dass dir dieser Vogel entwischt ist."

Entnervt verdrehte Alyssa die Augen. „Ich hatte diesen Vogel nie in der Hand."

„Dafür ärgerst du dir sicher ein Loch in den Bauch. Er hat dir einen Abschiedskuss gegeben, und du hast dich nicht wieder bei ihm gemeldet? Ihm nie gezeigt, dass du auch interessiert bist?"

„Ich war mit Bob zusammen." Alyssa sprach es nur leise

aus, weil sie genau wusste, dass Claire sich sofort auf diesen Punkt stürzen würde.

„Und das hast du ihm gesagt?"

„Claire, Bob und ich waren fest zusammen. Es war ihm ernst, zumindest dachte ich das. Ja, ich habe es Russell gegenüber erwähnt."

Jetzt verdrehte Claire die Augen. „So was darfst du niemals tun. Die Kerle dürfen die Hoffnung nicht aufgeben, bis du verheiratest bist." Obwohl Alyssa unwillig das Gesicht verzog, fuhr Claire fort: „Hast du dich denn nach der Trennung von Bob bei Russell gemeldet?"

„Nein, natürlich nicht!"

Verständnislos schüttelte Claire den Kopf. „Wenn Joe nicht so ein Idiot wäre und du nicht so gehemmt, dann könnten wir hier heute Abend als zwei Pärchen sitzen und nicht als zwei Freundinnen, die miteinander Kutsche fahren."

Alyssa seufzte. Claire hatte absolut recht.

Sie betrachtete die funkelnden Lichter an den Häusern. Die Kinder gingen von Tür zu Tür und sangen Weihnachtslieder, und Pärchen spazierten Arm in Arm und küssten sich.

Überall lag Romantik in der Luft, nur nicht hier auf der hintersten Kutschbank.

2. Kapitel

„Lass das Messer fallen."

„Niemals." Max-Dalton umklammerte das kleine Taschenmesser und ließ den Lauf von Eli Whitackers Pistole keine Sekunde aus den Augen. Er war in dieses verlassene Lagerhaus eingebrochen, weil er gehofft hatte, hier einen Hinweis darauf zu finden, wohin Whitacker das Mädchen verschleppt hatte. Leider hatte er Whitacker selbst gefunden.

„Ich sagte, lass das Messer fallen", wiederholte Eli.

Max überdachte seine Chancen. Das alles lief nicht wie geplant. Resigniert ließ er das Messer fallen.

„Gut so. Und jetzt sei so nett und knie dich hin."

„Das werde ich nicht."

Elis Grinsen wurde stärker. „Kein Problem, dann stirbst du eben im Stehen."

Langsam krümmte Eli den Finger, und Max rechnete damit, jeden Moment eine Ladung Blei in den Bauch zu bekommen.

Das Einzige, was ihm in dieser Situation einfiel, war, sich nach links auf den Boden zu werfen.

Noch während er das tat, wurde er durch einen lauten Knall fast taub, und er zuckte zusammen, weil jetzt der Schmerz kommen würde.

Doch er spürte keinen Schmerz.

Dort stand Eli, und auf seiner Brust breitete sich ein roter Fleck aus. Er öffnete den Mund, und blutiger Schaum trat zwischen seinen Lippen hervor.

Dann sank Eli auf die Knie, und hinter ihm sah Max eine Frau stehen, die eine Waffe in ihren zitternden Händen hielt.

Sie war es.

Dunkles Haar fiel ihr in sanften Wellen bis auf die Schultern, ihre vollen Lippen waren fest aufeinandergepresst, und ihre grünen Augen schimmerten. Die langen schlanken Beine hatte sie leicht gespreizt, und sofort malte Max sich aus, diese Schenkel an seinen Hüften zu spüren.

Er sah sie, und in demselben Moment begehrte er sie. Sie war seine Fantasie und Inspiration.

„Alyssa", flüsterte er. „Alyssa, du lebst."

Christopher Hyde blickte auf seinen Monitor und runzelte die Stirn. Dann löschte er die letzte Zeile aus und ersetzte den Namen Alyssa durch Alicia.

Unzufrieden schüttelte er den Kopf. Nein, das war immer noch zu nah an der Wirklichkeit. Wieder löschte er die Zeile und nannte die Femme fatale in seinem zweiten Max-Dalton-Roman Natalia.

Schon besser.

Die Beschreibung ähnelte zwar immer noch sehr stark Alyssa, aber er brachte es nicht fertig, daran etwas zu ändern. Vielleicht würde er, wenn der Roman erst fertig war, die Haarfarbe von Schwarz in Rot ändern, doch im Moment sah er in Gedanken sowieso nur immer Alyssa vor sich, wenn er sich Natalia vorstellte.

Ja, sie war tatsächlich das Mädchen seiner Träume.

Schon bevor er Alyssa kennengelernt hatte, hatte er an seinem ersten Max-Dalton-Roman geschrieben. Seit Jahren ging ihm dieser Charakter durch den Kopf. Max Dalton war reich und unabhängig, reiste um die Welt und nahm die Aufträge an, die ihm das meiste Geld einbrachten. Max war genauso reiselustig wie Chris, und obwohl Chris noch nie ein Kind befreit hatte, das von Terroristen entführt worden war, und auch noch nie in Berghöhlen nach alten Artefakten gesucht hatte, schmückte er Max' Charakter mit all seiner Fantasie aus.

Seine eigene Kindheit war langweilig und eintönig gewesen. Bis zu seinem zwanzigsten Lebensjahr war er nie aus dem kleinen Ort in Texas herausgekommen. Doch er hatte jede Ausgabe des „National Geographic" gelesen und sich ausgemalt, wie er all die beschriebenen Orte selbst bereiste und dort Abenteuer erlebte.

Das Journalistikstudium war seine Chance gewesen, aus der Enge seines Heimatorts zu fliehen, und jetzt reiste er um die Welt und schrieb über seine Erlebnisse. Mit ein bisschen Glück würde er eines Tages zusätzlich zum Einkommen aus seinen Reiseberichten mit seinen Max-Dalton-Romanen noch viel mehr Geld verdienen.

Mit dem ersten Band war es ihm bereits gelungen, eine Agentin zu finden, die unermüdlich versuchte, seinen Roman bei einem Verlag unterzubringen.

Das alles dauerte Zeit, und um sich abzulenken, stürzte Chris sich in Max Daltons zweites Abenteuer. In dieser Geschichte trat eine Frau in Max' Leben. Ob sie auf seiner Seite stand oder nicht, war nicht ganz klar, aber auf jeden Fall war sie seine Geliebte.

In Chris' Fantasie trug sie Alyssas Züge.

Er konnte sich noch genau an den Tag erinnern, als sie ins Nachbarapartment gezogen war. Sie hatte versucht, einen alten hässlichen Sessel vom gemieteten Lieferwagen in ihr Apartment zu schleppen, und Chris hatte ihr seine Hilfe angeboten, entweder beim Schleppen oder beim Verbrennen, ganz wie sie wollte. Einen Moment lang hatte sie ihn fassungslos angesehen, und er hatte schon befürchtet, zu weit gegangen zu sein, doch dann hatte sie sich erschöpft in den Sessel fallen lassen und laut zu lachen angefangen.

Der Sessel sei ein Geschenk ihres Vaters, hatte sie erklärt und mit den Schultern gezuckt. „Also wird dieser Sessel in meinem Wohnzimmer einen Ehrenplatz bekommen."

Sie war sexy und witzig. Das war eine Kombination, die Chris überwältigend fand.

Doch das hatte er Alyssa nie gesagt. Sie sah in ihm einen Freund, keinen leidenschaftlichen Liebhaber, und daran trug ganz allein er selbst die Schuld.

In der ersten Zeit war sie mit einem anderen Mann zusammen gewesen. Ob er Bob oder Bill hieß, wusste Chris nicht mehr, aber er war ganz offensichtlich nicht gut für sie gewesen. Doch Chris machte sich nun mal nicht an Frauen heran, die in festen Händen waren, auch wenn sie noch so sexy waren.

Aber selbst an jenem wunderbaren Tag, als sie Bob den Laufpass gegeben hatte, hatte Chris seine Chance nicht genutzt. Er hatte nicht einmal angedeutet, was er empfand.

Sie war zu ihm gekommen, hatte ihm von der Trennung erzählt und vorgeschlagen, sie könnten sich doch zusammen irgendeinen Actionfilm ansehen, bei dem man nicht nachdenken musste.

Während Alyssa gebannt die Ganovenjagden und Explosionen verfolgt hatte, hatte Chris die ganze Zeit überlegt, wie er ihr erklärte, dass er sich in sie verliebt hatte. Am Ende des Films hatte sie ihn bedrückt angelächelt und nach seinen Händen gegriffen.

In diesem Moment hätte er tun sollen, was Max Dalton getan hätte. Er hätte sich vorbeugen und sie küssen sollen, um ihr anschließend in klaren Worten zu sagen, dass er sich mehr von ihr wünschte als nur Freundschaft.

Doch wenn es um Frauen ging, schaffte Chris es einfach nicht, so draufgängerisch zu sein wie Max Dalton.

„Danke, dass ich bei dir sein durfte“, hatte sie gesagt. „Ich habe wirklich einen wahren Freund gebraucht.“

Er hatte geschluckt, weil ihre Worte sich wie Messerstiche angefühlt hatten. In dem Augenblick war ihm klar geworden, dass er bei dieser Frau keine Chance hatte, nicht mal als Mann zur Ablenkung vom Trennungsschmerz.

Aber irgendetwas musste er unternehmen. Alyssa war in seinen Gedanken, in seinen Träumen und jetzt auch noch in seinen Büchern. Max Dalton war ein Frauenheld, verdammt, und wechselte mit jedem Auftrag die Frau. Er verliebte sich nicht!

Chris ahnte, dass er Alyssa aus seiner Fantasie vertreiben musste, wenn er nicht wollte, dass Max sich anstatt durch einen actiongeladenen Spionagethriller durch einen Liebesroman kämpfte.

Max Dalton würde es nicht zulassen, dass die Gedanken an eine Frau ihn so quälten. Er würde ihr etwas ins Ohr flüstern und mit ihr im Bett landen.

Schöne Fantasie.

Chris wollte mehr. Er sehnte sich nach Wärme und Wirklichkeit. Er wollte am Sonntagmorgen lange im Bett liegen und Zeitung lesen. Er wollte Jeans und T-Shirts in seinen Rucksack stopfen und nach Paris fliegen, wenn ihm danach war. Er wollte im Sonnenuntergang an einem Strand entlanglaufen, am liebsten an einem exotischen mit weißem feinem Sand.

Und all das wollte er zusammen mit Alyssa tun.

Entnervt stand Chris hinter seinem Schreibtisch auf und reckte sich. Er musste seine Sachen packen, schließlich musste er morgen ganz früh zum Flughafen.

Das Telefon klingelte, und am liebsten wäre er nicht rangegangen, aber es konnte schließlich auch Greg sein, sein Verleger von „Tourist and Travel".

Im Display stand eine New Yorker Nummer, und als Chris den Hörer abnahm, hörte er die heisere Stimme von Lilian Ashbury, seiner Agentin.

„Wie schnell kannst du den zweiten Max-Dalton-Roman fertig bekommen und mir ein Exposé für den dritten schicken?", fragte sie ohne jede Einleitung.

„Ich wünsche dir auch eine frohe Weihnachtszeit, Lil."

„Unsinn. Hier gibt's nur Kälte und Schneematsch, also keinen Grund zur Freude."

„Arbeitest du deshalb heute, am Samstag?"

„Ich bin unermüdlich in meinen Anstrengungen, deine Romane an die Leute zu bringen", erwiderte sie trocken. „Ich hatte ein Lunch mit Roger Eckhard." Das war der Herausgeber von Main Street Books, dem Verlag, bei dem Chris seinen Roman am liebsten veröffentlichen wollte. „Ich habe ihm das Buch vorgestellt, und das Grundkonzept gefällt ihm. Am fünften fliegt er für zwei Wochen nach Italien, und ich möchte ihm beide Manuskripte und einen ersten Entwurf für den dritten Roman mitgeben. Er soll es gleich als Serie lesen und in dir den neuen Ian Fleming sehen. Wenn das klappt, werden wir ein Angebot bekommen, das dich zu einem sehr glücklichen Mann macht."

„Ich …"

„Sag einfach: ‚Danke, Lil.' Und: ‚Kein Problem, Lil.'"

„Kein Problem, Lil." Er musste lächeln. Irgendwie würde er es schaffen. Dies war nicht der geeignete Zeitpunkt, um seiner Agentin zu erzählen, dass er immer nur an seine Nachbarin denken und sich deshalb nicht auf Max Dalton konzentrieren konnte. Er würde eine Woche in New Mexico in einem exklusiven Hotel verbringen und dort abwechselnd an einem Artikel für „Tourist and Travel" und an seinem Roman schreiben. Die ganze Zeit würde er sich im Hotelzimmer einigeln und Seite um Seite mit einer fantastischen und spannenden Geschichte ausspucken.

Warum sollte ihm das nicht gelingen, wenn ihn über sechshundert Meilen von Alyssa trennten?

3. Kapitel

„George Bailey, ich werde dich lieben, solange ich lebe."

„Aah." Alyssa ließ sich in den Sessel sinken und tupfte sich die Augen mit einem Taschentuch trocken.

Claire bewarf sie mit Popcorn. „Hör auf, der Film hat ja gerade erst angefangen."

„Ich weiß." Alyssa schniefte. „Aber ich weiß doch schon, was passieren wird." Sie schnäuzte sich. „Das macht mich jedes Mal fertig. Und der Alkohol verschlimmert es noch."

„Du warst es doch, die unbedingt Kakao mit Pfefferminzschnaps wollte."

Dagegen konnte Alyssa nichts einwenden. Eigentlich hatten sie beide nach der Kutschfahrt auf irgendeine Party gehen wollen, aber dann waren sie in Alyssas Apartment gelandet und hatten versucht, ihre Depressionen mit Kakao und Schnaps und einem alten rührseligen Spielfilm zu bekämpfen.

„Warum kann ich nicht auch so einen Kerl bekommen wie im Film?"

Claire runzelte die Stirn. „Ich kenne den Film auch. Du würdest ihn gar nicht wollen. Er reist ständig umher und hat nie genug Geld, um sein Haus zu reparieren." Sie lehnte sich zurück und sah Alyssa mit einem selbstgewissen Lächeln an. „Du brauchst einen Mann wie Russell Starr."

„Wie bitte?"

„Vorhin hast du mir selbst erzählt, dass er dein Traummann ist."

„Na und?"

„Dann unternimm was."

Alyssa sah ihre Freundin mit offenem Mund an. „Du bist verrückt, weißt du das? Wir waren nur etwas trinken, und dann war da ein einziger Kuss."

„Ein überwältigender Kuss."

„Aber nur ein Kuss." Alyssa schüttelte den Kopf. „Wir sprechen hier nicht von einer großen Romanze, Claire."

„Weil du ihn am nächsten Tag nicht angerufen hast, um ihn dazu zu bringen, dich zu einem Date auszuführen."

Das stimmte, und dafür hätte Alyssa sich immer noch am liebsten selbst geohrfeigt. Es war völlig klar, dass Russell sie nicht angerufen hatte, weil sie ihm von Bob erzählt hatte. Letztlich hatte auch sie ihn aus demselben Grund nicht angerufen. Doch nachdem sie sich ein paar Monate später von Bob getrennt hatte, hätte sie sich das Ganze vielleicht noch einmal überlegen sollen.

„Wenn du etwas willst, dann musst du es dir holen." Angestrengt dachte Claire über ihre eigenen Worte nach. In ihren Bechern war fast mehr Pfefferminzschnaps als Kakao, und sie waren beide ziemlich beschwipst. „Wenn es zwischen Russell und dir an jenem Abend gefunkt hat, dann solltest du es noch mal bei ihm versuchen."

„Im Moment ist mir die Teilhaberschaft wichtiger. Wenn ich der Kanzlei in den nächsten Wochen keinen neuen Klienten beschaffe, ist meine Chance vertan. Ich weiß, dass Bayne den Posten an Roland vergeben will, weil er einen Teilhaber mit Erfahrung im Wertpapiergeschäft sucht. Meine Spezialisierung auf Mediation findet er nutzlos."

Alyssa vertrat eine ganze Reihe von Klienten auch vor Gericht, doch ein Großteil ihrer Arbeit bestand aus Mediation, einem Schlichtungsverfahren, bei dem sie versuchte, die Parteien von einer außergerichtlichen Einigung zu überzeugen. Diesen Teil ihrer Arbeit liebte sie, und es machte sie rasend vor Wut, dass Roland sich Vorteile verschaffte, indem er sich aufs Wertpapierrecht konzentrierte.

Leider konnte sie die Tatsachen nicht ignorieren, und wenn sie bei Prescott nicht zum Teilhaber aufstieg, würde sie sich nach einer neuen Stelle umsehen müssen, denn sie wollte auf keinen Fall beruflich in einer Sackgasse landen. Bei der Vorstellung, auf Stellensuche gehen zu müssen, bekam sie eine Gänsehaut.

Schnell trank sie noch einen Schluck, um den Schock zu dämpfen, den dieser Gedanke in ihr auslöste.

„Wer sagt denn, dass du das eine nicht mit dem anderen verbinden kannst?" Claire zog die Brauen hoch. „Ein bisschen Geschäft und ein bisschen Spaß."

„Claire!"

„Willst du's nicht wenigstens versuchen?"

„Na gut, vielleicht. Russell Starr wäre wirklich ein guter Fang. Aber er ist vergeben. Soweit ich weiß, ist er mit der Tochter von einem Senator zusammen."

„Nicht mehr." Belustigt trank Claire einen Schluck, und an ihrer Oberlippe blieb ein brauner Kakaoschnurrbart zurück. „Letzte Woche haben sie sich getrennt. Dein Goldjunge ist wieder Single."

„Oh." In Alyssas Magen ging es drunter und drüber. „Bist du sicher?" Die Frage war im Grunde überflüssig. Claires Vater war ebenfalls Senator in Texas, und daher war sie immer bestens informiert.

„Interessante Neuigkeit, stimmt's?"

Alyssa runzelte die Stirn. Wie sollte sie einen Mann wie

Russell auf sich aufmerksam machen? Die Chancen, dass er sich für eine ganz durchschnittliche Frau wie sie interessierte, standen schlecht. Er verkehrte mit Stars und Prominenten und spielte in einer völlig anderen Liga.

Sie trank noch einen Schluck und versuchte, sich auf ihre Freundin zu konzentrieren, die mit sehr ernsthafter Miene einen Finger hob.

„Was ist?"

Verwirrt runzelte Claire die Stirn. „Ich wollte etwas sagen, aber das habe ich jetzt vergessen. Es war in jedem Fall sehr bedeutsam. Und brillant. Ich wünschte, ich könnte mich erinnern. Es war die Lösung, wie wir beide den perfekten Mann finden und bis ans Ende unserer Tage glücklich werden könnten."

„Bis Weihnachten sind es nur noch fünf Tage. Kann uns der Weihnachtsmann nicht helfen und uns unser Glück in den Schoß fallen lassen?"

„Wie soll dein Traummann denn aussehen? Was würdest du auf deinen Wunschzettel schreiben?" Claire setzte sich aufrechter hin. „Mal im Ernst. Sag mir fünf Dinge." Vertraulich beugte sie sich vor. „Erzähl der guten Claire alles, was du dir erträumst."

„Also schön! Ja! Russell Starr. Er würde mein Weihnachten perfekt machen." Schließlich hatte Russell Humor, und er war finanziell abgesichert. Außerdem konnte sie mit ihm als Klienten ihren Job retten.

Claire stellte ihren Becher ab, ehe sie den restlichen Kakao noch verschüttete. „Ich will noch mehr hören. Zu Weihnachten geht's ja nicht nur darum, den perfekten Mann zu bekommen. Wodurch würden die Feiertage für dich perfekt werden? Fünf Dinge."

Angestrengt dachte Alyssa nach. „Gute Freunde", sagte sie schließlich lächelnd. „Und für dich?"

Claire erwiderte das Lächeln. „Gute Freunde."

„Das zählt nicht. Das hatte ich schon. Was anderes."

„Keine Ahnung. Können wir die Liste auf zwei Punkte verkürzen?"

„Kommt drauf an. Was wäre das zweite?"

„Der perfekte Mann."

Alyssa schleuderte ein Kissen in ihre Richtung. „Das habe ich doch schon gesagt."

„Dann lass uns etwas unternehmen. Du musst Russell anrufen."

„Tue ich ja. Wegen der Partnerschaft. Um ihn als Klienten zu gewinnen."

„Wegen eines Dates, Alyssa. Du musst ihn anrufen, damit er dich zu einem Date einlädt. Immerhin hat er dich geküsst. Vertrau mir. Russell hat dir den Ball zugespielt."

„Ja, aber ..."

„Kein Aber. Vom Weihnachtsmann bekommst du keinen Partner. Wenn du eine Beziehung willst, musst du dich selbst darum bemühen."

„Und was ist dein Plan?" Alyssa versuchte, sich etwas aus der Schusslinie zu bringen. „Auf wen hast du es abgesehen? Auf Joe? Oder steht der auf der Schwarzen Liste?"

„Auf der Liste wird er nicht mehr stehen, sobald er zu mir zurückkommt."

„Claire ..." Alyssa hatte Joe noch nie gemocht, aber das konnte sie ihrer besten Freundin schlecht sagen. Die Sache mit Joe war Claire sehr ernst gewesen, und Alyssa wollte ihrer Freundin nicht sagen, wie wenig sie von ihrem Ex-Freund hielt, nur um irgendwann zu erfahren, dass Claire und Joe wieder zusammen waren.

„Dann ist das also abgemacht." Claire nickte bekräftigend. „Weihnachtsschwur: Wir angeln uns unsere Traummänner."

Alyssa schüttelte den Kopf. „Ich glaube nicht, dass ich …"

„Doch, du kannst. Wo ist denn die Frau, die Bob gesagt hat, dass es reicht?"

„Die sitzt vor dir." Alyssas Magen fühlte sich bleischwer an. „Aber das war ein Kinderspiel im Vergleich zu dem, was du jetzt von mir verlangst."

„Probieren solltest du es zumindest. Wann wäre ein besserer Zeitpunkt dafür als Weihnachten?"

Ich will nicht für immer Single bleiben, und wenn ich noch so viel Geld auf dem Konto habe, dachte Alyssa. Sie wollte ein Zuhause und eine Familie, allerdings ohne die Dramen, die sich bei ihren Eltern abgespielt hatten. Und sie wollte sicher sein können, dass die Hypotheken immer pünktlich abbezahlt werden konnten.

„Du weißt genau, dass ich recht habe." Claire musterte sie eingehend. „Also fangen wir an und nehmen uns, was wir brauchen. Packen wir den Stier bei den Hörnern, den Mann bei den …"

„Schon gut, schon gut, Claire!" Alyssa atmete tief durch. Der Abend mit Russell war wirklich sehr schön gewesen. Sie hatten gelacht und sich unterhalten, und es hatte nicht den kleinsten Moment der Verlegenheit gegeben. „Vielleicht hast du recht." Sie holte noch einmal tief Luft. „Es sind schließlich die Feiertage, und es ist unser Leben."

„Und unsere Männer." Claire griff nach ihrem Becher und hob ihn in die Höhe. „Trinken wir darauf, dass dies die besten Weihnachtsferien werden, die wir jemals hatten. Auf ein neues Jahr mit neuen Männern an unserer Seite."

Alyssa dachte an Russell und daran, wie er sie angelächelt

hatte, als sie gemeinsam die Wohltätigkeitsveranstaltung organisiert hatten. Als sie sich eine Maraschinokirsche in den Mund gesteckt hatte, hatte sein Blick einen sehr leidenschaftlichen Ausdruck bekommen. Und dann hatte er sie vor der Haustür so gefühlvoll geküsst. Ja, dachte sie entschieden und stieß mit Claire an. Darauf trinke ich.

Resigniert blickte Alyssa auf die Website. Russell war im Moment nicht mal in Dallas, sondern eröffnete das Santa Fe Starr, ein Fünf-Sterne-Hotel keine zwanzig Meilen außerhalb von Santa Fe. Laut einiger Artikel, die Alyssa gefunden hatte, war diese Hotelanlage der neue Maßstab für Luxus und alle erdenklichen Annehmlichkeiten. Während der Weihnachtswoche logierten dort die Reichen und Berühmten, darunter sogar ein paar Oscar-Preisträger. Die gesamten Einkünfte der ersten Woche sollten an „Love without Boundaries“ gehen, eine Wohltätigkeitsorganisation, von der Alyssa wusste, dass Russell sie von ganzem Herzen unterstützte.

„Du musst da hin“, stellte Claire fest.

„Bist du verrückt? Dafür braucht man eine Einladung.“ Sie deutete auf den Artikel.

„Du hast die ganze Woche frei, Alyssa, es ist der perfekte Zeitpunkt.“

„Claire, was erwartest du von mir? Dass ich mich zum Idioten mache?“

„Du sollst herausfinden, ob zwischen Russell und dir etwas ist. Das hier ist deine zweite Chance, die du einfach nutzen musst. Du hast den perfekten Vorwand. Du sagst Russell, du seist dort, um mit ihm darüber zu sprechen, in welchem Umfang Starr Industries sich Hilfe von einer externen Kanzlei holen möchte. Immerhin brauchst du einen neuen Klienten, stimmt's? Gibt es dafür einen besseren Weg, als wenn du sexy und umwerfend im kleinen Schwarzen vor ihm stehst?"

„Mit ihm außerhalb seines Büros zu sprechen, wäre tatsächlich von Vorteil", gab Alyssa zu. „Vielleicht könnte ich sogar mit ihm essen. Das wäre viel besser, als wenn er mir nur eine halbe Stunde zwischen seinen Geschäftsterminen zugestehen kann." Doch dann schüttelte sie den Kopf. „Aber Geschäftliches und Privates miteinander zu vermischen, führt immer zu Problemen."

Entnervt verdrehte Claire die Augen. „Überstürzt du da nichts? Bisher ist der Mann *weder* dein Klient *noch* dein Freund. Mach schon und sieh, was passiert. Das schuldest du dir selbst."

„Ich weiß noch nicht genau, ob das verrückt ist oder brillant."

„Brillant", versicherte Claire und reichte Alyssa das Telefon, während sie gleichzeitig ihr Handy zückte und eine Kurzwahl eingab. „Wähl schon."

Zuerst rief Alyssa die Auskunft an und ließ sich mit der Rezeption des Hotels verbinden.

„Es tut mir leid, aber wir haben keine Zimmer mehr frei. Während der Feiertagswoche sind alle Zimmer für die Gäste der Galaeröffnung reserviert."

„Oh! Verstehe. Nun, das trifft auf mich zu. Ich komme zur Gala."

„Ihr Name, bitte."

Alyssa zögerte, doch da ihr nichts anderes einfiel, nannte sie ihren richtigen Namen. „Chambers. Alyssa Chambers."

Einen Moment herrschte Stille, während die Frau am anderen Ende der Leitung in ihrem Computer nachsah. „Es tut mir leid, Miss Chambers, aber Sie stehen nicht auf der Gästeliste.

Vielleicht sollten Sie sich mit der Unternehmenszentrale in Verbindung setzen, falls es sich um ein Missverständnis handelt."

Obwohl die Frau höflich blieb, hörte Alyssa die Anschuldigung deutlich heraus: Vielleicht solltest du jetzt besser auflegen, du verlogenes Stück!

„Möchten Sie, dass ich Sie direkt durchstelle, Miss Chambers?"

„Ja. Ja, das wäre sehr nett." Nach kurzem Zögern fügte sie hinzu: „Wenn die Frage meiner Einladung geklärt ist, habe ich dann ein Zimmer? Oder werde ich dann wieder an Sie verwiesen, um mir einen Schlafplatz zu suchen?"

„Für die Galagäste stehen automatisch Zimmer zur Verfügung."

„Wunderbar. Danke."

Alyssa landete in der Warteschleife, und als sich jemand mit „Starr Industries, wie kann ich Ihnen helfen?" meldete, legte sie auf.

Sie saß in der Klemme. Im Hotel standen nur für die geladenen Gäste Zimmer zur Verfügung, und sie sah keine Möglichkeit, auf die Gästeliste zu gelangen.

„Vielleicht solltest du Russell anrufen und fragen, ob du eine Einladung bekommst."

Ungläubig sah Alyssa ihre Freundin an. „Bis du verrückt? Selbst wenn seine Sekretärin mich zu ihm durchstellt, wie soll ich ihm das erklären? Ach, Russell, ich möchte mich gern zu deiner Gala einladen, damit ich dich zu einer Zusammenarbeit überreden kann."

„Geh lieber über die private Schiene."

„Und das macht's besser? Hey, Russell, ich habe mich an unserem Abend damals glänzend amüsiert. Bitte reservier mir doch eine Suite in Santa Fe. Nein, Claire, auf keinen Fall!"

Claire zog eine Grimasse. „Okay, du hast recht." Sie stand auf und schwang sich die Handtasche über die Schulter.

„Wo willst du hin?"

„Ich bin mit Joe auf einen Drink verabredet. Er holt mich ab." Triumphierend hielt sie ihr Handy hoch. „Mein Teil des Weihnachtsschwurs läuft gut an."

„Aber …"

„Du schaffst das schon. Ganz sicher."

Benommen sah Alyssa Claire nach und wünschte, sie wäre sich da genauso sicher. Eine Einladung zur Gala würde sie nur bekommen, wenn sie Russell ganz direkt darum bat. Aber er sollte in ihr die fähige Frau sehen, die seine geschäftlichen Interessen vertreten konnte, und das erreichte sie bestimmt nicht, indem sie ihn um ein Zimmer anbettelte.

Vielleicht konnte sie sich ein Zimmer in irgendeinem Motel mieten und dann zur Abendveranstaltung zum Starr Resort hinübergehen.

Dieser Plan starb aber schon im Ansatz, als sie sich im Internet die genaue Lage von Russells Hotelkomplex ansah. Das Anwesen lag so abgelegen, dass in der näheren und weiteren Umgebung überhaupt keine Bleibe zu finden war. Obendrein war auch noch Schneefall angekündigt, und über kurvige vereiste Straßen eine kleine Ewigkeit von einem billigen Motel zum Starr Resort zu fahren, gefiel Alyssa auch nicht.

Verdammt, es musste doch eine Lösung geben!

Seufzend lehnte sie sich zurück und umfasste voller Selbstmitleid ihren Kakaobecher. Die Aussicht auf Traummann und Beförderung rückte in weite Ferne.

Die Realität war echt verdammt hart.

Sie trank noch einen Schluck und beschloss, nicht mehr länger ihren Wunschträumen nachzuhängen, sondern sich ein bisschen in Weihnachtsstimmung zu bringen. Der kleine grüne Weihnachtsbaum in der Zimmerecke schrie förmlich nach Schmuck.

Entschlossen zog sie einen Stuhl zum Schrank im Flur, wobei ihr ein bisschen schwindlig wurde. Nur Alkohol und keine feste Nahrung, das stieg zu Kopf.

Das Apartment war ein Altbau mit hohen Decken. Der maßgefertigte Schrank im Flur besaß folglich Regalböden, die normal großen Menschen zugänglich waren, und darüber noch welche, an die nur Riesen gelangen konnten. Genau der richtige Platz für Dinge, an die man selten heranmusste.

Mit einem Besen bewaffnet, stieg Alyssa auf den Stuhl und riss die oberen Schranktüren auf. Dann zerrte sie die riesigen Plastikbeutel mit den Sommerkleidern heraus. Der Karton mit dem Weihnachtsschmuck befand sich dahinter.

Sie schob den Besen ganz nach hinten in das Schrankfach, drehte ihn hin und her und versuchte dann, die Schachtel nach vorn zu ziehen.

Es ging nicht. Anscheinend war der Karton irgendwo verkantet. Erst als sie mit aller Kraft zerrte, löste sich der Widerstand, und der Karton schoss nach vorn.

Alyssa schaffte es gerade noch, den Karton, der sich bereits gefährlich über die Regalkante neigte, mit beiden Händen abzustützen. Gleichzeitig versuchte sie, trotz des alkoholbedingten Nebels in ihrem Kopf das Gleichgewicht zu halten.

Wer hätte gedacht, dass es so gefährlich sein konnte, beschwipst den Weihnachtsbaum zu schmücken?

Vielleicht konnte sie sich vom Hausmeister eine richtige Leiter leihen und es damit probieren. Sie versuchte, den Karton zurück in den Schrank zu schieben – vergebens. Er ließ sich keinen Zentimeter weit bewegen.

Anscheinend war es ihr Schicksal, für alle Zeiten hier auf dem Stuhl zu balancieren und den Karton über dem Kopf zu stützen, bis sie vor Erschöpfung oder Hunger bewusstlos wurde.

Genau in diesem Moment klopfte es an der Tür, und Alyssa war so erleichtert, dass sie beinahe das Gleichgewicht verloren hätte. „Chris! Chris, komm rein!"

Der Türknauf wurde gedreht, und erst in diesem Augenblick fiel ihr ein, dass sie abgeschlossen hatte.

„Es ist abgeschlossen, Alyssa."

Der Karton wackelte, und sie konzentrierte sich darauf, ihn zu stützen, obwohl ihr erneut schwindlig wurde. „Chris!"

„Halte aus!"

Sie hörte, wie er die Tür zu seinem Apartment zuknallte, und ein paar Sekunden später erklang das Geräusch eines Schlüssels in ihrem Türschloss. In diesem Moment war Alyssa unendlich dankbar, dass sie sowohl Chris als auch Claire einen Ersatzschlüssel gegeben hatte. „Hilfe!", stieß sie leise aus, gerade als die Tür aufflog.

„Was in aller …"

Sie hörte, wie sich seine Schritte näherten. Sie konnte sich nicht zu ihm umdrehen, aber das war auch gar nicht nötig. Sie spürte seine Hände an der Taille, und diese Berührung gab ihr ein so beruhigendes Gefühl der Geborgenheit, dass sie fast losgeweint hätte. Chris war gekommen, und jetzt würde alles gut werden.

„Was machst du bloß für Sachen?"

Erst als er den Arm bewegte, merkte sie, dass er kurze Ärmel trug. Durch das Stemmen des Kartons war ihr Pyjama-Oberteil hochgerutscht, sodass seine warme Haut nun ihren nackten Bauch streifte. Einen Moment lang empfand sie die

Berührung als wirklich sinnlich. Ihre Brustspitzen richteten sich auf, und ihr stockte der Atem. Verdammt, es muss am Schnaps liegen, beruhigte sie sich. Ganz bestimmt liegt es am Schnaps.

Das hier ist Chris! Mein guter Freund Chris. Nein, ich werde bei ihm niemals schwach werden, dazu bedeutet mir seine Freundschaft zu viel. Eine flüchtige Berührung wird daran nichts ändern!

Aber in diesem Moment sehnte sie sich fast unsagbar nach einem zärtlichen Kuss von ihm.

„Alyssa!“

„Ja? Was ist?“

„Ich habe gefragt, wie schwer der Karton ist.“

„Oh. Nicht sehr schwer.“

„Dann lass ihn los.“

„Auf keinen Fall. Da ist mein gesamter Weihnachtsschmuck drin. Alles zerbrechliches Glas. Das lasse ich nicht kaputtgehen. Wieso, glaubst du, stehe ich sonst hier rum und balanciere das Mordsding über meinem Kopf?“

Der Arm an ihrem Bauch bewegte sich, und Alyssa unterdrückte ein Stöhnen. Alkohol und vertrauliche Berührungen waren eine fatale Mischung.

„Vertraust du mir?“ Seine tiefe, volle Stimme klang verführerisch und warm.

„Ich …“ Sie musste sich räuspern. Es war ihr peinlich, dass ihr das Sprechen so schwerfiel. Der Alkohol und der romantische Zauber machten es ihr wirklich nicht leicht, sich auf ihr Ziel zu konzentrieren – und das hieß Russell Starr! „Doch, ich vertraue dir.“

„Dann lass los.“

Sie atmete tief durch und löste die Hände vom Karton. Im

nächsten Augenblick krallte sie sich an der Schranktür fest, während Chris sie losließ und den Karton auffing.

„Ich hab ihn. Und jetzt helfe ich dir."

Mit einem Blick über die Schulter sah sie, dass der Karton sicher den Boden erreicht hatte, und als sie sich zurück zum Schrank wandte, spürte sie Chris' Hände erneut an der Taille. „Dreh dich um", sagte er leise.

„Nein, ich …"

„Dreh dich um."

Langsam wandte sie sich zu ihm und ließ es zu, dass er sie vom Stuhl hob und langsam an sich hinabgleiten ließ. Es kam ihr wie eine sinnliche Reise vor, und obwohl es bestimmt nur einige Sekunden dauerte, erschien es ihr wie eine kleine Ewigkeit. Sie spürte Chris' Körper an ihrem. Ihre Brüste streiften seine feste muskulöse Brust, während er sie langsam, ganz langsam hinabließ.

Sobald ihre Füße festen Boden berührten, neigte sie den Kopf zurück, um Chris zu danken, doch als sie seine Lippen so dicht vor sich sah, mit den leicht belustigt noch oben gezogenen Mundwinkeln, wurde ihr klar, dass sie sich nichts so sehr wünschte, wie diese Lippen zu schmecken.

Der Wunsch war stärker als der Drang zu atmen. Und obwohl der Verstand ihr sagte, dass sie gerade einen gewaltigen Fehler beging, stellte Alyssa sich in Chris' Umarmung auf die Zehen und drückte ihre Lippen auf seinen Mund.

Endlich fing sie damit an, sich das zu nehmen, was sie sich ersehnte!

4. Kapitel

Es dauerte ungefähr zwei Sekunden, bis Chris sich vergewissert hatte, dass er noch am Leben war, obwohl er ganz offenbar direkt im Himmel gelandet war. Im nächsten Moment wurde ihm bewusst, dass Alyssa, seine Alyssa, ihre Lippen auf seinen Mund presste und die Arme um seinen Nacken verschränkte.

Chris war ganz bestimmt kein Idiot, und so öffnete er den Mund und ließ Alyssa gewähren. Als sie mit der Zunge verlangend in seinen Mund eindrang, konnte er nur mühsam ein Aufstöhnen unterdrücken.

Alyssas Zunge schmeckte nach Kakao und Pfefferminz, und obwohl er keine Ahnung hatte, was in sie gefahren war, sah er in diesem Kuss seine Chance.

Er erwiderte ihren Kuss voller Leidenschaft. Fordernd umspielte er ihre Zunge mit seiner, saugte verlangend und biss ihr spielerisch in die Unterlippe, während er ihr mit beiden Händen unablässig über den Rücken strich. Begehrlich zog er sie näher an sich, jede Berührung durchschoss ihn wie ein Blitzstrahl.

Alyssa trug nur ein dünnes Pyjama-Oberteil. Ihr Körper drängte sich seinem entgegen, und Chris spürte deutlich ihre erregten Brustspitzen. Alles in ihm sehnte sich danach, sie zu berühren und jeden Zentimeter ihres Körpers zu erkunden, doch das tat er nicht, aus Angst, schon die kleinste falsche Berührung könne sie dazu bringen, sich von ihm abzuwenden.

Trotzdem war er fast bereit, das Risiko einzugehen. Max Dalton hätte es bestimmt nicht dabei belassen, Alyssa über den Rücken zu streicheln. Er hätte an ihrem Körper hinaufgestrichen und mit den Daumen sachte die Unterseiten ihrer Brüste berührt. Er hätte die Hände bewegt, bis er mit den Daumen Alyssas Brustspitzen berührt hätte. Er hätte ihren Mund noch inniger erkundet und gleichzeitig die Hände zum Gummisaum ihrer dünnen Pyjamahose sinken lassen.

Er hätte jedes kleine Zögern gespürt, doch Alyssa würde ihm signalisieren, dass er weitermachen sollte, und allein diese Tatsache hätte ihn mehr erregt als alles, was er je mit einer Frau erlebt hatte.

Seine Männlichkeit wäre fast schmerzhaft spürbar, und wenn er zwischen ihre Beine strich und dort die Feuchte ihrer Erregung spürte, würde er aufstöhnen. Dann würde er sie dort reizen und streicheln, bis sie in seinen Armen erzitterte, den Rücken durchdrückte und nur das eine Wort flüsterte: Ja.

Nein.

Die Wirklichkeit holte Chris ein. „Was?“ Benommen sah er Alyssa an.

„Nein“, wiederholte sie, „es tut mir leid.“ Sie trat einen Schritt zurück.

Wie schaffte sie das, gleichzeitig so erregt und verlegen auszusehen?

„Es tut mir wirklich leid“, wiederholte sie. „Das … ich hätte nie … es tut mir leid.“

„Schon gut.“ Das war gelogen. Sein Körper brannte vor Lust, und er wollte nichts mehr, als Alyssa wieder an sich zu ziehen. Er wollte beenden, was sie begonnen hatten.

Aber hatten sie denn tatsächlich irgendetwas begonnen? Nur in seiner Fantasie hatte Alyssa sich ihm rückhaltlos hingegeben. Im Moment stand sie vor ihm und schien schon den einen Kuss zu bereuen, den sie ihm gegeben hatte.

Sehr schade, dachte Chris. Wirklich sehr, sehr schade.

„Es tut mir leid“, wiederholte sie. Vielleicht, dachte Alyssa, muss ich es nur oft genug sagen, um selbst daran zu glauben.

Sie war unglaublich erregt, und das war alles andere als gut.

Sie wandte sich ab und strich sich übers Gesicht. „Ich meine, das war wirklich unangemessen, stimmt's?“ Sie hatte Chris geküsst!

Es war ein Wahnsinnskuss gewesen. Zärtlich, aber verlangend, süß, aber doch voller Glut. Ein solcher Kuss elektrisierte sie nicht nur, sondern ließ sie gleichzeitig an Romantik und Händchenhalten denken.

Was hatte sie sich nur dabei gedacht! Chris hatte ihr nie auch nur mit der kleinsten Geste zu verstehen gegeben, dass er irgendwie an ihr interessiert wäre.

Zumindest nicht bis vor fünf Minuten.

Und doch hatte er den Kuss voller Leidenschaft erwidert. Er hatte sie gestreichelt, und als er sich an sie gepresst hatte, hatte sie seine Erregung gespürt.

Entweder war er ein hervorragender Schauspieler, oder er hatte tatsächlich ein viel größeres Interesse an ihr, als sie bisher geglaubt hatte.

Alyssa versuchte sich einzureden, dass sie diesen Kuss auf keinen Fall wiederholen wollte, doch gleichzeitig sagte ihr Körper, dass sie sich damit selbst belog. Ihr Slip war feucht, und all ihre Sinne schienen plötzlich geschärft. Bei jedem Atemzug rieb der Stoff ihres Pyjamas über ihre erregten Brustspitzen.

Nein, das war alles überhaupt nicht gut.

Da sie jetzt keine Unterhaltung darüber führen wollte, was für ein Fehler der Kuss gewesen war, während ihr Körper sich noch immer nach mehr sehnte, lief sie ins Bad und zog sich ihren Morgenmantel über, bevor sie zu Chris zurückkehrte. „Ich … ich habe Schnaps getrunken." Sie hoffte, ganz ruhig und sachlich zu wirken.

„Ah." Es klang, als sei damit alles erklärt.

„Vorhin war Claire hier, wir haben getrunken und über Sex gesprochen und …" Sie verstummte einen Moment, weil sie die Situation mit ihrem Geplapper sicher nicht entschärfte. „Jedenfalls habe ich mich danebenbenommen, und es tut mir wirklich leid. Es ist mir sehr peinlich und …"

„Alyssa." Er lächelte. „Es ist okay. Ich hab's verstanden."

Erleichtert ließ sie die Schultern sinken. „Wirklich? Es ist … nur der Schnaps gewesen, und …"

„Im Ernst, ich hab's begriffen."

„Richtig, das sagtest du." Bestimmt ist ihm das Ganze genauso peinlich wie mir, dachte sie. Er ist ein Mann, da ist es ganz natürlich, wenn sein Körper auf so einen Kuss mit Erregung reagiert. Wahrscheinlich ist er froh, wenn wir diesen Vorfall so schnell wie möglich vergessen können.

Er deutete auf den Schrank im Flur. „Was genau hattest du denn vor?" Bevor sie antworten konnte, verschwand er in ihrer Küche.

Sie hörte Wasser laufen, und als sie ihm folgte, sah sie, dass er sich Wasser ins Gesicht gespritzt hatte und sich abtrocknete. „In der Thermoskanne ist noch heißer Kakao." Sehnlichst wünschte sie sich, dass die Verlegenheit verschwand, damit sie wieder so ungezwungen miteinander umgehen konnten wie früher.

„Klingt gut." Chris kannte sich in Alyssas Küche bestens aus. Also nahm er sich einen Becher und mixte sich Kakao mit

Pfefferminzschnaps. „Was ist mit dir? Möchtest du auch einen?"

„Ich weiß nicht. Alkohol ist für mich ganz offenbar gefährlich."

Genau wie sie gehofft hatte, fing er an zu lachen. Doch in seinem Blick lag noch immer dieser verlangende Ausdruck, als er sagte: „Ich bin noch nie vor einer Gefahr davongelaufen."

„Chris …"

Er hob die Hände. „Nur ein Scherz."

„Entschuldige, ich bin etwas angespannt." Sie strich sich durchs Haar. Es ist nur Chris, sagte sie sich. Er ist ein guter Freund, ich brauche bei ihm nicht verlegen zu sein. „Das liegt wohl an der Jahreszeit." Prüfend sah sie ihn an. „Wieso bist du eigentlich so spät noch hier? Es ist Samstag, da solltest du doch ein heißes Date haben, genau wie der Rest der Menschheit, mal abgesehen von mir."

„Ich habe gearbeitet."

„Schreibst du an einem Artikel? Letzten Monat hast du erwähnt, dass dir im neuen Jahr das Geld für die Miete ausgehen wird, und …"

„Alles bestens. Ja, ich habe einen neuen Auftrag, aber im Moment schreibe ich am nächsten Max-Dalton-Roman."

„Oh."

Chris lachte. „Sag mir ganz offen, was du denkst."

Sie spürte, dass sie rot wurde. „Ich liebe dein Buch, das weißt du. Aber wäre es nicht sinnvoll, ein paar Artikel mehr zu schreiben, um erst mal dein Konto zu füllen?"

„Deine Sorge um mein finanzielles Auskommen ist wirklich rührend." Sein Lächeln wirkte nachsichtig. „Aber wenn ich die ganze Zeit nur arbeiten würde, wann hätte ich da noch Zeit für ein bisschen Spaß?"

Sie verdrehte die Augen. „Du hast nie Spaß. Entweder schreibst du, um Geld zu verdienen, oder du schreibst für dich. Ich finde wirklich, du solltest …"

„Mehr für Geld schreiben, ich weiß." Er zuckte mit den Schultern. „Ich hoffe, dass ich das gerade tue. Meine Agentin macht mir große Hoffnungen."

„Ja? Das ist toll, aber …" Sie atmete tief durch und hob die Hände. „Schluss jetzt, sonst sagst du mir noch, ich würde wie deine Mutter klingen. Also lassen wir das Thema. Nur eines noch: Was ist mit deiner Altersvorsorge?"

Er nickte. „Alles geklärt, keine Bange."

Sie war zwar fest davon überzeugt, dass das nicht stimmte, doch sie wollte ihn nicht weiter bedrängen. Im Grunde war sie von seiner Arbeitshaltung fasziniert. Sie beschloss, sich an seinem Ehrgeiz ein Beispiel zu nehmen und ihr Ziel genauso hartnäckig zu verfolgen wie er seines. Ja, sie würde mit aller Kraft versuchen, Starr Industries als Klienten zu bekommen.

Lächelnd prostete sie Chris mit ihrem Kakaobecher zu. „Auf dich."

Fragend hob er die Augenbrauen. „Was? Einfach so? Ohne Blick auf mein Sparkonto?" Belustigt kam er näher. „Ich bin ganz dein. Frag mich, was immer du willst."

Er ist ganz mein? Sie schluckte. Bildete sie sich das ein, oder klang sein Tonfall verführerisch? Bestimmt meinte er das nur scherzhaft.

Nervös wandte sie sich ab und konzentrierte sich darauf, einen kleinen Glasanhänger aus dem Karton mit dem Weihnachtsschmuck zu nehmen, bevor sie Chris wieder ansah. „Meine Großmutter hat diese Figur zum ersten Weihnachtsfest meiner Mom gekauft. Sie hat die Figuren ein Leben lang gesammelt."

„Ich weiß. Du hast mir mal erzählt, dass ihre erste Figur ein kleiner gläserner Weihnachtsbaum war."

„Stimmt." Sie nickte. „Erstaunlich, dass du dich daran erinnern kannst."

„Tja." Er wich ihrem Blick aus. „Ich sollte jetzt gehen. Ehrlich gesagt hatte ich gehofft, du könntest mir bei meinem Vorhaben, mir das erste Honorar des nächsten Jahres zu erarbeiten, behilflich sein."

„Wie das denn?"

Er lächelte. „Indem du meinen Briefkasten leerst. Ich sagte doch, dass ich einen Auftrag für einen Artikel habe. Morgen geht's los. Kannst du auch Horatio und Charles füttern?" Die beiden Goldfische hatte er sich in der Woche gekauft, in der Alyssa in ihr Apartment gezogen war. Die beiden Fische hatten damals zusammen neunundvierzig Cent gekostet und ihr Leben bei Chris in einem Weinglas begonnen. Weder er noch Alyssa hatten damit gerechnet, dass die beiden überlebten, aber sie hatten es geschafft, und immer wenn Chris sie in ein größeres Goldfischglas setzte, wuchsen sie noch ein Stück. Alyssa war fest davon überzeugt, dass die beiden Fische eines Tages ein eigenes Apartment brauchten.

„Kein Problem." Behutsam hob sie einen gläsernen Weihnachtsmann aus der Schachtel. „Schreibst du wieder für das Reisemagazin über irgendeinen exotischen Urlaubsort?"

„Ehrlich gesagt, ja."

Stirnrunzelnd sah sie ihn an. „Aber die Dezemberausgabe ist bereits erschienen."

„Es geht um eine neue Hotelanlage. Ich schreibe über das Hotel, die verschiedenen Angebote und die Umgebung. Da die Eröffnung während der Feiertage stattfindet, haben sie mich gebeten, darüber einen Artikel für die Website zu verfassen und einen täglichen Beitrag für den Blog."

„Wirklich? Das muss ich lesen. Darf ich meine Kommentare auch online stellen?"

„Selbstverständlich." Er erwiderte ihr Lächeln.

„Musst du ins Ausland?" Obwohl Alyssa das Fliegen hasste, machte es sie immer neidisch, wenn er Städte wie Tokio oder Paris bereiste, während sie nie weiter kam als bis nach Texarkana und Brownsville.

„Nein, ganz so weit ist es zum Glück nicht, aber es bedrückt mich, an Weihnachten nicht zu Hause zu sein."

„Du bist nicht hier?" Erst jetzt wurde ihr klar, wie fest sie damit gerechnet hatte, die Weihnachtstage mit ihm zu verbringen. „Ich wollte uns etwas kochen und so, zumal ich dieses Jahr nicht nach Austin zu meinen Eltern fahre."

Ihre Mom und ihr Dad reisten zu Verwandten nach Kansas, und im Grunde hatte Alyssa sich darauf gefreut, zum ersten Mal an Weihnachten zu Hause zu bleiben. Aber dabei war sie davon ausgegangen, mit Claire und Chris zu feiern.

„Tut mir leid, ich komme nicht vor Samstag zurück. Ich werde dich auch vermissen. Auf angekohlte Pute mit eingetrockneter Soße hatte ich mich schon gefreut."

Sie bewarf ihn mit Packpapier. „Ehrlich? Wolltest du selbst kochen? Oder wagst du es etwa, meine Kochkünste zu beleidigen?"

„Das käme mir nie in den Sinn." Er räusperte sich. „Oh, ehe ich's vergesse: Da ich an Weihnachten nicht hier bin, könntest du dein Geschenk eigentlich jetzt schon aufmachen. Wenn du willst."

„Du schenkst mir etwas?" Schlagartig fühlte sie sich federleicht. „Ich habe für dich aber noch nichts besorgt." Seit drei

Wochen suchte sie jetzt schon ein Geschenk für Chris, aber bislang hatte sie noch nichts entdeckt, was für ihn geeignet schien.

„Du brauchst mir nichts zu schenken." Er holte eine kleine Schachtel, die er auf dem Tisch im Flur abgelegt hatte, und ging zum Sofa, wo Alyssa sich neben ihn setzte.

„Es ist nur eine Kleinigkeit." Er legte ihr die hübsch verpackte Schachtel in die Hände. „Als ich es gesehen habe, dachte ich sofort an die Sammlung deiner Großmutter und ... tja ..."

Als er verstummte, sah sie ihm glücklich in die Augen. „Das ist süß von dir. Vielen Dank. Ehrlich." Sie riss das Papier ab und entdeckte darunter eine weiße Schachtel. Als sie sie öffnete, fand sie darin einen Weihnachtsbaum aus grünem Glas mit einem goldenen Stern auf der Spitze. Unwillkürlich hielt sie den Atem an, als sie die Glasfigur heraushob und an der kleinen Goldkordel an einem Finger baumeln ließ. „Das ist wunderschön, Chris!" Der Baum war ganz offensichtlich von Hand gefertigt, und jeder einzelne Zweig war ein bisschen anders gearbeitet als die anderen.

„Ich habe ihn auf einem Basar in Austin entdeckt."

Ohne darüber nachzudenken, beugte sie sich zu ihm und zog ihn in die Arme. Zärtlich küsste sie ihn auf die Wange. „Ich freue mich riesig." Zu spät bemerkte sie, dass Chris sich in ihrer Umarmung anspannte, und hastig zog sie sich wieder zurück.

Jetzt hatte sie innerhalb eines Abends schon zwei Annäherungsversuche bei einem Mann gestartet, der nicht im Mindesten an ihr interessiert war. „Ganz im Ernst, er ist wunderschön."

„Das freut mich." Er zog ein Kissen auf seinen Schoß und trommelte darauf herum, als sei ihm gerade klar geworden, dass er schleunigst von hier fortmusste.

Alyssa ärgerte sich schrecklich über sich selbst. Nie wieder, schwor sie sich, nie wieder werde ich diesen Pfefferminzschnaps trinken. „Wenn … wenn du gehen musst … also, ich schätze, du musst noch packen und so."

„Nein", erwiderte er sofort. „Alles bestens."

Sie räusperte sich, stand auf und hängte sein Geschenk an ihren Weihnachtsbaum. „Sieht toll aus, findest du nicht?"

„Auf jeden Fall."

Sie wandte sich zu ihm um, doch er musterte nicht den Baum, sondern sie. Seine Musterung machte sie verlegen, und sie wandte sich wieder dem Baum zu. „Und wohin verreist du? Gibt's dort Schnee? Ist es weihnachtlich?"

Er legte das Kissen weg und griff wieder nach seinem Becher. „Es ist ein Hotel, das in der Nähe von Santa Fe neu eröffnet wird. Ziemlich luxuriöser Schuppen. Wenn ich nicht meinen zweiten Max-Dalton-Roman zu Ende schreiben und den Entwurf für einen dritten anfertigen müsste, während ich obendrein den Artikel schreibe, könnte es fast so etwas wie ein Kurzurlaub werden."

„Du wirst mit deinem zweiten Roman fertig?" Sie sah sich zu ihm um und bemerkte sein zufriedenes Lächeln.

„Lil hat vor einer Stunde angerufen. Sie sieht eine gute Chance, dass sie einen Verlag für die Romanserie gefunden hat."

Alyssa jauchzte vor Freude auf und musste sich beherrschen, um Chris nicht schon wieder um den Hals zu fallen. Gleichzeitig bedrückte es sie, dass sie sich ihm gegenüber auf einmal so gehemmt verhielt. „Das ist toll." Es war eine maßlose Untertreibung.

„Ich will mir noch nicht zu viel erhoffen, solange nicht alles unter Dach und Fach ist."

„Es klappt bestimmt. Das Buch ist fantastisch." Sein erstes Buch hatte ihr sehr gefallen. Der Held war einfallsreich, sexy und gefährlich. In Max Dalton hatte sie einiges von Chris wiedererkannt, und es hatte ihr Spaß gemacht, sich auszumalen, wie ihr unbekümmerter Freund über einen harten, düsteren Spion schrieb.

„Die Atmosphäre wird auf jeden Fall stimmig sein", versicherte er ihr. „In dem Hotel findet eine Gala statt, und ..."

„Moment mal." Sie presste sich die Fingerspitzen an den Hals, wo ihr Puls schneller schlug. Auf einmal fügte sich alles, was Chris ihr über dieses Hotel erzählt hatte, zu einem Bild zusammen.

„Chris." Sie sprach jetzt langsam und ernst. „Wirst du an der Starr-Gala in Santa Fe teilnehmen?"

Überrascht sah er auf und nickte. „Ja, genau."

„Kann ich mitkommen?" Sie hatte es ausgesprochen, bevor sie es verhindern konnte. Zutiefst beschämt sah sie ihn an. Sie hatte gerade versucht, sich selbst auf seine Geschäftsreise einzuladen, nachdem sie ihn zuvor zweimal geküsst hatte. Dabei wollte sie doch eigentlich einen ganz anderen verführen!

Es spielte keine Rolle, dass Chris ein guter Freund war. Es gehörte sich einfach nicht, einen Mann auszunutzen, um einen anderen für sich zu gewinnen.

Chris stand auf und ging in Richtung Küche. „Wieso willst du mit nach Santa Fe?"

Sie sah ihm nach und hörte, wie er in ihrem Kühlschrank herumkramte. Gleich würde er mit einer Diät-Cola und Käsesticks zurückkommen, darauf hätte sie ein Monatsgehalt verwettet. „Ich werde arbeiten." Sie schluckte. „Bring mir auch was mit, ja? Von beidem."

Er kam mit zwei Colas und Käsesticks wieder. „Wolltest du über Weihnachten nicht Urlaub nehmen?"

„Den würde ich hier allein verbringen“, erwiderte sie. „In Santa Fe hätte ich zumindest Gesellschaft. Du bleibst bis nach Weihnachten dort, richtig?“ Weihnachten war am kommenden Donnerstag. Hatte er nicht gesagt, er bleibe bis Samstag?

„Wieso willst du während deines Urlaubs unbedingt arbeiten?“

Sie stieß die Luft aus und ließ sich ins Sofa zurückfallen. „Ich bin allmählich verzweifelt“, gab sie widerwillig zu. Chris kannte sie gut genug, um zu wissen, wie wichtig ihr die Teilhaberschaft in der Kanzlei war. „Ich muss noch einen Klienten für die Kanzlei gewinnen, wenn ich mir Chancen auf die Teilhaberschaft ausrechnen will.“

„Und du glaubst, du kannst Russell Starr als Klienten gewinnen?“

„Ja.“ Auf den Kuss mit Russell ging sie jetzt lieber nicht ein. „Ich bin nicht gerade begeistert, während meiner Ferien arbeiten zu müssen, aber die Vorstellung, nicht zum Teilhaber ernannt zu werden, ist auch nicht erfreulich.“

„Aber das Hotel ist ausgebucht.“

„Stimmt.“

„Ich würde dir also einen Gefallen tun.“

„Einen riesigen.“ Alyssa ahnte, auf was für ein Risiko sie sich einließ. Sie hatte Chris geküsst, und es hatte sich großartig angefühlt. Das Letzte, was sie jetzt gebrauchen konnte, war ein gemeinsames Zimmer mit ihm. Schwer genug, sich immer wieder zu sagen, dass er nur ein guter Freund war. Wenn dieser gute Freund im selben Zimmer in der anderen Hälfte des Doppelbetts lag, würde das noch viel schwerer werden. Doch er war ihre einzige Chance auf Santa Fe, und sie brauchte Santa Fe. Sie brauchte Russell. „Chris?“

Er trank einen großen Schluck. „Ich wohne in einer Suite und habe für die Gala ein zweites Ticket.“ Er zuckte mit den Schultern. „Wir … werden bestimmt Spaß haben.“

Wie hatte sie auch nur den Bruchteil einer Sekunde zögern können, Chris zu fragen? Das klang ja alles zu perfekt!

Abgesehen vom Spaß. Dieser Teil war überhaupt nicht perfekt. Ohne nachzudenken, band sie sich den Morgenmantel enger und steckte die Hände in die Taschen. „Du sagtest, du wohnst in einer Suite? Wir hätten also separate Zimmer?“

„Das verstehe ich unter einer Suite.“

Richtig. Damit war dieser Punkt also geklärt. Es würde keine peinlichen Momente geben. Chris war in gewisser Weise immer noch ihr Nachbar.

„Aber du musst doch arbeiten. Werde ich dich nicht ablenken?“

„Ach, mach dir darüber keine Sorgen. Du lenkst mich nicht ab. Kein bisschen.“

5. Kapitel

Chris stopfte Socken in seine ohnehin schon übervolle Reisetasche und fragte sich, wie er sich gestern bloß darauf hatte einlassen können. Er hatte einfach nicht nachgedacht, sondern war lediglich seinem Trieb gefolgt. Verdammt, dieser Trieb hatte sich in dem Moment bemerkbar gemacht, als Alyssa ihn geküsst hatte. Und seitdem sehnte er sich nach einer Wiederholung.

Wie immer, wenn er auf seine Lust hörte und nicht auf seinen Verstand, hatte er eine schlechte Entscheidung getroffen. Eine sehr schlechte.

Allerdings bereute er das nicht im Mindesten.

Bestimmt würde er es jedoch bereuen, wenn er erst im Hotelzimmer vor seinem Laptop saß und sich zu konzentrieren versuchte, während Alyssa in der Nähe war.

Sie würde ihn unglaublich ablenken.

Noch immer konnte er sich genau daran erinnern, wie es sich angefühlt hatte, ihre nackte Haut zu berühren. Alyssa hatte sich unter seiner Berührung angespannt, sich an ihn geschmiegt und verlangend den Mund auf seinen gepresst. Es hatte sich perfekt angefühlt.

Wie sollte er sie jetzt eine ganze Woche lang um sich haben, ohne vor Lust verrückt zu werden? Zum Schreiben würde er in ihrer Nähe sicher nicht kommen. Vielleicht konnte er sich mit dem Laptop in eine Bar zurückziehen. Hatte nicht Hemingway immer mit einem Drink in der Hand geschrieben? Vielleicht bekamen Max Daltons Abenteuer dadurch noch einen zusätzlichen Kick.

„Das ist ein großer Fehler", sagte er leise zu sich selbst, während er die Reisetasche zuzog. „Ein gigantischer, weltmeisterlich riesiger Fehler."

„Vorsicht", sagte eine tiefe Stimme hinter ihm, „wer zu oft mit sich selbst spricht, fängt irgendwann an, sich selbst zu antworten."

Chris fuhr herum. „Verdammt, David. Ich schwöre, du bekommst noch mal eine Kuhglocke von mir. Hast du's nicht nötig anzuklopfen, bevor du irgendwo reinplatzt?"

„Ich habe geklopft." Chris' jüngerer Bruder grinste. „Aber du hast offenbar so laut mit dir selbst diskutiert, dass du davon nichts mitbekommen hast. Schreibst du im Kopf ein neues Buch zusammen?"

„Ich wünschte, es wäre so." Chris atmete tief aus.

Fragend sah David ihn an, während er sich einen Stuhl heranzog und sich rittlings darauf setzte. „Was ist passiert? Hat dir einer das Spielzeug aus dem Happy Meal geklaut?"

„Eigentlich will ich lieber nicht darüber reden. Wir müssen bald zum Flughafen." Er runzelte die Stirn. „Du bist doch nicht etwa mit dem Mini gekommen? Wir nehmen nämlich Alyssa mit, und …"

„Aha."

Mehr als das eine Wort sagte David nicht, aber das reichte. Chris sank auf die Bettkante und sah seinen Bruder an, der ihn abwartend musterte. „Eine Woche zusammen in einer Hotelsuite. Ich bin am Ende, das weiß ich genau."

Davids Grinsen verstärkte sich. „Das hoffe ich doch stark. Du bist schon seit zwei Jahren scharf auf sie."

Sofort warf Chris einen Blick zur Tür, weil er fürchtete, David könne sie offen gelassen haben und Alyssa könnte sie belauschen. Doch die Tür war zu. Erleichtert seufzte er auf.

„Sehr interessant." David nickte. „Du leugnest es nicht mal."

„Irgendwann muss man sich die Wahrheit eingestehen." Chris erwiderte Davids Blick. „Ich bin am Ende, richtig?"

„Absolut richtig." David lachte auf. „Aber wieso genau jetzt?"

„Weil ich ihr, wann immer ich sie sehe, die Kleider vom Leib reißen will. Und jetzt lasse ich mich darauf ein, mit ihr in einer Suite zu wohnen. Wahrscheinlich wird sie die ganze Zeit im Pyjama oder in engen Tops herumlaufen, und ich verbringe die Woche voller Qualen." Er strich sich durchs Haar. „Aber nach dem, was gestern Abend passiert ist, könnte es auch gut sein, dass sie ihren dicken Parka die ganze Woche über nicht auszieht."

„Das klingt ja spannend. Spuck's aus."

„Es war nur ein Kuss." Chris seufzte. „Aber was für einer."

David runzelte die Stirn. „Moment mal! Ihr zwei habt euch geküsst, und jetzt fürchtest du, sie zieht den Parka nicht aus, wenn ihr in derselben Suite wohnt? Hab ich da was verpasst?"

„Nicht du, sondern ich hab was verpasst. Nämlich die Chance, vom Freundschafts- auf den Loverzug aufzuspringen. Du hättest mal ihr bedauerndes Gesicht sehen sollen, als sie den Kuss beendet hat."

„Wer hat den ersten Schritt gemacht?"

„Spielt das eine Rolle?"

„Natürlich, du Idiot."

„Sie war's."

„Siehst du?" Auf Chris' ratlosen Blick hin erklärte er: „Dann darfst du das Bedauern nicht ernst nehmen."

Trotz der leisen Hoffnung, die in ihm aufkeimte, schüttelte Chris den Kopf. „Ich bin trotzdem am Ende. Ich soll während der Woche meinen Roman fertig schreiben und den ersten Entwurf für einen weiteren verfassen. Wie soll ich das schaffen, wenn ich ständig Alyssa um mich habe?“

„Du könntest mit ihr reden. Vielleicht verbringst du eine Max-Dalton-Woche mit ihr im Bett. Das bringt dir Inspiration, und der Romanentwurf wird zum Kinderspiel.“

„Nein.“ Der Gedanke war verlockend, aber Chris winkte ab. „Sie sieht mich als Freund und hat nicht die leiseste Ahnung, dass ich sie mir ständig nackt vorstelle.“

„Wäre doch möglich, dass sie genau deshalb mit dir mitkommen und in derselben Suite wohnen will.“

„Ich wünschte, es wäre so.“ Chris wusste, dass es leider nicht so war. „Ich könnte im Hotel anrufen und ihr ein anderes Zimmer organisieren.“

„Gibt es denn noch freie Zimmer?“

„Das lässt sich vielleicht regeln.“ Er wusste nur zu gut, dass das Hotel komplett ausgebucht war. Aber irgendetwas musste er unternehmen, denn wenn er in derselben Suite mit ihr wohnte, riskierte er, sich nicht mehr wie ein Gentleman zu benehmen und die Freundschaft zu ihr zu verderben.

„Du versaust dir eine erstklassige Chance, Mann.“ David blickte Chris nach, der zur Tür und dann hinüber zu Alyssas Apartment eilte.

Chris wollte ihr sagen, dass etwas dazwischengekommen sei. Er wollte ihr sagen, dass er ihr die Suite überließ und sich ein Zimmer in einem anderen Hotel besorgte, wo er in Ruhe schreiben konnte. Zu den Veranstaltungen würde er ins Starr-Resort fahren, ansonsten aber ohne jede Ablenkung an seinen Büchern und dem Artikel arbeiten. Ohne jegliche Ablenkung.

Er zweifelte noch, ob er das Richtige tat, als er an ihrer Tür klopfte, als die Tür nachgab und sich einen Spaltbreit öffnete. Er wollte rufen, doch dann hörte er Alyssas Stimme. Mit geschlossenen Augen atmete er tief durch.

„Victoria's Secret, Claire!"

Er hörte sie lachen.

„Glaub mir, Tangas und Strapse, das geht nun wirklich gar nicht."

Sollte er sich räuspern? Oder doch anklopfen? Stattdessen trat er einen Schritt vor und lauschte weiter.

„Er soll mich doch nicht für eine Schlampe oder einen billigen One-Night-Stand halten!"

„Wir sprechen hier von einer ganzen Woche", stellte Claire richtig.

Chris' Magen verkrampfte sich. Besprachen die beiden gerade, welche Dessous Alyssa für die Woche mit ihm einpacken sollte?

„Stimmt." Alyssa klang entschlossen. „Genau das meine ich. Ich habe eine ganze Woche, um ihn erkennen zu lassen, dass ich weiblich, Single und willig bin."

Er schluckte.

„Glaubst du, das hat er nicht längst erkannt? Ich meine, durch den Kuss?"

Chris' Mund war wie ausgetrocknet.

„Ich weiß, aber das war eher unverbindlich. Ich gehe hier bis an meine Grenzen."

Er wischte sich die Hände an der Hose ab und fragte sich, was er tun sollte. Sollte er ins Zimmer gehen und anschließend seine Agentin anrufen, um ihr mitzuteilen, dass er eine Woche voller Sex erleben würde, anstatt sein Manuskript fertigzustellen? Oder sollte er lautlos in sein Apartment zurückkehren und abwarten, wie Alyssa ihn zu verführen gedachte?

Gerade wollte er einen Schritt zurückgehen, als ein Wort seine Aufmerksamkeit fesselte.

„Sexspielzeug."

„Wie bitte, Claire?"

„Nimmst du was mit?"

„Nein!" Alyssa klang entsetzt. „Bist du wahnsinnig? Er ist nicht der Typ für Sexspielzeug."

Nachdenklich neigte er den Kopf zur Seite. Mit der richtigen Frau und in der richtigen Stimmung … doch, das könnte ihm gefallen.

„Wie soll ich das denn erklären? Oh, übrigens, guck mal, was ich da in meinem Koffer habe!"

„Süße, bei diesem Trip geht's doch nur darum, ihn zu verführen."

Chris runzelte die Stirn. Hatte sie nicht gesagt, es gehe ihr ums Berufliche?

„Ich will einen Vertragsabschluss", erwiderte Alyssa, als habe sie seine Gedanken gelesen.

„Verstehe."

„Und hoffentlich bekomme ich auch den Mann." Alyssa sprach es fast zerknirscht aus, doch Chris ahnte, dass sie dabei lächelte.

Offenbar war das die ganze Zeit über schon Teil ihres Plans gewesen. Jetzt musste auch er lächeln. Geh rein, sagte er sich, und hör auf zu lauschen. Tu das Richtige, Mann, und lass sie wissen, dass du hier bist.

Er wollte es tatsächlich gerade tun, als Alyssa weitersprach. „Glaubst du wirklich, dass es klappen wird und dass er mich begehrt?"

Ja!, wollte er rufen.

„Schließlich hat er mich nach dem Drink nie mehr angerufen."

Chris erstarrte.

„Du warst doch so dumm und hast Russell von Bob erzählt. Natürlich ruft er dann nicht an. Du warst vergeben. Aber jetzt", Claire machte eine Pause, „jetzt bist du frei."

Russell! Der Name raste durch Chris' Kopf. Es ging nicht um ihn, sondern um Russell!

Alyssa wollte Russell Starr verführen!

Und er war so blöd und verschaffte ihr dazu die Gelegenheit. Wütend ballte er die Fäuste. Niemals würde er tatenlos zusehen, wie Alyssa sich an Russell Starr heranmachte. Das durfte er nicht zulassen. Entschlossen umfasste er den Türknauf, um das Apartment zu betreten und es Alyssa in aller Deutlichkeit mitzuteilen.

Doch dann zögerte er. Max Dalton würde das hier nicht als Rückschlag, sondern als Herausforderung sehen.

„Könntest du das noch mal sagen?" David fuhr hoch. „Jetzt willst du Alyssa verführen?"

„So neu ist der Gedanke nun auch wieder nicht. Also, hilfst du mir oder nicht?" Mit einem Nicken deutete Chris zu seiner geschlossenen Apartmenttür. „In nicht mal zehn Minuten steht sie mit gepackten Taschen hier, also brauche ich schnell einen Plan."

Misstrauisch musterte David seinen Bruder.

„Verdammt, Dave, du hast dein ganzes Leben lang nichts anderes getan, als Mädchen zu verführen, bis Cathy dir begegnet ist und dir einen Ring angesteckt hat. Also hilf mir." Chris geriet kurz ins Stocken, doch dann erzählte er, was er gerade erfahren hatte. Alyssa unternahm diese Reise nur, um sich einen anderen Mann zu angeln.

„Shit." David senkte den Kopf.

„Das trifft's sehr gut. Und? Irgendwelche Ratschläge?"

„Na klar. Sie darf dich nicht kommen sehen."

Kopfschüttelnd versuchte Chris, sich darauf einen Reim zu machen.

„Ich meine damit, dass du dein Verhalten nicht zu abrupt ändern darfst. Ihr seid Freunde, stimmt's? Das ist deine Basis. Freunde sitzen nah beieinander, sie teilen sich ein Glas Wein und massieren sich die Schultern, wenn sie nach einer Wanderung im Sonnenuntergang zusammensitzen." Er deutete auf Chris. „Im Grunde will sie Russell Starr gar nicht verführen."

„Das klang gerade eben aber ganz anders."

Entschieden schüttelte David den Kopf. „Nein, sie will ihn nicht verführen, sie will verführt werden. Das wollen alle Frauen. Im Moment glaubt sie aus irgendeinem Grund, dass sie das von Russell bekommen kann. Du, lieber Bruder, musst ihr beweisen, dass sie sich irrt."

Es klopfte, und David beugte sich noch einmal zu Chris vor. „Mann, das hier ist deine Chance. Sieh zu, dass du was draus machst."

Ratlos strich sich Chris durchs Haar. Mit Alyssa in derselben Suite zu wohnen, würde ihn längst nicht so sehr ablenken, wie zu wissen, was sie in ihrem Koffer verborgen hatte.

David öffnete die Tür, und als Chris Alyssa dort stehen sah, schlug sein Herz schneller. Er nahm die Herausforderung an. Der Krieg zwischen Russell Starr und ihm ging in die erste Runde.

Alyssa betrachtete Chris, der das gesamte Gepäck schleppte. „Bist du sicher, dass ich dir nicht irgendwas abnehmen soll?"

„Es geht schon." Chris' Stimme klang gepresst. Zusätzlich zu seiner großen Reisetasche, in die er auch seinen Laptop gestopft hatte, trug er noch Alyssas Computertasche. Sie waren vor wenigen Minuten in Albuquerque gelandet, und ihnen blieb nur wenig Zeit, um quer durch die Flughafenhalle zu ihrem Anschlussflug zu gelangen.

„Ich komme mir alt und gebrechlich vor, wenn du mir alles abnimmst." Alyssa seufzte. „Mal abgesehen von den Schuldgefühlen."

Er wandte sich kurz zu ihr um, und sein Lächeln rührte sie. „Alyssa?"

„Ja?"

„Geh." Er deutete mit dem Kopf zum anderen Ende der Halle und marschierte los.

Belustigt folgte sie ihm. Sie konnte sich nicht erklären, was in ihn gefahren war, aber einem geschenkten Packesel schaute man nicht ins Maul.

Ihr blieb auch nicht viel Zeit zum Grübeln, denn sie mussten sich tatsächlich beeilen. Alyssa bahnte sich einen Weg durch die Menge und sprintete vorweg, während Chris ihr schnaufend nacheilte.

Als sie am richtigen Gate ankamen, waren sie völlig außer Atem, und Chris ließ das Gepäck zu Boden gleiten, bevor er sich keuchend auf einen der Plastikstühle fallen ließ.

Lachend und mit Seitenstichen setzte Alyssa sich neben ihn. „Das reicht mir. Auch ohne Gepäck grenzt so was an Leistungssport. Wenn wir noch mal in so eine Situation kommen, wirst du gefälligst nicht aus falscher Eitelkeit auf eine Gepäckkarre verzichten."

Er musste lachen. „Okay, ich werd's mir merken."

Sie blies sich das Haar aus der Stirn. „Ich bin total verschwitzt."

Er sah ihr in die Augen, dann neigte er den Kopf zur Seite. „Nein, du siehst fantastisch aus."

Ihr Herz schlug schneller, dafür setzte ihr Atem kurz aus. „Wenn du jetzt sagst, dass meine Schweißperlen mich wunderbar schimmern lassen, fängst du dir eine." Angestrengt versuchte sie, Chris als platonischen Freund zu sehen und nicht als Mann, der sie auf diese ganz spezielle Art ansah.

In diesem Moment winkte die Stewardess vom Ausgang her mit beiden Armen. „Flug 207? Kommen Sie, kommen Sie! Der letzte Shuttlebus zum Flieger fährt gleich!"

Ein Shuttlebus? Erschrocken blickte Alyssa Chris an.

„Es hat Propeller." Alyssa lehnte sich zu Chris und schrie fast, um den Lärm zu übertönen. „Pro-pel-ler!" Begriff er überhaupt, wie entsetzlich das war? „Sind solche Fluggeräte heutzutage überhaupt noch erlaubt?"

Schon als man sie zu dem kleinen Bus gescheucht hatte und sie über das Flugfeld gefahren waren, hatte Alyssa geahnt, dass ihr etwas Entsetzliches bevorstand. Das Flugzeug sah aus, als stamme es aus Kriegszeiten.

Auch Chris beugte sich jetzt zu ihr, sodass sie seinen Geruch sehr deutlich wahrnahm. Deo und Mann, eine berauschende Mischung. Unwillkürlich neigte sie den Kopf noch näher zu ihm, wobei sie sich einredete, dass es ihr nicht um den Duft ging, sondern nur darum, ihn deutlicher zu verstehen.

„Es ist vollkommen sicher." Er drückte ihre Hand.

Sie umklammerte die Armlehne zwischen ihren beiden Sitzen. „Vielleicht ist der Pilot unfähig, oder er denkt, er kann so eine Maschine fliegen, und dann fallen wir wie ein Stein vom Himmel."

„Du hast recht." Er tat erschrocken. „Lass uns lieber die Sitzhaltung für Notfälle einnehmen." Er beugte sich vor und drückte den Kopf zwischen die Knie, während Alyssa lachend neben ihm saß.

„Okay, okay, vielleicht übertreibe ich ein bisschen, aber es macht mir tatsächlich Angst." Sie saß zum ersten Mal in einer Propellermaschine, und der Lärm und die Vibrationen machten sie nervös.

Prüfend sah Chris sie an. „Es wird nichts passieren."

Sie schluckte, und dann nickte sie, denn wenn Chris sagte, dass sie diesen Flug überleben würde, dann stimmte das wohl. „Fliegst du öfter in solchen Kisten? Wenn du deine Berichte schreibst?"

„Eher selten. Ich sitze öfter in der ersten Klasse als in Propellermaschinen, wenn das Magazin bezahlt."

„Aber du bist schon mal so geflogen?"

„Sicher. Einmal in Mexiko. Da sind wir in Dreck und Schlamm gelandet. Ich dachte, es sei eine Notlandung gewesen, aber es war genau die Stelle, an der die Maschine immer landet. Und einmal in Afrika bei einer Safari."

„Immerhin lebst du noch." Sie zog die Hand aus seinem Griff und verschränkte die Hände im Schoß. „Aber wenn wir abstürzen und sterben, werde ich nie wieder ein Wort mit dir wechseln."

„Klingt fair." Er griff nach seinem Laptop, den er unter dem Vordersitz verstaut hatte.

Sofort sehnte Alyssa sich danach, wieder seine Hand zu spüren. Natürlich nur zur Beruhigung, damit sie sicher sein konnte, dass das Flugzeug nicht urplötzlich vom Himmel fiel. Aus keinem anderen Grund.

Leider ging das nicht, jedenfalls nicht, ohne ihm zu zeigen, dass sie gern seine Hand halten wollte.

Ich will mich nur beschützt fühlen, sagte sie sich, Christopher Hyde ist nur mein Freund, mehr nicht. Und genau das soll er bleiben, auch wenn mir in seiner Nähe die seltsamsten Bilder durch den Kopf gehen.

Seufzend lehnte sie sich zurück und versuchte, das Dröhnen der Propeller auszublenden. Russell besaß sicher einen Privatjet, ganz ohne Propeller.

Hieß es nicht immer, man müsse sich sein Ziel vor Augen führen und dann darauf hinarbeiten? Sie sah Russell vor sich, groß und kraftvoll, mit zärtlichen und kräftigen Händen.

Sein Gesicht konnte sie sich nicht so gut vorstellen, aber das spielte keine Rolle. Sie wusste, wer er war und was sie von ihm wollte.

Und sie würde alles daransetzen, ihr Ziel zu erreichen.

6. Kapitel

Natalia schlief neben Dalton, ihr Kopf war zum Flugzeugfenster geneigt, und ihr Mund war leicht geöffnet.

Er presste die Lippen aufeinander, weil er sich danach sehnte, Natalias Lippen zu schmecken. Er wollte sie überall küssen.

Trotz der anfänglichen Auseinandersetzungen war sie während ihrer gemeinsamen Mission brillant gewesen.

Doch jetzt wollte er mehr von ihr.

Er wollte ihre zarte Haut berühren und sehen, wie der Pulsschlag an ihrem Hals sich beschleunigte. Max wollte sehen, wie sie vor Verlangen rot wurde.

Sie hatten bei diesem Auftrag zusammengearbeitet, um den Feind zu fangen.

Nie hätte Max damit gerechnet, dass Natalia gleichzeitig auch sein Herz erobern würde. Er war ein Mann, der sich nie an eine Frau band.

Jedenfalls bis jetzt.

Vorn im Flugzeug öffnete sich eine Tür, und eine Frau kam herein. Sie war groß und schlank und trug ein tailliertes Outfit mit einer blauen Kappe auf dem perfekt frisierten Haar. Die Anstecknadel mit den goldenen Flügeln funkelte an ihrer Brust. Sie beugte sich zu den wenigen übrigen Fluggästen hinunter und nahm die Getränkewünsche auf, doch dabei musterte sie unablässig Max. Schließlich trat sie zu ihm.

„Mr. Dalton." Ihre Stimme klang heiser. „Gibt es etwas, was ich für Sie tun kann?" Als sie sich vorbeugte und die leere Tasse

von seinem Tabletttisch nahm, waren im Ausschnitt ihres Jacketts ihre perfekt geformten Brüste zu sehen. „Kaffee? Tee?“ Ihre schimmernden Lippen verformten sich zu einem wissenden Lächeln. „Oder sonst irgendetwas?“

Er wartete auf die körperliche Erregung, doch seltsamerweise empfand er überhaupt nichts. Nein, er wollte nichts von dieser Frau, und obwohl dieses Gefühl ungewohnt und neu war, fühlte es sich nicht schlecht an. „Nichts, danke“, sagte er und sah ihr direkt in die Augen. „Überhaupt nichts.“

Sie zog eine Braue hoch. „Sind Sie sicher?“

„Das bin ich.“

Langsam zog sie eine Waffe aus ihrer Jacketttasche. „Das ist schade, Mr. Dalton, denn Zurückweisungen konnte ich noch nie gut verkraften.“

Entnervt blickte Chris auf den Monitor. Er hatte ein Problem, und dieses Problem saß schlafend neben ihm.

Verdammt. Ihm blieben nur zwei Wochen, um sein Buch fertigzustellen und das nächste zu planen, doch er konnte wegen der Frau neben ihm kaum klar denken.

Es knackte in seinen Ohren, und er bemerkte, dass sie sich bereits im Landeanflug befanden. Alyssa schlief immer noch neben ihm. Ihre Lippen waren leicht feucht, genau wie die von Natalia in seinem Text.

Chris' Mund war staubtrocken, und er war erregt, während er sich ins Gedächtnis rief, wie ihre Lippen sich an seinen anfühlten. Er sehnte sich danach, sie wieder zu küssen.

Sie würde leise aufstöhnen und die Hände an seinem Hinterkopf verschränken. Sie würde ihn zu sich ziehen und den Kuss vertiefen. Chris malte es sich so intensiv aus, dass er allein bei der Vorstellung beinahe kam.

Zum Glück hatte er eine Decke und einen Laptop auf dem Schoß, sonst wäre für jeden sehr deutlich erkennbar, woran er gerade dachte.

Alyssas Atem ging ruhig und langsam.

Empfand sie überhaupt dieselbe Sehnsucht nach ihm wie er nach ihr? Oder hatte er sich das nur eingebildet?

Sie möchte verführt werden, hörte Chris David sagen. Das einzig Dumme daran war, dass sie nicht von ihm, sondern von einem anderen verführt werden wollte. Dass sie irgendwann in dieser Woche tatsächlich in seinem Bett landen würde, war so gut wie ausgeschlossen.

Andererseits musste er es zumindest versuchen. Er wollte zwar Alyssas Freundschaft nicht riskieren, aber noch viel weniger wollte er sie an einen anderen Mann verlieren. Vor Eifersucht wurde ihm heiß und kalt.

Verdammt. Er schrieb zwar über einen Mann, der bei Frauen immer genau das Richtige tat, aber die Wirklichkeit sah leider komplizierter aus.

„Ich glaube, wir haben uns verfahren." Alyssa saß im Mietwagen und studierte die Karte. Würde es ihr helfen, wenn sie die Karte umdrehte? „Siehst du dieses Gebäude? Da sind wir schon zweimal dran vorbeigefahren."

„Aber wir sind noch auf dem St. Francis Drive?", fragte Chris.

„Äh …" Sie rutschte auf dem Sitz hin und her. „Paseo de Peralta", las sie von einem Straßenschild ab. „Wie sind wir auf diese Straße gekommen?"

„Schätzungsweise sind wir falsch abgebogen." Er warf ihr einen Seitenblick zu. „Entweder das, oder böse Geister hatten ihre Hand im Spiel."

„An meinen Lotsenfähigkeiten kann es jedenfalls nicht liegen." Sie drehte die Karte, bis Norden wieder nach oben zeigte. „Das mit den bösen Geistern kann gut stimmen."

„Also gut, mein Navigator. In welche Richtung muss ich mich wenden, um wieder auf den rechten Weg zu kommen?"

„Meinst du das jetzt wörtlich oder eher philosophisch?"

„Beschränken wir uns im Moment lieber auf Norden, Süden, rechts und links."

Übertrieben verdrehte sie die Augen. „Du hast überhaupt keinen Sinn für Humor." Das stimmte allerdings nicht. Sie hatte während der Fahrt schon mehr gelacht als in den vergangenen vier Wochen zusammen.

„Ich biege hier ab." Entschlossen fuhr er nach rechts. „Und jetzt?"

„Moment. Wenn ich weiß, wo wir …"

„Ha!" Er deutete aus dem Fenster. „Downtown Santa Fe. Zentrum." Zufrieden lächelte er ihr zu. „Dabei habe ich nicht mal die Karte auf dem Schoß."

„Ich habe angeboten zu fahren, aber du wolltest ja unbedingt, dass ich lotse. Wenn wir uns verfahren, bist du zumindest zur Hälfte mit schuld."

„Damit kann ich leben."

„Wieso wollen wir denn ins Zentrum? Das Hotel liegt doch außerhalb."

„Weil ich kurz vor dem Hungertod stehe. Lass uns lieber erst etwas essen und dann ins Hotel fahren, sonst plündere ich am Ende noch die Süßigkeiten, die am Weihnachtsbaum in der Lobby hängen. So was sieht das Hotelpersonal nicht gern. Außerdem möchte ich etwas vom Ort sehen."

„Das tun wir doch jetzt schon." Sie betrachtete die berühmte Santa Fe Plaza. Die Sonne war soeben erst untergegangen, und die Beleuchtung an den Geschäften, um den berühmten Park herum und am Kriegsmahnmal ging gerade an. Sämtliche verschneiten Wege waren mit „Farolitos“ gesäumt, kleinen Kerzen in braunen Papiertüten.

„Park gleich hier“, wies sie ihn an. „Hier finden wir bestimmt etwas zu essen.“

Er parkte den Mietwagen, und Alyssa stieg aus und atmete den Duft der Weihnachtsspezialitäten ein, die über Holzfeuern geröstet wurden. „Oh, kann ich nicht bis zum Ende der Woche hierbleiben und einfach nur atmen?“

„Ab und zu bräuchtest du sicher auch etwas Nahrung.“ Er deutete über die Plaza hinweg zu einer Straße, die von kleinen Ladenlokalen gesäumt war. „Da drüben, das sieht wie ein Restaurant aus.“

Kurz darauf saßen sie bei „Jorge's“, einem Restaurant mit einer kleinen Bar vor der Tür, wo die wartenden Gäste sich an Holzfeuern wärmen konnten.

Trotz der Kälte war Alyssa wie bezaubert von der Stadt mit ihren funkelnden Lichtern und den knisternden Holzfeuern. Sie fand es wunderschön, all das gemeinsam mit Chris zu entdecken.

Ein Dinner in einem schönen Restaurant mit einem guten Freund war die perfekte Art, sich vor der Arbeit zu entspannen. Und Alyssa sah die Woche, die vor ihr lag, tatsächlich als Arbeit an. Sie würde sich anstrengen müssen, um einen Klienten zu gewinnen, und sie würde viel Energie daransetzen, Russell als Mann für sich zu bekommen.

Ihr wurde bewusst, dass Chris sie durchdringend ansah. „Was ist?“ War ihr Lippenstift verschmiert? Sie wischte sich über die Lippen.

„Durch das Feuer sehen deine Augen aus, als würden sie funkeln wie Smaragde.“

„Oh." Sie wurde rot und blickte angestrengt auf die Weinkarte. „Also ... wollen wir uns zwei Glas Wein bestellen? Oder nehmen wir uns eine Flasche?"

„Eine Flasche." Er lächelte, als Alyssa ihm in die Augen sah. „Lass uns gefährlich leben."

In seinem Tonfall und in seinen Worten lag nichts Ungewöhnliches, aber trotzdem musste Alyssa schlucken.

Sie richtete sich auf und versuchte, sich wieder zu konzentrieren. „Gefahr klingt gut." Sie schenkte ihm ihr ganz besonderes Chris-Lächeln, das Lächeln für ihren besten Freund und Kumpel, denn sonst vergaß sie womöglich noch, wie sie beide zueinander standen.

Ich habe einen Riesenfehler gemacht, dachte sie. Eine Woche mit Chris im selben Zimmer, wie konnte ich mich darauf nur einlassen! Durch den Kuss war sie anscheinend wirr im Kopf geworden.

„Ich muss dir etwas gestehen", sagte Chris, nachdem er eine Flasche Shiraz bestellt hatte. „Ich hatte Hintergedanken, als ich vorgeschlagen habe, nicht direkt ins Hotel zu fahren. Ich muss für meinen Max-Dalton-Roman recherchieren, und ich hatte gehofft, du hilfst mir dabei."

„Tatsächlich? Klingt spannend. Was muss ich tun?"

„Sei einfach du selbst."

Irgendetwas am Klang seiner Stimme ließ ihren Pulsschlag schneller werden. Aber ich bleibe ganz cool, sagte sie sich, genau wie eine Freundin cool bleibt, wenn ihr Kumpel sie um einen Gefallen bittet. „Und wie helfe ich dir, indem ich so bin, wie ich bin?"

„Ein Teil der Handlung des Romans spielt hier", erklärte er. „Ich will mich umsehen und die Gelegenheit nutzen, dass wir gerade vor Ort sind. Heute Abend muss ich sowieso einen Blog-Eintrag für das Reisemagazin schreiben, da dachte ich mir, ich könnte vielleicht gleichzeitig für Max Dalton recherchieren." Erwartungsvoll sah er sie an. „Machst du mit?"

„Na klar, klingt aufregend."

„Das wollte ich hören."

Gleichzeitig mit dem Kellner, der ihnen den Wein brachte, kam auch die Geschäftsführerin zu ihnen und teilte ihnen mit, dass sie jetzt an ihren Tisch konnten.

Einen Moment bedauerte Alyssa es, dass sie nicht länger hier draußen an der Bar sitzen konnten, sondern in den Speiseraum gehen mussten. Doch ihr Magen war anderer Ansicht, und sobald sie mit Chris in der gemütlichen Ecke saß und die köstlichen Aromen der lokalen Spezialitäten einatmete, spielte sie mit dem Gedanken, einfach für immer hier sitzen zu bleiben.

„Ich muss gestorben und im Paradies gelandet sein." Vollkommen satt schob Alyssa ihren Teller ein Stück von sich. „Diese Posole war wirklich grandios. Ich liebe Eintopf."

„Heißt das, du möchtest nichts von meinem Gericht probieren?" Chris hielt eine Gabel Hühnchen mit Limonensoße hoch.

Es duftete himmlisch. „Du bist ein grausamer Mann, weißt du das?"

Verführerisch hielt er die Gabel dichter an ihre Nase. „Es schmeckt köstlich. Komm schon, Alyssa, wehr dich nicht. Du willst es doch auch."

Sie zögerte. „Ich …"

„Keine weiteren Ausreden." Er beugte sich vor und schob ihr die Gabel an den Mund.

Sie schloss die Lippen um Chris' Gabel. Gerade eben noch hat er diese Gabel im Mund gehabt, dachte sie.

Sie schloss die Augen und konzentrierte sich völlig auf den Geschmack des Essens. Zum Glück fiel ihr das nicht weiter schwer, denn es war das leckerste Hühnchen, das sie jemals probiert hatte.

Gerade als sie die Augen wieder öffnete, um es ihm zu sagen, sah sie, dass Chris wie gebannt auf ihre Lippen starrte. Unendlich langsam hob er den Blick, und einen Moment lang sah sie in den goldbraunen Tiefen seiner Augen, wie sehr er sie begehrte.

Alyssa riss sich zusammen und konzentrierte sich darauf, zu schlucken, während sie sich eine Haarsträhne um den Finger wickelte. Wenn es nur um ihre eigene Lust ging, konnte sie sich beherrschen, aber wenn sie jetzt mit Chris in die Hotelsuite fuhr, dann ... dann würden sie beide auf dumme Gedanken kommen.

„Du hast ein bisschen ..."

„Was?" Erschrocken sah sie ihn an, als er sich mit seiner Serviette zu ihr beugte.

„Käse." Doch er wischte ihn nicht mit der Serviette weg, sondern strich mit dem Daumen dicht unter ihrer Unterlippe lang.

Die Berührung war so sanft, dass Alyssa unwillkürlich aufseufzte.

„So." Er zog den Daumen zurück. „Schon besser."

Ihre Haut kribbelte an der Stelle, an der sein Daumen sie berührt hatte. „Ich ... ich muss noch mal kurz zum Waschraum." Abrupt stand sie auf und nahm ihre Handtasche. „Treffen wir uns draußen?"

„Wie du willst", sagte er noch, doch sie war schon fort.

Sie spürte Chris' Blick im Rücken und entspannte sich erst, als sie um die Ecke zu den Waschräumen gebogen war. Erschöpft ließ sie sich an eine Wand sinken und schloss die Augen. Worauf hatte sie sich bloß eingelassen?

Chris trank den restlichen Wein aus und schloss kurz die Augen, bevor er auch Alyssas Glas leer trank. Wieso bin ich so nervös?, fragte er sich. Es ist Alyssa, meine Alyssa. Doch er kannte die Antwort. Sie beide bewegten sich auf unbekanntem Terrain.

Er hatte Davids Ratschläge befolgt und sich gegenüber Alyssa genau so verhalten wie immer. Allerdings hielt er sich im Gegensatz zu früher nicht mehr zurück.

Bisher hatte er sich immer zusammengerissen, damit er auf keinen Fall irgendwelche Grenzen überschritt. Die Freundschaft zu Alyssa war ihm das Wichtigste gewesen, und die Tatsache, dass er ein Mann war und sie eine Frau, hatte er immer zu vergessen versucht, auch wenn es zwischen ihnen zu funken schien.

Doch jetzt hatte Alyssa es darauf abgesehen, dass es zwischen einem anderen Mann und ihr funkte. Chris wollte das Verlangen wieder sehen, das er an jenem Abend in ihrem Apartment in ihren Augen erkannt hatte. Stürmische Lust und hemmungsloses Verlangen, so lautete jetzt sein oberstes Ziel.

Russell Starr, dachte er, du wirst verlieren.

Nachdenklich sah er die Weinflasche an. Sollte er auch den letzten Rest noch trinken, nur damit ihn der Mut nicht verließ? Chris entschied sich dagegen. Ein kleiner Schwips war nicht schlecht, aber wenn er zu viel trank, fing er womöglich noch an, lauthals Liebeslieder zu singen, während er mit Alyssa über die Plaza schlenderte. Ein bisschen zu plump für seinen Geschmack.

Am besten ließ er den letzten Rest Wein stehen.

Er traf Alyssa auf dem Gehweg vor dem Restaurant. Der Großteil des Make-ups war aus ihrem Gesicht verschwunden, und ihr Haar war seitlich an den Schläfen feucht. „Alles okay?“

„Ich habe mir nur etwas Wasser ins Gesicht gespritzt.“ Sie atmete tief durch. „Wir sind schon seit dem frühen Morgen unterwegs, und ich bin allmählich ein bisschen übergeschnappt. Ich drifte geistig weg. Solche Sachen.“ Sie setzte ein Lächeln auf. „Tut mir leid.“

„Du musst dich nicht entschuldigen. Mir ist an dir nicht das kleinste bisschen Übergeschnapptheit aufgefallen. Für mich bist du Alyssa. Ob übergeschnappt oder nicht, ich freue mich, dass du mitgekommen bist.“

Das Licht war nicht hell genug, um sicher zu sein, doch Chris hätte schwören können, dass sie rot wurde und dass ihr Lächeln glücklich wirkte. Einen kurzen Moment lang bekam er ein schlechtes Gewissen, weil er die Spielregeln geändert hatte, ohne ihr etwas davon zu sagen.

Für Alyssa dagegen war das alles überhaupt kein Spiel. „Ist mit dir denn auch alles okay?“

„Mir geht's blendend. Aber ein bisschen müde bin ich mittlerweile auch.“ Damit sie jetzt nicht auf die Idee kam, den gemeinsamen Abend zu beenden, hielt Chris ihr den Arm hin, bis sie sich bei ihm einhakte. „Ich lasse Dalton hierherkommen, um eine Nachricht entgegenzunehmen.“ Das hatte er sich zwar gerade erst ausgedacht, doch eigentlich war es keine schlechte Idee. „Dafür suche ich jetzt den besten Ort zur Übergabe.“

Beim Gehen warf er ihr einen Seitenblick zu und sah, wie sie angestrengt nachdachte.

„Es müsste ein Ort sein, der für Santa Fe typisch ist. Aber mit Weihnachten muss es nicht unbedingt etwas zu tun haben, oder?"

„Absolut richtig."

„Claire hat mir vom Förderprogramm für indianische Kunst erzählt. Es gibt kleine Kunsthandwerkgeschäfte am …"

„Am Governor's Palace!" Chris strahlte. „Ja, das habe ich auch gelesen. Genau der richtige Ort, an dem Agenten sich Nachrichten zukommen lassen. Du bist brillant." Das meinte er ernst.

„Danke, jederzeit gern." Sie sah sich auf der Plaza um. „Aber wo ist das? Werden jetzt bei Dunkelheit überhaupt noch Leute dort sein?"

„Ach, es ist ja noch nicht mal sieben." Hier in den Bergen wurde es eher dunkel als in Dallas. „Außerdem sind Weihnachtsferien, und da kommen viele Touristen her. Wenn ich etwas verkaufen wollte, würde ich das genau jetzt versuchen."

„Klingt einleuchtend. Dann müssen wir den Platz nur noch finden."

Das war nicht schwierig, und schon bald schlenderten sie zwischen den Verkaufsständen am Governor's Palace entlang und lächelten den Verkäufern zu, die teilweise so alt wie die Berge rings um die Stadt zu sein schienen.

An einem der Stände kaufte Alyssa für Claire einen indianischen Traumfänger, und Chris suchte für seine Mutter ein Paar silberne Ohrringe aus.

„Hier, das ist nett", sagte er kurze Zeit später, als sie vor einer großen grauen Decke stehen blieben, auf der ein alter Mann im Schneidersitz saß und Pfeife rauchte. Vor sich hatte der Alte eine Anzahl von Armreifen verteilt.

Alyssa hockte sich hin und betrachtete die Armreifen eingehender.

Ja, dachte Chris, das ist die perfekte Umgebung für eine Szene aus einem Max-Dalton-Roman. Er nahm einen der Armreifen in die Hand. Silber und Leder waren perfekt miteinander verarbeitet. „Das ist echtes Kunsthandwerk."

Der alte Mann nickte. „Danke für das Kompliment." Er wandte sich an Alyssa und sah dann wieder zu Chris. „Suchen Sie vielleicht etwas für Ihre Freundin?"

„Ich …"

„Oh." Alyssa richtete sich auf und schüttelte den Kopf. „Er ist nicht mein Freund. Jedenfalls nicht in diesem Sinne."

Chris wusste nicht, ob er frustriert sein sollte, weil sie so hastig leugnete, oder ob er sich freuen sollte, weil der Händler sie sofort für ein Paar gehalten hatte. Vielleicht hatte der alte Mann ja irgendeine Vibration gespürt.

„Wir sind gute Freunde." Er ergriff Alyssas Hand.

Prüfend blickte der Alte Chris an, und Chris wusste, dass der Mann ihn völlig durchschaute.

Chris räusperte sich und hoffte, dass Alyssa jetzt nicht an den Blicken des alten Händlers die Gefühle erkannte, die Chris bislang zu verbergen versucht hatte.

„Dann dies hier." Der Händler holte vom Rand der Decke einen Armreifen heran. „Dieser hier steht für Freundschaft." Ohne den Blick von Chris abzuwenden, hielt er sich eine Hand aufs Herz. „Ein wahrer Freund wohnt ohnehin für alle Zeit hier."

„Das ist hübsch", stellte Alyssa fest.

„Ich nehme ihn." Chris lächelte sie an. „Darf ich ihn dir kaufen?"

„Chris, das kannst du nicht."

„Und ob ich das kann. Ich greife in meine Tasche und hole meine Brieftasche hervor." Wie zur Demonstration tat er es.

Entnervt verdrehte sie die Augen. „Entschuldigen Sie uns bitte einen Moment", murmelte sie, bevor sie Chris ein paar Schritte weiter zog. „Du brauchst mir nichts zu kaufen. Schließlich solltest du dir über viel wichtigere Dinge Gedanken machen. Wie zum Beispiel die Miete oder den Inhalt deines Kühlschranks."

„Ich bin nicht pleite." Chris bereute immer wieder, dass er ihr gegenüber einmal zugegeben hatte, dass er zwei Wochen lang seine Miete nicht hatte zahlen können, weil er einen Auftrag nicht angenommen hatte, damit ihm mehr Zeit blieb, sein erstes Manuskript zu Ende zu schreiben. Es rührte ihn zwar, dass sie sich solche Sorgen um ihn machte, doch offenbar befürchtete sie, er werde eines Tages in der Armenküche enden.

„Also schön", stellte sie kühl fest, „dann bist du also nicht pleite. Aber du hast mir bereits ein Weihnachtsgeschenk gemacht."

„Stimmt." Es machte ihm großen Spaß zu sehen, wie sie ihn davon abzubringen versuchte, ihr das Armband zu schenken. „Aber es soll auch kein Geschenk aus irgendeinem besonderen Anlass sein." Vertraulich beugte er den Kopf vor. „Und wir sind doch Freunde, oder?"

Sie holte tief Luft, dann nickte sie. „Die besten Freunde."

Klang das ein bisschen atemlos? Oder spielte ihm seine Fantasie einen Streich? „Probier's wenigstens an." Lächelnd ging er zu dem Händler zurück. „Dalton könnte die Information vielleicht in Form einer Gravur auf einem Silberarmband zugespielt werden."

Sie musste lächeln. „Dann geht es dir bei all dem also nur um die Recherche für dein Buch?"

„Vielleicht nicht ausschließlich." Sachte ließ er den Daumen über ihren Handrücken gleiten, bevor er ihr das Armband anlegte.

Sie schluckte, und im dämmrigen Licht schimmerten ihre grünen Augen, während sie den Arm mit dem Armband hin und her drehte und mit dem eigenen Daumen über die Stelle strich, an der Chris sie berührt hatte.

Tut sie das absichtlich?, fragte er sich. Oder ist das ein Reflex? Chris wollte nicht zu viel in ihr Verhalten hineindeuten, um sich keine übertriebenen Hoffnungen zu machen.

Er bezahlte, und sie schlenderten weiter, doch Chris konnte sich nicht mehr auf die ausgestellten Waren konzentrieren. In seinem Kopf drehte sich alles. Er war fest davon überzeugt, dass er heute wichtige Punkte erzielt hatte.

Kurz darauf kamen sie an einem Restaurant vorbei, das im Außenbereich ein Feuer entfacht hatte, um so Passanten einzuladen, sich zu setzen und etwas zu trinken. Der Duft nach Pinienholz erfüllte die Luft.

„Wie wär's mit noch einem Drink?"

Chris fürchtete schon, sie würde ablehnen, weil sie zum Hotel wollte, doch dann lächelte sie und nickte.

Sie tranken Glühwein aus Steingutbechern, und er hob prostend den Becher. „Auf einen perfekten Anfang."

„Ja, das war ein perfekter Anfang, das finde ich auch." Sie stieß mit ihm an. „Danke fürs Mitnehmen. Wir sind noch nicht mal angekommen, aber ich habe mich schon fantastisch amüsiert."

„Du brauchst dich nicht zu bedanken." Ohne den Blick von ihren Augen abzuwenden, strich er ihr über das Armband. Es kam ihm vor, als habe er ihr mit diesem Armband sein ganz persönliches Mal aufgedrückt. „Dafür sind Freunde doch da, stimmt's?"

Sie schluckte und senkte den Blick, während sie den Becher an die Lippen hob.

Gut so, dachte er, sie soll verwirrt sein. Nur so vergisst sie ihren Plan mit Russell und landet stattdessen in meinem Bett. Und in meinem Leben.

„Eine Rose für die Lady?“

Chris sah eine kleine Frau mit einem Korb voller Rosen vor sich stehen. „Ich ... ja, sicher.“ Er schluckte vor Freude, als er Alyssas glücklichen Blick sah, während er die Rose bezahlte.

„Ich kann mich gar nicht mehr erinnern, wann mir jemand das letzte Mal eine Rose gekauft hat“, sagte sie. „Das ist lieb von dir.“

„Gern geschehen.“

Sie schloss die Augen und beugte sich vor, um an der Blüte zu schnuppern.

Wenn sie mich wieder ansieht, wird sie glücklich lächeln, dachte er. Und dann wird sie mich verlangend ansehen. Ihre Lippen werden sich teilen, und sie wird meinen Namen aussprechen. Sie wird sagen ...

„Russell!“

Chris blinzelte. Nein, das war nicht das, womit er gerechnet hatte. „Was?“

„Tut mir leid.“ Sie blickte ihm über die Schulter. „Da ist Russell Starr.“

Fast hätte Chris geflucht. Er drehte sich um und sah Russell mit einem breiten Lächeln auf sie zulaufen. Die Arme hielt er freudig ausgebreitet.

Er sah, wie Alyssa bei Russells Anblick strahlte, und er fragte sich, wie er damit konkurrieren sollte.

7. Kapitel

„Alyssa Chambers!" Russell wirkte so aufrichtig erfreut, dass Alyssa sein Lächeln unwillkürlich erwiderte, obwohl sie zutiefst verunsichert war.

Das hier ist Russell, sagte sie sich. Seinetwegen bist du hierher nach New Mexico gekommen. Es ist ja nicht so, als würde er Chris und dich bei einem Date stören! Zwischen uns ist gar nichts. Und wenn doch, dann ist die Unterbrechung genau das, was wir jetzt brauchen.

Chris und sie waren Freunde, und Freunde hatten kein Date miteinander!

Alyssa verdrängte die chaotischen Gedanken und stand auf. Wenn ihr Verstand schon nicht richtig funktionierte, so konnte sie zumindest höflich sein. „Russell, es ist toll, dich zu sehen."

Er schüttelte ihr die Hand und gab ihr einen flüchtigen Kuss auf die Wange.

Alyssa wartete auf das Prickeln und auf die Sehnsucht, ihn richtig zu küssen.

Doch ihr Pulsschlag blieb genauso ruhig wie ihr Atem.

Sie stand einfach da, war verlegen und fühlte sich verunsichert, weil ihr erstes Wiedersehen mit Russell in Chris' Gegenwart stattfand.

Wenn sie sich selbst gegenüber ganz ehrlich war, dann machte sie die Tatsache nervös, dass die beiden Männer, die sie auf der Welt am attraktivsten fand, gleichzeitig bei ihr waren. Aber nur auf einen von ihnen hatte sie es abgesehen.

Eine mehr als seltsame Situation.

Russell trat einen Schritt zurück, doch er ließ die Hand an ihrem Ellbogen, während er sich zu Chris umwandte, der ihn unverwandt und kühl ansah. „Russell Starr", stellte er sich vor. „Und Sie haben ein Date mit Alyssa?"

„Nein", warf sie ein, bevor Chris etwas sagen konnte. „Chris ist ein sehr guter Freund, mehr nicht." Dabei lächelte sie Chris an, und obwohl sie nur die Wahrheit aussprach, ekelte sie sich vor sich selbst, denn indem sie Chris als Freund bezeichnete, leugnete sie alles andere zwischen ihnen.

„Christopher Hyde." Chris streckte die Hand aus. „Ehrlich gesagt sind wir gerade auf dem Weg zu Ihrem Resort."

„Hyde", wiederholte Russell und nickte. „Sie sind der Reporter von ‚Tourist and Travel'."

„Genau der bin ich." Chris lächelte kurz. „Alyssa wohnt das Wochenende über bei mir."

„Tut sie das?" Russell sah von einem zum anderen.

„Wir sind nur Freunde", wandte sie schnell ein. „Das Hotel war komplett ausgebucht, und da Chris eine Suite bewohnt, hat er angeboten, mich bei sich aufzunehmen."

„Da kann ich wahrscheinlich aushelfen." Russell wandte den Blick nicht mehr von Alyssa. „Ruf mich morgen an, und ich sehe mal, ob wir für dich ein eigenes Zimmer finden können."

„Oh." Alyssa brachte ein Lächeln zustande, obwohl ihr der Gedanke, von Chris getrennt zu werden, seltsamerweise überhaupt nicht gefiel. „Sicher, das kann ich gern tun."

„Da fällt mir ein …" Russell hob die Hand und gab jemandem hinter sich ein Zeichen. „Wieso reitet ihr morgen nicht zusammen mit mir aus? Sagen wir um halb zwölf?" Er wandte sich an Chris, während eine blasse Blondine im eng anliegenden Kleid zu ihnen kam. „Sie wollen mich doch bestimmt für

Ihren Artikel interviewen, und das könnten wir während des Ausritts machen."

„Gute Idee. Das sollten wir tun."

Alyssa blinzelte. Pferde mochte sie nicht besonders, und die Pferde mochten sie auch nicht, aber schlimmer noch war die Aussicht, ihren ersten Tag im Resort gemeinsam mit Chris und Russell zu verbringen.

Andererseits gab ihr die Blondine, die sich gerade bei Russell einhakte, den Eindruck, dass sie bei ihm ohnehin nur geringe Chancen hatte.

„Alyssa, Chris, das ist Mandy Petrie, meine Verabredung zum Dinner."

„Es ist mir ein Vergnügen." Mandy lächelte strahlend.

Russell wandte sich zum Gehen. „Dann bis morgen, ja? Um halb zwölf in der Lobby?"

Alyssa sah zu Chris und hoffte, dass man ihr nicht ansah, wie durcheinander sie war. Er nickte nur, und sie blickte wieder zu Russell. „Prima, wir können es kaum erwarten."

Als die beiden gegangen waren, sank sie auf ihren Stuhl und schloss die Augen, bis sie sich wieder genug unter Kontrolle hatte, um Chris anzusehen.

„Tja." Seine Miene wirkte unergründlich. „Das wird morgen sicher ein interessanter Tag."

Ein klarer Anwärter auf den Titel der Untertreibung des Jahres, dachte Alyssa.

In der Lobby des Santa Fe Starr herrschte reges Treiben, und Chris und Alyssa mussten sich zwischen den zahllosen Gästen zum Empfangstresen hindurchschlängeln. Chris machte es nichts aus, zumal Alyssa wegen des Gedränges dichter als sonst an ihn gepresst wurde.

Diese Nähe kam ihm sehr gelegen, auch weil Alyssa seit dem Treffen mit Russell zurückhaltender und schweigsamer geworden war.

Mach dir keine Sorgen, beruhigte sich Chris. Russell war in Begleitung einer Frau, und die sah nicht aus, als würde sie gern teilen. Andererseits hatte Russell betont, dass sie nur eine Verabredung zum Dinner sei, so als wolle er Alyssa damit mitteilen, dass er durchaus zur Verfügung stand.

Dieser Bastard.

Sie kamen an die Rezeption, und Russell erhielt die Keycard für seine Juniorsuite mitsamt einer Broschüre über mögliche Aktivitäten während der Weihnachtswoche. Gemeinsam mit Alyssa folgte er einem Pagen, der sie auf einem überdachten Weg zu einer Reihe von Bungalows führte. Es duftete nach Kaminfeuer, und Chris atmete tief ein.

Dies ist der perfekte Ort für Flitterwochen, dachte er. Leider war die ganze Romantik fehl am Platz, wenn die Frau, die man an seiner Seite hatte, lieber mit einem anderen Mann zusammen sein wollte.

„Ziemlicher Betrieb da an der Rezeption", sagte er zu Alyssa und hätte sich am liebsten geohrfeigt. Sie waren seit Jahren befreundet, und er redete daher wie irgendeine Zufallsbekanntschaft.

„Heute reisen die meisten Gäste an. Bestimmt ist es morgen schon ruhiger."

„O ja", stimmte der Page zu. „Heute ist es wirklich sehr hektisch, weil alle Gäste ihre Zimmer beziehen, aber morgen ist der größte Ansturm vorbei." Er deutete den Weg entlang. „Sie wohnen dort links, direkt die erste Treppe hinauf. Ich komme auf einem kleinen Umweg zu Ihnen, weil ich mit dem Kofferwagen über die Rampe muss."

Er bog von dem Weg ab, und zum ersten Mal, seit er Alyssa kannte, war Chris das plötzliche Schweigen unangenehm.

Schließlich räusperte sie sich. „Hoffentlich hat er recht und es wird etwas ruhiger, sonst wird es schwer für mich, einen Termin für ein Gespräch mit Russell zu finden."

„Das wird sicher kein Problem sein", erwiderte er nur.

Während sie die schmale Treppe hinaufgingen, sah Alyssa ihn von der Seite an. „Was ist los mit dir?"

„Gar nichts." Er zuckte mit den Schultern. Sie war hier, um sich Russell zu angeln, und soweit Chris es beurteilen konnte, war Russell alles andere als abgeneigt. „Ich bin ganz sicher, dass Russell für dich einen Termin einrichten wird."

„Wunderbar." Prüfend betrachtete sie ihn. „Aber könnte es sein, dass du darüber weniger begeistert bist?"

Chris schwieg. Seit Russells Auftauchen verhielt sich Alyssa so anders. Wie sollte er im Vergleich mit jemandem wie Russell Starr bestehen? Der Mann war klug, charmant und steinreich.

Aber das wollte er Alyssa lieber nicht erzählen.

„Chris?", drängte sie ihn.

„Nichts, ich bin nur müde."

„Verstehe." Dennoch sah sie ihn weiter durchdringend an.

Sie erreichten die Zimmertür, und Chris zog die Keycard durch das Schloss, bevor er Alyssa die Tür aufhielt. Als sie sich an ihm vorbeidrängte, sah er ihr in die Augen. „Es ist nur, dass ich ..."

„Was?" Sie blieb stehen.

„Ich möchte, dass du aufpasst bei Russell Starr. Stürz dich nicht in etwas hinein, während der Kerl es nur auf ein bisschen Spaß abgesehen hat."

Mit angehaltenem Atem wartete er auf ihren Widerspruch und ihre Versicherung, dass es ihr nur ums Geschäft ging.

Doch sie schwieg.

Schließlich biss sie sich auf die Unterlippe, während sie Chris' Blick auswich. „Ich komme schon zurecht."

„Heißt das, du hast kein Interesse an ihm?" Er wollte unbedingt hören, dass es ihr bei Russell Starr nur um ihren Job ging.

Anstelle einer Antwort drehte sie sich dem Raum zu, ging ein paar Schritte, und als Chris ihr folgte, lief er fast in sie hinein, als sie abrupt stehen blieb.

„Alyssa?"

Verwirrt und erschrocken wandte sie sich um. „Äh, Chris? Wo ist das zweite Schlafzimmer?"

Der Raum war wunderschön eingerichtet. Indianische Elemente waren mit dem typischen Stil des Südwestens und modernen Elementen kombiniert worden. Auf dem Holzboden lag ein Webteppich, und auf der rechten Seite befand sich eine kleine Küchennische. Die Frühstücksecke dahinter war aus grobem Holz gezimmert, und in der Mitte des Raumes stand ein Bett mit einer indianischen Tagesdecke darauf.

Ein Einzelbett.

Direkt hinter dem Bett war ein gemauerter Absatz, auf dem sich der Wohnbereich befand. Es gab ein bequemes Sofa, einen gemauerten Kamin und einen Stapel Feuerholz direkt neben einer offenen Tür, die auf die Terrasse führte.

Links neben dem Bett war ein Arbeitsbereich mit großem Schreibtisch und einem bequemen Sessel. Direkt über dem Schreibtisch befand sich ein Flachbildschirm an der Wand, sodass man auch vom Bett aus bequem fernsehen konnte.

Alles war liebevoll dekoriert und einfach wundervoll.

Nur eines fehlte: eine weitere Tür.

Es dauerte einen Moment, bis Alyssa die Konsequenz klar wurde: Es gab kein zweites Schlafzimmer. Dies hier war die gesamte Suite.

Ein einziges Zimmer mit nur einem Bett.

Das Sofa war nicht einmal ausziehbar, das konnte Alyssa auf einen Blick erkennen.

Sie wandte sich zu Chris um, der immer noch nicht die Frage beantwortet hatte, die sie jetzt wiederholte: „Wo, zum Teufel, ist das Schlafzimmer?"

„Äh …" Verwirrt blickte er sich um. „Ich denke, wir stehen bereits drin."

„Eine Suite! Du hast gesagt, du hast eine Suite!"

„Das hatte ich auch. Ich meine, die habe ich." Er hielt den Umschlag hoch, der ihm zusammen mit der Keycard übergeben worden war. „Hier steht's: Deluxe Junior-Suite."

Der Page betrat hinter Chris das Zimmer. „Entspricht alles Ihren Wünschen?"

„Alles okay", sagte Chris.

„Wo ist das Schlafzimmer?", fragte Alyssa im selben Moment.

Der Page sah von einem zum anderen. „Ich schätze, Sie wünschen keinen Hochzeitschampagner mit Erdbeeren?"

Wütend strich Alyssa sich durchs Haar. „Es ist ein schönes Zimmer, ehrlich. Es ist nur so, dass wir … also … Sie wissen schon." Sie räusperte sich. „Wir hatten mit einer Suite gerechnet."

Der Page sah zu Chris, der die Schultern hob. Dann zuckte auch der Page mit den Schultern, und Alyssa fragte sich, ob die beiden sich wohl abgesprochen hatten. „Die Junior-Suite besteht aus einem großzügigen Raum mit Kochbereich. Die Suite und die Supreme-Suite bestehen aus getrennten Räumen, aber ich versichere Ihnen, dass die Junior-Suiten in all unseren Häusern sehr beliebt sind.“

Alyssa wollte nach einer Suite mit getrennten Schlafzimmern fragen, doch sie hielt den Mund. Schließlich hatte sie sich selbst eingeladen, und da durfte man nicht undankbar sein. Außerdem sah das Sofa gar nicht so unbequem aus.

Zum Glück hatte sie ein Sweatshirt dabei, das sie über ihren Pyjama ziehen konnte. Sie hatte zwar schon oft in Pyjamahose und Tweety-Tank-Top neben Chris auf dem Sofa gesessen und sich an ihn gekuschelt, aber da waren sie einfach nur Freunde gewesen. Jetzt waren sie …

Lieber Himmel!

Es stimmte. Chris und sie hatten mit dem Kuss eine Grenze überschritten, und diese Grenze hatten sie durch die Reise hierher noch weiter hinter sich gelassen. Was sollte sie bloß tun?

Nichts, dachte sie, ich kann nichts tun. Ich kann es nur ignorieren, weil ich die Zeit nicht zurückdrehen kann, meine Hormone sich nicht abschalten lassen und weil ich hier kein anderes Zimmer bekomme.

Aber hatte Russell nicht angeboten, ein Zimmer für sie zu organisieren? Sie musste nur den Telefonhörer abnehmen und sich von der Rezeption mit Russell verbinden lassen.

Genau das wollte sie jetzt tun, als der Page sich bei Chris für das großzügige Trinkgeld bedankte und sich zurückzog.

Während sie Chris dabei beobachtete, wie er die Tür schloss, hielt sie den Hörer zwischen Ohr und Schulter geklemmt und hatte die Hand dicht über den Wähltasten.

Anstatt die Nummer einzugeben, verharrte sie jedoch wie eine Salzsäule.

Chris kam näher und zog einen der Küchenstühle zu sich

heran. Nach außen hin völlig gelassen, setzte er sich rittlings darauf. „Vielleicht solltest du bis morgen warten, ehe du Russell nach einem anderen Zimmer fragst."

„Ich ..." Sie legte auf. „Findest du nicht auch, dass ich umziehen sollte?"

„Alyssa, wie oft bist du mit den Füßen auf meinem Schoß eingeschlafen, wenn wir ferngesehen haben?"

Missmutig sah sie ihn an. „Nur, weil du darauf bestanden hast, dass wir uns irgend so ein langweiliges Machwerk ansehen."

„Und wieso, glaubst du, habe ich das getan?" Vielsagend hob er die Augenbrauen.

Sie konnte nicht anders, sie musste lachen. „Okay, in Ordnung, es ist albern. Aber ich ..."

Er stand auf und kam mit drei langen Schritten dicht zu ihr. „Ja?"

„Ich ..." Sie schüttelte den Kopf und zwang sich zu lächeln, weil sie ihm auf keinen Fall verraten wollte, was sie gerade dachte. „Nichts. Ich habe wohl nur ein schlechtes Gewissen, weil ich mich dir aufgedrängt habe. Du hast einen Haufen Arbeit vor dir, und nun werde ich dir ständig im Weg sein."

„Hey." Als er ihre Hand ergriff, spürte sie das Kribbeln wie einen Stromstoß. „Beschwere ich mich etwa?"

Sie schluckte und flehte, dass ihre Stimme jetzt gelassen und sachlich klang. „Du bist nur zu nett, um dich zu beschweren."

Beruhigend drückte Chris ihre Hand und wandte sich wieder in Richtung Küche.

Sobald er ihr den Rücken zugedreht hatte, atmete Alyssa tief aus. Es war, als würde ihr das Wasser bis zum Hals stehen, und sie fürchtete, jeden Moment unterzugehen.

Ich brauche einen Plan, sagte sie sich. Einen Plan, an den ich mich klammern kann.

Hastig griff sie nach der Hotelbroschüre, die Chris beiseitegelegt hatte. „Es gibt jeden Abend ein Unterhaltungsprogramm. Eine große Weihnachtsparty. Und heute werden Weihnachtslieder gesungen.“ Sie blickte auf. „Marshmallows und Lieder vor dem Kaminfeuer.“

„Da braucht es schon mehr als nur Marshmallows, bevor ich in der Öffentlichkeit singe.“ Mit zwei Gläsern Wein kam Chris wieder zu ihr zurück. „Sieh mal, was ich in der Bar gefunden habe.“

Erleichtert ergriff sie das Glas. Ich kann einen Drink gebrauchen, dachte sie. Ihr Blick glitt zum Bett, und ihr Magen schien Purzelbaum zu schlagen.

Einen Moment lang wusste sie gar nicht mehr, wieso sie sich von Chris fernhalten musste.

Richtig. Um die Freundschaft nicht zu gefährden. *Ich will ihn nicht so wie Bob verlieren!* Er hat keinen Sinn für finanzielle Sicherheit, und er ist wegen seiner vielen Reisen kaum zu Hause.

Zu blöd nur, dass Chris in diesem Moment zum Anbeißen aussah.

„Entweder dankst du deinem Schicksal für die Bar in dieser Suite, oder du bist geistig gerade irgendwo anders.“ Fragend beugte er sich zu ihr. „Hätte ich nicht über mein Singen sprechen sollen? Ich weiß, wie entsetzlich ich klinge, aber ich war immer davon ausgegangen, dass ich zumindest ein, zwei Töne hervorbringen muss, ehe den Menschen in meiner Nähe die Sicherung durchgeht.“

„So schlimm bist du auch wieder nicht.“ Sie musste lachen.

„Doch, glaub mir, das bin ich.“

„Ich habe dich schon singen hören." Sie trank einen Schluck.

Chris verschluckte sich fast am Wein und hustete anhaltend, während Alyssa ihm hilflos auf den Rücken klopfte.

„Entschuldige, entschuldige!"

„Wann?"

Es klang so ernsthaft, als wolle er wissen, wann der Asteroid die Erde treffen würde.

„Wann hast du mich singen hören?"

Alyssa hoffte, dass sie nicht rot wurde, und wünschte, sie hätte es nicht erwähnt. „Unter der Dusche."

Chris' Miene bekam einen belustigten Ausdruck. „Wirklich?" Er stützte die Ellbogen auf die Rückenlehne seines Stuhls, als mache er es sich für eine lange und faszinierende Geschichte bequem. „Seltsam, dass ich mich daran nicht erinnere. Wenn du mich unter der Dusche gesehen hättest, würde ich mich bestimmt bis ans Ende meiner Tage daran erinnern."

„Es war vor ein paar Monaten, okay? Ich wollte mir von dir ein Buch leihen oder so." Der genaue Grund, wieso sie in sein Apartment gegangen war, war ihr tatsächlich in dem Moment entfallen, als sie Chris' Umrisse hinter der gläsernen Duschwand gesehen hatte. „Ich dachte, du hättest gesagt, ich solle reinkommen, also habe ich das getan, und …"

Sie konnte nicht sagen, wieso sie durch Chris' Apartment bis zu seinem Schlafzimmer gegangen war. Irgendwann hatte sie das Wasserrauschen der Dusche gehört. Sie war einfach einen Schritt weiter gegangen und dann noch einen, ohne festen Plan. Sie hatte nicht einmal damit gerechnet, ihn zu sehen, denn normalerweise machten die Leute die Tür zum Bad doch zu, wenn sie duschten, damit der heiße Dampf nicht entwich.

Doch Chris hatte die Tür zwischen Bad und Schlafzimmer offen gelassen, und von der Schlafzimmertür aus hatte Alyssa einen erstklassigen Blick gehabt.

Selbst jetzt noch, nach Monaten, war die Erinnerung an diesen Moment glasklar.

Sie hatte dort wie angewurzelt gestanden, und ihr war erst warm, dann kalt und dann wieder heiß geworden. Ihre Kehle war wie zugeschnürt gewesen, und sie hatte Chris angestarrt wie bei einem Männer-Strip.

Er hatte sich langsam umgedreht, das Gesicht in den Duschstrahl gehalten und Alyssa einen Blick auf seinen knackigen Po gewährt.

Kein Zweifel, vom Nabel abwärts sah dieser Mann einfach fabelhaft aus.

Die Körperhälfte oberhalb des Nabels war natürlich auch nicht zu verachten.

Alyssa hatte wieder zurückgehen wollen, aber dann hatte Chris „Wake me up before you go-go“ von Wham gesungen, und es hatte so entsetzlich geklungen, dass Alyssa fast losgelacht hätte. Obendrein hatte er noch ein paar Tanzschritte riskiert.

Einen ganzen Vers lang hatte sie sich davon überzeugt, dass ihm weder als Sänger noch als Tänzer eine Karriere bevorstand. Dann hätte sie fast applaudiert, bevor ihr bewusst geworden war, was sie da eigentlich tat.

Lautlos hatte sie das Apartment verlassen und keine Sekunde mehr daran gedacht, was sie eigentlich von Chris gewollt hatte.

Dafür hatte sie umso häufiger daran gedacht, was sie unter der Dusche gesehen hatte.

„Und ich habe unter der Dusche gesungen?“

„Ja. Das heißt, ich habe es nur gehört", log sie, und ihre Wangen glühten, so peinlich war ihr das Ganze. „Ich war schließlich nicht in deinem Schlafzimmer, also musst du auch nicht befürchten, ich hätte jetzt Aktfotos von dir, die irgendwann im Internet landen."

„Vielen Dank."

„Allerdings weiß ich jetzt, dass deine Stimme nicht so schlimm ist, wie du sagst." Das war ebenfalls gelogen. „Und selbst wenn, was soll's? Hier geht's um Weihnachtslieder und nicht um eine Casting-Show." Sie versuchte es mit einem Lächeln. „Bitte?"

Es überraschte sie selbst, wie sehr sie sich wünschte, dass er einwilligte. Die Vorstellung, hier ohne zweites Schlafzimmer mit ihm übernachten zu müssen, gefiel ihr immer noch nicht, aber ein Abend mit Chris war immer lustig. Wenn er jetzt Nein sagte, wäre sie tatsächlich enttäuscht.

„Eigentlich sollte ich arbeiten."

Ihre Hoffnung sank.

„Aber ich bin immer noch groggy vom Flug."

„Dann kommst du also mit?" Sosehr sie sich auch einzureden versuchte, dass sie sich nur freute, weil das peinliche Thema Dusche abgehakt war, so musste sie sich doch eingestehen, dass sie sich nach Chris sehnte.

Wieso diese Gefühle, die sie so lange unter Verschluss gehalten hatte, ausgerechnet heute Abend hervorbrachen, konnte sie nicht mit Sicherheit sagen. Aber es ließ sich nicht leugnen, dass sie Lust auf Chris verspürte.

Diese Lust stieg wie Sektperlen in ihr auf, und wenn sie sich nicht beherrschte, nutzte sie am Ende noch die Tatsache aus, dass es hier für sie beide nur ein Bett gab. Und das würde sie auf ewig bereuen.

8. Kapitel

„Okay, und jetzt die erste Gruppe! Jingle Bells, Jingle Bells, Jingle all the way! Schon sehr gut, weiter so!"

Chris flehte innerlich, dass irgendjemand die Animateurin aufhielt.

Die Frau wandte sich zur linken Seite des Raums. „Und jetzt Gruppe zwei! Zeigt denen da drüben, wie es richtig geht: Jingle Bells …"

Chris beugte sich zu Alyssa. „Weck mich auf aus diesem Albtraum."

Sie gab ihm einen Schlag auf den Arm, sodass er auflachte und sich damit einen tadelnden Blick der Animateurin einhandelte.

Entschuldigend winkte er ab und gab Alyssa ein Zeichen, ihm zu folgen, als er aufstand und quer durch den Raum zu einer Glastür ging, die auf einen großen Innenhof führte. Zwischen bequemen Sitzgruppen waren kleine Feuerschalen aufgestellt.

„Ist Singen nach Anleitung nicht so dein Fall?" Alyssa machte es sich in einem der Sessel bequem und streckte die Hände zum Feuer.

„Ich höre lieber zu, wenn jemand singt."

„Ja." Sie seufzte. „Ich auch." Bedauernd zog sie die Nase kraus. „Entschuldige, dass ich dich mitgeschleift habe."

Chris lachte. „Ist doch nicht deine Schuld. Für meinen Artikel muss ich sowieso herausfinden, was den Gästen geboten wird.“ Nachdenklich runzelte er die Stirn. „Aber diese missglückte Showmasterin sollte ich lieber nicht erwähnen. Die ist höchstens eine Bemerkung im Blog wert.“ Schnell machte er einen Eintrag in sein Notizbuch und lachte. „Dein Gesicht werde ich so schnell nicht vergessen, als sie verkündet hat, dass wir jetzt ‚Jingle Bells‘ im Kanon singen würden.“

Alyssa wurde rot. „War das so offensichtlich?“

Ihm war aufgefallen, dass nicht nur Alyssa entsetzt auf die plumpe Stimmungskanone reagiert hatte. Er räusperte sich. „Wir könnten ja unseren eigenen Kanon singen.“

„Du willst singen?“

„Nein, lieber nicht. Wollen wir mal fragen, ob wir Spieße und Marshmallows bekommen?“ Er nickte in Richtung Feuerstelle. „Einverstanden?“

Aufgeregt richtete sie sich in ihrem Sessel auf. „Vielleicht gibt es hier auch Kekse und Schokoplättchen.“ Auf seinen verständnislosen Blick hin erklärte sie: „S’mores! Erzähl mir jetzt nicht, dass du noch nie S’mores gemacht hast!“

Langsam schüttelte er den Kopf. Hatte er etwas verpasst? Ihrer Begeisterung nach zu urteilen, musste das etwas Großartiges sein. „Tut mir leid. Offenbar habe ich das Beste im Leben bisher nicht mitbekommen.“

„Das glaube ich auch.“ Sie nahm seine Hand und sprach zu ihm wie ein Arzt zu einem Schwerverletzten. „Keine Sorge, das lässt sich alles noch ändern.“

Bevor er weiter fragen konnte, was sie vorhatte, winkte sie einen Kellner heran. „Gibt es in der Küche zufällig Vollkornkekse und Schokoplättchen?“

„Und Marshmallows?“ Er nickte lächelnd. „Ich glaube, das lässt sich machen.“

Kurz darauf kehrte er mit Plastiktüten voller Marshmallows, Vollkornkeksen und Schokoplättchen zurück.

„Oh, ja!“ Überglücklich nahm Alyssa die Tüten entgegen. „Das hier ist tatsächlich ein Fünf-Sterne-Resort.“ Sobald der Kellner sich entfernt hatte, wandte sie sich an Chris. „Okay, und jetzt wirst du erleben, wie der Himmel schmeckt.“

Es war tatsächlich ein himmlisches Erlebnis.

Wie gebannt beobachtete Chris, wie Alyssa die S'mores zubereitete. Sie ließ das Schokoladenplättchen auf einem Vollkornkeks anschmelzen, dann drückte sie die verflüssigte Marshmallowmasse mit einem zweiten Keks oben drauf. Beim Zusehen malte Chris sich aus, wie die Schokolade nicht über den Keks, sondern über Alyssas Körper fließen würde. Unwillkürlich sah er sich, wie er ihr die flüssige Schokolade von der Haut leckte.

Beim ersten Bissen tropfte ihm so viel von den Marshmallows und der Schokolade übers Kinn, dass er sich wie ein Kleinkind vorkam und seine erotischen Fantasien schlagartig vergaß.

Lachend strich sie ihm die Masse von der Unterlippe, und sofort kehrten seine Fantasien zurück.

Belustigt führte sie den Finger zum Mund und leckte die Süßigkeiten ab.

Die Geste war bestimmt völlig unbewusst und harmlos, doch Chris' Körper reagierte sofort, und er konnte nur froh sein, dass sie hier im Dunkeln saßen.

„Köstlich“, stellte sie fest.

„Ja.“ Seine Stimme klang gepresst, und er kämpfte gegen den Drang an, Alyssa an sich zu ziehen, ihr durchs Haar zu streichen und sie voller Lust zu küssen.

„Chris? Alles okay?“

„Ja, ja, bestens.“ Er bekam kaum ein Wort heraus.

„Pass auf, dass du dich nicht verbrennst.“ Sie spießte einen Marshmallow auf einen Spieß und hielt ihn in die Flammen. „Als Kind habe ich das geliebt. Meine Marshmallows sind meistens total verkohlt. Und wie war das bei dir?“

„Ja.“ Er schluckte und traute sich nicht zu sprechen. „Alles toll.“ Ich muss hier weg, dachte er, sonst wird es für uns beide peinlich. Er atmete tief durch. „Alyssa, es ist schon fast Mitternacht, und ich bin ziemlich fertig. Am besten gehe ich ins Bett.“

„Oh.“ Sofort legte sie den Spieß auf den Rand der Feuerschale. „Okay, ich komme mit.“

Gerade wollte er ihr sagen, sie könne ruhig noch bleiben, als ihm klar wurde, wie idiotisch das wäre. Sie erregte ihn, und jetzt wollte sie mit ihm aufs Zimmer kommen. Eine bessere Gelegenheit würde er kaum bekommen. „Also schön, dann lass uns gehen.“

Unbeholfen stand er auf, atmete langsam und tief durch und multiplizierte im Kopf alle möglichen Zahlen miteinander, damit seine Erregung abebbte.

Er war so ins Kopfrechnen vertieft, dass er beim Durchqueren des Raums, in dem die Animateurin die Gäste weiter quälte, erst zu spät Russell Starr entdeckte, der sich keine sechs Meter entfernt mit ein paar Gästen an der Bar unterhielt.

Alyssa blieb stehen. „Warte mal. Da ist Russell.“

Chris unterdrückte einen Fluch und sah in Russells Richtung. Um diesen Mann zu verführen, war Alyssa nach New Mexico gereist. Plötzlich fiel es ihm nicht mehr schwer, seine Erregung loszuwerden.

„Ich frage ihn nur schnell, ob er morgen nach dem Reiten

ein paar Minuten Zeit für mich hat." Sie ging in Russells Richtung und wollte Chris hinter sich herziehen.

Als er nicht nachkam, drehte sie sich um. „Chris?"

„Wieso gehen wir nicht einfach? Ich bin sicher, du kannst ihn auch morgen noch fragen."

Einen Moment zögerte sie, dann nickte sie. „Wahrscheinlich hast du recht."

Er atmete tief durch und ging einen Schritt zum Ausgang.

Alyssa folgte ihm, blieb jedoch wieder stehen, und Chris erkannte, dass er diese Runde verloren hatte.

„Nein." Sie wich seinem Blick aus und leckte sich nervös über die Lippen. Als sie zu Russell deutete, wurde sie rot. „Wenn ich ein geschäftliches Meeting mit ihm will, finde ich es nur fair, wenn ich ihn rechtzeitig darauf anspreche und nicht erst im letzten Moment." Sie drückte Chris' Hand und ließ sie für seinen Geschmack viel zu schnell wieder los.

Dann ging sie zu Russell.

Zum Feind. Chris hätte fast mit den Zähnen geknirscht.

Alyssa dachte an die Erektion, die sich in Chris' Jeans abgezeichnet hatte. Wenn sie sich daran erinnerte, was sie unter der Dusche von ihm gesehen hatte, und das mit dem abglich, was sie gerade eben gesehen hatte ... Nein, es kam ihr zu gefährlich vor, auch nur weiter darüber nachzudenken.

„Alles rein geschäftlich", sagte sie sich und achtete nicht auf die Leute in der Nähe, die sich befremdet nach ihr umdrehten, weil sie mit sich selbst sprach. „Denk nicht an Chris, sondern lieber an den Wert von regelmäßigen Mahlzeiten und einer guten Krankenversicherung."

Entschlossen strich sie sich die Bluse glatt und setzte ein Lächeln auf.

Russell begrüßte sie strahlend, und in seinem Blick erkannte sie ein sinnliches Aufblitzen. „Alyssa.“ Er streckte eine Hand nach ihr aus und zog sie in den Kreis der anderen. „Ich hoffe, dein Aufenthalt hier hat dir bis jetzt gefallen.“

„Das Hotel ist wunderschön.“

Mit sanftem Druck an ihrem Rücken drängte er sie weiter in die Gruppe. „Ich möchte Ihnen allen Alyssa Chambers vorstellen. Wir sind zusammen zur Highschool gegangen, aber zum Glück wirft sie mir die wilden Eskapaden von damals nicht mehr vor.“ Er stellte ihr jeden Einzelnen aus der Gruppe vor, und Alyssa fühlte sich willkommen und beinahe wie ein Ehrengast.

„Mandy kennst du ja bereits.“ Er deutete auf die Blondine, an die Alyssa sich nur allzu gut erinnern konnte.

„Seine Notlösung als Verabredung zum Dinner.“ Mandy lachte. „Genieße es lieber, solange du noch kannst“, sagte sie an Russell gewandt. „Morgen kommt Barry, und dann bin ich nur noch für ihn da.“

„Mandy ist mit meinem Cousin Barry verlobt“, erklärte er. „In den vergangenen Wochen begleiten die Frauen aus meiner Familie mich abwechselnd, um mir das Gefühl zu geben, nicht völlig abgeschrieben zu sein.“ In gespielter Qual sah er Mandy an, und seine zukünftige Schwägerin lachte.

„Vor ein paar Monaten hat er sich von seiner Freundin getrennt.“ Mandy sah zu Alyssa und dann wieder zu Russell. „Ach, sieh mich nicht so an, es stand doch in allen Illustrierten.“

„Mandy.“

Sie hob die Hände. „Schon gut, schon gut.“ Lächelnd sah sie wieder zu Alyssa, die sich unter dem prüfenden Blick wie ein Steak in der Auslage einer Schlachterei fühlte. „Und was tun Sie beruflich?“

„Ich bin Anwältin." Sie zögerte einen Moment und blickte Russell in die Augen. „Im Grunde bin ich deswegen auch zu dir gekommen. Ich wollte wissen, ob du Zeit findest, geschäftlich mit mir zu reden."

Seufzend legte er sich eine Hand an die Brust. „Und ich dachte, du hättest meinem Charme nicht widerstehen können."

Ihr Lachen war ehrlich. Obwohl Russell ein sehr reicher Mann war, wirkte er noch genauso natürlich und nett, wie sie ihn in Erinnerung hatte. „Deinen Charme will ich gar nicht leugnen, aber ich bin Anwältin, und das ist einer meiner Vorzüge."

„Treffer", stellte Mandy fest. „Russell, sie gefällt mir." Sie trat einen Schritt näher. „Wir wollen bei Russell alle noch etwas trinken. Er hat eine Lodge am anderen Ende des Anwesens mit einer fantastischen Aussicht. Möchten Sie mitkommen?"

„Oh, ich kann nicht", antwortete sie hastig und hätte ihre Worte am liebsten sofort zurückgenommen. Genau das war es doch, worauf sie es angelegt hatte! Er war ungebunden, und er mochte sie.

War das nicht alles perfekt?

Gleichzeitig dachte sie an Chris und an das Kribbeln, das sie spürte, wann immer er sie berührte. Sie hatte seinen Blick bemerkt, als sie sich die Marshmallowcreme von den Fingern geleckt hatte. Als ihr seine Erektion aufgefallen war, war ihr heiß geworden, weil sie wusste, dass er sie begehrte.

Diese Gedanken reichten, um sie dazu zu bringen, sich bei Russell zu entschuldigen und sich zu verabschieden.

Eine kalte Dusche wäre nicht schlecht, dachte sie. Vielleicht wird mir dann auch klar, wieso ich meine Pläne selbst vereitle.

„Claire, wach auf! Ich bin's, Alyssa. Ich stecke in Schwierigkeiten."

„Bist du verletzt?" Claire war am anderen Ende der Leitung schlagartig hellwach und klang besorgt. „Hast du die Polizei gerufen? Wo steckst du?"

„Ich bin im Waschraum der Lobby von Russells Hotel. Nein, mir geht es gut. Es geht um die Männer."

„Aha. Was läuft mit dir und Russell?"

„Nichts."

„Gar nichts? Hast du ihn getroffen?"

„Er hat mich gerade in sein Zimmer eingeladen und mir ganz bewusst zu verstehen gegeben, dass er Single ist."

Am anderen Ende herrschte Schweigen, und Alyssa wusste, dass Claire jetzt verständnislos die Stirn runzelte.

„Äh, könntest du mir das noch mal erklären?"

Alyssa erzählte.

„Und du hast abgelehnt? Wenn der Hotelbesitzer dich in seine private Suite einlädt?"

„Ja, aber ich habe eine Verabredung mit ihm, zumindest eine geschäftliche. Morgen reiten wir aus, und er sagte, dass er anschließend eine Stunde Zeit für mich hätte und für alles, was ich von ihm wollte."

„Das kann ich mir denken." Claire seufzte. „Was hast du dir bloß gedacht?"

Alyssa atmete tief durch, und dann flüsterte sie, als könne Chris es sonst quer durch das Resort hören: „Ich glaube, ich fühle mich zu Chris hingezogen."

„Nein!" Claire schrie auf. „Das ist ja wunderbar. Ihr zwei

seid total süß zusammen."

„Daran ist überhaupt nichts süß. Das alles ist ein riesiges Problem."

„Wieso? Ist er an dir nicht interessiert? Ich weiß, dass er nie einen Annäherungsversuch unternommen hat, aber ich schätze, er ist einfach nur schüchtern. So sind Schriftsteller eben. Aber du weißt ja, was man über stille Wasser sagt." Ihr Tonfall bekam einen so lasziven Ausdruck, dass Alyssa rot wurde.

„Interessiert ist er schon, aber er ist doch einer meiner besten Freunde."

„Das ist doch perfekt. Ihr wisst schon, dass ihr gut zusammenpasst. Besser geht's gar nicht."

„Bei Bob dachte ich das auch, und jetzt geht er nicht mal mehr ans Telefon, wenn ich ihn anrufe. Ich musste seine Mutter anrufen, damit sie ihm ausrichtet, dass ich meine DVDs zurückhaben will. Und die hat er mir per Post geschickt, anstatt sie persönlich vorbeizubringen."

„Chris ist nicht Bob."

„Richtig." Im Gegensatz zu Chris war Bob als Ingenieur fest angestellt, war wohlhabend und konnte mit Geld umgehen.

„Was spricht denn gegen eine Affäre mit Chris? Für Russell empfindest du offenbar nichts, auf Chris bist du scharf und er auch auf dich. Ihr teilt euch ein Hotelzimmer, und ihr seid beide volljährig. Wo liegt das Problem?"

„Du kennst mein Problem."

„Blödsinn. Auch wenn du befürchtest, Sex könnte eure Freundschaft stören – weißt du was? Das ist bereits passiert. Ihr denkt ständig daran, und das wird sich so schnell nicht wieder ändern."

In diesem Punkt musste Alyssa ihrer Freundin recht geben. „Und was soll ich jetzt machen? Soll ich ins Hotelzimmer gehen und mich auf ihn stürzen? Ich will nicht, dass mehr zwischen uns ist als Freundschaft." In diesem Punkt blieb sie eisern. Chris' Lebensstil raubte ihr den letzten Nerv, und wenn sie mit ihm eine Beziehung führte, würde sie in einer Anstalt landen, so viel stand fest.

„Rede doch mal mit ihm."

Alyssa runzelte die Stirn. Beruflich war sie mit schwierigen Verhandlungen, mit komplizierten Klienten, Richtern und Geschworenen bestens vertraut, doch bei der Vorstellung, sich mit Chris hinzusetzen und zu reden, wurde sie nervös. „Vielleicht."

„Oder du duschst eiskalt. Ich jedenfalls werde mich jetzt wieder schlafen legen. Es gibt nämlich noch Menschen ohne Sex, musst du wissen, und die schlafen nachts."

„Wie war denn dein Treffen mit Joe?"

„Oh, es hat zwischen uns geknistert. Insgesamt war es … interessant. Ich erzähl dir mehr, wenn du wieder da bist."

Nachdem Claire aufgelegt hatte, stand Alyssa nachdenklich vor dem Spiegel im Waschraum und fragte sich, was sie tun sollte. Beim Gedanken an eine Urlaubsaffäre schlug ihr Herz schneller, aber die Vorstellung, Chris womöglich als Freund zu verlieren, weckte Panik in ihr.

So eine Entscheidung ließ sich nicht leichtherzig treffen, doch die Vernunft ließ sie mehr und mehr im Stich. Je länger sie an Chris dachte, desto mehr wollte sie ihn nackt vor sich sehen.

Mich hat's schlimm erwischt, dachte sie.

Wenn sie jetzt direkt in die Suite ging, würde sie ganz bestimmt eine große Dummheit begehen. Also setzte sie sich an die Bar und gönnte sich zwei Stunden lang Eierpunsch, während sie Game-Shows auf dem Großbildschirm über dem Tresen ansah.

Schließlich wurde ihr bewusst, wie beschwipst sie war, weil sie sich kaum noch an ihre Zimmernummer erinnern konnte. Hoffentlich schläft Chris schon, dachte sie, während sie vor der Tür stand und die Keycard durch den Schlitz zog. Ob er wohl nackt schlief?

Im Kamin brannte ein Feuer, doch abgesehen davon war es im Zimmer dunkel.

Enttäuscht ließ Alyssa die Schultern sinken. Obwohl es so bestimmt besser war, hatte sie gehofft, Chris zu sehen, weil sie mit ihm reden und vielleicht noch etwas trinken wollte.

Möglicherweise gelang es ihr dann ja auch, diese kleine warnende Stimme in ihrem Kopf zum Schweigen zu bringen.

Alyssa ballte die Fäuste, um sich zusammenzureißen. Am besten wäre es für sie, wenn Chris tatsächlich schon tief und fest schlief.

Andererseits zeigte die Uhr auf dem Kaminsims nicht einmal zwei Uhr an, also war es überhaupt noch nicht so spät.

Leise ging sie ins Bad, um sich schnell ihren Pyjama anzuziehen. Schon beim Eintreten sah sie Chris' Nachricht am Spiegel, und beim Lesen zerplatzte wie eine Seifenblase eine weitere geheime Hoffnung in ihr.

„Du kannst im Bett schlafen, ich übernachte auf dem Sofa. Chris."

Das war's dann wohl mit der gemeinsamen Nacht. Selbst wenn nichts zwischen ihnen passiert wäre, so hätte sie es doch gern erlebt, neben ihm zu schlafen. Allein seine körperliche Nähe stellte sie sich erotisch vor, und es frustrierte sie, dass ihr dieses Erlebnis verwehrt blieb.

Andererseits durfte sie gar nicht enttäuscht sein, denn schließlich war sie ja fest davon überzeugt, dass Sex mit Chris fatale Folgen hätte.

Im Bad lag auf einem Beistelltisch eine Broschüre, der Alyssa entnahm, dass es im Hotel einen Maniküre-Service gab, der auch aufs Zimmer kam. Auch Massagen und Ernährungsberatung wurden angeboten.

Und dann entdeckte sie auf der letzten Seite der Broschüre, dass zu jeder Deluxe-Junior-Suite ein Warmwasser-Pool auf der Veranda gehörte.

Im Moment konnte Alyssa sich nichts Schöneres vorstellen als ein Bad in blubbernd heißem Wasser mit Blick auf die Sterne.

Zumindest fiel ihr nichts Schöneres ein, was sie allein tun konnte.

Lautlos zog sie sich aus und streifte sich einen der Hotelbademäntel über. Dann schaltete sie das Licht aus und ging auf Zehenspitzen durchs Zimmer, um Chris nicht zu wecken.

Vorsichtig schob sie die Glastür auf und trat auf die Veranda. Der Mond war gerade von einer Wolke verdeckt, sodass sie nur dunkle Schatten erkennen konnte.

Sie fand zwar einen Schalter für ein Außenlicht, aber sie ließ es lieber aus. Als ihre Augen sich an die Dunkelheit gewöhnt hatten, sah sie die Reflexe des schwachen Mondlichts auf der Wasseroberfläche des Whirlpools.

Perfekt.

Während sie einen Schritt näher trat, öffnete sie den Bademantel und ließ ihn sich von den Schultern gleiten. Er landete zu ihren Füßen auf dem Holzboden, und Alyssa bekam durch die kühle Nachtluft eine leichte Gänsehaut am ganzen Körper.

Sie ging noch einen Schritt weiter, dann erstarrte sie. Der Klang der Stimme, die sie hörte, war warm, vertraut und zärtlich.

„Alyssa“, sagte Chris. „Du bist noch schöner, als ich es mir vorgestellt habe.“

9. Kapitel

Chris musste träumen. Eine andere Erklärung konnte es einfach nicht geben.

Er hatte sich in den Whirlpool gesetzt, um seine Sorgen zu vergessen und davon zu träumen, dass Alyssa Russell aufgab und zu ihm zurückkehrte. Er hatte sich ausgemalt, was er dann zu ihr sagen würde und wo er sie überall berühren würde.

Er begehrte sie.

Und jetzt war sie hier.

Es musste eine Illusion sein.

Doch vor ihm stand Alyssa, perfekt und wunderschön.

Ihre Haut schimmerte im Licht des Mondes, der gerade wieder hinter der Wolke hervorkam, als wolle auch er sich von ihrer Schönheit überzeugen.

Chris konnte nicht glauben, dass er so etwas Kitschiges auch nur dachte. Aber das musste wohl so kommen, wenn man zu lange im heißen Wasser von einer Frau träumte und diese Frau dann plötzlich nackt vor einem stand.

Ihm fiel keine einzige der Bemerkungen ein, die er sich so sorgfältig zurechtgelegt hatte.

Sie wirkte ein bisschen durcheinander, aber das war wohl natürlich, wenn man sich auf einmal splitternackt vor seinem guten Kumpel wiederfand.

„Komm ins Wasser." Es war das Einzige, was ihm in den Sinn kam.

Eine Hand hielt sie vor ihren Schoß, den anderen Arm hatte

sie vor ihre Brüste gelegt. „Was?“ Ihre Stimme klang hoch und piepsend.

„Du bist doch hier herausgekommen, weil du dich im Pool entspannen wolltest. Also komm rein. Sobald du im Wasser bist, sehe ich nichts mehr.“

„Du siehst aber jetzt etwas.“

Er verzichtete darauf, ihr zu sagen, wie umwerfend er das fand, was er sah. „Ich mache die Augen zu. Los doch, Alyssa. Komm zu mir.“

Er schloss die Augen und hielt den Atem an, während sie versuchte, zu einer Entscheidung zu kommen. Dann hörte er Schritte auf dem Holzboden und die Bewegungen des Wassers, als sie in den Pool stieg und in das blubbernde Wasser sank.

„Ich bin drin.“ Ihre Stimme klang kaum lauter als ein Flüstern.

„Ich weiß.“ Er machte die Augen wieder auf.

Da war sie, eng ans andere Ende des Pools gepresst und so tief, dass das Wasser bis an ihre Schultern reichte.

„Ich … ich dachte, du würdest schon schlafen.“

Er schüttelte den Kopf. „Nein, ich habe gewartet. Und nachgedacht.“

„Oh.“ Sie ließ die Hand durchs Wasser gleiten, als wolle sie die Blasen auffangen. „Und worüber hast du nachgedacht?“

Chris holte tief Luft. Jetzt oder nie, dachte er. Entweder steige ich sofort aus dem Pool, gehe ins Zimmer und halte den Rest der Woche Abstand zu ihr, oder ich stelle einige Dinge klar.

Die Entscheidung fiel ihm nicht schwer, zumal er Alyssa mehr begehrte als alles auf der Welt.

„Chris?“

„Ich habe über dich nachgedacht.“ Er sagte es, bevor er es sich anders überlegen konnte.

„Oh."

„Hast du deinen Termin bekommen?"

„Ja, gleich morgen nach dem Ausreiten. Er … er hatte mich auch gleich zu sich in sein Zimmer eingeladen. Im Moment steigt dort eine kleine Party."

„Aber du bist nicht hingegangen." Nach außen blieb er ganz ruhig, doch innerlich platzte er fast vor Stolz.

„Nein. Ich bin lieber hierher zurückgekommen. Na ja." Sie zögerte einen Moment und lachte dann. „Vorher habe ich an der Bar noch ein paar Drinks zu mir genommen." Sie atmete tief durch, dann sah sie Chris eindringlich in die Augen. „Jetzt bin ich froh darüber."

Chris stieß sich vom Rand des Pools ab und glitt in die Mitte des Whirlpools.

„Was tust du, Chris?"

„Willst du wirklich, dass ich es ausspreche?" Langsam legte er ihr die Hand aufs Knie.

Alyssa zuckte zusammen, doch sie rückte nicht weg. Reglos saß sie vor Chris. Ihr Atem ging schnell, und sie biss sich auf die Unterlippe. „Bitte. Tu das nicht."

„Was soll ich nicht tun?"

Sie deutete zwischen sich und ihn. „Das." Ihre Stimme klang leicht heiser. „Ich finde, wir sollten nicht …"

„Ich finde, doch." Er legte die andere Hand auf ihr anderes Knie und hätte fast gelacht, weil sie die Knie so entschlossen zusammenpresste.

„Wieso bist du froh, dass du die Drinks getrunken hast?"

„Bitte, Chris."

„Ich habe auch drei Glas Scotch getrunken, und ich bin jetzt auch froh darüber."

„Oh." Sie atmete tief aus. „Und wieso?"

„Ich habe mir Mut angetrunken." Behutsam, aber nachdrücklich drückte er ihre Knie auseinander. Erst spürte er nur Widerstand, doch dann entspannte sie sich, spreizte die Beine ein wenig und atmete tief durch.

Langsam schob Chris sich zwischen ihre Schenkel, sodass ihre Knie seitlich an seinen Brustkorb drückten. Er war erregt, doch im Moment war es nicht sein Ziel, in sie einzudringen. Er sehnte sich zwar danach, und irgendwann wollte er in ihr sein, wenn sie erzitterte und kam, doch im Moment wollte er sie nur küssen und fühlen, dass sie zuließ, was sie schon so lange zurückhielt.

„Ich mir auch", antwortete sie flüsternd.

„Und? Hat es geklappt?" Er kam noch etwas näher.

„Ich weiß noch nicht genau."

„Dann lass es uns herausfinden."

Bevor er ins Zweifeln kam, beugte er sich vor und strich mit den Lippen sachte über ihre. Einen Moment wartete er, um zu sehen, ob sie sich zurückzog. Eigentlich war er fast sicher, dass sie es abbrechen und ihn allein im Pool zurücklassen würde, wo er sich mit einem vierten Scotch würde trösten müssen.

Vielleicht lag es tatsächlich an der Weihnachtszeit, dass Wunder möglich waren. Sie zog sich nicht zurück. Im Gegenteil. Ganz leise seufzte sie auf, doch es klang so sehnsüchtig, dass Chris noch härter wurde.

„Alyssa?"

„Nur eine Affäre", sagte sie leise und verlangend.

„Wie du magst." In diesem Moment hätte er sich mit allem einverstanden erklärt.

„Manche Freunde tun das, stimmt's?"

Während sie sprach, küsste er ihren Hals und genoss es, wie sie zwischen den Worten leise stöhnen musste.

„Also, ich meine, sie haben Affären, aber sie sind trotzdem Freunde."

„Die besten." Er strich an der Innenseite ihrer Schenkel entlang. Sie erzitterte, und Chris empfand dabei ein seltsames Machtgefühl. Er fühlte sich unglaublich lebendig.

Ich bin Max Dalton, dachte er. Ich bin ein Mann, der weiß, was er will und wie er es bekommt.

„Chris? Ich … Oh, das fühlt sich wundervoll an. Aber … aber wir sollten uns einig sein über das, was …

„Alyssa?"

„Ja?"

Er hob den Kopf und blickte ihr in die Augen. „Schalte die Anwältin in dir aus und küss mich."

Einen Herzschlag lang verharrte sie reglos, dann zog sie ihn an sich und presste den Mund auf seine Lippen. Alles, was er sich ersehnt hatte, bekam er in diesem einen langen Kuss.

Schließlich hob sie den Kopf und schnappte nach Luft.

Chris dankte seinem Schicksal, beugte sich leicht vor und küsste Alyssa seinerseits unendlich zärtlich. Behutsam schob er die Zunge zwischen ihre Lippen. Sie öffnete den Mund, und er drang tiefer ein, um Alyssa zu erkunden und zu schmecken.

Auf ihren Lippen lag noch ein Hauch der Drinks, die sie an der Bar getrunken hatte. Chris schmeckte Rum und dann nur noch Alyssas ganz eigenen Geschmack.

Er musste sich unglaublich beherrschen, um sich zurückzuhalten, doch er wollte nichts überstürzen. Bei Alyssa wollte er jeden Moment und jede Zärtlichkeit auskosten und genießen, um sich für alle Zeiten an ihren Geschmack, ihren Duft und jede Empfindung zu erinnern.

Sie wollte eine Affäre, und damit war Chris fürs Erste einverstanden. Er würde dafür sorgen, dass es die beste Affäre wurde, die Alyssa je erlebt hatte.

Er strich ihr mit den Fingern durchs Haar und umfasste ihren Kopf, fast so, als müsse er sich selbst beweisen, wie real die Situation war. Obwohl er Alyssas Zunge an seiner spürte, konnte er immer noch nicht glauben, dass er das alles wirklich erlebte.

Doch sie war hier, in seinen Armen. Ihr Mund bewegte sich an seinem, und als Chris einen Schritt nach hinten trat, zurück in die Mitte des Pools, kam Alyssa ihm nach.

„Dreh dich um“, flüsterte er. Ohne auf ihre Antwort zu warten, drehte er sie um und presste sie mit dem Rücken an sich, sodass seine Männlichkeit an ihren Po drückte. Er legte die Lippen an ihren Hals und hielt sie mit einem Arm um die Taille fest, während er mit der anderen Hand über ihre seidige nasse Haut strich. Mit Daumen und Zeigefinger reizte er ihre Brustspitze, bis Alyssas Atem keuchend klang und sie die Hüften vor Verlangen nicht mehr stillhalten konnte.

Sachte biss er ihr in die Schulter und flüsterte ihr zu, sie solle für ihn kommen. Wenn sie sich nach Erfüllung sehnte, dann sollte sie sie haben.

Mit einer Hand glitt er tiefer. Das blubbernde warme Wasser verstärkte jede Empfindung. Sachte streichelte er Alyssa zwischen den Schenkeln, drückte die Hand an ihren Schoß und krümmte dann den Zeigefinger.

Alyssa stöhnte in seinen Armen auf und spreizte unwillkürlich die Beine, damit Chris sie noch tiefer berühren konnte.

„Alyssa“, stieß er tonlos hervor, und als sie „Bitte“ flüsterte, war er endgültig überzeugt, den Verstand verloren zu haben.

Nur zu gern folgte er ihrem Wunsch und streichelte sie immer intensiver. Zu spüren, wie sehr sie ihn begehrte, steigerte auch seine Erregung. Er drang mit dem Finger in sie ein und schloss die Augen. Alyssa spannte sich um seinen Finger an.

Als er den Finger langsam zurückzog und dann erneut in sie eindrang, steigerte er auch seine eigene Lust. Sanft strich er an ihrer erregten Knospe entlang. Sie beide fanden schließlich einen Rhythmus, in dem sie sich gemeinsam bewegten. Der sanfte Druck ihres Pos an seinem Schritt genügte beinahe, um ihn selbst zum Höhepunkt zu bringen.

„Komm“, flüsterte er ihr ins Ohr. Mit der Zungenspitze reizte er sie an der Ohrmuschel, ohne dabei das erregende Spiel seiner Finger zu unterbrechen. „Komm für mich.“

Ein Zittern durchlief sie, und sie unterdrückte einen Lustschrei. Ihre Knie gaben nach, und kraftlos sank sie ins Wasser.

Chris hielt sie eng umschlungen und trug sie zum anderen Ende des warmen Pools, wo sie sich setzen konnten.

„Chris.“ Sie klammerte sich an ihn. „Wow.“

„Ja. Wow.“ Er versuchte gar nicht erst, das Lächeln zu unterdrücken. „Das hätten wir wirklich schon vor langer Zeit tun sollen.“

Chris’ Worte hallten in Alyssas Kopf wider. Sie konnte nicht leugnen, dass er recht hatte, doch gleichzeitig fürchtete sie, dass sie sich durch ihre Lust zu einem Fehler hatten verleiten lassen.

Aber was konnte falsch daran sein, wenn Chris nackt und wundervoll neben ihr war und sie ansah, als sei sie die einzige Frau auf der Welt?

„Lass bitte nicht zu, dass ich es bereue“, flüsterte sie.

„Niemals.“ Zärtlich küsste er sie und strich mit einer Hand über ihre Brust.

Ihre aufgerichtete Brustknospe bewies ihm, wie sehr Alyssa sich nach seiner Berührung sehnte. Während er sie immer weiter reizte, konnte sie ein Stöhnen nicht unterdrücken.

Unwillkürlich drückte sie den Rücken durch, damit er sie noch intensiver berühren konnte.

Ihre Brüste lagen jetzt zur Hälfte über der Wasseroberfläche. Alyssa sah Chris in die Augen und erkannte die unverhohlene Lust in seinem Blick, bevor er die Lippen zu einer Brust herabsenkte und die Spitze umschloss. Verlangend saugte er daran und reizte die Knospe so hingebungsvoll, wie er gleichzeitig Alyssas andere Brust streichelte.

Schließlich schien ihr ganzer Körper von Lust erfüllt zu sein. Sie wand sich und wollte, dass Chris sie überall berührte, doch das tat er nicht, noch nicht, und sie wollte ihn nicht darum bitten. Sie wusste, dass er ihrem Wunsch folgen würde, doch gleichzeitig hoffte sie auch, diese süße Qual würde niemals enden. Bis in alle Ewigkeit wollte sie Chris ihren Körper erkunden lassen.

Ja, dachte sie, so soll es für immer sein.

Immer verlangender saugte er an der rosigen Spitze. Ein lustvoller Stromstoß schien ihre Brustspitze, an der sie seine Zunge spürte, mit der kleinen Knospe zwischen ihren Beinen zu verbinden. Alyssa stöhnte immer lauter und bewegte unruhig die Finger. In Gedanken flehte sie ihn an, sie dort unten zu berühren, und fast fürchtete sie, die Geduld zu verlieren und seine Hand zu führen, obwohl sie doch abwarten wollte, bis er von sich aus seine Liebkosungen steigerte.

Ohne den Mund von ihrer Brust zu lösen, ließ er endlich eine Hand an ihren Rücken gleiten, ehe er sie an Alyssas Körper weiter nach unten führte.

Über ihre zarte Haut strich er bis zum Nabel und noch tiefer, bis seine Hand schließlich verlangend zwischen ihre Schenkel glitt. Er berührte die Knospe und reizte sie erst spielerisch, dann immer druckvoller, bis Alyssa erzitterte und fast kam, doch Chris verharrte im entscheidenden Moment.

„Gefällt es dir?“

„Ja“, antwortete sie tonlos.

„Mir auch.“

Als er kurz darauf die Hand zurückzog, seufzte sie sehnsüchtig auf, doch er ließ sich nicht umstimmen. „Schsch.“ Er drehte sie herum, sodass ihr Po wieder an seine Härte gepresst wurde, und umschloss mit beiden Händen ihre Brüste.

„Was … was hast du …“ Sie beendete die Frage nicht, denn es war zu offensichtlich, was er vorhatte, und es fühlte sich unglaublich an.

Er hatte sich und Alyssa so positioniert, dass der Strahl des Whirlpools direkt zwischen ihre gespreizten Schenkel gerichtet war.

Während der Wasserstrahl sie unerbittlich reizte, liebkoste Chris unablässig ihre Brüste und umspielte mit der Zunge ihre Ohrmuschel.

All ihre Sinne waren aufs Äußerste gereizt. Die Lust, die sie empfand, war so intensiv, dass es fast schmerzte, und sie wand sich stöhnend hin und her.

Er hielt sie reglos fest, sodass sie sich ihm hilflos ausgeliefert fühlte.

Sie rang nach Luft und spürte den Höhepunkt, der sich in ihr aufbaute, sie immer mehr erfüllte. Und dann war es, als würde sie in eine endlose Tiefe stürzen. Sie erbebte am ganzen Körper, während Chris sie weiter hielt und der Wasserstrahl dafür sorgte, dass dieses unglaubliche Gefühl in ihr nicht abebbte, bis sie absolut überzeugt war, vor Erfüllung und Lust zu schmelzen.

„Lass mich nicht los“, brachte sie leise heraus. „Sonst gehe ich unter, und du musst mich morgen aus dem Pool fischen.“

„Ich werde dich nicht loslassen.“ Der beruhigende Klang seiner Stimme ließ sie erneut erzittern. „Kannst du gehen?“

„Vielleicht im nächsten Jahrhundert wieder.“

„Dann leg die Arme um meinen Nacken.“

Er hob sie hoch und stieg aus dem Pool.

Die Kälte an ihrer überhitzten Haut ließ sie nach Luft schnappen. Es fühlte sich wie tausend winzige Nadelstiche an.

Obwohl er genauso frieren musste wie sie, beklagte er sich nicht. Stattdessen ergriff er zwei der flauschigen Badetücher, die neben dem Pool lagen, und trocknete Alyssa sorgfältig ab.

Dann trug er sie zurück in die Suite und legte sie behutsam ins Bett, wo er sie zudeckte, um sie zu wärmen.

Alyssa kuschelte sich in die Decken und betrachtete Chris. Zum ersten Mal fiel ihr auf, wie muskulös er war. Sie hatte ihn zwar schon einmal unter der Dusche gesehen, doch aus der Nähe sah er noch viel umwerfender aus.

Sie wusste, dass er regelmäßig Rad fuhr, und er hatte mal erwähnt, dass er schwamm, doch Alyssa hatte nie geahnt, was für einen kraftvollen Körper er besaß.

Er legte neue Holzscheite aufs Feuer. Als er sich lächelnd zu ihr umwandte, fand sie ihn nur noch schöner.

„Hey.“ Er schob sich zu ihr unter die Decke. „Was dagegen, wenn ich dir Gesellschaft leiste?“

„Es würde mich kränken, wenn du es nicht tust.“ Sie stützte sich seitlich auf den Ellbogen. „Soll ich mal versuchen, ob ich dich aufwärmen kann?“

„Ich könnte mir nichts Schöneres vorstellen.“

„Gut.“ Sie schob sich rittlings über ihn, sodass die Decke über ihnen beiden lag. Das Gewicht der Decke drückte sie nach unten, sodass ihre Brüste an Chris Brust gepresst wurden. Zwischen den gespreizten Schenkeln spürte sie seine Härte.

„Wenn du so weitermachst, bringst du mich noch völlig um den Verstand.“

„Was meinst du?“ In gespielter Unschuld schob sie sich etwas tiefer, sodass sein Glied sie noch intimer berührte. „Das hier?“

„Du kleine Hexe.“ Er lachte auf. „Das habe ich immer schon vermutet, dass du diesen Tweety-Pyjama nur zur Tarnung trägst.“

Sachte saugte sie an seiner Brust. „Ja, und ich bin stolz darauf.“

Sie strich ihm über die Wange und zog spielerisch an seinem Ohrläppchen. „Aber ich kann nicht zulassen, dass du mich für eine Frau hältst, die unschuldige Männer quält.“

Langsam ließ sie die Hand tiefer an ihm hinabgleiten, bis sie seine Männlichkeit umfasste. Es fühlte sich samtig, heiß und zugleich stahlhart an. Unwillkürlich stellte sie sich vor, ihn tief in sich zu spüren und ganz von ihm erfüllt zu sein.

„Vorsicht.“ Seine Stimme klang rau. „Wenn du das zu lange machst, ist das Spiel vorüber, ehe es richtig begonnen hat.“

„Tatsächlich?“ Es gefiel ihr zu wissen, dass sie Macht über ihn besaß.

Sie glitt tiefer und schob dabei die Decke herunter. Sie wollte Chris überall erkunden und ihn bis an den Rand der Selbstbeherrschung treiben. Langsam strich sie mit den Fingerspitzen an seinen Beinen empor und schloss die Augen, während sie seinem lustvollen Stöhnen lauschte. Dass sie all das in ihm auslöste, erregte auch sie, doch sie war noch nicht bereit, ihm zu geben, wonach er sich sehnte.

Mit den Lippen folgte sie dem Pfad, den ihre Finger vorgezeichnet hatten. Sachte ließ sie die Zungenspitze an der Innenseite seiner Schenkel hinaufgleiten, umfasste seine Härte und sah, wie Chris unruhig zuckte, weil er mit jeder Faser seines Körpers die Erfüllung herbeisehnte. Bald, dachte sie, ganz bald schon.

Dann senkte sie den Kopf und strich mit der Zungenspitze an seinem Glied hinab, umschloss ihn mit den Lippen und unterdrückte ein Lachen, als er ihren Namen ausstieß und sie anflehte aufzuhören, weil er sich nicht viel länger würde beherrschen können.

Auch Alyssa wollte nicht mehr länger warten. „Hast du Kondome dabei?"

Zum Glück machte er eine Kopfbewegung Richtung Bad, und sie stand schnell auf, um eins zu holen. Als sie bereits wieder zurück war, lief sie noch einmal los und holte zwei weitere, nur um ganz sicherzugehen.

Sie warf die kleinen Päckchen aufs Bett und riss eines mit den Zähnen auf. Ihre Hände zitterten vor Vorfreude, und sie konnte das Kondom kaum überrollen, was ihr ziemlich peinlich war, doch Chris lachte nur und übernahm diesen Part selbst.

Auch Alyssa unterdrückte ein Lachen und gab ihm einen Kuss auf den Mund.

„Alyssa." Jetzt wirkte sein Tonfall in keiner Weise mehr belustigt. „Jetzt."

Beim Klang seiner Stimme wurde ihr heiß, und als er ihre Hüften umfasste, kam es ihr wie ein Stromschlag vor, der sie durchfuhr. Sie richtete sich auf die Knie auf und senkte sich dann langsam auf ihn herab.

Sie war so erregt und feucht, dass er mühelos in sie hineinglitt. Und sie war so eng, dass er sich stöhnend aufbäumte.

Die Hüften bewegend, lehnte Alyssa sich zurück und stützte sich auf die Ellbogen, während Chris ihre erregte Knospe streichelte.

Immer wieder hob sie die Hüften an und senkte sich auf ihn hinab, während er unablässig mit den Fingerspitzen ihre intimste Stelle reizte. Alyssa schloss die Augen und vergaß alle Gedanken. Es gab nur noch Empfindungen für sie, und sie sah Farben hinter den Augenlidern. Der Duft von Sex umgab sie, und die Welt schien um sie herum zu explodieren.

Ihr Höhepunkt kam, nur wenige Augenblicke bevor auch Chris laut und ungehemmt aufstöhnte, als seine Lust sich auf dem Gipfel entlud.

Sie ließ sich auf ihn sinken und schmiegte sich eng an ihn. Lächelnd legte sie den Kopf an seine Brust, während er die Arme beschützend um sie legte.

„Wow“, sagte er leise.

„Auf jeden Fall“, stimmte sie zu.

„Und? Willst du noch mal?“

Lachend drehte sie sich auf die Seite und sah ihm ins Gesicht. „Verdammt, ja. Du auch?“

„Unbedingt.“ Er tastete nach der Fernbedienung. „Ich brauch nur eine kurze Pause.“

„Glaub bloß nicht, dass ich es zulasse, dass wir jetzt Sport gucken.“

„Fernsehen nach dem Sex ist eine jahrzehntealte Tradition“, beharrte er. „So wie die Zigarette danach.“

„Wir rauchen nicht.“ Sie beugte sich über ihn. „Also her mit der Fernbedienung.“

„Versuch doch, sie zu bekommen.“ Er rutschte zur Seite.

„Jetzt bleib hier!“

„Siehst du? So fängt es an.“ Chris nickte bedeutungsschwer. „Erst kommt der Sex und dann der Kampf um die Fernbedienung. Wir sind auf dem besten Weg, ein richtig typisches Pärchen zu werden. Dabei kämpfen wir schon seit Jahren um die Fernbedienung, in dieser Hinsicht sind wir also im Vorteil.“

Ein Pärchen.

Alyssa musste lächeln. „Wir hatten uns auf eine Affäre geeinigt. Im Whirlpool hast du mir eine Affäre versprochen. Dass wir ein Pärchen werden, davon war nie die Rede.“

„Stimmt.“ Er wusste nicht genau, ob er darauf belustigt oder bedrückt reagieren sollte.

„Es gibt Regeln, Chris.“

„Sollen wir einen Vertrag aufsetzen, Frau Anwältin?“

Seufzend stieß sie ihn gegen die Schulter. „Wir müssen uns nur einig sein. Wir sind Freunde, die miteinander schlafen. Das ist noch keine feste Beziehung.“

„Ich weiß, hab ja verstanden.“ Er lehnte sich zurück. „Du willst also lieber mit jemandem eine Beziehung anfangen, mit dem du dich ansonsten nicht gut verstehst?“

„Nein, ich …“

„Mit jemandem wie Russell?“

Er sah sie so ernsthaft an, dass sie unwillkürlich rot wurde. „Chris, ich meinte damit nicht, dass …“

„Schon gut, ich habe dich neulich gehört, als du mit Claire gesprochen hast. Ich hätte dir das längst sagen sollen. Normalerweise ist es nicht meine Art, die Gespräche anderer zu belauschen.“

„Oh.“ Von Sekunde zu Sekunde schämte sie sich mehr. Von Anfang an hatte er gewusst, dass sie vorgehabt hatte, Russell zu verführen. Das kam ihr jetzt sehr albern vor, zumal jeder

Funke, den sie einmal bei Russell empfunden hatte, erloschen schien. „Ich bin nicht an ihm interessiert“, stellte sie klar. „Zwischen Russell und mir läuft nichts, und daran wird sich auch nichts ändern.“

„Wirklich?“ Interessiert sah er ihr in die Augen. „Gut zu wissen. Aber das beantwortet immer noch nicht die Frage, wieso Freunde kein Paar werden können.“

„Du hast doch mitbekommen, was mit mir und Bob passiert ist.“

„Das habe ich. Aber falls dir das noch nicht aufgefallen ist: Ich bin nicht Bob.“

Entnervt strich sie sich durchs Haar. „Das hier ist keine Verhandlung. Es sind meine Bedingungen, und entweder akzeptierst du sie, oder du lässt es.“

Er nickte und streckte ihr die Hand entgegen. „Also gut, abgemacht.“

Sie schlug ein, und sobald ihre Hände sich berührten, zog Chris Alyssa an sich und küsste sie so intensiv, dass ihr bis ins Innerste heiß wurde. „Und was das Fernsehprogramm angeht …“

„Ja, bitte?“ Fragend sah sie ihn an.

„Im Grunde will ich jetzt gar nicht mehr fernsehen.“

10. Kapitel

Als er aufwachte, sah Chris als Erstes Alyssa, die sich über ihn beugte.

Sie sah so frisch und perfekt aus, dass er sicher war, sie müsse schon seit Stunden wach sein. Selbst im Bademantel des Starr Resorts sah sie sexy aus, zumal der Ausschnitt leicht klaffte und den Ansatz ihrer perfekt gerundeten Brüste zeigte.

„Hey, Schlafmütze. Möchtest du Orangensaft oder Kaffee?"

„Wie bitte?" Er war noch kaum zu einem klaren Gedanken fähig. „Kaffee. Unbedingt Kaffee."

„Setz dich auf", befahl sie und strich die Decke über seinem Schoß glatt, als er gehorchte.

Dann ging sie in den Küchenbereich und kehrte kurz darauf mit einem Tablett mit Toast, Erdbeeren, gebratenem Speck und einem großen Glas Orangensaft neben einem großen Becher heißem Kaffee zurück.

„Frühstück." Sie stellte ihm das Tablett auf den Schoß und setzte sich vorsichtig neben ihn. „Stundenlang habe ich mich abgeplagt, um dir dieses fabelhafte Frühstück zu präsentieren."

„Wirklich?"

„Was für eine Qual! Ehrlich, ich hätte mir beim Telefonat mit dem Zimmer-Service fast einen Fingernagel abgebrochen."

„Das sind die Opfer, die wir aus Liebe bringen." Sobald er es ausgesprochen hatte, bereute er seine Worte und hielt den

Atem an, weil er fürchtete, sie werde zurückschrecken. Doch das tat sie nicht. Stattdessen beugte sie sich vor und küsste ihn sanft auf die Lippen.

„Für die Freunde, die wir lieben." Sie schnappte sich einen Streifen Speck, stand vom Bett auf und ging zu seinem Laptop. „Iss jetzt", sagte sie. „Und dann bewegst du deinen Hintern hierher zum Schreibtisch und fängst an zu tippen. Schließlich bist du zum Arbeiten hier, und ich habe den Eindruck, dass ich dich mehr ablenke, als dir guttut."

Er lächelte. „Würdest du mir glauben, wenn ich dir sage, dass mir das egal ist?"

„Mir ist es aber nicht egal. Du musst dein Manuskript fertig bekommen und obendrein noch den Artikel über dieses Resort schreiben. Ich will nicht schuld sein, wenn du im Januar deine Miete nicht zahlen kannst."

Sein Lächeln erstarb. „Ich stehe nicht kurz vor dem Rauswurf, der Strom wird mir auch nicht abgestellt, und ich habe keine Gläubiger, die an meine Tür hämmern."

Für einen Moment presste sie die Lippen zusammen, dann nickte sie. „Du hast recht. Im Grunde geht es mich nichts an."

Fast hätte er die Augen verdreht. Eigentlich wollte er, dass sein Leben sie durchaus etwas anging. Chris wollte, dass sie beide ein gemeinsames Leben hatten, um das sie sich zusammen kümmerten.

Was ihn wurmte, war, dass sie tatsächlich recht hatte. Zwar war die Miete bis einschließlich Mai bezahlt, und der Auftrag, den er für Februar angenommen hatte, würde ihn über die folgenden Monate bringen. Aber er musste sein Buch tatsächlich beenden, wenn er sich nicht Lils Zorn zuziehen und die einzigartige Chance vertun wollte, seine Romane eines Tages zu verkaufen.

„In Ordnung", stimmte er zu. „Dann arbeite ich eben. Und was tust du bis zu unserem Ausritt mit Russell?"

„Ich werde recherchieren. Für meinen Termin mit Russell nach dem Ausritt brauche ich einen Eindruck davon, wie sein Unternehmen aufgebaut ist." Sie sah auf ihre Uhr. „Für neun Uhr bin ich mit dem Rezeptionisten verabredet."

Chris sah auf die Uhr auf dem Nachttisch. „Bis dahin hast du ja noch ein bisschen Zeit."

Skeptisch blickte sie ihn an. „Wieso sagst du das?"

Er aß noch einen letzten Bissen und schob das Tablett dann beiseite. „Aus keinem bestimmten Grund. Ich hatte lediglich gehofft, du könntest mir ein bisschen helfen."

Alyssa stemmte die Hände in die Hüften. „Wobei soll ich dir helfen? Habe ich dir nicht gerade gesagt, dass du endlich mit dem Schreiben anfangen sollst?"

„Genau dabei brauche ich ja Hilfe. Ich wollte ein bisschen über Max Dalton recherchieren."

„Was für eine Art von Recherche?"

„Komm her", sagte er lächelnd. „Dann zeig ich's dir."

„Chris, ich …"

In gespielter Resignation hob er die Hände. „Ist es denn meine Schuld, dass Natalia und Dalton kurz vor einem Stelldichein in einer entlegenen Berghütte stehen? Du willst doch sicher auch, dass ich die Details richtig beschreibe, oder?"

Reglos stand sie da, hin- und hergerissen zwischen Verantwortungsgefühl und Sehnsucht.

„Alyssa, ich brauche wirklich Unterstützung."

Schließlich musste sie lächeln, kam zu ihm und schob ein Knie aufs Bett. „Es soll nicht heißen, dass ich die schönen Künste nicht unterstütze."

„Ganz deiner Meinung."

„Und wie kann ich dir genau helfen?"

Er lehnte sich vor und öffnete den Gürtel ihres Bademantels. „Das zeige ich dir." Mit einer Hand fuhr er unter den Bademantel und umfasste ihre Taille.

Hingebungsvoll schloss sie die Augen, als die Uhr auf dem Kaminsims gerade acht Uhr schlug. „In einer Stunde muss ich unten am Empfang sein." Doch sie zog sich nicht zurück.

„Musst du das?" Er streifte ihr den Bademantel ab und berührte ihre zarte Haut. „Dann müssen wir anscheinend etwas schneller recherchieren."

Alyssa zog sich den Daunenparka aus und knotete ihn sich um die Hüften, wobei sie sehr darauf achtete, nicht das Gleichgewicht zu verlieren und von Old Earl zu fallen.

Das Pferd war so sanftmütig, wie der Vorarbeiter der Ranch es versprochen hatte, und Alyssa tätschelte dem Tier dankbar den Hals.

Chris ritt vor ihr neben Ed, dem Cowboy, der sie anführte.

Verwundert stellte Alyssa fest, wie offensichtlich wohl sich Chris auf seinem Pferd fühlte. Diese Seite kannte sie gar nicht an ihm, und sie fragte sich, ob es noch andere Dinge gab, die sie noch nicht entdeckt hatte.

Sofort sah sie ihn in Gedanken nackt vor sich und musste sich eingestehen, dass sie in letzter Zeit tatsächlich viele neue Seiten an ihm kennengelernt hatte.

Seltsamerweise war sie froh darüber, dass Russell nicht zusammen mit ihnen ausgeritten war. Er hatte am Empfang eine Nachricht für sie hinterlassen, in der er fragte, ob er ihr Treffen um zwei Stunden verschieben könne. Zunächst war sie etwas verstimmt gewesen, aber jetzt hätte sie die gemeinsame Zeit mit Chris gegen nichts in der Welt eintauschen wollen.

„Hier halten wir mit den Gästegruppen immer zu einem Cowboy-Frühstück an“, erklärte Ed, als Alyssa mit ihrem Pferd zu den Männern aufschloss.

Der Cowboy übernahm die Zügel, und sie stieg ab.

Alyssa sah zu Chris, der sie eingehend musterte. Als ihre Blicke sich trafen, lächelte er, bevor er sich wieder den Bergen zuwandte.

Er drückte ihre Hand und deutete auf die schneebedeckte Bergkette, die in der Sonne wie Juwelenglanz funkelte. „Ich war schon überall auf der Welt, und manchmal vergisst man, wie viel Schönheit quasi direkt vor der Haustür liegt.“ Sanft strich er Alyssa über die Wange. „Manchmal gleich im Apartment nebenan.“

Sie trat näher und lehnte den Kopf an seine Schulter. Als er einen Arm um ihre Taille legte, seufzte sie leise. „Ich bin froh, dass ich mitgekommen bin.“

„Ich auch.“ Er strich ihr mit einer Fingerspitze über die Nase. „Im Moment wäre ich sehr gern allein mit dir.“

Sie lachte. „Leider haben wir eine Anstandsdame bei uns.“

Vielsagend lächelte Chris auf sie hinab. Dann gab er ihr einen Kuss auf die Stirn, ehe er zu Ed hinüberschlenderte.

Alyssa sah, wie die beiden Männer sich unterhielten. Schließlich klopfte Ed Chris freundschaftlich auf den Rücken, stieg auf sein Pferd und ritt den Pfad zurück, den sie gekommen waren.

„Wie hast du das angestellt?“, fragte Alyssa verblüfft, als Chris zu ihr zurückkam.

„Ich habe ihm erklärt, dass drei einer zu viel sind.“

„Und dann ist er einfach verschwunden? Was ist mit den Pferden?“

Chris blickte zu den Tieren, die ruhig nebeneinanderstanden. „Ich habe Ed erklärt, dass ich reiten konnte, ehe ich laufen lernte, und dass ich uns und die Pferde sicher zum Resort zurückbringen werde."

„Und das hat er dir geglaubt?" Sie ging zu einem flachen großen Stein, der perfekt geeignet war, um von dort aus die Aussicht zu genießen.

„Wieso sollte er nicht? Es ist die Wahrheit."

„Wirklich?" Sie wusste, dass er in einer Kleinstadt in Texas aufgewachsen war, aber sie hatte nie darüber nachgedacht, ob es dort Pferde gegeben hatte.

„Es kann manchmal sehr nützlich sein. In Afghanistan bin ich auf Packeseln geritten und in Ägypten auf Kamelen."

„Warum warst du in Afghanistan?" Sie legte sich rücklings auf den flachen Stein und blickte in den blauen Himmel. Als Chris sich zu ihr legte, schmiegte sie den Kopf in seine Armbeuge. „Ich dachte, du schreibst über Urlaubsziele."

„Jetzt. Aber als ich gerade mit meinem Journalistikstudium fertig war, habe ich viel aus dem Ausland berichtet. Aus dem Grund wollte ich auch freiberuflich arbeiten. Ich wollte die Kontrolle behalten, wohin und wann ich verreise."

Sie drehte sich auf die Seite und sah ihn an. „Und wie viel Kontrolle hast du jetzt noch darüber?"

Er zuckte mit den Schultern. „Viel. Im Grunde reise ich nur, wenn ich es will, und die Ziele suche ich mir auch meist selbst aus."

„Wieso verreist du dann nicht regelmäßig, anstatt monatelang zu warten und dann gleich eine Reise nach der anderen zu machen?"

Chris lachte. „Versuchst du mich loszuwerden?"

„Wohl kaum, aber … also …"

„Es geht ums Geld." Seine Stimme klang enttäuscht.

„Tut mir leid.“ Sie setzte sich auf. „Aber könntest du nicht mehr verdienen, wenn du regelmäßig Aufträge annimmst?“

„Es geht um deinen Dad, stimmt’s?“ Er wusste von ihrer Kindheit, schließlich war er ihr bester Freund. „Aber ich bin nicht dein Dad.“

„Ich weiß.“ Einen Moment schwieg sie. „Aber wenn ich dich ansehe, mache ich mir Sorgen.“

Chris legte einen Finger an ihre Lippen. „Ich liebe das an dir, dass du dir Sorgen um mich machst. Es zeigt mir, wie viel ich dir bedeute.“

„Sehr, sehr viel.“ Es klang heiser, und sie begriff selbst nicht, wieso sie auf einmal mit den Tränen kämpfte.

Sachte küsste er sie auf den Mundwinkel. „Ich fand es sehr schön, neben dir aufzuwachen.“

„Ich auch“, gab sie zu. „Aber ich hab auch Angst, dass das alles ein riesiger Fehler war.“

„Auf keinen Fall.“

„Ich meine es ernst, Chris.“ Sie strich über das Freundschaftsarmband, das er ihr geschenkt hatte. „Wir haben alles verändert.“

„Und ist das schlimm?“

„Ich habe sogar heimlich geduscht und mich für dich geschminkt, als du noch geschlafen hast.“

„Sollten wir in unseren Vertrag einen Paragrafen übers Make-up aufnehmen?“

Sie legte den Kopf in den Nacken und stöhnte frustriert auf, doch Chris erstickte den Laut mit einem Kuss.

Als er mit der Zunge in ihren Mund drang, reagierte ihr Körper sofort. Sehnsüchtig umarmte sie ihn und ärgerte sich, dass sie nicht auf der Stelle Sex mit ihm haben konnte, weil sie viel zu viel Kleidung am Leib trugen und auf einem Felsen mitten auf einem Viehtriebweg lagen.

Chris zog sich zurück, stützte sich seitlich auf und lächelte sie so unbekümmert an, dass ihr Herz für einen Moment aussetzte. „Nichts hat sich geändert, Alyssa. Wir sind noch dieselben wie vorher. Chris und Alyssa."

„Ich weiß, aber ..."

Mit einem weiteren Kuss ließ er sie verstummen. „Übrigens finde ich dich auch ohne Make-up sehr sexy. Du hast sechs Sommersprossen auf der Nase, und die kann ich nur sehen, wenn du ungeschminkt bist."

Sie lachte und kam sich albern vor. Der Mann neben ihr war Chris, und er schaffte es spielend, dass sie sich besser fühlte. Sie schob eine Hand in seinen Nacken und küsste ihn innig. „Wir müssen unbedingt zurück zum Hotel", stellte sie entschlossen fest. „Ich spüre das starke Bedürfnis, ein paar wichtige Bedingungen unserer Abmachung zu besiegeln."

Alyssa hatte die Schenkel weit gespreizt, war eins mit Chris, und die Tatsache, dass sie beim Sex oben war, erregte sie fast genauso stark wie der Mann unter ihr.

Aber nur fast.

Zuerst bewegte sie die Hüften sanft und vorsichtig. Dann fand sie den Rhythmus, der genau der Lust entsprach, die sie fühlte. Langsam und brachial wie eine Gewitterfront.

Chris hatte die Augen halb geöffnet und blickte sie voller Leidenschaft an.

Ein Blick von ihm reichte, und sie schmolz vor Lust. Als sie das ungestillte Verlangen nicht länger ertragen konnte, führte sie seine Hand an die Stelle, an der sie von ihm gestreichelt werden wollte.

Er lernte schnell.

Sie hatte schon bemerkt, dass er magische Finger besaß. Während er ihre Begierde noch weiter entfachte, spürte sie, wie ihre Brustspitzen sich erregt vorreckten und wie ihre Schenkel zu zittern begannen.

In der Suite war es vollkommen still. Es waren nur Chris' und ihr eigener Atem zu hören, und das machte den Moment umso erotischer.

Sie spannte die Muskeln an und nahm Chris noch tiefer in sich auf. Alyssa lauschte auf seine flüsternde Stimme. Immer wieder sagte er ihr, sie solle gleichzeitig mit ihm kommen, und genau das tat sie schließlich.

Die Welt um sie herum schien sich aufzulösen. Alyssa sank auf Chris' Brust.

Sie war am ganzen Körper feucht und zitterte. Sie atmete kaum und war sicher, ihr Herz werde jeden Moment explodieren, weil die Emotionen, die Lust und die Anstrengung einfach zu viel waren.

„Ich habe nachgedacht", sagte sie schließlich leise. „Wenn wir immer ausreiten würden, würden wir überhaupt nichts erledigt bekommen."

„Ach, ich weiß nicht." Träge ließ er die Finger über ihren Rücken gleiten. „Das hier war doch eine ganze Menge."

Lächelnd schmiegte sie sich an ihn und seufzte glücklich.

„Im Februar fliege ich nach Australien", bemerkte er leise. „Da gibt es ein Hotel, das Wellness und Reitausflüge anbietet." Er strich ihr eine Strähne aus dem Gesicht. „Du solltest mit mir kommen."

„Oh." Sie hatte immer nach Australien gewollt. „Das geht nicht. Klienten werden nervös, wenn ihre Anwälte ans andere Ende der Welt verschwinden. Und Chefs auch."

„Hast du schon mal etwas vom Begriff ‚Urlaubszeit' gehört?"

„Nur flüchtig." Sie stieg aus dem Bett und zog sich den Bademantel über. Dann ging sie an die Bar. „Aber in meinem Job bekomme ich nur zwei Wochen zu Weihnachten."

„Ist das eine Anwaltskanzlei oder ein Häftlingscamp?"

„Sehr witzig." Sie nahm sich eine Limonade aus dem Kühlschrank und setzte sich aufs Sofa. „Anwältin ist mein Traumberuf, und da bin ich zu Zugeständnissen bereit."

„Was ist denn mit Fax und E-Mails und weltweiten Kurierdiensten?" Chris zuckte mit den Schultern. „Ich erledige eine Menge von unterwegs." Er stand auf und setzte sich neben sie.

Sein nackter Körper schimmerte, und Alyssa konnte sich kaum auf seine Worte konzentrieren. „Du bist selbstständig, ich nicht. Ich kann nicht einfach meine Siebensachen packen und losziehen."

„Ach ja, stimmt. Du musst neue Klienten gewinnen und willst Russell Starr." Es klang kühl.

Alyssa lachte auf. „Nicht in dieser Hinsicht, das schwöre ich. Aber als Klient, ja."

„Und das gefällt dir? Dich abzustrampeln, um einen einzigen Klienten zu gewinnen, nur weil dein Boss es so will?"

Sie zuckte mit den Schultern und stand betont gelassen auf. „Anwälte brauchen Klienten, damit verdienen sie ihr Geld." Doch im Grunde stand sie selbst nicht hinter ihren Worten. Chris hatte recht. Sie kam sich vor wie eine Maus, die man mit der Aussicht, das Stück Käse zu bekommen, dazu bringt, Männchen zu machen und durch einen Reifen zu springen.

Zum ersten Mal in ihrem Leben wünschte sie sich, sie würde sich nicht so sehr nach der Belohnung sehnen, die ihr in Aussicht gestellt wurde.

„Heißt das, Lorelei Leigh ist im Hotel?“ Alyssa hatte zwar gehört, dass auch Prominente im Starr Resort wohnten, aber sie hatte noch keinen davon gesehen, schon gar nicht Lorelei Leigh, den ehemaligen Kinderstar. Leider machte Lorelei in letzter Zeit eher durch Skandale und Skandälchen Schlagzeilen als durch ihre Kunst.

Neben Russell stand Oliver Stanton, der Hotelmanager, und stieß die Luft aus. „Zahlreiche unserer Gäste sind öffentlich bekannt, allerdings nicht unbedingt, weil sie ihrem Partner die Faust ins Gesicht gerammt haben.“ Er wandte sich an Russell. „Das wird für unsere Publicity ein einziger Albtraum.“

Sie setzten sich zu dritt an den Besprechungstisch in Russells riesigem Büro im obersten Stockwerk des Hotels.

Russell nickte Oliver zu und wandte sich dann an Alyssa. „Wegen dieser Sache konnte ich nicht am Ausritt teilnehmen. Mark Crais, der Freund von Lorelei Leigh, hat Anklage wegen Körperverletzung erhoben, und jetzt haben wir Ärger mit Loreleis Anwälten. Sie behaupten, wir hätten es an Sicherheitsmaßnahmen mangeln lassen, weil wir es zugelassen haben, dass Mr. Crais das Hotelgelände betritt.“

„Er wohnt nicht hier?“, hakte Alyssa nach.

„Nein.“

„Und jetzt versuchen Loreleis Anwälte, es wie Notwehr aussehen zu lassen?“ Alyssa begriff die Taktik. „Es soll also keiner ihrer üblichen Wutanfälle gewesen sein, sondern eine Verteidigung gegenüber einem Mann, den das Hotel nicht hätte aufs Gelände lassen dürfen.“

„Genau.“

„Es ist ein einziger Albtraum.“ Olivers Stimme klang schriller. „Es ist unser Eröffnungswochenende und obendrein noch die Weihnachtswoche! Das ist wirklich die letzte Art von Publicity, die wir im Moment gebrauchen können."

Russell schenkte Alyssa weiterhin seine ungeteilte Aufmerksamkeit. „Ich weiß, dass wir uns eigentlich über Möglichkeiten unterhalten wollten, wie deine Kanzlei unsere Interessen vertreten könnte. Aber ich fürchte, wir müssen uns jetzt erst einmal um diese Sache kümmern. Können wir uns unterhalten, wenn wir zurück in Dallas sind?"

Das wäre zu spät, dachte Alyssa. Sie brauchte die feste Zusage noch vor ihrer Rückkehr nach Texas. „Russell, bevor ich gehe, würde ich dir gern etwas vorschlagen. Ich habe schon oft verfeindete Lager als Mittlerin bei einer Mediation zusammengebracht. Ich frage mich, ob wir den ganzen Streit nicht auf diese Weise beilegen können."

Russell lächelte bedrückt. „Du hast noch nicht mit Miss Leighs Anwälten gesprochen. Ich fürchte, so einfach wird das nicht."

„Einen Versuch solltest du trotzdem wagen. Ich biete meine Dienste als Mediatorin gern an." Sie sah von Russell zu Oliver und wieder zu Russell. Zufrieden sah sie, dass beide Männer Interesse zeigten. „Meine einzige Bedingung lautet, dass eine Zusammenarbeit mit Prescott and Bayne ernsthaft in Erwägung gezogen wird. Starr Industries könnte jedes Jahr viel Geld sparen, wenn Rechtsstreitigkeiten durch Mediation gelöst würden."

Sie versuchte, ruhig und gelassen zu wirken und nicht nervös an den Knöpfen ihres schwarzen Seidenkostüms zu spielen.

Nach einem Moment nickte Russell. „Lass mich das noch mit unserer Zentrale in Dallas klären, aber wenn es von dort keine Einwände gibt, habe ich nichts dagegen. Wir müssen allerdings noch Leighs Anwälte und die ihres Freundes dazu überreden."

„Sie haben doch nichts zu verlieren", wandte sie ein. „Wenn die Mediation ergebnislos verläuft, können sie immer noch vor Gericht gehen."

„Also schön." Lächelnd schüttelte Russell ihr die Hand. „Ich werde versuchen, für morgen ein Treffen zu vereinbaren. Ich rufe dich an, sobald ich Näheres weiß."

„Großartig." Sie nickte beiden Männern zu, verabschiedete sich und verließ das Büro.

Max Dalton drehte sich in seinem Bett um und blickte auf die leere Stelle neben sich. Noch nie zuvor hatte dieser Anblick ihn so verstört. Normalerweise war er es, der die Frauen sanft, aber nachdrücklich aus seinem Leben verabschiedete.

Heute allerdings wollte er nichts mehr, als sie wieder bei sich zu haben. Er war eifersüchtig auf die ganze Welt. Denn im Moment hatte die Welt sie, aber er nicht.

Zwei Stunden hatte Chris jetzt vor dem Computer gesessen und nicht mehr zustande gebracht als diese paar Sätze.

Er sah zur Uhr auf dem Kaminsims und wünschte sich, die Zeit würde schneller vergehen, damit Alyssa zu ihm zurückkam. Sie hatte gesagt, sie fühle sich nicht zu Russell hingezogen und habe ihren albernen Plan aufgegeben, und im Grunde glaubte Chris ihr. Wieso war er dann bloß so ungeduldig, nur weil sie jetzt bei Russell war und ihren Job erledigte?

Es war ein Fehler gewesen, sich auf Alyssas Bedingungen einzulassen. Bei einer Affäre ging es nur um Sex, doch Chris wollte viel mehr als das.

Frustriert schleuderte er seinen Stift, mit dem er sich Notizen gemacht hatte, in Richtung Tür und traf fast Alyssa, die genau in diesem Moment lachend ins Zimmer lief.

„Was tust du?“, rief sie.

„Meine Szene entwickelt sich nicht richtig.“ Bei ihrer amüsierten Miene zog er die Augenbrauen zusammen. „Wie kommt's, dass du so gut gelaunt bist?“

„Ich hab endlich die Chance, Starr Industries zu beweisen, wie wertvoll meine Dienste sind.“

„Heißt das, das Treffen ist gut verlaufen?“

„Sieht so aus.“ Sie erklärte die vertrackte Situation um Lorelei Leigh und zuckte abschließend mit den Schultern. „Wir werden sehen.“

„Das ist brillant! Du nutzt dieses Hindernis zu deinem Vorteil.“

„Im Grunde ist das der Kern jeder Mediation. Ich bringe beide Seiten dazu, die Lage aus einer anderen Perspektive zu betrachten. Ich überzeuge Partei A, ein bisschen nachzugeben, und sage Partei B, sie müsse das im Gegenzug auch tun, damit beide am Ende zufrieden sind.“

Chris strich Alyssa über die Taille und küsste sie zart auf den Mund, worauf sie den beiläufigen Kuss wild und lustvoll erwiderte. Chris stöhnte leise auf. „Könntest du mit mir auch eine Mediation machen, damit ich am Ende zufrieden bin?“

Lachend sah sie zur Uhr. „Keine Zeit. Ich muss noch Einkäufe erledigen und vor fünf Uhr zurück sein, damit ich den letzten Versandtermin für die Weihnachtsgeschenke nicht verpasse. Und wenn ich dich genieße, möchte ich mir dafür Zeit nehmen.“

Dagegen konnte er nichts einwenden. „Was willst du denn einkaufen?“

„Ich brauche noch ein letztes Geschenk für meine Eltern." Skeptisch sah sie zu seinem Monitor. „Wenn du mit deinem Buch nicht richtig vorankommst, sollte ich vielleicht besser allein gehen."

„Nein, nein", log er schnell, während sie sich das Kostüm abstreifte und sich aus dem Schrank eine Jeans holte.

Beim Anziehen sah sie ihn fragend an und wirkte in keiner Weise verlegen.

Seltsam, dachte er, es sind noch keine vierundzwanzig Stunden vergangen, und dennoch haben wir schon einen gemeinsamen Rhythmus gefunden. Es ist keine Affäre, ganz gleich, was sie behauptet. Es ist alles andere als eine Affäre.

Sie fuhren ein paar Meilen nach Norden in den kleinen Ort Tesuque und suchten dort die Glasbläserei auf.

„Ist das nicht fantastisch?", fragte Alyssa, als sie durch eine Sichtscheibe beobachteten, wie einer der Handwerker einen rot glühenden Glasklumpen an einem langen Stab drehte und ihn an einem Stück Metall formte.

„Kaum zu glauben, dass etwas so Unförmiges zu so etwas wird", stellte sie fest und deutete auf eine reich verzierte Schale im Ausstellungsraum.

Zärtlich küsste sie Chris auf den Mund und biss spielerisch auf seine Unterlippe. Als sie sich zurückzog, bereute er, dass er nicht auch sie hier und jetzt zum Schmelzen bringen konnte. Am liebsten wollte er ihr Leben und seines untrennbar miteinander verschmelzen, und er wünschte, Alyssa würde ebenso empfinden.

Ein Schritt nach dem anderen, sagte er sich und nickte Alyssa zu. „Und welches Prachtstück davon willst du kaufen?"

„Meine Mom liebt Blau.“ Sie suchte eine große Schale aus, in der alle nur denkbaren Blauschattierungen im Glas gefangen waren. „Das hier würde auf ihrem Esstisch perfekt aussehen. Sie könnte Obst hineinlegen oder ein Duft-Potpourri oder was auch immer. Was meinst du?“

„Sie wird begeistert sein. Und was ist mit deinem Dad?“

„Für den bin ich noch auf der Suche. Ich schätze, über Glasblaskunst würde er sich nicht so freuen.“

„In der Lobby des Hotels findet heute Abend eine stille Auktion statt. So stand es jedenfalls im Veranstaltungsplaner. Du kannst aber auch Glühwein trinken und Kekse essen, für die Kinder gibt es einen Weihnachtsmann, und für die Erwachsenen tritt eine Band auf.“

„Sollen wir uns das ansehen?“

„Willst du dich beim Weihnachtsmann auf den Schoß setzen?“

Fragend hob sie eine Augenbraue. „Würde dich das eifersüchtig machen?“

Chris lachte. „Guter Einwand. Vielleicht möchtest du dich lieber auf meinen Schoß setzen.“

Lächelnd gab sie ihm einen Kuss. „Bring mich zurück ins Hotel, dann tue ich es.“

„Los, los, los“, drängte er grinsend. „Bezahl schnell, wir haben's eilig.“

Mit leisem Lachen brachte sie die Schale zur Kasse.

11. Kapitel

„Wow." Alyssa war überzeugt, dass sie jeden Moment schmelzen würde, entweder wegen des heißen Wasserstrahls aus der Dusche oder wegen der Hitze, die Chris und sie soeben erzeugt hatten. „Ganz bestimmt waren wir kurz davor, Wasser in Dampf zu verwandeln."

„Mit ein bisschen Übung können wir uns als Sauna vermieten." Chris war genauso entspannt wie sie.

„Wir sollten rausgehen."

Langsam ließ er die Hände über ihren Po gleiten. „Müssen wir denn?"

Lachend schob sie seine Hände fort. „Du bist wirklich unersättlich. Aber es gefällt mir."

„Weil ich's nur bei dir bin."

„Wir wollten doch in die Lobby zur stillen Auktion gehen."

„Stimmt." Er griff nach einem Handtuch. „Aber aufgeschoben ist nicht aufgehoben."

Alyssa holte zwei Flaschen Mineralwasser aus der Minibar, zog sich einen Rock an und betrachtete Chris, wie er sich einen Kamm durchs feuchte Haar zog und dann nackt durchs Zimmer lief.

Er gehört mir, dachte sie und kniff sofort die Augen zu und ballte die Fäuste. Nein, das war alles nichts Dauerhaftes. Sie waren befreundet, und diese Freundschaft war ihr wichtig. Genauso wichtig waren ihr finanzielle Sicherheit, ihr Herz und das Bild, das sie sich von ihrer Zukunft gemacht hatte.

„Du bist ja noch gar nicht angezogen."

Alyssa bemerkte, dass sie in Gedanken versunken war. Chris sah umwerfend aus. Das Sweatshirt schmiegte sich an seine muskulöse Brust, und in der dunklen Jeans kam sein fester Po besonders gut zur Geltung. „Gib mir zehn Minuten."

Sie brauchte zwölf, aber als sie sich schließlich vor ihm um die eigene Achse drehte und seinen begeisterten Blick bemerkte, wusste sie, dass sich die zwei zusätzlichen Minuten gelohnt hatten.

Zusammen gingen sie hinunter in die Lobby, in der bereits dichtes Gedränge herrschte. In einer Ecke spielte eine kleine Band, und vor dem riesigen Weihnachtsbaum war ein kleines Weihnachtsdorf aufgebaut. Kellner servierten den Gästen Sekt und Häppchen, und ringsum standen Tische, auf denen die Dinge, die zur Auktion standen, ausgestellt waren. Jeder Artikel war auf einem beigefügten kleinen Flyer beschrieben, und die Gäste schlenderten an den Tischen entlang und trugen auf einer Liste ihre Gebote ein. Am Ende der Auktion würde der höchste Bieter den Zuschlag bekommen.

Als Geschenk für ihren Vater trug Alyssa ihr Gebot für einen Gutschein für einen dreitägigen Aufenthalt im Starr Resort ein, und als sie sich zufrieden zu Chris umdrehte, ergriff er ihren Arm und zog sie auf die Tanzfläche.

Es überraschte sie, wie gut er sie beim Tanzen führte. Obwohl sie ihn gut zu kennen glaubte, gab es immer wieder neue Seiten an ihm zu entdecken.

Als sie gerade die zweite Runde auf der Tanzfläche drehten, gab Russell ihnen vom Rand aus ein Zeichen. Widerstrebend hielten sie inne und gingen zu ihm.

„Ich unterbreche euch nur ungern. Ich wollte dir nur mitteilen, dass alles für die Mediation bereit ist, Alyssa. Morgen um zehn Uhr. Und danke, dass du das für uns machst", fügte er hinzu. „Ich glaube wirklich, dass wir damit etwas erreichen können."

Lächelnd zog er sich wieder zurück, und Alyssa wandte sich an Chris. Er schmunzelte.

„Scheint, als hättest du einen neuen Klienten gewonnen."

„Es sieht tatsächlich gut aus."

„Und was jetzt?" Er legte ihr einen Arm um die Taille und führte sie zurück auf die Tanzfläche.

Verständnislos runzelte sie die Stirn. „Jetzt werde ich Partner der Kanzlei. Darauf habe ich die ganze Zeit hingearbeitet."

„Hast du als Partner mehr Freiheit oder weniger? Du hast doch selbst gesagt, dass du gern verreisen würdest. Kannst du dir das als Partner erlauben?"

„Nicht sofort." Es ärgerte sie ein bisschen, dass er mit diesem Einwand ihre Freude dämpfte. „Mir gehört dann ein Teil der Kanzlei, aber ich werde weiterhin hart arbeiten und mich beweisen müssen."

„Und warum machst du dann nicht deine eigene Kanzlei auf?"

„Wie bitte?"

„Du verreist gern, hast aber keine Zeit dafür. Du machst nicht gern bei den Machtspielchen mit, die in großen Kanzleien laufen, aber du musst es tun. Warum gehst du nicht deinen eigenen Weg? Du könntest das tun, was du auch für Russell tust. Handel Termine für Mediationsgespräche aus, lass dir die Unterlagen per Mail schicken. Das alles geht auch von der Toskana aus. Du musst nur in der Kanzlei sein, wenn deine Klienten dich brauchen."

„Du lebst in einer Traumwelt." Doch insgeheim musste Alyssa zugeben, dass das alles gar nicht so absurd klang. Einige ihrer Freunde hatten sich bereits selbstständig gemacht, und obwohl viele anfangs zu kämpfen hatten, beneidete Alyssa sie jetzt um ihre Freiheit.

Wenn das bedeutete, dass sie mit Chris verreisen konnte, dann …

Sie verdrängte den Gedanken. *Ich will die Welt sehen, aber ich will dafür nicht ständig aus dem Koffer leben.* Zwei Reisen pro Monat wären einfach zuviel. Und auf keinen Fall wollte sie zu Hause sitzen, während er unterwegs war.

Das hatte ihre Mom getan, und es hatte die Beziehung ihrer Eltern sehr belastet.

„Es klingt interessant", gab sie letztlich zu. „Aber es lässt sich nicht durchführen."

Einen Moment lang sah er sie mit undurchdringlicher Miene an, dann nickte er. „Da drüben ist der Weihnachtsmann. Ich bin mir ziemlich sicher, dass du versprochen hast, dich bei ihm auf den Schoß zu setzen."

Lachend protestierte sie, aber vielleicht konnte ihr der dicke Kerl in Rot verraten, was sie sich zu Weihnachten wünschen sollte. Im Moment hatte sie in dieser Hinsicht wirklich keinen Schimmer.

Die Morgensonne weckte Alyssa, und noch im Schlaf drehte sie sich auf die Seite und streckte die Hand nach Chris aus. Doch seine Seite des Bettes war leer.

Sie öffnete die Augen, setzte sich auf und reckte sich. Während der vergangenen Nacht hatte sie wenig Schlaf bekommen, dafür umso mehr Bewegung.

Es überraschte sie nicht, Chris auf der Veranda zu sehen. Er trug Kopfhörer, und seine Finger flogen förmlich über die Tastatur seines Laptops. Alyssa setzte sich auf die Bettkante, schlang die Decke um sich und sah ihm beim konzentrierten Arbeiten zu.

Einerseits hatte sie ein schlechtes Gewissen. Wenn sie nicht mitgekommen wäre, wäre er vermutlich schon mit seinem Buch fertig und würde bereits an seinem Artikel schreiben.

Aber dann wäre sie auch niemals in seinem Bett gelandet.

Gleichzeitig bedauerte sie, dass sie mehr von Chris wollte, als möglich war. Sie musste dringend lernen, ihre Ansprüche herunterzuschrauben und das zu genießen, was sie sich versprochen hatten: eine Affäre. Nicht mehr, aber auch nicht weniger.

Nachdenklich hörte er auf zu tippen, und einen Moment später sah er zu ihr herüber. „Guten Morgen, Schönheit. Wie lange bist du schon wach?"

„Erst ein paar Minuten. Ich habe dich beobachtet, das hat mir gefallen." Sie stand auf und trat hinter ihn. Langsam massierte sie seine Schultern, damit er sich entspannte, doch nach wenigen Sekunden löste er sich aus ihrem Griff.

„Chris?"

„Tut mir leid, ich bin mit meinen Gedanken immer noch im Roman." Er sah sie beim Sprechen nicht an, und obwohl es völlig einleuchtend klang, wurde Alyssa das Gefühl nicht los, dass er log.

„Prima. Ich werde dich den ganzen Tag lang nicht mehr stören. Heute Vormittag steht die Mediation auf dem Plan, das wird einige Stunden dauern. Und dann muss ich noch ein paar Dinge erledigen." Vor allem musste sie für Chris ein Geschenk finden. Heute war Dienstag, und in zwei Tagen war Weihnachten.

„Ich werde dich vermissen." Es gelang ihm, selbst in diese vier Worte einen verführerischen Unterton zu legen.

„Nein, das wirst du nicht.“ Sie lachte und bedauerte, dass ihnen nicht mal mehr Zeit für einen kurzen Quicky blieb, wenn sie vor dem Termin noch die Unterlagen durchgehen wollte, die Russell für sie angefordert hatte.

„Jede einzelne Minute“, widersprach Chris.

Sie küsste ihn so intensiv und verheißungsvoll, wie sie nur konnte. Als sie sich von ihm löste, machte sie sein verlangender Blick stolz. „Nimm das als Vorgeschmack“, bemerkte sie und wich aus, als er nach ihr griff. „Nein, nein, erst wenn wir beide mit unserer Arbeit fertig sind.“

„Kleine Hexe.“

Chris arbeitete weiter, und in der Zwischenzeit duschte sie, zog sich an und trank eine Tasse Kaffee von dem Frühstück, das er beim Zimmerservice bestellt hatte.

„Du bist ein Gott.“

Er lachte. „Erzähl mir was Neues.“

„Sogar Zimtbrötchen!“ Sie sah auf die vier Brötchen auf der Servierplatte, die wie ein Weihnachtsbaum geformt war. „Das ist ja schon wieder teuflisch. Weißt du, was das mit meinen Hüften anrichtet?“

„Deine Hüften sind perfekt.“

„Ach, ja?“ Sie sah auf die Uhr und stellte fest, dass sie in Rekordzeit fertig geworden war. Sofort überdachte sie ihren Zeitplan noch einmal. „Möchtest du bei meinen Hüften nicht lieber einen Qualitätscheck durchführen?“ Sie griff nach hinten und öffnete ihren Rock.

„Ich glaube, ich weiß über die Qualität deiner Hüften bestens Bescheid.“

„Oh.“ Sie zog den Reißverschluss wieder zu. „Verstehe.“

Chris ließ die Schultern sinken. „Tut mir leid, ich komme mit meiner Story im Moment nicht richtig weiter, und außerdem muss ich heute noch ein paar Angestellte und Hotelgäste interviewen, dadurch werde ich noch mehr Zeit verlieren."

„Und ich lenke dich nur ab. Genau das, was ich befürchtet habe."

„Nein." Er stand auf, um sich Kaffee zu holen. „Das ist okay."

„Aber irgendetwas hast du doch? Was ist es?"

Chris strich sich durchs Haar und seufzte hörbar. „Es tut mir wirklich leid, dass ich mich so aufführe. Geh und überzeuge Russell davon, was für exzellente Dienste du leisten kannst. Wenn du zurück bist, bin ich auch mit meinem Buch weitergekommen und benehme mich nicht mehr so entsetzlich, versprochen."

„Und das ist wirklich alles?"

„Ganz bestimmt."

„Okay." Sie drückte ihm die Hand und gab ihm noch einen Kuss auf den Mundwinkel.

Doch als sie das Zimmer verließ, um sich mit Russell zu treffen, wurde sie den Gedanken nicht los, dass irgendetwas nicht stimmte. Und das hatte nichts mit seinem Roman zu tun.

Seufzend blickte Chris auf die Zeilen auf dem Monitor. Er hatte jetzt schon Dutzende von Seiten geschrieben.

Das war gut.

Was allerdings nicht so gut war, war die Tatsache, dass die Handlung völlig von dem Entwurf abwich, den er bereits eingereicht hatte.

Max Dalton war verliebt, und der Superspion war ein nervliches Wrack, weil seine Gefühle nicht erwidert wurden.

Chris brauchte nicht lange, um sich darüber klar zu werden, woran das lag.

Er stand auf und schenkte sich frischen Kaffee ein. Alyssa liebte ihn, da war er sich sicher, aber genauso sicher war er sich, dass sie es nicht wahrhaben wollte.

Noch schlimmer war die Tatsache, dass er ihr sagen musste, was er für sie empfand. Sosehr er es auch vermissen würde, ihren Körper an seinem zu spüren: Er musste diese Affäre beenden, die sie beide verabredet hatten. Es machte ihn schlichtweg verrückt, sie so intim zu berühren, ohne dass es eine echte Intimität zwischen ihnen gab. Sie wollte Freundschaft, er wollte mehr.

Leider wusste er nicht, wie er sie davon überzeugen konnte, dass sie auch einfach beides haben konnten.

„Es überrascht mich, aber ich glaube, dass wir tatsächlich Fortschritte machen."

Russell zog Alyssa in den kleinen Besprechungsraum, den sie zu einem provisorischen Büro umgebaut hatten. Sowohl für Lorelei Leighs Anwälte als auch für Mike Crais' Freunde und Vertreter und das Management des Starr Resorts gab es ähnliche Rückzugsräume.

In den letzten fünf Stunden waren alle Parteien abwechselnd in Alyssas Büro gekommen, und sie hatte auf unterschiedlichen Wegen versucht, eine für alle Seiten zufriedenstellende Lösung zu finden.

„Scheint, als ob alle Beteiligten als Sieger hervorgingen." Alyssa bezog sich auf den letzten Plan, nach dem alle Anschuldigungen fallen gelassen werden sollten, keine neuen Anschuldigungen erhoben werden durften und Lorelei und Mike als prominentes Paar morgen am Weihnachtsabend die Auktion für wohltätige Zwecke leiten würden.

Angesichts der fast chronischen Streitereien zwischen den

beiden war dieses Vorhaben gewagt, doch gleichzeitig wusste Alyssa, dass Prominenten ihr Image über alles ging. Gab es einen besseren Weg, einen unschönen Schlag ins Gesicht zu verzeihen, als ihn in froher Weihnachtsstimmung bei einem Charity-Event des Starr Resorts zu vergessen?

„Und du sagst, du machst so etwas öfter?"

Am Monitor überflog Alyssa den Vertragsentwurf, den sie allen Parteien zum Unterzeichnen zukommen lassen wollte. „Mediation macht allmählich einen großen Anteil meiner Arbeit aus."

„Du bist sehr gut darin." Er sah auf, als es an der Tür klopfte und Oliver Stanton mit rotem Kopf hereinsah.

„Ich kann es nicht fassen, aber ich glaube, wir haben's geschafft. Gerade rechtzeitig, um noch eine Mitteilung an die Lokalsender rauszuschicken."

„Fantastisch." Russell strahlte, und Alyssa nickte zufrieden. „Richten Sie ihnen bitte aus, dass ich in fünf Minuten mit dem Vertrag fertig bin."

„Wir sollten feiern", meinte Russell, als sie wieder allein waren. „Dieser Abschluss und die Tatsache, dass Starr Industries ab jetzt mit einer erstklassigen Kanzlei zusammenarbeiten wird, ist doch Grund genug."

Alyssas Herz setzte einen Schlag lang aus, bevor es wie wild losraste. „Im Ernst?"

„Wenn's ums Geschäft geht, mache ich niemals Scherze. Meinen Glückwunsch, Alyssa. Ich weiß, dass ich meine Angelegenheiten in gute Hände lege." Er streckte ihr seine Hand hin, und sie schlug ein, wobei sie versuchte, cool zu wirken, obwohl sie am liebsten einen Jubeltanz aufgeführt hätte.

„Ich muss jetzt noch bei Miss Leigh und Mr. Crais ein bisschen Schönwetter machen, aber kann ich dich danach auf einen

Drink einladen? Zufällig kenne ich ganz in der Nähe eine erstklassige Hotelbar."

Sie lachte. „Jederzeit gern, aber leider muss ich unbedingt noch ein paar Weihnachtseinkäufe erledigen." Ihr fehlte noch ein Geschenk für Chris, und die Geschäfte schlossen in ein paar Stunden. „Kannst du mir einen Tipp geben, wo ich in der Nähe die richtigen Shops finde?"

„Sicher kann ich das. Woran hast du denn gedacht?"

Russells Tipps waren Gold wert. Er beschrieb ihr exakt den Weg zum richtigen Geschäft, und es dauerte keine Dreiviertelstunde, da hatte Alyssa nicht nur eine Menge Weihnachtsschmuck gekauft, sondern auch das perfekte Geschenk für Chris gefunden – genau in dem Shop, den Russell ihr vorgeschlagen hatte.

Jetzt versuchte sie, den in einem großen Müllsack getarnten Geschenkkarton zu balancieren und gleichzeitig mit der freien Hand die Keycard durch den Schlitz zu ziehen, als sich die Zimmertür von innen öffnete.

Vor ihr stand Chris, und sie sah ihm auf den ersten Blick an, dass sein Tag bei Weitem nicht so gut verlaufen war wie ihrer.

„Alles okay mit dir?" Sie stellte den Sack mit dem Karton auf dem Esstisch ab.

„Bestens." Er setzte sich wieder an den Computer und legte die Finger auf die Tastatur.

Irgendetwas stimmte nicht. Vor ihrer Affäre hatte Chris sich ihr immer anvertraut, wenn ihn etwas belastete. Normalerweise hatten sie dabei ein Glas Wein getrunken und sich einen schlechten Film angesehen. Wenn es am Sex lag, dass er ihr gegenüber jetzt so verschlossen war, dann wollte Alyssa das nicht hinnehmen. Sie hatten sich schließlich darauf geeinigt, dass ihre Freundschaft auf keinen Fall leiden sollte.

„Hey." Sie ging zu ihm und legte die Hände auf die Rückenlehne seines Stuhls. „Was ist los?"

Als er ein- und ausatmete, hoben und senkten sich seine Schultern. Einen Moment lang glaubte sie schon, er werde sprechen, doch er schwieg.

„Chris?"

„Es liegt nur an dem Buch." Er drehte sich zu ihr um.

Alyssa setzte sich auf die Bettkante. „Bekommst du die Seiten nicht voll?"

„Ehrlich gesagt, schreibe ich die Seiten geradezu in phänomenalem Tempo."

„Und wo liegt dann das Problem?"

Er sah sie so lange an, dass es ihr schon fast unangenehm wurde. „Es sind die Charaktere", gab er schließlich zu. „Sie benehmen sich nicht so, wie ich es will."

Bei seinem Tonfall war ihr nicht wohl zumute, und sie stand auf. „Vielleicht kannst du mir erzählen, was gerade passiert."

„Max ist total in Natalia verknallt, aber Natalia will sich nicht an ihn binden. Sie führt ihre eigenen Aufträge aus, und so soll es ihrer Meinung auch bleiben."

„Du bist der Schriftsteller. Ändere es doch."

Prüfend sah er ihr in die Augen. „So einfach ist das nun mal nicht."

„Oh." Sie wurde nervös. Er erzählte ihr nicht alles, das ahnte sie. „Ich wünschte, ich könnte dir helfen."

Durchdringend erwiderte er ihren Blick. „Ja, das wünschte ich auch."

Sie atmete tief durch. Jetzt reichte es ihr. „Verdammt, Chris, was ist los?"

„Das Buch, das habe ich dir doch gesagt."

„Nein." Sie seufzte. „Du hast mir versprochen, dass sich nichts ändert, wenn wir miteinander schlafen. Aber jetzt sieh uns doch an. Du hast mir immer gesagt, was dir durch den Kopf geht. Weil du mein bester Freund warst."

„Dein bester Freund." Er sagte es so traurig, dass es ihr das Herz brach.

Sie wusste nicht, was sie unternehmen konnte, weil sie nicht verstand, was nicht in Ordnung war. „Bitte, Chris."

Er strich sich durchs Haar. „Ich habe den ganzen Tag gearbeitet. Am besten gehe ich jetzt duschen."

Sie probierte es mit einer anderen Taktik. „Soll ich dir Gesellschaft leisten?"

„Danke, aber heute dusche ich lieber allein."

Er ging ins Bad, und sie verbarg das Gesicht in den Händen. Wie sollte sie ihm helfen, wenn sie nicht wusste, wo sein Problem lag?

Alyssa seufzte, während sie den Müllsack im Schrank hinter ihrem Koffer verschwinden ließ. Dann ging sie zu Chris' Laptop. Er hatte gesagt, dass ihm das Buch Probleme machte, also las sie die Szene, an der er gerade schrieb.

Natalia war vom Schurken gefangen worden und war jetzt nackt an eine Wand gefesselt. Max kam dazu und war nicht sicher, ob man ihm vielleicht eine Falle stellte. Er fürchtete, dass Natalia mit dem Feind zusammenarbeitete.

Max wusste, dass es klüger war, wenn er Natalia vergaß und sich in Sicherheit brachte, aber er begehrte diese Frau so sehr, dass er dafür jede Gefahr auf sich nahm.

Als Alyssa las, wie Max Dalton Sex mit der gefesselten Natalia hatte, obwohl er fürchten musste, dass sie mit seinem ärgsten Feind gemeinsame Sache machte, wurde ihr heiß.

Die Szene war sehr erotisch geschrieben.

Und dann hatte Alyssa eine fabelhafte Idee. Lächelnd ging sie zum Bett.

Unter der Dusche ließ Chris sich vom heißen Wasser berieseln. Jeder Tropfen tat auf der Haut weh, doch damit bestrafte er sich selbst dafür, dass er so ein Idiot war.

Natürlich hatte Alyssa recht. Er musste mit ihr reden.

Er musste der Affäre ein Ende setzen und Alyssa dazu bringen, dass sie beide eine ganz normale Beziehung führten.

Entschlossen drehte er das Wasser ab und trocknete sich ab. Dann schlang er sich ein Badetuch um die Hüften und ging durch das von heißem Dampf erfüllte Bad zur Tür. Er öffnete und schnappte nach Luft.

„Hallo." Alyssa lag nackt auf dem Bett. „Ich dachte mir, du könntest vielleicht ein bisschen Hilfe bei der Szene gebrauchen, bei der du nicht weiterkommst."

Er schluckte und bekam auf der Stelle eine Erektion. Alyssa lag nicht nur nackt im Bett, sondern sie hatte es auch geschafft, sich mit den Gürteln der beiden Hotelbademäntel die Handgelenke ans Kopfende des Bettes zu fesseln.

Verführerisch sah sie ihn an. „Kommst du und befreist mich?"

Nie im Leben. Er ging zum Fußende. Sein Plan, die Affäre zu beenden, musste vorerst warten. Letztlich war er immer noch ein Mann und kein Heiliger. Und dieser Mann sehnte sich nach einem letzten himmlischen Erlebnis. „Ich denke, ich lasse dich lieber so, wie du jetzt bist."

„Gut." Sie lächelte. „Ich glaube, wir haben vor dem Dinner gerade noch genug Zeit für eine eingehende Recherche."

Er ließ das Badetuch fallen und stieg aufs Bett. „Das wird jetzt nicht langsam und zärtlich." Er stand unter Hochspannung und konnte es nicht erwarten, sie zu nehmen. Sie war sein, und das wollte er ihr zeigen.

Herausfordernd hob sie einen Mundwinkel. „Beweis es mir."

Ohne ein weiteres Wort spreizte er ihre Schenkel und strich über ihre intimste Stelle. Sein Glied wurde noch härter, als er merkte, wie feucht und bereit sie war.

„Halt dich nicht zurück", stieß sie tonlos hervor. „Ich will dich. Ich will dich in mir spüren."

Er sah ihr in die Augen und nickte nur, streifte sich ein Kondom über und beugte sich über sie. Tief drang er in sie ein und kostete es aus, vollkommen eins mit ihr zu sein und sich im selben Rhythmus wie sie zu bewegen.

Sie bäumte sich auf und erwiderte jede seiner Bewegungen. Ihre Hände waren immer noch gefesselt, sodass er vollkommene Kontrolle über sie hatte. Diese Kontrolle nutzte er schamlos aus, indem er sie mit jeder Bewegung seiner Hüften weiter reizte. Erst langsam, dann immer schneller und härter, bis sie ihn förmlich anflehte und er sich keine Sekunde länger beherrschen konnte.

Sie kamen im selben Moment. Die Ekstase schien endlos, bis Chris schließlich kraftlos neben Alyssa aufs Bett sank. Langsam strich er über ihre nackte Haut und sah sie dabei unverwandt an.

Genau das habe ich gebraucht, dachte er. Ein Zeichen, dass sie mir gehört und dass sich daran niemals etwas ändern wird.

Sanft strich er ihr über die Wange und wünschte, sie könnten für immer so bleiben.

12. Kapitel

Es kam Chris vor, als habe er gerade erst die Augen zugemacht, als er am nächsten Morgen erwachte und in Alyssas lächelndes Gesicht sah.

„Frohe Weihnachten“, sagte er.

„Ich habe Neuigkeiten. Eigentlich wollte ich dir schon gestern davon erzählen.“ Sie umarmte ihn. „Russell will mit Prescott and Bayne zusammenarbeiten. Ich kann immer noch nicht glauben, dass ich es geschafft habe.“

„Du bist brillant. Prescott and Bayne wären verrückt, wenn sie dir jetzt nicht die Partnerschaft anbieten würden.“ Ihm war klar, dass der Job sie noch stärker in Anspruch nehmen würde, aber da sie sich so sehr nach der Teilhaberschaft sehnte, freute er sich für sie. Dennoch … „Alyssa.“

Sie sah ihn fragend an.

„Es tut mir leid. Ich weiß, dass dies der denkbar schlechteste Zeitpunkt ist, aber ich … ich kann das so nicht länger tun.“

Erschrocken richtete sie sich auf. „Was kannst du nicht länger tun?“

„Alyssa, ich fürchte, ich muss unsere Vereinbarung auflösen.“

Seine Worte trafen Alyssa wie Ohrfeigen. Sie schob sich bis zum Kopfende des Bettes und zog die Decke bis über die Brust.

„Nein!“ Chris wirkte entsetzt. „Ich mache doch nicht mit dir Schluss. Ich will nur keine Affäre mehr.“

Wie sollte sie darauf reagieren? Chris hatte ihre ganze Welt aus dem Gleichgewicht gebracht. „Gestern Abend, als du in mir warst, hattest du ganz offensichtlich noch nichts gegen eine Affäre."

Er zuckte zusammen.

Ach verdammt, er hatte sie verletzt!

„Ich will dich, Alyssa. Keine Affäre, keine Freundschaft, sondern dich." Er holte tief Luft und sah sie hilflos an. „Ich will alles von dir."

Einen kurzen Moment erfüllten seine Worte sie mit überschäumender Freude.

Dann zerplatzte die Blase, und die Realität drückte ihr wie eine zentnerschwere Last auf die Schultern. Wütend schleuderte sie ein Kissen in seine Richtung. „Verdammt, Chris!"

Sie sprang aus dem Bett und griff nach Jeans und Sweatshirt, die sie gestern Abend einfach auf dem Boden abgelegt hatte. Wie hatte sie nur so dumm sein können? Sie hatte doch geahnt, dass sie mit dieser Affäre alles zerstören würde, und jetzt war es geschehen. War das eine Überraschung?

Verdammt, verdammt, verdammt.

„Bitte, Alyssa. Hör mir doch zu."

Splitternackt ging sie mit der Kleidung in der Hand an ihm vorbei. „Nein, du hörst jetzt mir zu. Wir hatten eine Vereinbarung, einen Vertrag. Und den hast du gerade platzen lassen."

„Das stimmt, aber ich möchte eine andere Vereinbarung mit dir treffen. Ich will einen neuen Vertrag, Alyssa. Ich will dich, ohne jeden Kompromiss. Dich, für alle Zeit."

Sie merkte, dass ihr die Tränen übers Gesicht liefen, aber sie machte sich nicht die Mühe, sie wegzuwischen. „Glaubst du etwa, ich würde dich nicht wollen?" Sie atmete tief durch. „Doch, ich will dich, und genau deshalb hatten wir diese Vereinbarung. Damit wir uns haben können. Freundschaft und Sex, die perfekte Lösung.“ Noch während sie es aussprach, merkte sie, wie kalt das klang. Aber war es deswegen falsch?

„Und was passiert, wenn einer von uns jemand anderen trifft?“

Sie zwang sich zur Ruhe, obwohl die Vorstellung, er könne mit einer anderen Frau schlafen, entsetzlich für sie war.

„Was geschieht dann mit unserer Vereinbarung?“

„Dann hören wir auf.“ Ihr Herz zog sich zusammen.

Chris schüttelte den Kopf. „Nein, wir hören jetzt auf. Und wir fangen anders wieder an. Besser.“

„Ich habe es dir bereits erklärt, Chris. Ich kann das nicht. Für uns gibt es keinen gemeinsamen Weg.“

„Unser Weg könnte uns überall hinführen.“ Er nahm ihre Hand. „Komm mit mir. Nach Australien, nach Paris. Du willst doch reisen, Alyssa. Tu es mit mir.“

„Bist du jetzt vollkommen verrückt geworden? Ich bin Anwältin, falls du das vergessen hast. Wenn du mich so sehr willst, dann könntest du mir doch auf halbem Weg entgegenkommen. Such dir einen festen Job, leg dir ein Auto und eine Kfz-Versicherung zu. Ich habe keine Lust, von der Hand in den Mund zu leben, und ich werde nicht zusehen, wie der Mann, den ich liebe, das tut.“

„Du liebst mich.“ Er sprach es so ehrfürchtig aus, dass es Alyssa in der Brust schmerzte.

„Du weißt, dass ich das tue.“ Wie sehr sie sich doch wünschte, dass sich dadurch etwas ändern würde!

„Und wieso kannst du mir nicht auf halbem Weg entgegenkommen?“

„Für mich klingt es eher so, als sei nur ich es, die Abstriche macht.“

„Was willst du denn von mir hören? Dass ich in eine Altersvorsorge einzahle? Ich habe sogar zwei Versicherungen. Eine aus meiner Zeit als Teilzeitkraft für die großen Pressedienste und eine zweite, in die ich zehn Prozent aller meiner Einkünfte einzahle."

Mit prüfendem Blick neigte sie den Kopf zur Seite. „Willst du damit sagen, dass du für später Geld gespart hast?"

„Keine Million, aber die Summe wächst."

„Und du legst etwas beiseite, wann immer du etwas einnimmst?"

„Ja, das tue ich." Er trat näher und ergriff ihre Hände. „Aber darum geht es nicht. Ich will, dass wir zusammen sind, weil wir gut zusammenpassen, und nicht wegen einer Altersvorsorge und regelmäßiger Gehaltsschecks."

„Geld bestimmt den Lauf der Welt, Chris, und wenn dir das nicht klar ist, dann sind wir zu weit voneinander entfernt, um eine gemeinsame Basis zu finden." Sie presste die Lippen aufeinander, weil sie wünschte, es wäre nicht so. „Verdammt." Sie stampfte auf, weil sie den Fuß nicht durch das Bein der Jeans bekam. „Ich muss hier raus."

„Alyssa, nein." Er packte ihren Arm, als sie sich das Sweatshirt überzog.

Resigniert ließ sie die Schultern sinken. „Hättest du nicht wenigstens bis nach Weihnachten warten können?

„Ich hatte gehofft, wir finden einen besseren Weg." Sein Gesicht war wie versteinert.

Alles, was er sagte, waren süße Worte und das Bild eines schönen Lebens, aber in der Realität würde sie genau dort enden, wo sie niemals landen wollte. Ihre Mom und ihr Dad liebten sich, aber ihr Alltag war manchmal die reinste Hölle gewesen. Alyssa fand, dass auch Liebe nicht alles aufwiegen konnte.

Ohne Alyssa kam Chris das Hotelzimmer klein und beengt vor, so als habe sie jeden Funken Hoffnung mitgenommen.

Er hatte sie verletzt, und das belastete ihn schwer, aber ihm war keine andere Wahl geblieben. Er bereute nicht, was er getan hatte, doch er bedauerte das Ergebnis. Himmel, was hatte sie nur ständig mit ihrem Gerede vom Geld?

Gleichzeitig musste er sich eingestehen, dass sie vielleicht nicht ganz unrecht hatte. Bei dem Zukunftsbild, das er gezeichnet hatte, hätte tatsächlich in erster Linie sie sich ändern müssen, während er seinen Weg unbeirrt weitergegangen wäre.

Folglich musste er jetzt ein paar schwerwiegende Entscheidungen fällen. Entweder er entschied sich dafür, in seiner Freizeit zu schreiben und um die Welt zu reisen, wann immer es ihm passte, oder er entschied sich für die Frau, die er liebte.

Chris atmete tief durch.

Im Grunde fiel ihm die Entscheidung gar nicht schwer. Letztlich würde Alyssa bei ihm ohnehin immer gewinnen.

Natürlich war er zu Opfern bereit, aber ein regelmäßiger Bürojob von morgens bis abends kam nicht infrage. Er wollte Zeit haben, um an seinem Roman zu arbeiten, und solange er den nicht verkauft hatte, würde er diesen Traum weiterverfolgen.

Das Reisen konnte er einschränken, aber er wollte es nicht gänzlich aufgeben. Immerhin hatte er sich als Reisejournalist einen Namen gemacht, und er liebte es, neue Orte zu erkunden und an lieb gewonnene Orte zurückzukehren.

Mit Alyssa an seiner Seite würde ihm das doppelt so viel Spaß machen.

Dafür brauchte sie ihr Leben nur ein bisschen umzugestalten und ein klein wenig nachzugeben. Leider kannte er Alyssa nur zu gut. Ihr Körper war weich und kurvig, aber ihr Wille war eisenhart.

Wir beide müssen etwas nachgeben, wenn wir einen gemeinsamen Weg finden wollen, dachte er.

Sie war zwar aus dem Zimmer gestürmt, doch Chris hatte immer noch Hoffnung. Sie hatte gesagt, dass sie ihn liebte, und er wusste, dass es stimmte.

Er würde sie finden, und dann konnte er nur hoffen, dass sie bereit war, über ihr Leben genauso zu verhandeln wie über die Fälle ihrer Klienten. Hoffentlich war sie bereit, einen Kompromiss zu finden, mit dem sie beide leben konnten.

„Alyssa?"

Sie sah in Russells besorgtes Gesicht.

„Alles okay mit dir?"

Sie saß auf einer Bank neben dem Parkplatz vor dem Hoteleingang. Anscheinend hatte jemand von der Rezeption Russell angerufen und von der merkwürdigen Frau erzählt, die am Weihnachtsmorgen vor dem Eingang saß.

„Mir geht's gut, ich … ach, verdammt. Chris und ich hatten Streit."

Er nickte und streckte einen Arm aus. „Lass mich dir einen Drink spendieren."

Einen Augenblick zögerte sie, doch dann ließ sie sich hochhelfen und folgte ihm zum Fahrstuhl. Erst dort fragte sie, wo Russel mit ihr hinwollte.

„In mein Büro. Du siehst aus, als könntest du einen Freund gebrauchen, und ich stehe zur Verfügung. Außerdem habe ich da oben eine bestens ausgestattete Bar."

„Wie gut bist du als Beziehungstherapeut?"

„Ich fürchte, jemand, der alle sechs bis acht Wochen etwas Neues anfängt, kann sich nicht als Experten bezeichnen."

Alyssa lachte gequält.

„Aber ich kann echt gute Ratschläge geben." Russell schob sie vor sich in sein Büro. „Das bringt mein Job so mit sich. Ich habe zu allem eine Meinung."

Fast hätte Alyssa ihm ihr Herz ausgeschüttet, doch in dieser Hinsicht wollte sie keine Ratschläge. Ich muss selbst in mein Herz sehen, dachte sie, und dann werde ich wissen, was zu tun ist.

Genau das sagte sie Russell. „Und dann muss ich mich mit Chris zusammensetzen und herausfinden, wie wir zueinanderstehen", bemerkte sie schließlich.

„Klingt doch sehr vernünftig." Russell reichte ihr einen Wodka Tonic. „Und was hast du jetzt vor? Gehst du in euer Zimmer zurück?"

Nachdenklich strich sie über ihr Armband. „Nein. Ich muss erst nachdenken, damit ich weiß, in welchen Punkten ich zu keinen Kompromissen bereit bin. Hoffentlich finde ich dabei auch heraus, in welchen ich es bin." Sie sah ihm in die Augen. „Ihr habt nicht zufällig noch freie Zimmer, oder?"

Aus seinem Schreibtisch holte er einen Schlüssel. „Geh in meine Privatsuite. Sie gehört für heute dir."

„Nein, ich kann doch nicht ..."

„Doch, das kannst du. Ich werde hier noch an der Organisation der Weihnachtsparty heute Abend feilen. Du kommst doch auch, oder?"

Sie nickte. „Hoffentlich nicht allein."

„Viel Glück, Alyssa. Wenn Chris sich bei mir meldet, soll ich ihn dann zu dir schicken?"

Nein, sie brauchte wirklich Zeit für sich. „Sag ihm einfach, dass du nicht weißt, wo ich bin." Sie ging zur Tür und wandte sich noch einmal um. „Darf ich dich noch was fragen, Russell?"

„Natürlich."

„Schließt du den Vertrag mit Prescott and Bayne? Oder willst du im Grunde nur mich unter Vertrag nehmen?"

Obwohl Russells Lächeln ungerührt wirkte, wusste Alyssa, dass er ahnte, worauf sie hinauswollte. „Du warst es, die mich beeindruckt hat, Alyssa. Den Vertrag schließe ich mit dir."

Der Ballsaal war wunderschön, die Band fantastisch und das Büffet einzigartig. Doch all das war Chris egal.

Den ganzen Tag lang hatte er auf Alyssa gewartet, doch sie war nicht zurückgekehrt. Eigentlich hatte er gar nicht nach unten zu dieser Party gehen wollen, aber er hatte insgeheim gehofft, Alyssa hier zu treffen.

Doch wie sollte er sie in dieser riesigen Menschenmenge finden?

Verdammt, er wollte mit ihr reden!

Chris machte sich zwar keine ernsthaften Sorgen, aber als er vorhin versucht hatte, sie über Handy zu erreichen, hatte es nur in einer ihrer Taschen im Hotelzimmer geklingelt. Auch an der Rezeption hatte man ihm nicht weiterhelfen können.

Überall im Saal lachten und amüsierten sich die Gäste. Die Pärchen standen dicht beieinander, und die Kinder jagten sich gegenseitig um den Weihnachtsbaum. Sogar Lorelei Leigh und Mark Crais hielten Hof und ließen sich von einem Pulk Reportern interviewen, nachdem sie gemeinsam durch die Auktion geführt hatten.

Nur Alyssa ließ sich nirgendwo blicken.

Chris sah auf die Uhr. Es war schon nach zehn.

Vom Tablett eines vorbeieilenden Kellners nahm er sich ein Glas Champagner. Er sehnte sich nach ihr, wieso war sie nicht da? Und was konnte er bitte tun, um sie zurückzugewinnen?

Auf diese Frage wusste er keine Antwort, und da er ohnehin nicht in Weihnachtsstimmung war, verließ er den Ballsaal und trat in den Innenhof hinaus. Obwohl es immer kälter wurde, war es hier dank der aufgebauten Feuerstellen warm.

Die lodernden Flammen tauchten alles in ein rötliches Licht, und wieder wünschte Chris, Alyssa wäre bei ihm, um die romantische Stimmung gemeinsam mit ihm zu genießen.

Doch auch hier war sie nicht, und so wandte er sich um, um zurück auf sein Zimmer zu gehen.

In diesem Moment entdeckte er sie. Sie sah so wunderschön aus, dass Chris meinte, die Menge würde sich jeden Moment für sie teilen.

Offensichtlich war sie zwischenzeitlich auf ihrem Zimmer gewesen, denn sie hatte sich umgezogen, und Chris fragte sich, ob sie nach oben gegangen war, um sich das Kleid zu holen, oder ob sie nach ihm gesucht hatte.

Jetzt suchte sie die Menge ab. Sofort schlug Chris' Herz ein bisschen schneller.

„Hier", sagte er flüsternd, und obwohl Alyssa ihn unmöglich hatte hören können, blickte sie in seine Richtung, entdeckte ihn und lächelte.

Langsam ging er auf sie zu. „Alyssa."

Sie hob eine Hand, um ihn zu unterbrechen. „Ich habe eine neue Vereinbarung verfasst."

Mit allem hatte Chris gerechnet, aber nicht mit so etwas. „Was hast du?"

„Ich will schließlich, dass es funktioniert." Energisch zog sie die Schultern zurück. Ihr rotes Kleid hatte nur einen Schulterträger, und in dieser Haltung sah sie so sexy aus, dass Chris sich beherrschen musste, um sie nicht zu berühren.

Aus ihrer Handtasche zog sie ein Schriftstück hervor. „Ich habe das getan, was ich als Mediatorin auch von meinen Klienten fordere. Ich habe alle Punkte aufgelistet, bei denen ich zu keinem Kompromiss bereit bin, und daneben alles andere."

„Verstehe." Er nickte. „Wo gibt es bei dir keine Kompromisse?"

Sie befeuchtete sich die Lippen und sah ihm in die Augen. „Bei dir."

Sein Magen zog sich zusammen. „Wie bitte?" Hatte er sich verhört? Bedeutete das, dass sie wollte, dass er blieb?

„Bei dir", wiederholte sie so leise und zärtlich, dass Chris sie beim besten Willen nicht mehr missverstehen konnte.

Bei der Erkenntnis, dass sie ihn bei sich haben wollte, gaben ihm vor Erleichterung beinahe die Knie nach.

„Versteh mich nicht falsch", fuhr sie fort. „Ich habe noch eine ganze Reihe von Punkten, aber überall bin ich bereit, dir ein Stück entgegenzukommen. Allerdings weiß ich auch ganz genau, wie wir diese Mediation zu einem erfolgreichen Ende bringen können. Dafür müssen wir jetzt auf unser Zimmer zurückkehren."

Er konnte ein Grinsen nicht unterdrücken. „Ganz deiner Meinung."

„Dann bin ich sicher, dass wir zu einem befriedigenden Ergebnis kommen werden. Vorausgesetzt, wir gehen beide etwas auf den anderen ein."

Sanft streichelte er ihr über die Wange. „Ich liebe dich, Alyssa, und wenn es dir so wichtig ist, dann suche ich mir einen geregelten Job."

Fragend hob sie die Augenbrauen. „Dazu wärst du bereit?"

„Wir stehen in Verhandlungen, stimmt's? Hast du es mir nicht so erklärt? Dass jede Seite etwas nachgibt? Also, mit einem Bürojob von morgens bis abends könnte ich nicht leben, aber ich könnte sicher als Aushilfslehrer arbeiten. Dadurch wäre ich in meiner Zeiteinteilung flexibel genug, um auf Reisen zu gehen." Er neigte den Kopf. „Und damit kommen wir zum ersten Streitpunkt: Du willst nicht, dass ich verreise, und ich möchte, dass du mit mir kommst."

„Okay." Sie schmunzelte.

„Wie bitte?"

„Okay, ich komme mit dir." Sie hob einen Finger. „Aber nicht so oft, wie du es jetzt tust. Ich liebe es nämlich genauso, zu Hause zu sein und zu entspannen. Allerdings will ich vor allem bei dir sein."

„Genau das möchte ich auch. Und was wird aus deinem Job? Sagtest du nicht, du hättest auch in Zukunft kaum Zeit?"

„Tja." Sie wirkte gleichzeitig stolz und verlegen. „An diesem Punkt arbeite ich gerade. Möglicherweise hattest du genau die richtige Idee. Ich habe den ganzen Tag lang mit Klienten und Kollegen telefoniert, und ich denke, ich werde meine eigene Kanzlei eröffnen."

„Und als Chefin könntest du verreisen, wann immer es dir gefällt."

„Vorausgesetzt, ich bin für meine Klienten erreichbar und bei wichtigen Terminen vor Ort."

Alyssa trat einen Schritt näher und schlang Chris die Arme um den Nacken. „Und? Was meinst du? Finden wir einen gemeinsamen Weg?"

Chris war überzeugt, dass sein Herz jeden Moment explodieren müsste. „Ja! Ja, und wie ich das glaube."

Einladend neigte sie den Kopf zurück, und Chris ging auf das Angebot nur zu gern ein. Es war erst ein paar Stunden her, aber er sehnte sich bereits wieder nach ihr. Er wollte Alyssa spüren und schmecken, und verdammt, er wollte noch viel mehr. Jetzt sofort.

„Lass uns von hier verschwinden“, murmelte er.

„Gute Idee.“ Seufzend schmiegte sie sich in seine Arme.

„Und was ist mit dem Thema Geld? Wirst du mich damit jetzt ständig quälen?“

Lächelnd sah sie ihn an. „Ich habe für mich beschlossen, dass das ein Thema ist, bei dem ich mich zurückhalten werde. Schließlich verdiene ich selbst ganz ordentlich, und du bist ja auch nicht gerade pleite.“

„Alyssa, ich bin wirklich stolz auf dich.“

Sie schafften es bis zur Tür, bevor die letzte Frage kam, auf die Chris schon die ganze Zeit gewartet hatte.

„Du hast doch die Wahrheit gesagt, als du gesagt hast, du würdest an die Altersvorsorge denken, oder?“

„Ja“, versicherte er ihr. „Ja, das habe ich.“

Alyssa konnte nicht sagen, ob sie sich eher frei fühlte oder panisch. Sie war drauf und dran, sich selbstständig zu machen, und das machte ihr Angst.

Aber Chris ist an deiner Seite, sagte sie sich, und er wird dir Halt geben.

Sie betraten die Junior-Suite, und sofort tastete er nach dem Reißverschluss ihres Kleides.

Lachend wand sie sich aus seinem Griff. „Vergiss nicht, wo wir waren.“ Sie strahlte ihn an. „Ich habe etwas für dich. Das wollte ich dir schon früher geben, aber dann haben wir ja diesen blöden Streit gehabt.“

„Ja, ich dachte, es ist besser, wenn wir die Beziehungskrisen schon vorher erledigen“, antwortete er schlagfertig. „Du weißt schon, damit wir jetzt mit dem Rest unseres Lebens beginnen können."

„Sehr umsichtig." Ihre Stimme kam aus dem Schrank, in dem sie herumkramte.

Mit einem großen Karton kam sie wieder aus den Tiefen hervor, und als sie das Geschenk aufs Bett legte, sank die Matratze unter dem Gewicht ein Stück ein.

„Was in aller Welt ..."

„Na los, mach schon auf."

Chris riss das Papier ab und entdeckte darunter einen Karton. Als er ihn aufriss und das Füllpapier entfernte, konnte er nur staunen. „Alyssa, das ... das ist perfekt."

Ja, dachte sie, das ist es. Eine alte Remington-Schreibmaschine, vollkommen restauriert und auf Hochglanz poliert.

Behutsam hob er die Schreibmaschine aus der Verpackung und steckte ein Blatt vom Schreibblock des Hotels hinein. Dann schlug er ein paar Buchstaben an. Die Maschine schrieb tadellos.

„Die habe ich im Ort entdeckt. Ich wollte dich damit überraschen."

„Sie ist wunderschön." Er drückte Alyssas Hand. „Genau wie du."

Er tippte zu Ende, und als er zur Seite trat, sah Alyssa, was er geschrieben hatte.

ICH LIEBE DICH.

„Komm her." Sie zog ihn in ihre Arme. „Beweis es mir."

Chris presste sie an sich und küsste sie leidenschaftlich. Er wollte sie am liebsten überall gleichzeitig berühren und sie nie wieder fortlassen.

Die Uhr auf dem Kaminsims schlug Mitternacht.

„Fröhliche Weihnachten", flüsterte Alyssa.

„Du bist mein einziger Weihnachtswunsch."

„Wunsch erfüllt." Sie lachte leise.

Zärtlich küsste er sie auf die Lippen. „Dann ist dies mein schönstes Weihnachtsfest."

„Ja." Glücklich schmiegte sie sich an ihn. „Meins auch."

Epilog

„Nein." Alyssa hielt das Handy ans Ohr, während die Maschine schon zur Startbahn rollte. „Ich kann am Vierzehnten nicht noch eine Mediation durchführen, wenn am Vormittag bereits eine geplant ist. Mir ist es egal, ob es wahrscheinlich schnell geht, ich plane lieber etwas mehr Zeit ein." Sie hörte zu und hob einen Finger, während sie zu Chris sah. Nur noch eine Minute, hieß das. „In zwei Wochen bin ich zurück, bis dahin möchte ich, dass der Plan steht, okay? Und arrangieren Sie einen Termin mit Russell Starr für die Woche nach meiner Rückkehr. Genau. Danke. Wir starten jetzt, ich muss auflegen. Bye."

Sie legte auf und sah zu Chris. „Einfach verrückt."

„Bist du nervös?"

„Wegen des Fluges? Das weißt du genau. Am liebsten wäre es mir, wenn du mich während des gesamten Fluges mit Knutschen ablenkst. Oder wir verziehen uns in den Waschraum. Wilder Sex könnte mich meine Nervosität vergessen lassen."

„Das würde die Flugleitung sicher nicht so gern sehen. Aber eigentlich meinte ich eher die Woche, die vor uns liegt. Zum ersten Mal, seit du selbstständig bist, verreisen wir. Macht dir das Angst?"

„Große sogar."

„Du hast ein tolles Team, und ihr arbeitet gut zusammen. Es klappt alles bestimmt hervorragend."

„Das weiß ich. Und auf diese Reise würde ich für nichts in

der Welt verzichten." Nach Australien hatte sie schon immer gewollt, und jetzt flogen sie zusammen dorthin. Chris würde einen Artikel schreiben, und Alyssa würde Sightseeing machen und faulenzen. Es klang einfach himmlisch.

Er beugte sich zu ihr und gab ihr einen Kuss, erst sanft und zärtlich, dann immer lustvoller, genau wie es seine Art war.

Und so wird es immer bleiben, dachte sie glücklich.

„Wenn du nervös wirst, dann nimm einfach meine Hand", bot er an.

„Das tue ich sowieso", sagte sie und griff nach seiner Hand. Als etwas Hartes sie in der Handfläche pikste, holte sie erschrocken Luft. „Au! Was ist das?"

Als sie ihre Hand öffnete, lag darin ein Platinring mit einem Solitär. „Chris! Oh, Chris! Nein, das ist zu viel, das kann ich nicht …"

„Ein Mann kann sich so etwas leisten, wenn er gerade die ersten drei Bücher seiner Max-Dalton-Reihe verkauft hat." Er strahlte, während Alyssa versuchte, ihre Jubellaute zu unterdrücken.

Sie zog ihn in ihre Arme. „Das ist fantastisch! Glückwunsch!"

„Lil hat heute Morgen angerufen."

„Fabelhaft. Aber trotzdem hättest du nicht diesen Ring …"

„Ich habe ihn aber gekauft." Chris klang auf einmal sehr ernst.

Dann löste er seinen Gurt, trat auf den Gang zwischen den Sitzreihen und sank auf ein Knie. „Alyssa Chambers, du warst jahrelang meine beste Freundin. Jetzt frage ich dich, ob du meine Frau werden willst."

„Ja", antwortete sie flüsternd, bevor alle Fluggäste applaudierten.

Und während sie sich den Ring an den Finger steckte, dachte Alyssa an jenen Abend zurück, an dem sie im letzten Jahr kurz vor Weihnachten in Dallas in einer Kutsche gesessen hatte. An jenem Abend hatte sie sich nach einem Partner gesehnt, und sie konnte es immer noch nicht glauben, dass dieser perfekte Mann die ganze Zeit über tatsächlich gleich nebenan gewohnt hatte.

– ENDE –

Lori Wilde

Verführung unterm Mistelzweig

Roman

Aus dem Amerikanischen von
Alina Lantelme

mtb

1. Kapitel

Sergeant Noah Briscoe, Leiter einer Ermittlungsgruppe der Polizei in Pine Crest, Virginia, starrte auf die schwelenden Trümmer des ehemaligen herrschaftlichen Wohnhauses von Colin T. Price, dem vermutlich beliebtesten Gouverneur aller Zeiten. Price Mansion war das meistbesuchte historische Wahrzeichen in der Stadt gewesen. Eine Million Touristen hatten es jährlich besichtigt.

Der beißende Gestank konfrontierte Noah mit düsteren Erinnerungen, die er ungeduldig zur Seite schob. Nein, daran wollte er nicht denken. Aber wie konnte er die Vergangenheit ausblenden, wenn der Schutt, verschmorte Metallpfeiler und die glimmende Asche ihm ein anderes abgebranntes Haus, eine andere verletzte Frau und ein anderes ruiniertes Weihnachtsfest ins Gedächtnis riefen?

Noah hatte gerade in einem rund um die Uhr geöffneten Fitnessstudio seine Frustration mit Sport abgebaut, als er den Anruf der Einsatzzentrale erhalten hatte. In letzter Zeit schlief er schlecht, was viel mit dem Stress in der Weihnachtszeit zu tun hatte. Im November und Dezember nahmen die Verbrechen – Raubüberfälle, Ladendiebstähle, häusliche Gewalt – signifikant zu. Die Feiertage hatten etwas an sich, das die Menschen aggressiv machte und anstachelte. Wenn es nach ihm ginge, gehörte das verdammte Weihnachtsfest verboten.

Aber es gab noch einen Grund, weshalb er Probleme mit dem Einschlafen hatte. Seit fast einem Jahr hatte er keinen Sex mehr gehabt. Er musste dringend wieder einmal mit einer Frau ins Bett gehen. So viel Sport wie möglich zu machen, war auf Dauer keine Lösung.

Wann immer Noah an Sex dachte, hatte er Alana O'Hara vor Augen. Die temperamentvolle, rothaarige Rechtsanwältin hatte er im vergangenen Sommer fast dazu überredet, bevor die Vernunft die Oberhand gewonnen hatte. Sie hatten wochenlang miteinander geflirtet, sich einmal in ihrem Büro heiß und leidenschaftlich geküsst und waren genau zu einem Date verabredet gewesen.

Nachdem sie am Ende des Abends auf dem Rücksitz seines SUV heftig rumgemacht hatten, hatte Alana gekniffen. Sie hatte ihm gesagt, dass sie beide einfach nicht zusammenpassten. Selbst wenn die sexuelle Anziehung zwischen ihnen nicht zu leugnen wäre. Und sie hatte recht. Sie waren wie Feuer und Wasser. Aber, verdammt, diese Frau war einfach etwas Besonderes. Sie hatte eine tolle Figur, einen scharfen Verstand und keine Angst, ihre Meinung zu vertreten.

Noah unterdrückte ein Lächeln. An Alana zu denken, hatte den erwünschten Effekt. Die verstörenden Weihnachtserinnerungen spukten ihm nicht mehr im Kopf herum. *Jetzt muss ich mich wieder auf meine Aufgabe hier konzentrieren.*

Der Brandermittler Bic Beckham stocherte in der Asche herum. Mitarbeiter der Spurensicherung machten Fotos. Feuerwehrmänner liefen geschäftig hin und her. Seine Leute waren damit beschäftigt, den Tatort mit gelbem Flatterband abzusperren, tragbare Scheinwerfer aufzustellen und die Schaulustigen hinter den Polizeibarrieren auf Abstand zu halten.

Sanitäter trugen die noch nicht identifizierte, bewusstlose Frau auf einer Trage zum Krankenwagen am Straßenrand. Sie hatte Price Mansion nicht mehr rechtzeitig verlassen können und eine Rauchvergiftung erlitten. Wer war sie, und was hatte sie nach den offiziellen Öffnungszeiten noch in dem Haus zu suchen gehabt? Wenn Noah hier fertig wäre, würde er sich auf den Weg ins Krankenhaus machen, um sich nach ihrem Gesundheitszustand zu erkundigen. Wenn die Frau starb, hatte die Polizei es mit einem Mordfall zu tun, und die Mordkommission würde die weiteren Ermittlungen übernehmen.

„Briscoe." Bic winkte ihn zu sich. „Kommen Sie her."

Auf dem Weg zu ihm lief Noah vorsichtig um die Wasserlachen und heißen Trümmerteile herum. Beckham stand neben einem Haufen ramponierter Ziegelsteine, aus denen sich vor dem Brand einer der vier Schornsteine zusammengesetzt hatte. „Was haben Sie entdeckt?"

„Sehen Sie sich das an." Er zeigte auf ein dünnes schwarzes dreieckiges Zeichen, das sich in die Pflastersteine rund um den eingestürzten Kamin eingebrannt hatte.

Dieses sehr schmale verkohlte Muster in V-Form war ein Hinweis darauf, dass das Feuer heißer als normalerweise gebrannt hatte. Zum Beispiel weil das Feuer absichtlich gelegt wurde und ein Brandbeschleuniger benutzt worden war. Noah rieb sich das unrasierte Kinn.

„Wenn die Glut abgekühlt ist und wir anfangen können, die Asche zu durchsuchen, weiß ich mehr", sagte Bic. „Aber angesichts dieses Brandzeichens und der Beobachtungen der Feuerwehrleute über die Entwicklung des Feuers scheint es sich hier um Brandstiftung zu handeln."

Er fuhr sich durch die Haare. Wer könnte die größte Touristenattraktion der Stadt abfackeln wollen, und warum? Während Bic sich wieder seiner Arbeit zuwandte, rief Noah seine Männer zu sich und informierte sie über den Verdacht. Die meisten Brandstifter verspürten den Drang, das Feuer zu beobachten, das sie gelegt hatten. Oft wurden sie währenddessen entdeckt und gefasst. „Kommt Ihnen bei den Schaulustigen irgendjemand verdächtig vor?“

„Außer dem Weihnachtsmann, meinen Sie?“, fragte Jimmy Thornton, der erst seit Kurzem bei der Polizei und noch nicht ganz trocken hinter den Ohren war.

Der Weihnachtsmann? Noah sah in die Richtung, in die Jimmy zeigte. Tatsächlich stand mitten in der Menschenansammlung ein als Santa Claus verkleideter Mann. Noah sah dem Mann in die blauen Augen. Dessen Alter konnte er nicht schätzen. Der Weihnachtsmann wich seinem Blick nicht aus. Noah lief es unerklärlicherweise kalt über den Rücken. War seine Reaktion nur auf seine Aversion gegen alles zurückzuführen, was mit Weihnachten zusammenhing? Oder wollte ihm sein Bauchgefühl etwas sagen? „Gehen Sie zu ihm und finden Sie heraus, wer er ist“, wies er Jimmy an.

„Sie halten den Weihnachtsmann doch nicht wirklich für den Brandstifter?“

Er rief den jungen Polizisten wegen dessen Naivität mit einem strengen Blick zur Ordnung. „Nur weil er ein Santa-Claus-Kostüm anhat, ist doch nicht ausgeschlossen, dass er das Gesetz bricht.“

Jimmy wurde rot.

Der Grünschnabel hat bestimmt noch vor ein paar Jahren am Heiligabend seinen Strumpf am Kamin aufgehängt und darauf gewartet, dass Santa in der Nacht durch den Kamin ins Haus kommt und ihm den Strumpf mit Gaben füllt. Zur Hölle, wahrscheinlich tat Jimmy das noch immer. „Thornton, so etwas wie den Weihnachtsmann gibt es in Wirklichkeit nicht. Und jetzt Abmarsch.“ Er deutete mit dem Kopf auf den pausbäckigen Mann ganz in Rot.

„Ich bin schon unterwegs, Sergeant." Er lief eilig weg.

„Scrooge", neckte Beckham ihn in Anspielung auf den grantigen Geizhals und totalen Weihnachtsverächter aus Charles Dickens' Weihnachtsgeschichte.

Noah drehte sich zu Bic um, der ihn angrinste. „Nicht Sie auch noch."

„Oh, mir ist völlig bewusst, dass es Brandstifter in allen möglichen Ausführungen, Altersklassen und Outfits gibt. Aber jetzt mal im Ernst – warum sollte der Mann ausgerechnet in einem Santa-Claus-Kostüm Brandstiftung begehen? Darin hat er zu wenig Bewegungsfreiheit und zieht viel zu viel Aufmerksamkeit auf sich. Ganz zu schweigen davon, dass er sich den roten Mantel mit dem Ruß ruiniert."

„Dann kann er einfach behaupten, das rührte daher, dass er einen Kamin hinuntergerutscht ist. Die perfekte Ausrede."

Bic lachte und nahm seine Arbeit wieder auf. Noah ging um das Haus herum zu dessen Vorderseite, die weitgehend intakt geblieben war. Im Foyer hatten die zuerst eingetroffenen Rettungskräfte die geheimnisvolle, bewusstlose Frau gefunden. Sie hatte keinerlei Papiere am Körper getragen, anhand derer man sie hätte identifizieren können. Aber vielleicht hatte sie eine Handtasche dabeigehabt. Er öffnete die Haustür. Alles war von dem Löschwasser durchweicht. Doch in diesem Teil des Hauses befand sich viel weniger Schutt.

Er betrat das Foyer, holte eine Taschenlampe aus der Jackentasche und sah sich im Lichtstrahl den Fußboden genauer an. Durch die Hitze hatte sich das alte Mahagoniholz verformt. Was für eine Schande. Kopfschüttelnd begutachtete er den verkohlten Perserteppich, der vom Foyer in den Salon führte. Als er noch ein Kind gewesen war, hatte ihn seine Mutter zu einem Weihnachtsausflug hierher mitgenommen.

Sie hatte sowohl die Weihnachtsfeiertage als auch die Geschichte dieses Hauses geliebt.

Verdammt, jetzt stiegen diese alten Erinnerungen erneut in ihm auf. Seitdem waren zwanzig Jahre vergangen. Aber Weihnachten war ein Fluch. Und jetzt, da das Feuer Price Mansion zerstört hatte, war es unausweichlich, dass er an das damalige Feuer dachte. Noah fuhr sich über das Gesicht. Was war nur los? Mit der Vergangenheit hatte er eigentlich seit Langem seinen Frieden gemacht.

Schluss damit. Er entschied, sich mit einem der nicht jugendfreien Tagträume abzulenken, in denen Alana O'Hara die Hauptrolle spielte. Seine Wahl fiel auf den, in dem sie schwarze Lederstiefel trug, die ihr bis zum Oberschenkel reichten, und dazu einen winzigen roten Bikini. Bei dieser Vorstellung lächelte er. Ihre Beziehung mochte nie wirklich begonnen haben. Aber Alana war ihm eine große Hilfe, wenn er auf andere Gedanken kommen musste. Allein diese endlos langen Beine und die rote Mähne ...

Moment mal. Da glitzerte etwas im Lichtstrahl der Taschenlampe. Noah konzentrierte sich wieder auf seine Aufgabe und entdeckte eine goldene Gürtelschnalle an einem etwa zehn Zentimeter dicken schwarzen Gürtel, der lang genug für einen Taillenumfang von 110 Zentimetern war. Er holte ein Paar Plastikhandschuhe aus seiner Jackentasche und entfernte vorsichtig ein verkohltes Stück Tapete vom Beweisstück. Der Gürtel war genau so ein Modell, wie es ein Weihnachtsmann tragen könnte. Was hatte er im Foyer des Price Mansion zu suchen?

Nur fünfzehn Prozent der Fälle, in denen es um Brandstiftung ging, wurden jemals gelöst – auch wenn die Fernsehnachrichten die Leute das Gegenteil glauben machten. Könnte er aus dem Stand zu den wenigen Glücklichen gehören, denen es doch gelang? Er zog die Handschuhe aus, ging nach draußen und rief einen der Mitarbeiter der Spurensicherung, damit das Beweisstück zunächst fotografiert und dann in einer Plastiktüte sichergestellt würde. Mit den Augen suchte er die Menschenansammlung ab, konnte aber weder Jimmy Thornton noch den Weihnachtsmann ausmachen.

Einer seiner Männer kam zu ihm. „Sergeant, wir haben eine Zeugin."

„Wen?"

Der Officer blickte auf seinen Tablet-PC. „Ihr Name ist Agnes Gaines. Wohnt nebenan."

„Wo ist sie?"

Er zeigte auf eine ältere Frau, die hinter der nächsten Barriere stand.

„Bringen Sie die Frau zu mir", ordnete Noah an.

Die Nachbarin war sehr dünn, hatte kurze weiße Haare und braune Augen. Sie trug eine viel zu große Brille, Hausschuhe und einen Männermantel über dem Pyjama. „Was haben Sie gesehen, Mrs. Gaines?"

„Ms. Gaines", verbesserte sie ihn. „Ich habe nie geheiratet."

„Haben Sie etwas beobachtet?"

Sie nickte. „Ich konnte nicht schlafen und bin aufgestanden, um mir ein Glas heiße Milch zu machen."

„Wann genau war das?"

„Hm, etwa eine halbe Stunde vor Mitternacht", antwortete Agnes Gaines.

Noah warf einen Blick auf seine Armbanduhr. Jetzt war es zwei Uhr nachts. „Was haben Sie gesehen?"

„Durch das Küchenfenster habe ich gesehen, dass Vollmond ist. Ich liebe den Vollmond. Also bin ich auf die Veranda hinter dem Haus gegangen, um ihn besser betrachten zu können."

Er wollte ihr sagen, dass sie sich kurzfassen und zum Punkt kommen sollte. Doch er zwang sich zur Geduld. Zuhören zu können, gehörte zum Handwerkszeug eines erfolgreichen Ermittlers. „Ja, Ma'am."

„Der Mond stand direkt über Price Mansion. Es war so ein elegantes, altes Haus. Eine Schande ist das." Agnes Gaines schüttelte den Kopf.

Noah räusperte sich.

„Ich schweife ab, nicht wahr? Also, der Mond schien hell, und ich habe gesehen, wie die Haustür aufging. Da es im Haus stockdunkel war und es um fünf Uhr nachmittags für die Öffentlichkeit geschlossen wird, bin ich aufmerksam geworden. Ich dachte, dass vielleicht Jugendliche am Werk sind, die sich einen Scherz erlauben. Und als die Tür offen war, wer ist dann herausspaziert? Was vermuten Sie?"

„Keine Ahnung, Ma'am."

„Ich mache es spannend, nicht wahr? Verzeihen Sie, Officer, das ist eine schlechte Angewohnheit von mir. Ich war zweiundvierzig Jahre lang Schauspiellehrerin auf der Highschool."

Noah trat von einem Fuß auf den anderen und sah sie an. „Ja, Miss Gaines."

„Raten Sie?"

„Der Weihnachtsmann."

„Woher wissen Sie das?", fragte sie enttäuscht.

„Zufallstreffer." Noah wandte sich an den Officer, der die Frau zu ihm gebracht hatte. „Begleiten Sie Miss Gaines nach Hause."

„Ja, Sir."

Der Weihnachtsmann unter den Schaulustigen. Der zu einem Santa-Claus-Kostüm gehörende Gürtel, den er im Foyer gefunden hatte. Außerdem eine Zeugin, die einen als Weihnachtsmann verkleideten Mann gesehen hatte, der kurz vor Ausbruch des Feuers das Haus verlassen hatte. *Ho, ho, ho, verdammt frohe Weihnachten.* Noah hatte jetzt einen Hauptverdächtigen: den Weihnachtsmann.

Als das Handy klingelte, hatte Alana O'Hara einen heißen Sextraum. Darin spielte kein anderer die Hauptrolle als der extrem männliche Sergeant Noah Briscoe. Sie wurde ausgerechnet in dem Moment unsanft geweckt, als sie zum guten Teil kamen. Frustriert setzte sie sich in ihrem Bett auf. Warum drehten sich ihre erotischen Träume noch immer um diesen Mann?

Das einzige Date mit ihm lag Monate zurück und hatte mit Rummachen im Auto sowie der Übereinkunft geendet, dass eine Beziehung zwischen ihnen unhaltbar wäre. Inzwischen hätte sie ihn vergessen müssen. Ihr Unterbewusstsein bewies allerdings das Gegenteil. In dieser Woche träumte sie bereits das dritte Mal von Noah. Vielleicht hätte sie einfach mit ihm schlafen und ihn dann ad acta legen sollen. Sie musste zugeben, dass er fantastisch küsste. Und was er alles mit seinen Fingern anstellen konnte … *Pure Magie.*

Das Handy klingelte immer noch. Alana schnappte es sich und sah auf das Display. Es war ihr Chef Dwight Jacoby.

„Ich habe einen Fall als Pflichtverteidigerin für Sie", sagte er.

Natürlich. Das waren die einzigen Fälle, die sie zugeteilt bekam. Die Stadt Pine Crest unterhielt nämlich kein Büro mit Pflichtverteidigern, sondern engagierte stattdessen einige private Anwaltskanzleien für diejenigen Angeklagten, die sich keinen eigenen Anwalt leisten konnten. Die Kanzleien waren Auftragnehmer und erhielten einen festgelegten finanziellen Ausgleich aus der Stadtkasse. Die Junganwälte in den Kanzleien bekamen bei solchen Fällen Gelegenheit, ihre ersten praktischen Erfahrungen zu machen.

„Ja, Sir. Um welchen Fall handelt es sich?" Alana schlug die Bettdecke zurück und stand auf. Telefonanrufe um drei Uhr morgens waren Teil des Drills. Während sie telefonierte, streifte sie die Pyjamahose ab und zog den Rock an, den sie am Tag vorher getragen hatte.

„Brandstiftung", antwortete ihr Chef. „Price Mansion."

„Im Ernst? Price Mansion ist abgebrannt?"

„Ja."

„Ah, was für eine Schande. Ich habe dieses Haus geliebt."

„Es ist ein Wahrzeichen der Stadt."

„Wer ist der Angeklagte?", fragte Alana.

Dwight schnaubte. „Jetzt kommen wir zum amüsanten Teil."

Sie schlüpfte mit dem linken Arm aus der Pyjamajacke, nahm das Handy in die linke Hand und streifte dann die Pyjamajacke über den rechten Arm. „Was ist denn so komisch?"

„Der Weihnachtsmann."

„Was ist mit ihm?"

„Anscheinend ist er der Feuerteufel."

„Nein. Wirklich?" Alana hasste es, das zu hören. Sie liebte Weihnachten. Es war ihre absolute Lieblingszeit im Jahr. In der Dunkelheit zog sie die Schublade der Kommode auf, tastete nach ihrem BH, fand ihn und schaffte es, ihn anzuziehen.

„Sein richtiger Name ist Christopher Clausen", erläuterte ihr Chef. „Er arbeitet als Weihnachtsmann im Einkaufszentrum Pine Crest Mall und leugnet, das Feuer gelegt zu haben. Obwohl Indizienbeweise gegen ihn vorliegen. Außerdem behauptet er, tatsächlich der Weihnachtsmann zu sein. Deshalb übergebe ich Ihnen den Fall. Sie haben noch diesen unschuldigen Glauben an Weihnachten."

„Warum habe ich das Gefühl, in einer Neuverfilmung des Weihnachtsklassikers ‚Das Wunder von Manhattan' gelandet zu sein?"

„Weil es so ist." Er lachte. „Machen Sie sich auf den Weg ins Polizeirevier. Christopher Clausen wurde ins Vernehmungszimmer Nummer zwei gebracht. Sie werden dort erwartet."

Eine Viertelstunde später klopfte Alana ungeschminkt an die Tür des Vernehmungszimmers Nummer zwei im Pine Crest Police Department. Als die Tür aufging, sah sie in zwei scharfsinnig dreinblickende braune Augen. Entnervt ließ sie den Blick über das zerknitterte, hellblaue Hemd mit den aufgekrempelten Ärmeln, die gebräunten Unterarme und die langen, schlanken Beine in der schwarzen Hose bis zu den neuen schwarzen Lederschuhen voller Ruß wandern, mit denen er offensichtlich am Brandort herumgelaufen war.

Sie nahm den Geruch von Rauch war, der an seinen Kleidern haftete. Schnell sah sie ihm ins Gesicht und wünschte, sich die zusätzlichen fünf Minuten Zeit genommen zu haben, um Mascara, Lippenstift und Rouge aufzutragen. Kein Wunder, dass ihre Sexträume sich noch immer um ihn drehten. Noah Briscoe strahlte eine kaum zu bezähmende männliche Energie aus, die ihr sofort einen erregenden Kick versetzte.

Alana wusste, dass er die ganze Nacht über wegen des Feuers ermittelt hatte. Aber er machte einen munteren und hellwachen Eindruck und sah sie mit dem für ihn typischen intensiven und zynischen Blick an. Trotzdem besaß er eine innere

Ruhe, die sie anziehend fand. Sie stammte aus einer lauten, streitlustigen Familie – überwiegend Anwälte und Richter, die über jede Seite irgendeiner Sache debattieren konnten. Noah war ganz anders. Er hatte seine festen Überzeugungen. Richtig oder falsch. Schwarz oder Weiß. Ihre Welt dagegen hatte viele Nuancen Grau, war vielschichtig und kompliziert.

Machte diese Einfachheit für sie einen Teil seiner Anziehungskraft aus? „Ich bin Mr. Clausens Pflichtverteidigerin", verkündete sie. Noah musterte sie anerkennend, betrachtete ihre Augen, dann den Mund und schließlich ihren Körper von oben bis unten. Überall, wo sie seinen Blick auf der Haut spürte, wurde ihr heiß. Dann trat er einen Schritt näher und berührte ihren Pullover – genau über ihrem Herzen. Sie zuckte überrascht zurück.

„Wir wollen seinen Wahnvorstellungen doch keine neue Nahrung geben."

Erst jetzt wurde Alana bewusst, dass sie eine Brosche in Form eines Weihnachtsmannes an ihrem Pullover befestigt hatte. „Oh." Sie blinzelte. „Oh."

Als Noah den Verschluss der Brosche öffnete und sie von ihrem Pullover löste, streifte er sie mit den Fingerknöcheln knapp über der linken Brust. Ihr stockte der Atem. Er trat zurück und hielt ihr die Brosche hin. Sie streckte die Hand aus, und er ließ den Weihnachtsmann auf ihre Handfläche fallen. Seine umwerfende Wirkung auf sie erinnerte sie daran, warum sie sich nicht näher auf ihn eingelassen hatte. Mit dem sarkastischen Witz, den düsteren Anschauungen und dem verdammt gut gebauten Körper war dieser Prachtkerl einfach zu viel für sie gewesen.

„Ich habe keine Wahnvorstellungen", sagte der Mann in Handschellen, der am Tisch saß. „Ich bin der wahre Weihnachtsmann."

Zum ersten Mal bemerkte Alana ihren Mandanten, der in vollem Santa-Claus-Outfit in dem Zimmer saß. Nur ein langer schwarzer Gürtel fehlte, um die Kostümierung komplett zu machen. Sein Alter konnte sie nicht genau schätzen. Er hatte die Lebensmitte überschritten, war jedoch kein älterer Mann. Er wirkte robust und gesund, hatte blaue Augen, rosige Wangen, ein ungekünsteltes Lächeln und einen langen, weißen Bart. „Hallo, Mr. Clausen", sagte sie. „Mein Name ist Alana O'Hara."

„Der Geist des Weihnachtsfestes." Clausen lächelte.

„Wie bitte?"

„Das ist alles, was er sagt", schaltete sich Noah ein und ging zum offiziellen Teil über. „Jetzt, da Sie hier sind, hoffe ich, dass wir ein Stück weiterkommen."

„Wie lautet die genaue Anklage?" Sie erfuhr, dass bei dem Feuer eine Frau verletzt worden war. Das fügte der vermuteten Brandstiftung einen ganz neuen Aspekt hinzu. Der Santa Claus steckte bis zum Hals in Schwierigkeiten.

Noah verbrachte die nächste Viertelstunde damit, Christopher Clausen zu verhören. Die meiste Zeit über riet Alana ihrem Mandanten, nicht auf die Fragen zu antworten. Oberflächlich betrachtet schien der Tatverdächtige offen, ehrlich und völlig bereit zu sein, mit der Polizei zu kooperieren. Das einzige Problem war, dass er weiterhin darauf bestand, der Weihnachtsmann zu sein.

„Mr. Clausen, haben Sie eine Erklärung dafür, wie Ihr Gürtel in das Foyer des Price Mansion gekommen ist?", fragte Noah.

Alana legte ihrem Mandanten die Hand auf den Arm. „Darauf müssen Sie nicht antworten." Sie erwiderte Noahs scharfen Blick und stand auf. „Es ist Zeit, dieses Verhör zu beenden,

Sergeant Briscoe. Ich muss unter vier Augen mit meinem Mandanten reden.“ Sie sah, dass Noah ein abweisendes Gesicht machte. Wie so oft markierte er den knallharten Kerl. Sie hatte bereits einen Blick hinter diese Fassade geworfen und spürte seine große Verletzbarkeit, die er niemandem offenbarte.

Er lächelte kühl. Aber seine Augen funkelten. „Was immer Sie *brauchen*, Ms. O'Hara.“

Hatte er das Wort ‚brauchen' besonders betont, oder bildete sie sich das nur ein? Sie erinnerte sich an ihren erotischen Traum und wurde rot. Als er ihre Verlegenheit bemerkte, grinste er anzüglich. Einem entgegenkommenden Polizisten traute sie nicht über den Weg. Warum war er so gefällig? Sergeant Briscoe. Ms. O'Hara. Sie gingen so förmlich miteinander um, als hätten sie sich nicht auf dem Rücksitz seines SUV gegenseitig gehörig auf Touren gebracht.

Noah stand auf, ging zur Tür und nickte dem Wachposten zu, der draußen stand. „Sie können Mr. Clausen in die Arrestzelle bringen.“

Als er und Alana dann allein im Vernehmungszimmer waren, wandte er ihr wieder seine ganze Aufmerksamkeit zu. „Der Weihnachtsmann ist schuldig.“

„Ich liebe es, wie schnell du dein Urteil fällst. Das sieht dir so ähnlich.“ Sie könnte schwören, dass er trotz seines skeptischen Gesichtsausdrucks ein amüsiertes Lächeln unterdrückte.

„Wir haben eine Zeugin, die gesehen hat, dass er kurz vor Ausbruch des Feuers das Haus verlassen hat. Im Foyer wurde ein schwarzer Gürtel gefunden, der seinem Weihnachtsmannkostüm fehlt. Clausen hielt sich unter den Schaulustigen auf, die zugesehen haben, wie das Haus in Flammen aufgegangen ist.“ Noah zählte die Argumente an den Fingern ab.

„Das sind alles nur Indizien“, entgegnete Alana.

„Indizien sind zu Unrecht in Verruf geraten. Du weißt, dass die Beweise für eine Verurteilung reichen."

„Ich weiß, dass du knallhart bist, Briscoe. Aber ich hatte keine Ahnung, dass du auch engstirnig bist."

„Dein Mandant ist ein Spinner."

„Mr. Clausen ist ein bisschen unkonventionell. Das macht ihn aber noch nicht zu einem Verrückten."

„Er hält sich für den Weihnachtsmann", führte Noah ins Feld.

„Ich glaube nicht, dass er das im Wortsinn meint", entgegnete Alana. „Es geht ihm um den Geist des Weihnachtsfestes. Das hat er ja gesagt. Er will deutlich machen: Ja, Leute in Virginia, es gibt einen Weihnachtsmann."

„Wie niedlich."

„Darauf will ich hinaus. Clausen versucht nur, diese Ansicht zu bestätigen." Ihre Argumentation war aus der Luft gegriffen. Das wusste sie, und Noah wusste es auch. Sie hatte keine Ahnung, ob Clausen psychisch gestört war oder nicht. Aber schließlich war sie seine Anwältin. Es war ihre Aufgabe, ihn zu verteidigen.

„Und welcher Geist ist das?" Er verschränkte die Arme vor der Brust und sah ihr herausfordernd in die Augen.

Seine Nähe sorgte dafür, dass ihre Nervenenden prickelten. Insbesondere in einer bestimmten erogenen Zone ihres Körpers, die seit langer Zeit nicht mehr von einem Mann berührt worden war. Alana reckte das Kinn. „Der Geist des Weihnachtsfestes steckt in jedem von uns. Sogar in dir, Scrooge."

Noah lachte laut. „Lass mich raten: Dein absoluter Lieblingsfilm ist: ‚Das Wunder von Manhattan'."

Ja. Er hatte den Nagel auf den Kopf getroffen. Aber das sagte sie ihm nicht. Sie hielt seinem Blick stand. Was sie in seinen Augen sah, ließ sie Christopher Clausen, das abgebrannte Haus und alles andere vergessen. Er wollte sie. So sehr, wie sie ihn wollte. „Welches Motiv sollte Clausen haben?“ Sie war entschlossen zu ignorieren, dass er sie heiß begehrte. „Er hat kein Motiv, Price Mansion abzufackeln.“

Er zuckte mit den Schultern. „Vielleicht ist Santa Claus schlichtweg ein Feuerteufel, der sexuell auf seine Kosten kommt, wenn er etwas ansteckt.“

Ihr Atem ging schneller. Jetzt erinnerte Alana sich an den wahren Grund, weshalb sie der angehenden Romanze einen Riegel vorgeschoben hatte. Noah war Testosteron pur und viel zu viel für sie. Sie hätte sich Hals über Kopf in ihn verliebt, wenn sie jemals mit ihm geschlafen hätte. Das war ein Risiko, das sie einfach nicht eingehen konnte. Sie begann gerade, als Anwältin Karriere zu machen, und war nicht bereit für eine ernsthafte Beziehung. Ein unverbindliches Abenteuer war alles, was sie wollte. Aber ihr war völlig klar, dass Noah Briscoe alles andere als der geeignete Kandidat dafür war.

2. Kapitel

Noah verließ um zehn Uhr morgens das Revier, um nach Hause zu fahren und etwas Schlaf nachzuholen. Alanas Worte gingen ihm nicht aus dem Kopf. War er tatsächlich engstirnig? Er glaubte das nicht. Die Indizienbeweise gegen den verrückten Clausen waren eindeutig.

Ich bin also nicht engstirnig und voreingenommen, he? Gerade habe ich Clausen in Gedanken als verrückt bezeichnet, obwohl ich keinen stichfesten Beweis dafür habe, dass er psychisch gestört ist. Abgesehen davon, dass Clausen von Weihnachten total entzückt war. Wenn die Polizei alle Leute einsperrte, die übermäßig von Weihnachten begeistert waren, wäre das Gefängnis in Pine Crest überfüllt – und Alana wäre die Rädelsführerin der Häftlinge.

Wie kam es, dass ihre flapsigen Kommentare sich derart in seinem Kopf festsetzen und leise Zweifel in ihm hervorrufen konnten? Meistens war Noah selbstsicher genug, um sich nicht so schnell infrage zu stellen. Aber sie hatte es irgendwie an sich, ihn aus dem Konzept zu bringen, wenn er es am wenigsten erwartete.

Als er durch den Hintereingang hinaus auf den von einem hohen Stacheldrahtzaun umgebenen und von mehreren Kameras überwachten Mitarbeiterparkplatz ging, sah er die Demonstranten schon. Sie marschierten auf dem Bürgersteig auf und riefen durcheinander. Auf den Schildern, die sie in die Höhe reckten, stand „Freiheit für Santa Claus“ und „Das

Polizeirevier in Pine Crest ruiniert Weihnachten". Ein Wagen des lokalen Fernsehsenders parkte am Straßenrand. Die amüsierte Kameracrew filmte sowohl die Demonstranten als auch Noah, als er in seinen schwarzen SUV einstieg.

Er knallte die Autotür hinter sich zu, seufzte und verdrehte die Augen. Wer hatte so schnell durchsickern lassen, dass Clausen verhaftet worden war? Alana? Sofort verwarf er den Gedanken. Sie mochte ganz erfüllt vom Geist des Weihnachtsfestes sein. Aber so etwas Hinterhältiges würde sie nicht tun. Oder? Sie war eine eifrige, junge Anwältin, die sich beweisen wollte. Sein angeborenes Misstrauen meldete sich zu Wort. Er hatte vor langer Zeit gelernt, dass man niemandem zu sehr vertrauen sollte.

An den Demonstranten und den Nachrichtenreportern vorbei fuhr er zu seinem Apartment. Er hatte sich vorgenommen, ein Haus zu kaufen. Die Zinsen waren sehr niedrig, und er hatte genug Geld für eine Anzahlung auf der Bank. Also gab es keinen Grund, diesen Schritt nicht zu tun. Aber er hatte keine Ehefrau, keine Freundin, nicht einmal ein Haustier. Zur Eile bestand also kein Anlass. Andererseits war er es leid, zur Miete in einem Apartment zu wohnen. Er wollte etwas, das ihm gehörte und von Dauer war. Merkwürdig. Bis vor Kurzem hatte er gerade die durch eine Mietwohnung gegebene Unverbindlichkeit und Flexibilität geschätzt. Wann hatte sein Umdenken eingesetzt?

Die Luft roch nach Schnee, als Noah die Stufen zu seinem Apartment hinaufging. Diese Jahreszeit war absolut nicht sein Fall. Er wünschte, er könnte sich freinehmen und Ferien auf den Bahamas machen. Allerdings war er nicht der Typ für einen Strandurlaub. Seine Vorstellung von Erholung beinhaltete eine einsame Hütte in Montana und Fliegenfischen. Das war im Winter nicht möglich.

Nachdem er sich ausgezogen hatte, schrubbte er sich unter der Dusche den Ruß und den Gestank von verbranntem Holz von der Haut. Er dachte an Alana, die im Vernehmungszimmer mit den verwuschelten Haaren und den schläfrigen Augen ausgesehen hatte, als wäre sie geradewegs aus dem Bett gestiegen. Sofort wurde er hart. Er verfluchte sich und besorgte es sich kurzerhand selbst. Danach trocknete er sich ab, fiel nackt ins Bett und war entschlossen, von überhaupt nichts zu träumen.

Als Noah um halb sechs Uhr abends wieder aufwachte, fühlte er sich wie benebelt und hatte einen Bärenhunger. Er hatte nicht vorgehabt, so lange zu schlafen. Noch etwas wackelig auf den Beinen, ging er in die Küche, öffnete den Kühlschrank und musterte den Inhalt: eine Flasche Ketchup, ein Glas Senf, Ahornsirup, spanische Oliven, ein Sechserpack Bier und eine halb volle Tüte Milch. Er roch an der Milch. Sie war inzwischen verdorben. Also schüttete er sie in die Spüle.

Die Speisekammer war genauso spärlich bestückt. Er fand eine Büchse Sardinen vor, aber keine Cracker. Außerdem gab es Cerealien, eine Tüte scharf gewürzte Kartoffelchips, in der nur noch Krümel waren, sowie Dosen mit Mais, grünen Bohnen und Spinat. Er suchte in der Tiefkühltruhe weiter. Darin stapelten sich einige Fertiggerichte. Doch seine Mikrowelle war defekt. Weit hinten entdeckte er noch eine lange vergessene Packung steinhart gefrorener Eiskrem, die mit Eiskristallen überzogen war.

Seufzend schloss Noah die Tiefkühltruhe und beschloss, sich anzuziehen. Nicht viel später saß er an einem Tisch im Mac's Diner in der Nähe des Polizeireviers und sah sich die Abendnachrichten im Fernsehen an, die gerade angefangen hatten. Der große Bildschirm hing an der Wand über der

Theke. Eine hübsche Reporterin stand auf den Treppenstufen, die zum Gerichtsgebäude führten. Sie hielt ein Mikrofon in der Hand, lächelte in die Kamera und war von Demonstranten umgeben, die Schilder mit der Aufschrift „Freiheit für Santa Claus“ trugen. Er verdrehte die Augen. War der Spuk immer noch nicht vorbei?

„Hier ist Maxie Marks, Ihre Reporterin für KPCV. Vor dem Rathaus ging es heute äußerst lebhaft zu. Demonstranten strömten in Scharen herbei, um sich für Christopher Clausen einzusetzen. Sie forderten die sofortige Freilassung des Weihnachtsmannes aus der Untersuchungshaft. Clausen wird verdächtigt, Price Mansion in Brand gesteckt zu haben. Heute Nachmittag hat Richter Kline dann dem Antrag von Clausens Anwalt stattgegeben.“

Die Reporterin und die Kameracrew liefen noch einige Stufen zum Gerichtsgebäude hinauf. „Gegen eine schockierend niedrige Kaution von zehntausend Dollar ist der in der Stadt als Geist des Weihnachtsfestes bekannte Clausen wieder auf freiem Fuß und kann seinem Job als Weihnachtsmann in der Pine Crest Mall nachgehen. Mal sehen, ob wir dazu ein Statement von einem der Beteiligten bekommen.“

Noah reckte den Kopf und suchte den Bildschirm nach Alana ab. Sie konnte ziemlich stolz auf sich sein, ihren Mandanten gegen eine so niedrige Kaution freibekommen zu haben. Doch die Reporterin hielt nicht Alana, sondern Dwight Jacoby, einem der renommiertesten Verteidiger landesweit, das Mikrofon vor das Gesicht. Was hatte ein so bedeutender Anwalt wie Jacoby mit einem so unbedeutenden Fall zu schaffen? Und was war mit Alana passiert? Sie sollte das Interview geben.

In diesem Moment ging die Eingangstür des Lokals auf und ließ einen Schwall kalter Dezemberluft herein. Gefolgt von einer auffallend rothaarigen Frau, die einen Wollmantel im Hahnentrittmuster trug. Mit gesenktem Kopf steuerte sie auf die Sitzecke neben Noahs Tisch zu, murmelte etwas vor sich hin und zog im Gehen ihre Handschuhe aus. Sie setzte sich, nahm die weiße Wollmütze ab, die zu ihrem Schal passte, und legte sie auf den Sitz neben sich. Dann fuhr sie sich durch die Haare und sah schließlich hoch.

Alana. Sie machte ein aufgebrachtes Gesicht und sah höllisch sexy aus. Sofort erinnerte Noah sich an die frühen Morgenstunden, in denen er mit ihr im Vernehmungszimmer gestanden und sie heftig mit ihm über den Fall debattiert hatte.

„Oh, Mist", murmelte sie so laut, dass er es hören konnte. „Du bist es."

Er stand auf und schlenderte zu ihr hinüber. „Isst du allein zu Abend?"

„Ja. Geh weg." Als Noah sich ihr gegenüber an den Tisch setzte, meinte sie: „Hast du nicht verstanden, was ich gesagt habe? Geh weg."

„Ich habe dich verstanden", erwiderte er milde.

„Du scheinst Schwierigkeiten zu haben, Anweisungen zu befolgen", stellte Alana fest.

„Diesen Fehler mache ich oft."

„Das habe ich bemerkt."

„Was hat dich so aufgebracht?", fragte Noah. Er sah ihr an, dass sie reden wollte. Sie war nur unsicher, ob sie mit ihm reden sollte.

„Dumm", grummelte Alana. „Dumm, dumm."

„Unterbreche ich ein privates Gespräch?" Er versuchte, nicht zu grinsen. Sie machte den Eindruck, dass sie ziemlich wütend würde, wenn er grinste.

„Nein. Ja. Geh weg."

„Du redest wirres Zeug."

Die Kellnerin kam zum Tisch. „Was kann ich Ihnen bringen?"

„Ein Reuben-Sandwich und einen Kaffee", bestellte Noah und klappte die Speisekarte zu.

Im selben Moment sagte Alana: „Er wollte gerade gehen."

Er schüttelte den Kopf und sah die Kellnerin an. „Ich bleibe."

„Geh weg", forderte Alana ihn kurz und bündig auf. „Ich bin Männer leid."

„Sie sprechen mir aus der Seele", stimmte die Kellnerin ihr zu.

Alana wandte sich an die Frau. „Was ist los mit diesen Kerlen? Sie geben dir die Routinearbeit. Und wenn so ein langweiliger Auftrag anfängt, Spaß zu machen, nehmen sie einem den Job wieder weg."

„Es sind Schweine", erklärte die Kellnerin. „Erfolgsgierige Schweine, die den Hals nicht voll kriegen können." Sie warf Noah einen misstrauischen Blick zu, bevor sie wieder ihre Leidensgenossin ansah. „Wollen Sie, dass ich den Sicherheitsdienst rufe, damit Sie ihn loswerden?"

Er lächelte Alana an. „Ich lade dich zum Abendessen ein, wenn ich bleiben kann."

„Ich rufe den Sicherheitsdienst", bot die Kellnerin ihr an. „Es dauert nur eine Sekunde. Sagen Sie nur ein Wort."

„Nein, nein. Er ist nicht das Schwein, von dem ich rede. Zumindest nicht im Moment."

„Okay." Die Frau funkelte Noah böse an und zeigte mit dem Finger auf ihn. „Aber ich lasse Sie nicht aus den Augen."

„Ich habe es zur Kenntnis genommen."

„Und jetzt", sagte die Kellnerin zu Alana und zückte ihren Notizblock. „Was kann ich Ihnen bringen?"

„Einen Cobb-Salat. Die Vinaigrette bitte extra. Und einen Tee."

„Kommt sofort." Sie funkelte Noah ein letztes Mal an und ging.

„Warum nur habe ich das Gefühl, mitten in irgendetwas hineingeraten zu sein?", fragte er Alana.

„Weil du aus Neugier an meinen Tisch gekommen bist."

„Ich habe mir nur Gedanken um dich gemacht."

Sie hob skeptisch eine Augenbraue. „Ernsthaft?"

„Jacoby hat dir den Fall Clausen weggenommen?"

Alana nickte. „Ja."

Noah zuckte die Schultern. „Demonstranten und die Berichterstattung in den Medien. Das war abzusehen."

„Ich war diejenige, die für Clausen die niedrige Kaution verhandelt und durchgesetzt hat." Sie breitete eine Papierserviette auf ihrem Schoß aus. „Jacoby erntet jetzt dafür die Lorbeeren."

„Das ist Politik. Ich möchte nicht schmälern, was du erreicht hast – aber du hast Clausen gegen die niedrige Kaution freibekommen, weil Kline nächstes Jahr wiedergewählt werden will. Er hat sich der öffentlichen Stimmung gebeugt."

„Das klingt so gelassen und hört sich überhaupt nicht nach dem Hitzkopf Noah Briscoe an, den ich kenne. Das ist einer der Gründe, warum aus uns nichts geworden ist. Du warst so festgefahren und starr."

„Ich dachte, dass dir das an mir gefallen hat", neckte er sie.

Alana ignorierte die sexuelle Anspielung. „Und ich habe immer versucht, dich dazu zu bringen, etwas flexibler zu sein und beide Seiten einer Sache zu sehen. Jetzt ist es umgekehrt. Was ist passiert?"

„Der Weihnachtsmann hat Price Mansion abgefackelt."

Die Kellnerin kehrte an den Tisch zurück, servierte Alana den Tee, Noah den Kaffee und ging wieder.

„Clausen hat es nicht getan."

„Die Beweislage sagt etwas anderes."

„Du hast mir versprochen, dass du weitere Nachforschungen anstellst."

„Jacoby hat sich den Fall unter den Nagel gerissen. Was kümmert dich das jetzt noch?"

„Ich will Gerechtigkeit", erklärte Alana. „Das ist der Grund."

„Wir haben tatsächlich die Positionen gewechselt", stellte Noah verblüfft fest. „Gewöhnlich bin ich derjenige, der auf dem Recht beharrt, und du diejenige, die eine Sache von jeder Seite zu beleuchten versucht."

„Vielleicht hatte unsere kurze Verbindung Auswirkungen auf unsere Blickwinkel." Sie rührte Zucker in den Tee. „Stell dir das vor."

„Ein furchterregender Gedanke", meinte er und beobachtete, wie sie die Tasse mit dem heißen Tee an die vom Lipgloss rot glänzenden Lippen setzte. Der aufsteigende Wasserdampf legte sich auf ihre zarte Haut und kräuselte die feinen roten Härchen, die ihr ins Gesicht fielen. Mit Noah ging erneut die Fantasie durch. So müsste sie aussehen, wenn sie unter einem heißen Duschstrahl stünde – wie eine exotische Wassernymphe.

„Grauenvoll", stimmte Alana zu.

Er schluckte. Sie war zu viel für ihn. Das war der wahre Grund, weshalb sie nie ein zweites Mal miteinander ausgegangen waren. Sie hatte die Macht, ihn zu verändern, und ihm behagten Veränderungen nicht. Aber er kannte ihre Schwäche. Als die Kellnerin ihnen das Essen servierte, sagte er: „Bringen Sie uns einen großen Eisbecher mit extra viel heißer Schokoladen- und Karamellsoße zum Dessert und zwei Löffel dazu."

Die Kellnerin warf Alana einen Blick zu und wartete auf deren Einwilligung.

Sie wirkte, als wollte sie ablehnen. Doch dann nickte sie. *Ha!* Jetzt hatte Noah sie am Wickel. Sie liebte Schokolade. Als sie ihn verstohlen anlächelte und unbeschreiblich sinnlich seufzte, pulsierte ihm das Blut heiß durch die Adern. „In Anbetracht deines jüngsten Perspektivwechsels solltest du vielleicht als Staatsanwältin statt als Verteidigerin arbeiten", schlug er vor.

„Jeder in meiner Familie ist Richter oder Anwalt. Wir stehen dafür ein, dass jeder den Anspruch auf ein faires Verfahren hat."

„Das schließt nicht unbedingt aus, dass du als Staatsanwältin tätig bist, oder?"

„Ich habe eine eigensinnige Familie."

„Du hast Angst, das schwarze Schaf zu sein, hm?"

Alana öffnete den Mund, schloss ihn wieder und öffnete ihn erneut, um eine Gabel Salat in den Mund zu stecken. Dann kaute sie schweigend.

Beschäftigte sie ihre Zunge, um sie zu kontrollieren? Bei dem Gedanken an ihre kleine, sexy Zunge wurde ihm noch heißer. Noah biss in sein Sandwich, um nicht zusehen zu müssen, wie sie mit den weißen Zähnen geschickt eine Tomatenscheibe von der Gabel holte.

„So", sagte sie nach einem langen Moment. „Was hast du denn an Weihnachten geplant?"

„Wer? Ich?"

„Du bist der Einzige, der hier sitzt."

Noah tupfte mit der Papierserviette seinen Mund ab und räusperte sich. War das lediglich eine simple Frage, oder war sie auf mehr aus?

Alana las seine Gedanken. „Ich mache nur Konversation."

Er zuckte die Schultern. „Arbeiten."

„Arbeitest du an jedem Weihnachtsfest?"

„So gut wie."

„Hast du etwas gegen die Feiertage?"

„Mehr, als du dir vorstellen kannst."

„Das ist eine Schande", sagte Alana mitleidig.

„Ist es nicht", widersprach Noah. „Ich bin froh, ein Weihnachtsverächter zu sein."

„Darüber ist niemand froh", konterte sie.

„Ich schon", beharrte er. „Außerdem muss jemand an den Feiertagen arbeiten. Nur weil Weihnachten ist, bedeutet das ja nicht, dass keine Verbrechen mehr passieren."

„Also hast du nicht vor, zum jährlichen Weihnachtsball der Feuerwehr zu gehen?"

Wollte sie sich mit ihm verabreden? Das brachte ihn noch mehr auf Touren. „Findet die Veranstaltung nicht gewöhnlich im Price Mansion statt?"

Alana nickte.

„Wird der Ball denn jetzt nicht abgesagt?"

„Das Planungskomitee sagt Nein und sucht händeringend nach einer neuen Location."

„Ich bin nicht unbedingt der Typ für eine Gala", meinte Noah.

Die Kellnerin brachte den riesigen Eisbecher und räumte die Teller ab. „Benimmt er sich?", fragte sie Alana.

„Ja."

„Dann ist alles in Ordnung." Die Kellnerin ging wieder.

„Es ist ewig her, dass ich einen Eisbecher mit heißer Schokoladen- und Karamellsauce gegessen habe.“ Ihre Augen leuchteten.

„Lass es dir schmecken“, lud Noah sie ein.

Sie kostete das Eis mit einer großen Portion Schokoladen- und Karamellsauce und stöhnte vor Begeisterung. „Mm. Oh, das schmeckt so gut.“

Alana flippte fast aus – genau wie er erwartet hatte. Er starrte auf ihren Mund, als sie sich die Sauce von den Lippen leckte. Zum ersten Mal, seitdem sie ins Lokal gekommen war, sah sie entspannt und glücklich aus. Das gefiel ihm. Ihr Anblick sorgte dafür, dass er sich entspannte und lächelte.

„Himmlisch.“ Sie seufzte verträumt und kostete erneut das Dessert.

Er nahm den zweiten Löffel zur Hand. Für eine Weile aßen sie nur. Die Stille wurde gelegentlich durch Alanas verzückte Seufzer unterbrochen. Sie schloss die Augen und genoss jeden Löffel Eiscreme in vollen Zügen. Er wurde hart. Sie sah aus, als käme sie jeden Moment zum Orgasmus. Gebannt legte er den Löffel hin.

Alana schlug ein Auge auf und erwischte ihn dabei, wie er sie anstarrte. „Was ist?“

„Du siehst aus …“

„Wie?“

Auf keinen Fall sagte Noah, was er dachte. Er schüttelte den Kopf.

Sie schlug auch noch das andere Auge auf. „Ich hatte einen schlechten Tag“, murmelte sie. „Normalerweise esse ich nie so viel.“

Er musterte ihren sexy Körper und konnte ein anerkennendes Lächeln nicht unterdrücken. „Offensichtlich.“

Alana genehmigte sich mit viel Begeisterung den letzten Rest Eiscreme, leckte ausgiebig den Löffel ab und betrachtete ihn dann nachdenklich. „Was stimmt nicht mit dir, Briscoe?"

„Was meinst du damit?"

Sie ließ den Löffel in die Glasschale fallen. „Warum hasst du Weihnachten? Hat dir der Weihnachtsmann früher einmal Kohlen statt Geschenke in den Strumpf gesteckt, weil du ein böser kleiner Junge warst?"

Noah behagte es nicht, über sich zu reden. Noch weniger behagte es ihm, über seine Vergangenheit zu reden. Er versuchte, all das zu verdrängen. Also war er überrascht, als er sagte: „Es gab viele Jahre, in denen ich nicht einmal einen Strumpf am Kamin hängen hatte."

Alana setzte sich aufrecht hin. Auch sie war überrascht. „So viel habe ich dich noch nie über deine Kindheit reden gehört."

„Bemitleide mich jetzt bloß nicht", fuhr er sie an. „Ich hasse es, wenn Leute Mitleid mit mir haben."

„Waren deine Eltern sehr arm oder warum …?"

„Mehr erfährst du nicht." Noah sah auf seine Armbanduhr.

„Du willst fliehen."

„Ich fliehe nicht", bestritt er. „Ich muss jetzt aufs Revier und mich darüber informieren, welche Fortschritte die Ermittlungen im Fall der Brandstiftung machen." Er holte sein Portemonnaie aus der Hosentasche und legte genug Dollarscheine für das Essen und ein Trinkgeld auf den Tisch. Dann stand er auf.

Alana sah ihn an. „Aber du hältst dein Versprechen, richtig? Du wirst Clausen nicht nur ins Gefängnis bringen, weil es am einfachsten ist."

„Ich dachte, dein Chef hat dir den Fall weggenommen." Noah zog seine Jacke an.

„Hat er. Doch das heißt nicht, dass mir der Fall egal ist.“

„Du machst dir zu viele Gedanken.“

Alana reckte herausfordernd das Kinn. „Und du zu wenige.“

„Ist das so?“ Noah beugte sich zu ihr hinunter, bis sein Gesicht nur noch Zentimeter von ihrem entfernt war.

Sie umklammerte die Tischplatte. Aber sie zuckte nicht zusammen und wich nicht zurück. Sie schluckte und hielt stand. Auch wenn ihr Puls sich beschleunigte.

Er war ihr nah genug, um sie zu küssen. Verdammt, er wollte sie küssen. Er küsste sie nicht. Nicht hier und nicht jetzt. Aber irgendwo und bald.

3. Kapitel

Alana fühlte sich wie eine Schatzsucherin, die gerade einen Nugget Gold aus einem harten, zerklüfteten Stein gekratzt hatte. Noah hatte bestätigt, was sie schon lange vermutet hatte. Er hatte eine schreckliche Kindheit gehabt, die so schlimm gewesen war, dass er nicht darüber reden konnte. Wurde er deswegen so nervös und vorsichtig, wenn es um intime Beziehungen ging? *Nun, gerade hat er nicht nervös und vorsichtig reagiert.*

Tatsächlich war sie sicher, dass er im Begriff gewesen war, sie zu küssen. Aber dann hatte er es sich anders überlegt. Sie trank einen Schluck des inzwischen lauwarmen Tees und versuchte sich den verletzlichen Jungen vorzustellen, der er einmal gewesen war – was ihr bei diesem markanten, starken und selbstbewussten Mann unmöglich schien. Dennoch musste er einmal ein Kind gewesen sein. Er erregte ihre Neugier. Oh, wem machte sie etwas vor? Er erregte viel mehr als nur ihre Neugier.

Zudem war Clausen nicht länger ihr Mandant. Also gab es keinen Grund mehr, weswegen sie und Noah sich streiten könnten. Kein Interessenkonflikt stand mehr zwischen ihnen. Er hatte gesagt, dass er nach entlastendem Material suchte, um Clausens Unschuld zu beweisen. Und Alana glaubte ihm.

Noah hatte seine Fehler – der schwerwiegendste war, emotional verschlossen zu sein. Aber er war immer ehrlich und gradlinig. Wahrscheinlich kletterte er deshalb nie weiter die

Karriereleiter hinauf und bliebe Sergeant. Politische Spielchen und raffinierte taktische Manöver lagen ihm nicht. Er handelte aus einem Gefühl der Integrität und aus dem Bauch heraus. Damit war er das genaue Gegenteil zu den strategisch ausgerichteten Männern in ihrer Familie.

Moment mal. Es gibt einen Grund, warum ich mich vergangenen Sommer nicht näher auf ihn eingelassen habe. Aber Alana konnte sich absolut nicht mehr daran erinnern, was der Grund dafür gewesen war.

Am Morgen nach dem Abendessen mit Alana durchsuchte Noah methodisch die verbrannten Trümmer des Price Mansion. Im Tageslicht könnte er Dinge entdecken, die ihm in der Dunkelheit entgangen waren. Bic war immer noch damit beschäftigt, sein detailliertes Gutachten zu verfassen. Der Experte hatte ihm jedoch versichert, dass es sich um Brandstiftung handelte.

Gestern Abend war Noah beim Krankenhaus vorbeigefahren, um nach der unidentifizierten Frau, die von den Rettungskräften bewusstlos im Foyer des Hauses gefunden worden war, zu sehen. Sie war aus dem Koma aufgewacht. Das traumatische Unglück hatte jedoch leider bewirkt, dass sie unter Gedächtnisschwund litt. Der Arzt hatte ihm gesagt, dass die Frau ihr Gedächtnis innerhalb weniger Tage wieder zurückerlange. Allerdings war es möglich, dass sie nie mehr in der Lage sein würde, sich daran zu erinnern, was genau in der Nacht passiert war, in der das Feuer ausgebrochen war.

Also lag es an Noah und seinem Ermittlungsteam, der Sache auf den Grund zu gehen. Das hieß, wenn Clausen das Feuer nicht gelegt hatte. Alana schien von der Unschuld des Mannes überzeugt zu sein. Aber er ließ sich nicht so leicht umstimmen.

Dennoch machte er seine Arbeit gründlich. Nicht für sie, sagte er sich, sondern um der Gerechtigkeit willen.

Er durchkämmte noch einmal das Gelände, das bereits von ihm, seinen Männern und Bic sorgfältig abgesucht worden war. Manchmal bedurfte es nur eines neuen Blickwinkels, um Dinge in einem anderen Licht zu sehen. Heute versetzte er sich in die Lage eines Brandstifters, um diese neue Perspektive zu gewinnen.

Laien glaubten oft, dass Pyromanen, also Brandstifter aus krankhafter Veranlagung, die meisten Feuer legten. Doch in Wirklichkeit taten das nur wenige Pyromanen bloß wegen des sexuellen Kicks, den sie beim Beobachten des Brandes hatten. Dieses Motiv hatte er Alana in der Nacht genannt, in der er Clausen verhaftet hatte. Dennoch war ihm klar gewesen, dass genau dieser Punkt das große Manko in der Beweisführung des Falles war.

Clausen hatte noch nie Brandstiftung begangen. Tatsächlich hatte er bisher nicht einmal einen Strafzettel bekommen, weil er im Parkverbot gestanden hatte. Wenn der Mann wirklich ein Feuerteufel wäre, hätte er bereits als Teenager oder mit Anfang zwanzig gezündelt. Denn in diesem Alter zeigte sich die Pyromanie am deutlichsten. Falls Clausen der Täter war, musste er also ein anderes Motiv gehabt haben.

Zu den anderen Motiven für Brandstiftung zählten Vandalismus, Rache, die Tarnung eines anderen Verbrechens, Terrorismus oder schlichtweg Gewinnstreben. Noah ging die Motive der Reihe nach durch. Vandalismus begingen zumeist Gangs. Aber im beschaulichen Pine Crest, einem Vorort von Washington, D. C., in dem die obere Mittelschicht zu Hause war, hatte es bislang fast kein Verbrechen irgendeiner Gang gegeben.

Ein Racheakt wäre jedoch gut möglich. Er ging im Foyer, wo er den Gürtel des Weihnachtsmannes gefunden hatte, auf und ab, schloss die Augen und fühlte sich in jemanden ein, der sich rächen wollte. Jemand hatte ihm unrecht getan, und er wollte es ihm heimzahlen. Rache verübte man am besten mit kühlem Kopf. Also hatte er sich genug Zeit genommen, um methodisch über die geplante Brandstiftung nachzudenken, und sichergestellt, dass sich während der Tat kein unschuldiges Opfer im Haus aufhielte. Aber vielleicht war die Frau auch nicht so unschuldig, wie Noah glaubte.

Oder hatte die Brandstiftung nur als Tarnung gedient? Hatte der Täter die unbekannte Frau umbringen wollen? Wenn ja, hatte er das Verbrechen miserabel ausgeführt. Wenn Noah jemanden töten und ein Feuer dazu benutzen wollte, das Verbrechen zu tarnen, hätte er dafür gesorgt, dass die Person tot war, bevor er das Feuer entfachte. Er rieb sich das Kinn. Terrorismus? Aber welchen Zweck erfüllte ein terroristischer Akt der Brandstiftung, wenn kein Bekennerschreiben eingegangen war? Wenn niemand wusste, was der Grund für das Feuer war und welche terroristische Vereinigung dahintersteckte, machte das keinen Sinn.

Damit blieb die gute alte Profitgier übrig. Geld. Dieses Motiv lag den meisten Verbrechen zugrunde. Wer profitierte davon, wenn Price Mansion in Flammen aufging? Das Haus gehörte der Stadt. Wie könnte jemand Gewinn daraus ziehen, wenn er einen Touristenmagneten zerstörte, der Pine Crest viel Geld einbrachte?

„Hallo, Officer."

Die Frauenstimme riss Noah aus seinen Überlegungen. Er sah sich um. Die dürre, ältere Frau, die er in der Nacht des

Feuers befragt hatte, stand hinter dem gelben Flatterband und winkte ihm zu. Er ging zu ihr. „Ms. Gaines."

Sie lächelte. „Sie erinnern sich an mich."

Sein Chef hätte mit einer Bemerkung wie „Sie vergisst man nicht" Süßholz geraspelt. Aber Noah war mehr daran interessiert, das Verbrechen aufzuklären, als eine Zeugin mit Schmeicheleien einzuwickeln. „Wenn es um die Fälle geht, die ich untersuche, erinnere ich mich an alles."

Agnes Gaines nickte. „Sie sind ein ernsthafter junger Mann."

„Kann ich etwas für Sie tun?"

„Mein Gedächtnis ist nicht so gut wie Ihres. Als ich gesehen habe, dass Ihr Auto dort steht, ist mir noch etwas eingefallen."

Noah lehnte sich zu ihr. Sein Interesse war geweckt. „Und zwar?"

„Als ich beobachtet habe, wie der Weihnachtsmann Price Mansion verlassen hat, stand genau dort am Bürgersteig ein Auto, wo Ihr Auto jetzt parkt."

„Ist der Weihnachtsmann in das Auto gestiegen?"

Ms. Gaines schüttelte den Kopf. „Nein, nein. Er ist weggegangen."

„In welche Richtung?"

„Nach Süden." Sie deutete in die Richtung. „Irgendwann ist er dann in der Dunkelheit verschwunden."

„Können Sie das Auto beschreiben?", fragte Noah.

„Es war ein Viertürer. Es tut mir leid, dass ich die Wagentypen der aktuellen Modelle nicht kenne, aber …" Sie warf ihm einen geheimnistuerischen Blick zu.

„Aber was?"

„Wollen Sie gar nicht raten?"

Er bewahrte Geduld. Sie war wahrscheinlich einsam und genoss es, die Spannung zu erhöhen. Er erinnerte sich daran, dass sie früher einmal Schauspiellehrerin gewesen war. „Die Bühne gehört Ihnen, Ms. Gaines. Sie stehen im Scheinwerferlicht. Sagen Sie mir, was Sie gesehen haben."

„Auf der Autotür war ein Logo."

Noah fragte pflichtschuldigst: „Was für ein Logo?"

„Ich glaube, es war das Logo einer Firma für Immobilienentwicklung."

„Haben Sie den Namen auf dem Logo gesehen?"

„Nein, tut mir leid."

„Saß jemand im Auto?"

„Das kann ich nicht sagen."

„Danke, Ms. Gaines." Auf diese Weise kam Noah nicht weiter. „Ich weiß Ihre Mühe zu schätzen. Rufen Sie mich bitte an, wenn Sie sich an mehr Details erinnern."

„Ich bin immer gern behilflich."

Er beobachtete, wie die Frau wegging, und dachte über ihre Aussage nach. Das Auto mit dem Logo eines Bauträgers könnte keinerlei Bedeutung haben – wahrscheinlich hatte es keinerlei Bedeutung. Aber jetzt stiegen doch Zweifel in ihm auf. Alana könnte sehr gut recht haben. Clausen könnte unschuldig sein. Eines war jedenfalls sicher: Noah musste noch viel mehr Nachforschungen anstellen, um den Fall zu lösen.

Als Alana zwei Tage später von der Arbeit nach Hause fuhr, wurde im Autoradio „Have Yourself a Merry Little Christmas" gespielt. Die Staatsanwaltschaft hatte angerufen und sie darüber informiert, dass im Fall Clausen entlastendes Beweismaterial aufgetaucht und die Anklage gegen ihn fallen gelassen worden war.

Sie war dankbar und fühlte sich bestätigt. Sie hatte nicht recht gehabt, und Noah hatte sein Versprechen gehalten. Er hatte Nachforschungen angestellt und Beweise entdeckt, die ihren Mandanten rehabilitierten. Nun, nicht ihren Mandanten – denn Dwight hatte ihr den Fall weggenommen. Doch das spielte keine Rolle. Wichtig war nur, dass ein unschuldiger, wenn auch ein wenig verrückter Mann wieder auf freiem Fuß war.

Noah brachte ihr Herz zum Schmelzen. *Schluss damit.* Dennoch musste Alana lächeln. Sie bog in die Juniper Lane ein. Die hügelige Straße führte am Friedhof vorbei. Diese Strecke fuhr sie jeden Tag. Meistens warf sie nicht einmal einen Blick auf die Grabsteine am Hang. Aber heute wurde sie auf einen Mann in einem dunklen Mantel aufmerksam, der mit einem Strauß roter Rosen in der Hand den Hügel zum Friedhofstor hinaufstapfte.

Der Anblick fesselte sie. Eine einsame Silhouette vor dem grauen Himmel und dem großen schwarzen schmiedeeisernen Friedhofstor. Nur die Blumen bildeten als leuchtender Farbtupfer einen Kontrast zu der melancholischen Szene. Der Mann kam ihr irgendwie bekannt vor. Sie fuhr langsamer, reckte den Hals. Wer war das? Er hob den Kopf. *Noah.* Ihr Herz schien einen Schlag lang auszusetzen. Er ging auf den Friedhof.

Alana konnte nicht sagen, was sie faszinierte. Aber sie parkte ihr Auto am Straßenrand, blieb einen Moment lang sitzen und starrte auf das Armaturenbrett. *Ich darf den Mann nicht in seiner Trauer stören.* Sie hatte nicht vor, das zu tun – auch wenn sie ihm ein großes Dankeschön schuldig war. Also sollte sie weiterfahren. Doch ihre Neugier siegte. Sie stieg aus und schloss leise die Autotür. Nachdem sie die frische Winterluft tief eingeatmet hatte, ging sie zu dem Friedhofstor. Die Hände hatte sie tief in die Taschen ihres Wollmantels gesteckt.

Der große Friedhof mit den mächtigen Bäumen und den Familienmausoleen stammte noch aus der Zeit vor dem Bürgerkrieg. Sie schlenderte die schmalen Wege hinunter. Ihre Ohren fühlten sich eisig an im kalten Wind. Noah geriet ab und zu in ihr Blickfeld. Dann verschwand er immer wieder hinter Bäumen oder Grabsteinen. Er war mehrere Meter vor ihr. Täte sie so, als wenn sie ein Grab besuchte, wenn er sie bemerkte? *Das ist dumm. Ich sollte zu meinem Auto zurückgehen. Warum folge ich ihm?*

Sie ging langsamer und kehrte fast um. Doch der Drang, mehr über ihn zu erfahren, trieb sie an. Ihr Puls schlug schneller. Wovor hatte sie Angst? Alana legte sich eine plausible Ausrede zurecht, warum sie ihm zufällig auf dem Friedhof über den Weg lief. Doch als sie die Reihe der Gräber erreichte, zu der er zuletzt eingebogen war, fand sie niemanden vor. Sie war perplex. Hatte sie sich getäuscht?

Als sie umherwanderte, fühlte sie sich zunehmend beklommen. War Noah verheiratet gewesen und jetzt Witwer? Sie hatte keine diesbezüglichen Gerüchte gehört. Aber er war ein Mann, der kaum etwas von sich preisgab.

Dann entdeckte Alana den Strauß roter Rosen, der vor einem Schiefergrabstein lag. Sie trat näher und verließ den zementierten Gehweg. Die hohen Absätze ihrer Schuhe sanken in die feuchte Erde. Dann beugte sie sich hinunter und las die Inschrift des Grabsteins:

Helen Jayne Briscoe
1. November 1963–25. Dezember 1993
Noahs geliebte Mutter

Sie blinzelte, als ihr bewusst wurde, was passiert war. Seine Mutter war am Weihnachtstag gestorben, als er zehn oder elf Jahre alt gewesen war. Sofort schnürte Mitleid ihr die Kehle zu. Der arme Junge. Der arme Mann. Kein Wunder, dass er Weihnachten hasste. Sie versuchte sich vorzustellen, was er durchgemacht hatte, war dazu jedoch nicht in der Lage. Denn sie hatte noch nie einen Menschen verloren, der ihr so nahestand. Das war ein Glück, und sie wusste es. Wie sollte sie sein Leid nachempfinden können?

Alana richtete sich auf und sah sich nach Noah um. Doch er war verschwunden. Sofort traf sie eine Entscheidung. An diesem Weihnachtsfest ließe sie ihn nicht allein – nicht am zwanzigsten Todestag seiner Mutter. Ob er es wollte oder nicht – sie war wild entschlossen, festliche Weihnachtsstimmung in sein Leben zu bringen. Er brauchte sie. Auch wenn er nicht fähig sein mochte, es zuzugeben.

Noah duschte und trocknete sich ab. Ihm ging die irritierende Frage nicht aus dem Kopf, warum Alana ihm auf dem Friedhof gefolgt war. Er hatte gewusst, dass sie hinter ihm herging. Schließlich war er Polizist, und sie war nicht besonders geschickt darin, jemanden unauffällig zu überwachen. Wie auch? Als Anwältin verfügte sie über andere Fertigkeiten. Also hatte er schnell die Blumen am Grab seiner Mutter niedergelegt, war durch das Seitentor verschwunden und eilig zu seinem Auto gegangen.

Damit kam er zur nächsten Frage, die ihn ärgerte. Warum hatte er die Blumen dort gelassen, wenn er wusste, dass Alana sie fände und zwei und zwei zusammenzählte? Ihm fiel nur eine plausible Antwort ein. Auch wenn er wünschte, diese Antwort leugnen zu können. Er hatte gewollt, dass sie auf diese Weise erführe, was er ihr nicht sagen konnte – und das machte ihm am meisten zu schaffen.

Es klingelte an der Tür. Noah schlang das Handtuch um seine Hüften, ging barfuß zur Wohnungstür und sah durch den Spion. Alana stand draußen. Sie hielt einen Pappkarton in den Händen und trug ein Stirnband, an dem ein Rentiergeweih befestigt war. War das ihr Ernst? Er erwog, die Tür nicht zu öffnen. Aber sie wusste, dass er daheim war. Sein Auto stand direkt vor dem Haus. Er fluchte leise.

Erneut klingelte es. Die andere Möglichkeit war, in die Offensive zu gehen und sie zu vertreiben. Nur mit einem Handtuch bekleidet die Tür zu öffnen und abzuwarten, wie lange es dauerte, bis sie auf dem Absatz kehrtmachte und die Flucht ergreifen würde. Weniger als zehn Sekunden, schätzte er. Also setzte er ein teuflisches Grinsen auf und öffnete schwungvoll mit einer Hand die Tür, während er mit der anderen noch immer das Handtuch festhielt.

Gleichzeitig hob Alana die Faust, um an die Tür zu klopfen. Sie war so in Fahrt, dass sie stattdessen gegen seine Brust hämmerte. Noah schreckte zurück – genau wie sie. Mit großen Augen starrte sie ihn an. Doch sie war selbstbeherrscht und erfahren genug, um ihren Gesichtsausdruck sofort wieder unter Kontrolle zu bekommen. „Oh", sagte sie. „Kommst du gerade aus der Dusche?"

Er verkniff sich eine scharfe Entgegnung und raufte sich mit der freien Hand die nassen Haare. Wassertropfen flogen durch die Luft. Als sie zögerte, zählte er im Geist die Sekunden. Drei … zwei … eine. Aber statt zu gehen, straffte sie die Schultern, warf den Kopf in den Nacken und spazierte in sein Apartment. Es war sein Fehler, dass er zwischen seinem fast nackten Körper und der Tür genug Platz gelassen hatte.

Noah schloss die Tür hinter sich, folgte ihr und ließ den Blick über ihre verführerische Figur wandern. Sie trug einen rotkarierten Minirock aus Wollstoff, der ihre heißen Beine in den schwarzen Strümpfen in Szene setzte. Der erwachsene Schulmädchenlook war sehr sexy. Die Ohrringe – winzige Schneemänner – schienen bei jeder ihrer Kopfbewegungen ein Tänzchen aufzuführen. „Was machst du hier?"

„Weihnachtsstimmung verbreiten." Sie strahlte ihn an und stellte den Pappkarton auf den Couchtisch.

„Wie bitte?" *Ich habe sie gewissermaßen darum gebeten. Denn ich habe die Blumen am Grab meiner Mutter niedergelegt, statt Alana auf dem Friedhof zur Rede zu stellen. Jetzt glaubt sie, eine Mission zu haben, und will dafür sorgen, dass sich der Weihnachtsverächter geliebt fühlt.*

„Kein Wunder, dass du so ein Miesepeter bist, was Weihnachten angeht. Keine Dekoration. Nichts, was dich aufmuntert." Sie zeigte auf die auf das Allernotwendigste beschränkte Einrichtung des Wohnzimmers: eine Couch mit Couchtisch, eine Lampe, ein Fernsehgerät.

Nachdem Noah erst einmal im System der Pflegeunterbringung gelandet war, war er aufgewachsen, ohne etwas zu besitzen, das wirklich ihm gehörte. Dieser Mangel hätte vielleicht bei einigen Leuten dazu geführt, ein übertriebenes Bedürfnis nach Eigentum zu entwickeln. Das Gegenteil war bei ihm der Fall. Ihm bedeutete Besitz wirklich überhaupt nichts. Je mehr man hatte, desto mehr hatte man zu verlieren.

Er spürte, dass Alana seinen Körper ausgiebig in Augenschein nahm. Sie hatte rote Wangen, schien sich jedoch nicht dadurch abschrecken zu lassen, dass er so gut wie nackt war. Er trat näher zu ihr. Sie wich zurück. Ihre Lippen bebten kaum wahrnehmbar, und ihr Atem ging schneller. Er sah, wie sich ihre Brüste unter dem rot-grünen Pullover hoben und senkten. Also war sie doch nicht so selbstbeherrscht, wie sie ihn glauben machen wollte. Aber er auch nicht, zum Teufel. Sein Mund war trocken und sein bestes Stück … *Verdammt!*

„Ich gehe mir etwas anziehen“, murmelte Noah und war überrascht, dass seine Stimme belegt und rau klang.

„Gute Idee.“ Sie nickte.

Als er schnell in die Sicherheit seines Schlafzimmers verschwand, kam ihm der Gedanke, dass jetzt er es war, der die Flucht ergriff.

4. Kapitel

Was tat sie hier? Alana schluckte, als Noah im Flur verschwand. Sie konnte nicht widerstehen, ihm hinterherzusehen. Was für ein knackiger Po. Sie seufzte. *Ja, aber ich darf mich nicht mit seinen körperlichen Vorzügen beschäftigen. Ich bin hier, um die emotionale Mauer zu durchbrechen, die er um sich herum aufgebaut hat. Um ihn wissen zu lassen, dass er nicht allein und mir nicht egal ist. Um ihm zu zeigen, dass Weihnachten wirklich etwas Besonderes ist.* Genau.

Sie atmete tief ein und stieß die Luft wieder aus. Der Anblick von seinem nur durch das dünne Baumwollhandtuch bedeckten Po ging ihr nicht aus dem Kopf. *Ich muss mich konzentrieren.*

Resolut drehte Alana sich zu dem Karton um, den sie mitgebracht hatte, und packte nacheinander den Weihnachtsschmuck aus. Dazu zählten unter anderem: ein kleiner künstlicher Weihnachtsbaum, eine bunte Lichterkette, weihnachtliche Duftkerzen (Zimt, Pfefferkuchen, Kiefer) und eine zwanzig Zentimeter große Weihnachtsmannfigur, die im Sekundentakt aufleuchtete. Außerdem hatte sie rot-weiß gestreifte Zuckerstangen, künstlichen Schnee in einer Sprühdose sowie ein Bündel frischer Mistelzweige aus ihrem Garten mitgebracht, um das sie ein festliches rotes Band geschlungen hatte.

Sie stellte den Baum auf. Eigentlich hatte sie seine Wohnung mit einer großen, mit Kerzen bestückten Tanne schmücken wollen. Aber sie musste klein anfangen. Für einen unverbesserlichen Weihnachtsverächter kam ihr Vorstoß einer Invasion gleich. Tatsächlich erwartete sie halb, dass er sie aus der Wohnung warf.

„Okay, O'Hara“, sagte Noah.

Aufgeschreckt wirbelte Alana herum. Sie hatte ihn nicht ins Zimmer zurückkommen hören. Ihr Puls beschleunigte sich. Er könnte gut und gern Karriere als Fassadenkletterer machen. Er trug Chinos und einen schwarzen Rollkragenpullover. Manche Männer sahen in Rollkragenpullovern idiotisch aus. Aber bei Noah unterstrich das Kleidungsstück das Image des verstohlenen, geheimnisvollen und faszinierenden Fassadenkletterers. Sie befeuchtete ihre Lippen mit der Zunge.

„Was ist das?“ Er sah zu dem auf der Couch verteilten Weihnachtsschmuck, den sie zu sortieren begann.

„Ich wollte mich dafür bedanken, dass du dir im Fall Clausen die Mühe gemacht hast, weitere Nachforschungen anzustellen. Die Staatsanwaltschaft hat mir mitgeteilt, dass du einen Beweis für seine Unschuld gefunden hast.“

„Der Brandermittler war in der Lage, den Zeitrahmen, in dem das Feuer gelegt worden ist, auf eine halbe Stunde einzugrenzen. Innerhalb dieser dreißig Minuten hat eine Überwachungskamera Clausen vor einem durchgehend geöffneten Lebensmittelgeschäft am anderen Ende der Stadt aufgenommen. Das Filmmaterial liegt uns vor“, erläuterte Noah.

„Ich freue mich für ihn und weiß zu schätzen, was du getan hast“, sagte Alana. Er schlenderte zu ihr, kam näher und näher, bis er in Reichweite war. Sie schluckte, rührte sich jedoch nicht von der Stelle. Sie hatte schon oft genug mit Polizisten zu tun gehabt, um zu wissen, dass man Dominanz demonstrierte, wenn man die persönliche Distanz nicht einhielt. Nun, sie ließe sich nicht dominieren.

„Ist das alles, worum es hier geht? Dankbarkeit?"

Sie nickte. Ihre Stimme versagte.

„Das ist also kein Versuch, mich dazu zu bringen, dass mir an Weihnachten warm ums Herz wird?", hakte Noah nach.

„Jedem sollte es an Weihnachten warm ums Herz werden", entgegnete Alana.

„Du versuchst also nicht, Scrooge in einen netten Mann zu verwandeln?"

„Wer? Ich?"

„Obwohl du Anwältin bist, hast du nicht wirklich viel von der dunklen Seite der Welt mitbekommen, oder, O'Hara?"

Sie reckte das Kinn vor. „Erst seitdem ich dich kenne, Briscoe."

„Eins zu null für dich." Er lächelte ironisch und trat noch einen Schritt auf sie zu. „Ich könnte dich mitsamt deiner frohen Weihnachtslaune einfach vor die Tür setzen."

Alana erwiderte seinen Blick. Sie weigerte sich wegzusehen. Aber ihr war so heiß, dass ihr der Schweiß ausbrach. „Das könntest du. Aber dann versinkst du in Bitterkeit."

„Was ist so schlimm daran?"

„Du bist zu jung, um der mürrische alte Mann zu sein, der Kinder anschreit, weil sie über seinen Rasen laufen."

„Ich habe keinen Rasen."

„Das war eine Metapher."

Noah neigte den Kopf und sah ihr tief in die Augen. „Also bist du hier, um mich vor mir selbst zu retten. Wie aufmerksam."

Alana musste sich zusammenreißen, um nicht zu blinzeln. „Sarkasmus ist ein Symptom, kein Gegenmittel."

„Was soll das jetzt heißen?" Er zog eine Augenbraue nach oben und lächelte spöttisch.

„Es ist in Ordnung, Spaß zu haben."
„Trotz all des Übels auf der Welt?"
„Wegen all des Übels auf der Welt. Ich bin hier, um ein kleines Licht anzuzünden."
„Ich bin ein richtiger Glückspilz, hm?"
„Ja, du hast Glück, dass ich dich mag." In dem Moment, als Alana die Worte ausgesprochen hatte, wünschte sie, den Mund gehalten zu haben.
„Du magst mich?", fragte er mit tiefer Stimme.
Sie zuckte die Schultern. „Nun, als Person, du verstehst, was ich meine."
„Das ist alles?" Noah rückte noch ein wenig näher an sie heran.
„Ich mag eine Menge Leute", wich Alana aus.
„Und dennoch bist du hier und dekorierst meine Wohnung."
„Du bist der Einzige, den ich kenne, der sein Apartment oder Haus nicht weihnachtlich geschmückt hat."
„Du bist wirklich keine gute Lügnerin", meinte Noah. „Das muss deine Aufgabe als Strafverteidigerin vor Gericht ziemlich schwierig machen."
„Wer sagt, dass ich lüge?"
„Du verrätst dich."
Alana spürte, wie sein warmer Atem über ihre Wange strich. Er duftete nach Minze. „Inwiefern?"
„Deine Ohren laufen rot an, wenn du lügst. Nur zu deiner Information: Verdecke deine Ohren, wenn du flunkerst."
Sie griff sich an die Ohren und bemerkte, dass sie völlig entblößt waren. Das Stirnband mit dem Rentiergeweih hielt ihre Haare zurück. Schnell nahm sie es ab, warf es über die Schulter und zerzauste ihre Haare, um die Ohren zu bedecken. „Das

war's, menschlicher Lügendetektor." Als er noch einen Schritt näher kam, stieß er mit seinen Schuhspitzen an ihre. Ihr Puls raste. „Was tust du?"

„Weihnachtsstimmung verbreiten", wiederholte Noah ihre Worte, als sie in die Wohnung gekommen war. Er beugte sich hinunter, streifte dabei ihre Schulter und griff nach den Mistelzweigen.

Sofort überlief Alana ein Prickeln. Ihr Herz hämmerte. Als er das rote Band mit den Mistelzweigen an der Deckenlampe befestigte, standen sie direkt darunter. Er schlang einen Arm um ihre Taille und zog sie fest an sich. „Oh." All das geschah so schnell, dass es sich in ihrem Kopf drehte. Erneut wurde ihr heiß. Sie glühte förmlich und bekam weiche Knie. Seine Augen glitzerten im Licht. Ein langer Moment der Anspannung verstrich. Sie konnte und wollte sich nicht von der Stelle rühren. Von ihm in den Armen gehalten zu werden, fühlte sich so gut an.

„In Wirklichkeit bist du deswegen hergekommen", sagte er in sachlichem Ton. „Nicht wahr?"

Sie hielt sich mit beiden Händen die Ohren zu. „Nein."

Noah lächelte cool. „Du solltest wirklich Staatsanwältin werden. Lügen passen nicht zu dir. Oder willst du es einfach nicht wahrhaben?"

„Was?" Allmählich wurde Alana wütend.

Er beugte sich über ihren Mund. Sie lehnte sich in seinem Arm zurück. Fast berührten sich ihre Lippen. Eine Sekunde verging. Dann zwei und dann drei Sekunden. „Deine Gefühle."

„Für dich?" Sie versuchte, spöttisch aufzuheulen. Aber ihre Stimme zitterte, genauso wie ihre Beine. „Du bist derjenige, der seine Gefühle nicht wahrhaben will, Briscoe."

„Ich habe die Sache zwischen uns ja auch nicht beendet, bevor sie richtig angefangen hatte, erinnerst du dich?“

Ja, sie hatte einer möglichen Beziehung einen Riegel vorgeschoben, weil er sich ihr gegenüber nicht geöffnet und sich geweigert hatte, über seine Gefühle zu reden. Er hatte sich locker und unverbindlich gegeben, während Alana gewusst hatte, dass er die Macht besaß, ihr Leben auf den Kopf zu stellen, wenn sie ihn zu nah an sich heranließ. Also warum war sie hier?

„Sag mir, dass du nicht so von mir träumst wie ich von dir“, murmelte Noah.

Er träumte von ihr? Ihr stockte der Atem. Sie konnte sich nicht rühren. Sie konnte nicht denken. „Nein“, flüsterte sie.

Mit den Fingerspitzen strich er ihr die Haare hinter ein Ohr. Er lachte leise. „Aha.“ Er verstärkte den Griff um ihre Taille. Alana war elektrisiert. Die sexuelle Anziehung zwischen ihnen schien Funken zu schlagen. Die andere Hand legte er in ihren Nacken, mit den Fingern fuhr er durch ihre Haare und beugte sich langsam noch tiefer über ihren Mund.

Jeden Moment würde er sie küssen, und verdammt, sie ließe es zu. Sie spürte seine Lippen auf ihren. Ein Glücksgefühl erfasste sie. Sie hatte seine Küsse mehr vermisst, als ihr bewusst gewesen war. Seine Berührungen setzten sie unter Strom. Ihre Haut prickelte. Ihr ganzer Körper geriet unter Anspannung.

Noah gab einen triumphierenden Laut von sich, vertiefte den Kuss, erforschte ihren Mund. Eine Welle der Lust durchströmte sie. Gegen ihren Willen seufzte sie vor Verlangen. Sie packte ihn an den Schultern, um ihn wegzuschieben. Stattdessen zog sie ihn näher an sich, spornte ihn an. Er raubte ihr den Verstand, machte sie verrückt. Sie konnte an nichts anderes mehr als an ihn denken.

Schließlich beendete er langsam den Kuss. „Alana", sagte er atemlos. „Du gehst mir nicht mehr aus dem Kopf."

Obwohl ihr der Hormonrausch das Gehirn vernebelte, versuchte sie, sich darüber klar zu werden, was gerade passiert war. Sie hatte ihm erlaubt, sie erneut zu küssen. Sie hatten etwas erneut aufleben lassen, das für sie zu Ende gewesen war. Zumindest hatte sie das geglaubt. Als er sie losließ, fühlte sie sich plötzlich ohne den Schutz seiner Umarmung nackt. Er trat zurück, drehte sich um, ging zum Fenster und starrte hinaus.

Noah zog sich zurück. Wie immer, wenn die Gefühle zwischen ihnen zu intensiv wurden. Der Mann sendete widersprüchliche Signale aus, und sie weigerte sich, mit sich spielen zu lassen. Er bedeutete ihr zu viel, um nur sein Spielzeug zu sein.

Aber als er dort im Licht der Wintersonne am Fenster stand, wirkte er schrecklich einsam. Ihn anzusehen, tat Alana von Herzen weh. Obwohl er sich unnahbar und abweisend zeigte, erkannte sie, wie angeschlagen und verletzlich er war. Entschlossen setzte sie ein Lächeln auf, summte „Jingle Bell Rock" und wandte sich wieder der Weihnachtsdekoration zu, als wenn nichts geschehen wäre.

Noah betrachtete die Menschen, die unten auf dem Bürgersteig vorbeigingen. Paare, die sich an den Händen hielten. Leute, die vom Einkaufen kamen und leuchtend bunte Pakete trugen. Eltern, die mit ihren Kindern unterwegs waren. Er ballte die Hände, kämpfte mit einer Mischung aus Sehnsucht, Lust und Schuldzuweisungen.

Er hatte kein Wort mehr zu Alana gesagt, seitdem er sie geküsst hatte. Doch sie war nicht einfach gegangen, wie er angenommen hatte. Sie war hinter ihm mit der Dekoration beschäftigt und sang Weihnachtslieder. Seine Lippen kribbelten noch immer von dem Kuss. Er war noch immer hart. Obwohl Noah etwas sagen wollte, fiel ihm nichts ein. Warum hatte sie nicht sein Apartment verlassen oder wenigstens etwas gesagt?

Warum hatte er sie geküsst? Was, zum Teufel, hatte er sich nur dabei gedacht? Diesen Weg hatten sie schon einmal eingeschlagen und entschieden, dass es eine Sackgasse war. Er hatte die Kontrolle verloren, und das beunruhigte und ärgerte ihn. Als Anwältin hatte Alana häufig im Polizeirevier zu tun. Also musste er sie regelmäßig sehen und lernen, der starken gegenseitigen Anziehungskraft zu widerstehen. Natürlich war sie in seine Wohnung gekommen. Aber er hätte in der Lage sein sollen, seine Impulse im Griff zu haben.

Ihr Duft hüllte ihn ein. Sie roch nach Orangen, Muskat und Hoffnung. Er glaubte, ihren frischen Geschmack noch auf der Zunge zu haben. Noah versuchte, sich auf die Passanten zu konzentrieren. Er wollte an etwas anderes denken – an irgendetwas anderes als an Alana. Aber wie konnte er sie ignorieren, wenn sie Duftkerzen anzündete und mit ihrer schönen Stimme Weihnachtslieder summte?

Er hatte ihr nichts zu bieten. Konnte sie das nicht einsehen? Begriff sie nicht, dass er die Fähigkeit verloren hatte, anderen Menschen völlig zu vertrauen? Hatte er nicht deshalb die Blumen auf das Grab seiner Mutter gelegt, obwohl er gewusst hatte, dass Alana sie entdeckte? Weil er gehofft hatte, dass sie ihn dann verstünde? Er wollte ihr Mitleid nicht. Er wollte ihr Verständnis. *Dann sag es ihr doch einfach.*

Noah schüttelte den Kopf. Aber wie? Schließlich drehte er sich um. Er hatte sich eine Ausrede zurechtgelegt, warum er gehen musste. Warum sie gehen musste. Er öffnete den Mund, brachte jedoch keinen Ton heraus. Innerhalb weniger Minuten hatte sie sein düsteres Wohnzimmer in einen weihnachtlich dekorierten Raum verwandelt, der festlich und einladend wirkte. In der Ecke stand ein Miniaturweihnachtsbaum. Der Weihnachtsmann daneben winkte ihm zu. Ein Krippenspiel schmückte den Tisch. Kerzen brannten. Eine bunte Lichterkette funkelte.

„Nun." Alana verschränkte die Hände hinter dem Rücken. „Was meinst du?"

Er beging einen taktischen Fehler. Er begegnete ihrem gespannten Blick, sah in ihre glitzernden blauen Augen. Ihre roten, leicht geöffneten Lippen waren noch immer geschwollen von seinem Kuss. Offensichtlich konnte sie es kaum erwarten, sein Urteil zu hören. Ihre Haare waren zerzaust, was sehr sexy war. Der Ausschnitt ihres Pullovers ließ einen verlockenden Blick auf ihr Dekolleté zu. Ganz zu schweigen von dem kurzen Rock, der ihre langen, schlanken Beine in Szene setzte. „Ich finde …"

„Ja?" Ihr Gesicht hellte sich auf.

Ah, zur Hölle. Noah wollte ihr alles erzählen. Über den Tod seiner Mutter, seine Erfahrungen in den Pflegefamilien. Aber er konnte es einfach nicht. Also tat er, was er immer machte, wenn eine Situation heikel wurde. Er handelte. Mit zwei großen Schritten war er bei ihr und schnappte sie sich, um sie erneut zu küssen.

Alana kam ihm auf halbem Weg entgegen, hob den Kopf, öffnete die Lippen. Sie fuhr mit der Zunge über seine, schlang die Arme um seinen Nacken. Er zog sie erneut fest an sich, spürte, wie ihre vollen, weichen Brüste über seine muskulöse Brust rieben. Ihre Hitze übertrug sich auf ihn. Ihr Körper fühlte sich so gut an. Er wollte sie mehr denn je, küsste ihre Lippen, knabberte an ihrem Kinn.

Sie stöhnte sanft und sehnsüchtig. „Noah." Sie rang nach Luft, fuhr durch seine Haare.

Er lehnte sich zurück und schaute in ihre glitzernden blauen Augen, die ihn an Saphire erinnerten. „Ja", murmelte er.

„Das ist nicht … Ich kann nicht …" Alana hielt inne und schüttelte den Kopf. „Ich hätte nicht herkommen sollen."

„Ich weiß", sagte Noah rau. „Ich weiß."

Sie sah ihn an. „Ich wollte dir keine falschen Hoffnungen machen."

„Ich dir auch nicht."

„Unsere Jobs …"

„Klar. Wir gehören entgegengesetzten Lagern an."

„Es hat nichts mit dir zu tun, Noah", erklärte Alana. „Du bist ein toller Mann."

„Du musst keine großen Worte machen. Ich verstehe es."

„Es ist nicht so, dass ich es nicht will. Ich will es."

Er hob abwehrend eine Hand und versuchte, seine Würde zu bewahren. Mühevoll kämpfte er gegen den Drang an, sie einfach auf seine Arme zu heben, zu seinem Bett zu tragen und sich nicht um die Konsequenzen zu scheren. „An diesem Punkt waren wir schon einmal. Deshalb haben wir uns getrennt."

„Wir haben uns nicht getrennt", korrigierte Alana. „Wir waren nie zusammen."

„Deshalb waren wir nie ein Paar", fing Noah noch einmal an. „Du bist optimistisch. Ich bin skeptisch. Du suchst nach dem Besten in den Menschen. Ich halte sofort danach Ausschau, ob sie Leichen im Keller haben. Du bist das Licht und ich der Schatten. Du …"

„Du hast schreckliche Angst vor einer engen Beziehung und ich nicht“, beendete sie den Satz für ihn.

„Richtig. Genau. Wir sind diametrale Gegensätze.“

„Gegensätze ziehen sich an“, gab Alana zu bedenken.

„Oberflächlich betrachtet vielleicht. Aber nicht für immer. Nicht auf Dauer.“

„Warum hast du mich geküsst? Nur um mit mir Schluss machen zu können?“

„Ich mache nicht mit dir Schluss. Wir waren nie zusammen. Das hast du selbst gesagt.“ Noah trat einen Schritt zurück.

„Du machst mich verrückt, weißt du das? Bevor ich dir begegnet bin, war ich total vernünftig und bei Sinnen. Jetzt lasse ich mich zu solchen Dummheiten hinreißen, wie dich auf dem Friedhof zu verfolgen und deine Wohnung weihnachtlich zu schmücken, obwohl du das überhaupt nicht willst.“

Alana hatte gerötete Wangen und wirkte gequält. Er war für ihren Kummer verantwortlich. Warum ging er so mit ihr um? Sie verdiente es nicht, von ihm hingehalten zu werden. Aber die Vorstellung, alle Hoffnung zu verlieren, empfand er als unerträglich. Verdammt, was wollte er?

„Ich weiß, dass es mein Problem ist“, fuhr sie fort. „Ich habe das große Bedürfnis, anderen Menschen zu helfen. Deshalb bin ich Strafverteidigerin statt Staatsanwältin geworden. Es ist nicht zu übersehen, dass du meine Hilfe nicht willst. Dennoch versuche ich immer wieder, dich dazu zu bringen, deine Haltung zu ändern. Ich weiß, dass du dich nicht änderst, aber ich kann es nicht lassen, dich dazu zu drängen …“

Noah nahm sie in die Arme und küsste sie erneut. Er hatte dafür gesorgt, dass sie sich schrecklich fühlte, weil sie offen und ehrlich und freigiebig war. Das war nie seine Absicht gewesen. Er hatte sie verjagen wollen, weil er nicht gut für sie war. Doch das schien sie nicht begreifen zu wollen.

Alana küsste ihn so wild und heftig, dass es ihm den Atem verschlug. Dann legte sie die Hände auf seine Brust und schob ihn weg. „Zweifellos stimmt zwischen uns die Chemie. Ich mag dich und würde mich sehr gern weiter auf dich einlassen. Aber du bist nicht bereit für eine ernsthafte Beziehung. Ich schon. Das ist es, was ich will. Deshalb ziehe ich jetzt erneut einen Schlussstrich, bevor wir etwas tun, das wir unser ganzes Leben lang bereuen."

Er wollte ihr sagen, dass er bereit für eine ernsthafte Beziehung war. Doch er brachte die Worte einfach nicht über die Lippen. Er hatte Sorge, dass sofort etwas Schreckliches über ihn hereinbräche, wenn er seine Wünsche ausspräche. Wann immer er kurz davor gewesen war zu bekommen, was er wollte, hatte er am Ende mit leeren Händen dagestanden. Er befürchtete, dass Alana ihm das Herz brach, wenn er sich auf eine Beziehung einließ. Schließlich waren sie völlig gegensätzlich.

Feigling. Das sind nur Ausreden, weil ich Angst habe, ein Risiko einzugehen. Verdammt. Ja, er hatte Angst. Er hatte noch nie jemandem erlaubt, ihm zu nah zu kommen. Deshalb waren seine vorherigen Affären zu Ende gegangen. Die mit Alana endete schon, bevor sie überhaupt begonnen hatte. Je älter er wurde, desto verheerender wirkte sich dieses Beziehungsmuster aus. *Dann muss ich mich ändern, wenn ich will, dass es anders wird.*

„Fröhliche Weihnachten, Noah", sagte sie. „Du kannst den Weihnachtsschmuck behalten. Ich habe genug davon." Sie lächelte traurig, küsste ihn auf die Wange, nahm den leeren Pappkarton und verließ sein Apartment.

Er ließ sie einfach gehen und blieb mit einer Fülle bunter Weihnachtsdekorationen, ihrem Duft, der ihn noch immer einhüllte, und einem Kloß im Hals allein zurück.

5. Kapitel

Während der Weihnachtszeit hatte Alana ein Ziel: Noah aus dem Weg zu gehen. Da ihr Job sie täglich aufs Polizeirevier führte, war das nicht so einfach. Leider war der Mann ein Workaholic und schien immer präsent zu sein.

Auch wenn es kindisch war, tat sie so, als wäre sie in irgendetwas anderes vertieft, wenn sie ihn sah. Entweder konzentrierte sie sich völlig auf ihr Smartphone, eine schadhafte Stelle ihres Nagellacks oder Unterlagen zu einem Fall. Er ging dann einfach an ihr vorbei, sah auf die Uhr und schien erleichtert darüber zu sein, dass sie vorgab, ihn nicht zu bemerken.

Doch immer, wenn Alana den Kopf zur Seite drehte und sein verstohlener Blick ihrem begegnete, überlief sie ein Prickeln. Verdammt! Noah schleppte zu viel emotionales Gepäck mit sich herum. Warum war sie so an ihm interessiert? Weil sich unter der harten Schale ein Mann mit einer verletzten Seele verbarg, der sich nach Liebe sehnte. Sie konnte es in seinen Augen sehen. Aber er war zu stolz, um sich ihr zu offenbaren. Na toll. Es war nicht ihre Aufgabe, ihn zu retten. Einige Leute konnten ohnehin nicht gerettet werden.

Aber Noah war kein verlorener Fall. Er sorgte und kümmerte sich um andere. In seiner Freizeit war er Basketballtrainer im Pine-Crest-Jugendzentrum. Alle zwei Monate spendete er Blut. Das wusste Alana, weil sie es auch tat. Er war unglaublich freundlich zu den Kindern, deren Eltern verhaftet worden waren. Er …

Ich suche krampfhaft nach Gründen, um ihn mir nicht endgültig aus dem Kopf zu schlagen. Ich muss damit aufhören, um nicht den Verstand zu verlieren. Richtig. Insbesondere da sie sich mit Gunter Smith verabredet hatte. Er begleitete sie zur Weihnachtsparty, die ihre Kanzlei jedes Jahr gab – und ihr blieb nichts anderes übrig, als sich zu wünschen, dass es Noah wäre, dessen Hand sie auf dem Kreuz spürte.

Gunter war ein nordischer Typ: groß, blond und gut aussehend. Sie hatten zusammen die Schule in Georgetown besucht. Derzeit arbeitete er als Strafverteidiger in Washington, D.C. Aber er zog in Betracht, nach Pine Crest zu ziehen. Er war bereit, zu heiraten und eine Familie zu gründen. Das hatte er zu Alana gesagt, als er sie angerufen hatte, um ihr mitzuteilen, dass er zur Party eingeladen worden war. Er erfüllte alle Kriterien, verfügte über gute Gene, ein strahlendes Lächeln und war nicht durch eine dunkle Vergangenheit belastet.

Also hätte er perfekt für Alana sein sollen – und langweilte sie zu Tode. Sie trug ein schwarzes Cocktailkleid, das ein bisschen zu kurz war. Sie hatte Noah im Sinn gehabt, als sie es gekauft hatte. Jetzt war Gunter derjenige, der ihre Beine mit einem lüsternen Ausdruck in den Augen musterte. Sein muskulöser Körper in dem taillierten Anzug und sein modischer Haarschnitt hätten sie antörnen müssen. Aber er war zu aalglatt, zu hübsch und zu verdammt selbstgefällig, wenn er darüber redete, wie viel Geld er damit verdiente, für schuldige Verbrecher einen Freispruch zu erwirken. Er lachte sogar darüber.

„Ich liebe die Rechtsprechung“, sagte Gunter. „Es ist so ein spannendes Katz-und-Maus-Spiel.“

„Aber Gerechtigkeit ist dir doch nicht egal, nicht wahr?“

„Gerechtigkeit liegt im Auge des Betrachters." Er zwinkerte ihr zu. „Zum Beispiel lässt du diesem Kleid Gerechtigkeit widerfahren."

Alana, die sich in der letzten halben Stunde an einem Glas Wein festgehalten hatte, trank es aus. Dieser Abend zog sich hin.

Gunter gingen fast die Augen über. „Soll ich dir noch ein Glas Wein holen?"

„Ja, bitte." Allerdings wollte sie weniger den Wein als vielmehr ein bisschen Abstand zu ihm.

„Bin sofort zurück." Lächelnd verschwand er in der Menschentraube.

Sie atmete erleichtert aus und fragte sich, was Noah wohl an diesem Samstagabend des Wochenendes vor dem Weihnachtsfest tat.

„Alana." Dwight Jacoby kam auf sie zu.

„Was gibt es?"

„Ich habe gerade einen Telefonanruf vom Polizeirevier erhalten. Im Fall der Price-Mansion-Brandstiftung haben die Polizisten noch jemanden von hohem öffentlichen Interesse verhaftet. Ich weiß, dass Sie eingeschnappt waren, weil ich Ihnen den Fall entzogen habe, als die Medien auf Clausen aufmerksam wurden. Als Ausgleich möchte ich, dass Sie zusammen mit mir den Prozess im Hauptverfahren führen, falls der Fall vor Gericht geht."

„Ernsthaft?"

Dwight nickte. „Sie haben es sich verdient, Alana."

„Wer wurde verhaftet?"

„Teague Price."

„Der Baulöwe?"

„Und Großneffe von Colin T. Price."

Einerseits erfüllte es Alana mit großer Freude, dass ihr diese wichtige berufliche Aufgabe übertragen wurde. Doch die Aussicht, sich jetzt wieder mit Noah auseinandersetzen zu müssen, machte sie auch beklommen.

Gunter kam zurück, reichte ihr ein Weinglas und legte ihr den Arm um die Taille. Als er die Hand auf ihren Po wandern ließ, war die Angelegenheit für sie entschieden. Im Polizeirevier bei Noah zu sein, war ihr erheblich lieber, als auf dieser Party mit einem gierigen Strafverteidiger festzusitzen, der ihr an die Wäsche gehen wollte. „Es tut mir so leid", sagte sie zu ihm und legte Abstand ein. „Ein Mandant ist gerade verhaftet worden. Dwight und ich müssen hin, um beim Verhör dabei zu sein."

„Jetzt? Heute Abend?", fragte er enttäuscht.

„Ich fürchte ja." Alana wandte sich ihrem Chef zu. „Ich bin so weit."

„Gehst du in diesem Outfit aufs Revier?" Gunter runzelte die Stirn.

„Ja."

„Ich rufe dich später an", meinte er. „Um dir die Gelegenheit zu geben wiedergutzumachen, dass du mich hier sitzen lässt."

„Nein." Alana drückte ihm das Weinglas in die Hand. „Das halte ich für keine besonders gute Idee."

„Aber … Aber … ", stammelte Gunter. „Auf dem Papier passen wir so gut zusammen."

„Das Leben lässt sich nicht auf dem Papier planen. Auf einer Pro-und-Kontra-Liste schneidet manchmal die Person am schlechtesten ab, die in Wirklichkeit am besten für dich ist."

„Ich verstehe dich nicht."

„Genau das wollte ich gerade damit sagen."

Als Alana mit Dwight Jacoby das Vernehmungszimmer betrat, war Noah perplex. Zum einen hatte er nicht erwartet, sie hier zu sehen. Denn sie hatte ihn in letzter Zeit um jeden Preis gemieden, und Jacoby hatte ihr den Fall Clausen weggenommen. Zum anderen hatte er nicht erwartet, sie in einem aufregenden schwarzen Cocktailkleid zu sehen, das kurz genug war, um ihre gut geformten Oberschenkel in Szene zu setzen. Die betont zurückhaltende Perlenkette und die schwarzen Stilettos, die sie dazu trug, machten das Outfit noch sinnlicher. Bei ihrem Anblick gingen ihm sofort alle möglichen, nicht jugendfreien Fantasien im Kopf herum.

Er wollte sie berühren, etwas Persönliches, Intimes zu ihr sagen. Er wollte ihr Komplimente wegen ihres Aussehens machen und sie bitten, ihm zu verzeihen, dass er ein solcher Idiot gewesen war. Aber natürlich konnte er das in dieser Situation nicht tun.

Jacoby nahm neben seinem Mandanten Teague Price Platz. Alana setzte sich neben ihren Chef und Noah direkt gegenüber. Er sah ihr in die Augen. Sie wich seinem Blick nicht aus. Doch er konnte nicht entschlüsseln, was sie dachte – sosehr er es auch versuchte.

Dann begann er, Teague Price zu vernehmen. Agnes Gaines hatte ihn auf das Auto hingewiesen, das in der Brandnacht vor Price Mansion geparkt hatte. Danach hatte Noah sein Team angewiesen, die Straße sorgfältig nach irgendwelchen Beweisen abzusuchen. Die Techniker im Labor hatten mehrere Tage gebraucht, um den Schutt auf dem Bordstein durchzusehen. Doch schließlich hatten sie die Verpackungsfolie eines Schokoriegels entdeckt, auf dem Teagues Fingerabdrücke waren.

Noah hatte weitere Nachforschungen angestellt und entdeckt, dass Teague als junger Mann in Schwierigkeiten geraten war, weil er Feuer gelegt hatte. Zudem war er verärgert darüber gewesen, dass der Rest der Familie Price sich dafür ausgesprochen hatte, das herrschaftliche Haus als historische Sehenswürdigkeit der Stadt zu überschreiben, die seitdem für die Instandhaltung verantwortlich war.

Teague hatte das Haus abreißen wollen, um einen exklusiven Country-Club auf dem Grundstück zu errichten, das noch immer der Familie Price gehörte. Denn es grenzte an den Golfplatz, den er bereits baute. Nachdem das Haus abgebrannt war, stand seinem Vorhaben nun nichts mehr im Weg. Damit lag das Motiv auf der Hand.

Nun zu seinem Alibi. „Wo waren Sie am späten Abend, als Price Mansion in Flammen aufgegangen ist?“, fragte Noah ihn.

Der Mann fuhr sich durch die grauen Haare. „Ich war daheim und habe ferngesehen.“

„Allein?“

Teague zuckte die Schultern. „Meine Frau war bei ihrem Treffen im Bridge-Club.“

Also hatte er kein Alibi. Noah stellte ihm weitere Fragen. Doch er konnte sich nicht hundertprozentig konzentrieren. Der Duft von Alanas Parfüm stieg ihm in die Nase. Er konnte ihren Blick auf seinem Gesicht spüren und ihre weichen Atemzüge hören, während Teague seine Unschuld beteuerte. *Ich darf mich nicht von ihr ablenken und durcheinanderbringen lassen.*

Nach einer halben Stunde beendete er die Vernehmung. Diesmal musste er Teague auf freien Fuß setzen. Aber sein Bauchgefühl sagte ihm, dass der Mann schuldig war. Daher würde er nicht locker lassen, bis er genug Beweise gefunden hatte, um ihn dieses Verbrechens zu überführen. „Noch eine letzte Sache, Mr. Price“, meinte er, als alle wieder aufgestanden waren. „Wir möchten Ihr Haus durchsuchen. Da Sie nichts zu verbergen haben, haben Sie sicherlich nichts dagegen, wenn wir uns kurz darin umsehen."

„Dann besorgen Sie sich eine richterliche Anordnung", sagte Jacoby, der seinen Mandanten eilig zur Tür schob. Der Anwalt wusste genauso gut wie Noah, dass die Polizei noch nicht genug Beweise hatte, um einen Richter von der Notwendigkeit einer Hausdurchsuchung zu überzeugen.

Alana blieb hinter Jacoby und Teague zurück und sah Noah zärtlich an. Er wollte ihr sagen, wie sehr ihn die Weihnachtsdekoration in seinem Apartment aufgemuntert hatte. Er wollte sie bitten, ihm noch eine Chance zu geben. Aber dafür war jetzt weder der Ort noch die Zeit.

„Alana?", rief Jacoby.

„Ich muss gehen", flüsterte sie Noah zu.

„Ich weiß."

Wehmütig hob sie die Hand zum Abschied.

Er sah ihr gebannt nach, als sie in dem kurzen Kleid hinausstolzierte, und war zwischen seinen widersprüchlichen Anliegen hin- und hergerissen. Am liebsten wäre er ihr gefolgt. Andererseits musste er Teague Price hinter Gitter bringen und dazu noch weitere Nachforschungen anstellen. In seinem Büro fuhr er den Computer herunter, zog seinen Wintermantel an und ging hinaus auf den Parkplatz.

Es war fast Mitternacht. Die umliegenden Gebäude waren mit glitzernden Weihnachtslichtern geschmückt. Noah atmete die eisige Luft ein und hörte, dass jemand vergeblich versuchte, den Motor seines Autos anzulassen. Er drehte sich in die Richtung des Geräusches, das ein silberfarbener Kompaktwagen verursachte. Es war Alanas Auto. Sofort ging er zur Fahrertür.

Sie kurbelte das Fenster herunter und sah ihn betreten an. „Ich habe vergessen, meine Mitgliedschaft beim Pannendienst zu erneuern."

„Keine Sorge. Ich nehme dich mit."

„Wahrscheinlich brauche ich Starthilfe", meinte Alana.

„Es ist nicht die Batterie", sagte Noah, „sondern der Anlasser."

„Woher weißt du das?"

„Die Scheinwerfer sind an."

„Oh."

Er klopfte auf das Autodach. „Komm schon. Ich bringe dich nach Hause."

Als Alana sich neben Noah in seinen SUV setzte, war ihr nur zu bewusst, wie weit ihr Rocksaum nach oben rutschte.

Lächelnd warf er einen Blick auf ihre Beine. „Nettes Kleid."

Ihr Puls beschleunigte sich. Hitze stieg ihr in die Wangen. Sie zerrte am Rocksaum und versuchte vergeblich, den Stoff weiter hinunterzuziehen.

Er startete den Motor, ohne sie aus den Augen zu lassen. „Wo wohnst du?"

Noah ist noch nie bei mir zu Hause gewesen, stellte Alana erst jetzt überrascht fest. Obwohl sie seit Monaten miteinander flirteten und kurz davor gewesen waren, eine Beziehung einzugehen – oder sie zu beenden. Sie nannte ihm die Adresse. Das Schweigen, das während der Fahrt herrschte, konnte sie nicht lange ertragen. „Hältst du Teague Price wirklich für den Brandstifter?"

„Ja." Er zählte ihr die Gründe für seine Ansicht auf: „Teague hatte ein Motiv, kein Alibi und war in seiner Jugend bereits wegen Brandstiftungen auffällig."

„Ich bin derselben Auffassung."

„Bist du?", fragte Noah überrascht.

„Jacoby möchte, dass ich bei diesem Fall zusammen mit ihm den Prozess im Hauptverfahren führe", erzählte Alana.

„He, das ist toll. Eine große Aufgabe."

„Natürlich nur, falls der Fall vor Gericht geht. Du hast nicht annähernd genug Beweise, um Teague Price zu überführen."

„Ich werde beweisen, dass er der Täter ist."

Sie neigte den Kopf zur Seite. „Ich glaube dir."

„Wahrscheinlich sollten wir nicht über den Fall reden", sagte Noah. „Wir vertreten jeweils die Gegenseite."

„Das werden wir wohl immer tun", entgegnete Alana.

„Zu dumm, dass du nicht für die Strafverfolgungsbehörden arbeitest."

„Zu dumm", wiederholte sie und war überrascht, dass sie es wirklich so meinte.

Fünf Minuten später hielt Noah den SUV vor ihrem Haus an. „Dir gehört das Haus?"

„Ja."

„Als Hausbesitzer legt man sich dauerhaft fest."

„Ich habe keine Angst davor, mich festzulegen", sagte Alana. Das reichte, um dieses Gespräch im Keim zu ersticken. Sie öffnete die Autotür. „Danke, dass du mich nach Hause gebracht hast."

„Warte. Du gehst nicht allein zu einem dunklen Haus."

„Es ist nicht dunkel." Sie zeigte auf die bunte Weihnachtsdekoration im Vorgarten, die funkelte und glitzerte.

„Ich begleite dich zur Tür", sagte Noah bestimmt. Er stieg aus und war so schnell an der Beifahrertür, dass ihr keine Zeit blieb, um weiterhin Widerspruch einzulegen.

In Wahrheit wollte Alana, dass er sie zur Tür brachte. Sie fühlte sich so sicher und geborgen bei ihm. Aber sie wollte nicht so empfinden. Das war zu riskant.

Er legte ihr die Hand auf den Ellbogen. Seine Berührung löste sofort ein Prickeln in ihr aus. Heute Abend hatte sie mit einem Mann das Haus verlassen und jetzt kehrte sie am Arm eines anderen Mannes dorthin zurück. Doch jetzt war sie glücklicher. Wenn sie Noah an der Seite hatte, war sie viel glücklicher als in der Gesellschaft von Gunter.

Im Vorgarten gingen sie an einer erleuchteten Spielzeugeisenbahn, einem Rentier mit einer roten Nase und unechten Geschenkpaketen vorbei sowie unter einem Bogengang aus Zuckerstangen hindurch. Eine Lichterkette mit blauen Eiszapfen leuchtete im Sekundentakt auf, und vom Dach winkte die Figur eines Weihnachtsmannes. Alana gab zu, dass sie es mit ihrer Begeisterung für Weihnachten vielleicht ein bisschen übertrieb. Aber sie liebte diese Zeit des Jahres.

Vor der Tür blieben sie stehen. Noah ließ sie los. Sie hätte ihm eine gute Nacht wünschen und so schnell wie möglich ins Haus gehen sollen. Stattdessen erwiderte sie seinen Blick und verfluchte sich dafür. Seine dunklen Augen wirkten fast schwarz und unergründlich. Er war unrasiert. Seine Haare waren zerzaust. Er brauchte dringend einen Haarschnitt. Dennoch sah er total sexy aus.

Alana konnte nicht anders, als diesen starken, markanten Mann mit dem hübschen, aalglatten Gunter zu vergleichen. Das Ergebnis fiel eindeutig aus. Auch wenn Noah grüblerisch und gequält wirkte, zöge sie ihn jeden Tag Gunter vor, der perfekt für sie zu sein schien. Noah hatte eine seelische Tiefe und eine charakterliche Stärke, die Gunter nie besitzen könnte. Sein schwieriges Leben hatte Noah geprägt und dafür gesorgt, dass er den weichen Kern unter einer harten Schale verbarg. Und sie wollte nichts mehr, als zu dem verletzlichen Mann hinter der schroffen Fassade vorzudringen.

Er stützte sich mit einem Arm am Türrahmen über ihrem Kopf ab. Einen Moment lang standen sie einfach so im Licht der Weihnachtsdekoration, ohne sich zu rühren. Er schaute ihr auf den Mund. Sie bekam Herzklopfen. Er beugte sich mit leicht geöffneten Lippen über ihren Mund und zog sie an sich. Hilflos ließ sie ihre Handtasche fallen und schlang die Arme um seinen Nacken.

Der Kuss war heiß und sehr sinnlich. Er drängte sich an sie. Alana spürte, wie erregt er war, und schmolz dahin. Er fuhr ihr über die Haare, murmelte ihren Namen. Der Klang seiner rauen, tiefen Stimme törnte sie an. Die Knie wurden ihr so weich, dass sie sich kaum noch auf den Beinen halten konnte. Sie wollte ihn seit Monaten, träumte seitdem davon, zu Ende zu bringen, was sie damals auf dem Rücksitz seines SUV begonnen hatten.

„Noah." Sie rang nach Atem. Ihr gingen all die Gründe durch den Kopf, warum es keine gute Idee war, mit ihm zur Sache zu kommen. Aber ihr Körper sagte etwas völlig anderes. Sie war so scharf auf ihn.

„Alana", flüsterte er atemlos.

Sie tastete nach ihrer Handtasche, hob sie auf und holte den Hausschlüssel heraus. Ihre Finger zitterten, als sie sich damit abmühte, den Schlüssel ins Schloss zu stecken. Sie konnte spüren, dass Noah hinter ihr stand, und fragte sich, was er dachte. Schließlich öffnete sie die Tür, ging über die Schwelle und drehte sich zu ihm um. Unsicher trat er von einem Fuß auf den anderen. Sie packte ihn am Hemd und zog ihn ins Haus.

6. Kapitel

Noah konnte keinen klaren Gedanken mehr fassen. Er reagierte nur noch. Mit dem Fuß beförderte er die Tür hinter sich ins Schloss und hob Alana auf seine Arme. Sie war federleicht.

„Oh!“, rief sie.

„Wo ist dein Schlafzimmer?“

„Am Ende des Flures“, antwortete sie atemlos.

Er hörte seine Schritte auf dem Parkett. Sein Herz hämmerte. Das Blut rauschte in seinen Ohren. Die Schlafzimmertür war leicht angelehnt. Mit dem Knie schob er sie weiter auf. Ein Nachtlicht in Form eines Weihnachtsmannes leuchtete ihm den Weg. Vorsichtig stellte er sie auf die Füße. „Alana“, murmelte er wieder. Er konnte immer noch nicht fassen, dass er endlich in ihrem Schlafzimmer war. Davon träumte er seit Monaten.

„Hör auf zu reden und küss mich.“

Wie konnte ein Mann da widersprechen? Noah hatte seine Emotionen so viele Jahre lang gezügelt, dass jetzt das Maß voll war. Er konnte sich keine Sekunde länger beherrschen und küsste Alana, wie er noch nie eine Frau geküsst hatte. Lange, fordernd, leidenschaftlich. Er legte all die Gefühle in den Kuss hinein, die er geleugnet hatte und in Worten nicht ausdrücken konnte. Stattdessen ließ er Taten sprechen. *Ich will dich. Ich brauche dich. Ich muss dich haben – ganz egal, was es für Konsequenzen hat.*

Obwohl er wusste, dass es zu abrupt war, strich er über ihre Brüste unter dem schwarzen Seidenkleid. Sie ließ die Hände unter sein Jackett und über seinen Rücken gleiten. Durch den Stoff seines Hemdes schien seine Haut in Flammen zu stehen. Er löste sich einen Augenblick lang von ihr, um das Jackett auszuziehen und zur Seite zu werfen. Das Zimmer duftete nach frisch gebackenen, köstlichen Weihnachtsplätzchen. Schnell zog er Alana wieder an sich und schob das Knie zwischen ihre Beine. Der Saum ihres Kleides rutschte nach oben. Der Stoff seiner Hose scheuerte an ihren nackten Schenkeln. Sie schnappte nach Luft.

Als sie die Knöpfe seines Hemdes öffnete, war auch der letzte Rest seines Widerstands gebrochen. Er erlag der Versuchung, gab sein Bedürfnis auf, die Kontrolle zu behalten, und ließ seiner Libido freien Lauf. Voller Verlangen rissen sie sich gegenseitig die Kleider vom Leib. Seine Hemdknöpfe flogen durch die Luft. Er öffnete hastig den Reißverschluss ihres Kleides. Schließlich standen sie nackt voreinander im Schein des Nachtlichts, sahen sich an und atmeten schwer. Als Noah sie betrachtete, fühlte er sich zugleich mutig und unsicher. Er wusste, dass er kurz davor war, sich auf gefährliches Terrain zu begeben.

In diesem Moment hätte er den Rückzug antreten können – und sollen. Doch Alana ließ ihm nicht die Zeit, es sich noch einmal zu überlegen. Sie schien ihn überall gleichzeitig zu berühren und zu küssen. Er war verloren in einer Woge der Hitze und Lust. Sie klammerte sich an seine Schultern, presste sich begehrlich an ihn. Noah küsste sie auf den Mund, das Kinn, die Halsgrube. Sie schmeckte verlockend. Er war so hart, dass er sich kaum noch im Griff hatte. Wenn er das Tempo nicht entschärfte, käme er viel zu schnell.

Also löste er sich von ihr, hob sie hoch und legte sie mit dem Rücken aufs Bett. Ihre herrlichen roten Haare lagen ausgebreitet auf dem Kopfkissen. Sie war so schön, dass es ihm die Sprache verschlug. Er beugte sich zu ihr hinunter, küsste ihren Bauchnabel und verteilte Küsse bis hinauf zu ihren Brüsten. Sie erschauerte. „Gefällt dir das?", murmelte er.

„Sehr", wisperte Alana lasziv und strich ihm durch die Haare.

Noah fuhr mit der Zunge über ihre harte Brustwarze und knabberte sanft daran. Ihr lustvolles Stöhnen raubte ihm den Verstand und törnte ihn an.

Als sie mit den Daumen über seine Brustwarzen strich, brachte sie ihn zum Stöhnen. „Gefällt dir das?", flüsterte sie.

„Nein."

„Nein?" Alarmiert hielt sie inne.

„Ich liebe es."

Alana lächelte und fuhr fort, seine Brustwarzen mit dem Mund, der Zunge und den Fingern zu reizen. Erst als er nach Atem rang, ließ sie die Hand nach unten wandern. Mit den Fingerspitzen zeichnete sie seine angespannten Bauchmuskeln nach. Sein Blut schien sich in glühende Lava zu verwandeln. Sie fuhr mit den Fingern über sein aufgerichtetes Glied. Doch kurz bevor sie die pulsierende Spitze berührte, hielt sie inne. Er spürte ihren heißen Atem auf seiner Haut und stöhnte laut vor Erregung.

Noah küsste, streichelte und stimulierte sie, bis sie beide wie im Fieber waren. Er konnte es keine weitere Sekunde ertragen, nicht in ihr zu sein. Sie bog sich ihm entgegen und hob die Hüften an – eine Einladung, die er nicht abschlagen konnte. „Warte einen Moment, Süße." Er stand auf, griff nach seiner Hose und holte ein Kondom aus seiner Brieftasche. Eilig kehrte er zu ihr zurück und riss das Folienpäckchen mit den Zähnen auf.

„Lass mich dir helfen." Sie nahm ihm das Kondom aus der Hand, streifte es ihm über und hieß ihn willkommen.

Er drang tief in sie ein. Wie gut sie sich anfühlte, wie gut es sich anfühlte, in ihr zu sein, raubte ihm den Atem. Sie bewegten sich gemeinsam, schlugen einen harten, schnellen Rhythmus an. Die Kissen flogen auf den Boden. Die Bettfedern quietschten unter der Wucht ihrer Leidenschaft. Nur mit äußerster Mühe schaffte Noah es, seine Erregung zu zügeln. Er war entschlossen, zuerst sie zum Orgasmus zu bringen. Erst als sie seinen Namen schrie und in seinen Armen ekstatisch erbebte, verlor Noah sich in seiner Lust. Keuchend folgte er ihr auf den Gipfel.

Sie sanken auf die Matratze. Alana atmete schwer. Sein ganzer Körper prickelte. Er zog sie an sich, hielt sie fest. Er hatte ihr so viel zu sagen, dass er sprachlos war. Es gab keine Worte, die ausdrücken konnten, was er fühlte. Er liebte es, mit ihr zusammen zu sein. Es war großartig. Besser als großartig. Er empfand keine Reue, keine Schuldgefühle. Aber, verdammt, es hätte nicht passieren dürfen.

Was bedeutete es? Wie ginge es jetzt mit ihnen weiter? *Ah, zur Hölle.* Noah schluckte, bettete sie zärtlich an seine Brust und erzählte ihr von seiner Kindheit. Von dem Abend, an dem seine Mutter umgekommen war, als sie ihn aus dem brennenden Haus gerettet hatte. Von seinem Leben in wechselnden Pflegefamilien.

Alana schwieg und ließ ihn einfach reden. Sie umarmte ihn und er sie, bis Alana die Augen zufielen. Der Duft ihres Parfüms hüllte ihn ein. Noch lange, nachdem sie eingeschlafen war, hielt er sie fest. Morgen müsste er mit ihren Erwartungen und den Konsequenzen dieser Nacht umgehen. Aber im Moment war der nächste Tag noch fern. Noah lag lange wach, genoss es, ihren Kopf auf seiner Brust zu spüren. Es fühlte sich zu gut an, um wahr zu sein. Die Augen zu schließen und in ihrem Bett einzuschlafen, wäre so einfach. Zu verdammt einfach.

Doch wenn er die Nacht bei ihr verbrächte, signalisierte er ihr, dass er sich auf eine Beziehung einließe. Er war nicht sicher, ob er das wollte. Was sollte er tun? Schließlich löste er sich vorsichtig von ihr und stand auf. Das Licht der einsetzenden Morgendämmerung fiel durch die dünnen Vorhänge. Einen Moment lang betrachtete er sie im Schlaf. Er wollte sich wieder zu ihr ins Bett legen und sie hundert Jahre lang in den Armen halten. Aber irgendetwas in ihm ließ das nicht zu.

Also deckte er sie sorgfältig zu und küsste sie auf die Schläfe. „Es tut mir leid, Alana", flüsterte er. „Aber es ist besser so. Du verdienst viel mehr, als ich dir geben kann." Noah hatte das Gefühl, sich gerade das Herz aus dem Leib gerissen zu haben. Doch er zog sich schnell an und verließ leise das Haus.

Alana wachte um acht Uhr dreißig auf und bemerkte, dass die andere Seite des Betts leer und kalt war. Sie redete sich ein, nicht darüber enttäuscht zu sein, dass Noah offenbar schon lange verschwunden war. Hatte sie wirklich mehr von ihm erwartet? Er hatte ihr von seiner Kindheit erzählt. Wahrscheinlich war er verunsichert, so viel von sich preisgegeben zu haben, und wollte möglichst viel Abstand zu ihr haben.

Nein, in Wirklichkeit hatte sie nicht mehr von ihm, sondern von sich erwartet. Sie hatte gewusst, worauf sie sich mit ihm einließ. Also sollte ihr die Enttäuschung nicht so zu schaffen machen. Noah war, wer er war, und sie konnte ihn nicht ändern. Ihr tat es nicht leid, dass sie mit ihm geschlafen hatte. Aber sie war ein wenig ernüchtert. Sie hatte angefangen, sich Hoffnungen zu machen, obwohl sie kein Recht dazu hatte. Er hatte sie nie belogen oder ihr etwas vorgemacht. Ihre unrealistischen Erwartungen hatte sie allein sich selbst zuzuschreiben.

Es ist okay. An einem flüchtigen Liebesabenteuer ist nichts auszusetzen. Abgesehen davon, dass sie viel mehr wollte. Das war das Problem. Sie wollte eine Beziehung, und Noah ... Sie hatte keine Ahnung, was er wollte.

Alana stand auf, duschte, zog sich an und ging in die Küche. Sie bereitete sich das Frühstück zu, setzte sich an den Tisch mit Blick auf den Garten und versank in Einsamkeit. Resolut schob sie das Gefühl zur Seite. Als es an der Haustür klingelte, hüpfte ihr Herz. Noah! Er war zurückgekommen. Eilig durchquerte sie den Flur und öffnete die Tür. Ein Mann in der Kluft eines Automechanikers hielt ihr einen Tablet-PC und ihre Autoschlüssel hin.

„Alana O'Hara?"

„Ja?"

„Ich bringe Ihnen Ihr Auto. Sie können den Empfang einfach hier bestätigen." Er hielt ihr den Computer hin.

„Ich kann Ihnen nicht folgen."

„Noah Briscoe hat mich in den frühen Morgenstunden angerufen. Er hat mich gebeten aufzustehen, zum Polizeirevier zu kommen, Ihr Auto zu holen und es zu reparieren", erklärte der Mann. „Er meinte, die Sache eilt, und hat mir einen entsprechenden Preisaufschlag bezahlt. Ihr Auto ist in der Einfahrt geparkt."

„Noah hat die prompte Reparatur meines Autos veranlasst und bezahlt?", fragte Alana.

„Ja, Ma'am. Sie sind etwas Besonderes für ihn."

„So?"

„Ich bin seit sechs Jahren sein Automechaniker und habe ihn noch nie so gesehen."

„Wie?" Sie bestätigte am Tablet-PC den Empfang des Autos.

Der Mann lächelte und reichte ihr noch die Autoschlüssel. „Bis über beide Ohren verliebt."

„Nicht in mich", meinte Alana.

„Vielleicht sagt er es nicht. Er ist verschlossen. Aber er zeigt es. Wann immer er ihren Namen sagt, leuchtet sein Gesicht auf." Das Hupen eines Autos, das am Straßenrand stand, war für ihn das Signal, das Gespräch zu beenden. „Ich muss los. Zurück in die Werkstatt."

„Danke." Alana schloss die Tür. War das wahr? Könnte Noah wirklich bis über beide Ohren in sie verliebt sein? Erneut schöpfte sie Hoffnung. Aber sie wollte sich keine Illusionen über ihre Chancen bei ihm machen.

Als sie die Kanzlei betrat, fing Dwight Jacoby sie in der Lobby ab. „Teague Price ist wegen Brandstiftung verhaftet worden. Anscheinend ist ein neuer, sehr belastender Beweis aufgetaucht. Kommen Sie, wir fahren zum Revier."

In dem Moment, in dem sie Noah sah, geriet sie unter starke Anspannung. Über den Tisch im Vernehmungszimmer hinweg trafen sich ihre Blicke. Sie bekam kein Wort des Verhörs mit, als sie zu deuten versuchte, was wohl in ihm vorging. Er wirkte völlig distanziert, unzugänglich und war ausschließlich auf das Verhör konzentriert. Sein Gesichtsausdruck war neutral. Natürlich erledigte er hier seine Arbeit und war professionell genug, sich in einer solchen Situation seine Gefühle nicht anmerken zu lassen.

Dennoch sorgte sein gleichgültiger Blick dafür, dass Alana ein kalter Schauer über den Rücken lief. Er sendete wieder einmal widersprüchliche Signale. Einerseits hatte er sich in aller Frühe um die Reparatur ihres Autos gekümmert und die Kosten dafür übernommen. Das schien tatsächlich darauf hinzuweisen, dass sie etwas Besonderes für ihn war. Andererseits drückte er mit seiner reservierten Körpersprache das genaue Gegenteil aus. Erst als ihr Chef ihr die Hand auf die Schulter legte, bemerkte sie, dass die Vernehmung zu Ende war. Teague Price wurde abgeführt.

„Sie sind in Gedanken weit weg", sagte Dwight zu ihr, als sie gemeinsam das Vernehmungszimmer verließen. „Was ist los? Macht Ihnen etwas zu schaffen?"

Ja! Noah Briscoe. Sie hatte sich zwingen müssen, ihm nicht einen Abschiedsblick über die Schulter zuzuwerfen. „Price ist schuldig, nicht wahr?"

„Wahrscheinlich. Aber unser Job ist, ihn möglichst gut zu verteidigen."

„Sogar wenn wir sicher wissen, dass unsere Mandanten schuldig sind?"

„Ja."

„Haben Sie es jemals als falsch empfunden, Leuten zu helfen, die ein Verbrechen begangen haben?", fragte Alana ihn.

„Jeder hat das Recht auf eine faire Verteidigung. Den Schuldigen zu überführen, ist Sache des Staatsanwaltes. Und wenn ich meinen Job besser mache als er ...", Dwight zuckte die Schultern, „... gewinne ich den Fall."

„Selbst wenn dann ein Verbrecher frei auf der Straße herumläuft?"

Er sah sie scharf an. „Denken Sie daran, die Seiten zu wechseln, Alana?"

Sie reckte das Kinn. „Vielleicht."

„Woher kommt der plötzliche Gewissenskonflikt?"

„In letzter Zeit fange ich an, manche Dinge aus einer anderen Perspektive zu sehen."

„Seitdem Sie häufig in Gesellschaft eines bestimmten Ermittlers sind?" Dwight hob die Augenbrauen. „Lassen Sie sich etwa von einem Polizisten auf die dunkle Seite locken?"

Sie dachte an den Abend im Mac's Diner, kurz nachdem Dwight ihr den Fall Clausen weggenommen hatte, um selbst im Scheinwerferlicht der Medien zu stehen. Die Unterhaltung, die sie beim Essen mit Noah geführt hatte, war der Ausgangspunkt dafür gewesen, dass sich ihre Weltanschauung gewandelt hatte. Sie wollte an seiner Seite stehen und helfen, Straftäter hinter Gitter zu bringen, statt sie auf freien Fuß zu setzen. „Ja. Ich denke darüber nach."

„Das ist nur eine Phase, die Sie durchlaufen. Lassen Sie sich Zeit, bevor Sie eine Entscheidung von dieser Tragweite treffen. Bauen Sie Ihre Karriere nicht auf einer romantischen Fantasie auf."

„Alana", rief Noah, gerade als sie und Dwight den Ausgang erreicht hatten. „Kann ich dich kurz sprechen?"

Sie bekam Herzklopfen und blieb stehen.

„Wir sehen uns dann in der Kanzlei", meinte ihr Chef. „Es geht um Ihre Zukunft und Ihre Karriere. Vergessen Sie das nicht. Lassen Sie es nicht zu, dass Ihr Herz den Verstand in die Irre führt." Er ging hinaus und ließ sie allein mit Noah im Korridor zurück.

Als sie sah, dass er die Stirn runzelte, wurde ihr flau im Magen. „Hallo", sagte sie atemlos, als hätten sie nicht die letzten zwanzig Minuten zusammen im Vernehmungszimmer verbracht. *Wie dumm.*

„Hat der Automechaniker dein Auto bei dir abgeliefert?"

Alana nickte. „Danke, dass du das für mich in die Hand genommen hast. Ich zahle dir das Geld zurück."

Noah winkte ab, erwiderte ihren Blick jedoch nicht. „Die Autoreparatur ist eine Art Entschuldigung."

„Wofür?"

„Gestern Abend habe ich mich total danebenbenommen."

Entschuldigte er sich dafür, dass er heute Morgen einfach verschwunden war? Das war in Ordnung. Dafür hatte sie Verständnis und verzieh ihm.

„Wir hätten nie … Ich hätte nie …" Er hielt inne. „Ich hätte dich nie auf diese Weise ausnutzen dürfen."

Noah zog sich also zurück. Er hatte ihr Auto nicht reparieren lassen, weil sie etwas Besonderes für ihn war, sondern weil er sich schuldig fühlte und Gewissensbisse hatte. Alana stockte der Atem. Als gute Anwältin hatte sie jedoch gelernt, sich ihre Gefühle nicht anmerken zu lassen. Er durfte nicht sehen, wie sehr er sie verletzte. Außerdem hatte sie gewusst, dass er Probleme mit seiner Vergangenheit und Beziehungen hatte. Wenn sie ihm Vorhaltungen machte und dafür sorgte, dass er sich schlecht fühlte, war das nicht die Lösung.

Sie lachte. Denn sie war entschlossen, einen unbekümmerten Eindruck zu vermitteln. „Oh, Noah, mach dir deshalb bloß keine Gedanken. Wir hatten sehr viel Spaß miteinander. Aber es ist nicht so, dass ich jetzt irgendetwas von dir erwarte."

Er rieb sich den Nacken. „Tust du nicht?"

„Nein." Alana schüttelte den Kopf, auch wenn ihr das Herz brach. „Ich verbringe gern Zeit mit dir. Aber das hat keine größere Bedeutung."

„Nein?", fragte Noah verwirrt.

„Ich mache dir einen Vorschlag. Überleg dir einfach in aller Ruhe, ob du Lust auf eine richtige Liebesaffäre hast oder ob dir eine gemeinsame Nacht gereicht hat. Der Feuerwehrball findet am Weihnachtsabend statt. Wenn du hinkommst, können wir den Abend zusammen verbringen. Wenn nicht …" Sie zuckte die Schultern. „Schwamm drüber."

„Ich … Ich arbeite am Weihnachtsabend."

„Wann hast du Dienstschluss?"

„Um sechs Uhr."

„Der Ball beginnt um acht."

„Alana, du weißt, dass Weihnachten nicht mein Ding ist", sagte Noah. „Deshalb arbeite ich freiwillig an den Feiertagen."

„Genau das ist das Problem, nicht wahr? Du hast die Festtagsstimmung so lange von dir ferngehalten, dass du nicht mehr weißt, wie du fröhlich sein kannst. Du bestrafst dich für die Vergangenheit. Sie ist vorbei. Wenn du sie nicht loslässt, wirst du nie dein Glück finden."

„Ich …" Er befeuchtete sich die Lippen. „So einfach ist das nicht."

„Es ist so einfach. Du musst dich nur überwinden und es wollen. Es liegt bei dir, Noah. Ich hege keine Erwartungen und übe keinen Druck aus. Tu einfach, was immer dich glücklich macht." Sie wirbelte herum, um so schnell wie möglich das Polizeirevier zu verlassen. Selbst eine gute Anwältin konnte nicht ewig schauspielern.

7. Kapitel

Am Weihnachtsabend war es totenstill im Revier. Nichts passierte. Noah hatte den Tag damit verbracht, über die Worte nachzudenken, die Alana ihm am Tag der Verhaftung von Teague Price gesagt hatte. Sie hatte ihm die Last von den Schultern genommen und die Gelegenheit geboten, sich elegant aus der Affäre zu ziehen. Gleichzeitig hatte sie eine mögliche gemeinsame Zukunft offengehalten. Also was wollte er?

Er wollte Alana. Aber er hatte so viel Angst davor, den nächsten Schritt zu tun. Auszusprechen, was er wollte und brauchte. Er fühlte sich schwach, wenn er verwundbar war. Zuzugeben, dass er sie brauchte … Nun, dann könnte er genauso gut ohne schusssichere Weste und ohne Pistole in einen Bandenkrieg ziehen. Wann immer er in ihrer Nähe war, kam er sich so nackt vor, als könnte sie ihm bis tief in die Seele blicken.

Verunsichert hatte er ihr hinterhergeschaut, als sie eilig das Revier verlassen hatte. Mehr als alles andere in der Welt hatte er sie zurückrufen und ihr sagen wollen, was er wirklich für sie empfand. Wenn er mit ihr zusammen war, fühlte er sich lebendig. Glücklich. Und das Glück versetzte ihn in Angst und Schrecken. Sich aus der Affäre zu ziehen, wie sie es ihm angeboten hatte, wäre viel einfacher und sicherer. Er ginge nicht zu diesem Ball. Noah konnte sich die Fröhlichkeit der Festtage einfach nicht antun.

Nicht einmal, um die Chance zu haben, mit Alana zusammen zu sein? Verdammt, sie waren total gegensätzlich und falsch füreinander. Wenn sie mehr Zeit mit ihm verbrächte, würde ihr bald klar, dass sie nicht gut zueinanderpassten. Ja, im Bett waren sie wie füreinander geschaffen. Ja, er konnte so gut mit ihr reden wie mit niemandem sonst. Ja, wegen ihr wollte er ein besserer Mann sein. Aber schließlich wollte sie mehr, als er geben könnte. Sie brauchte einen Mann, der ein ebenso fröhliches Wesen besaß wie sie. Einen Mann, der über all seine Gefühle mit ihr reden konnte. Einen Mann ohne eine dunkle Seite.

Er war nicht dieser Mann. Es war besser, jetzt einen Schlussstrich zu ziehen, bevor sie noch beide wirklich verletzt würden. Das war vernünftig. Dennoch wurde Noah die Brust so eng, dass er sich wie ein Gefangener in seinem eigenen Körper fühlte. Nicht einmal mehr still sitzen konnte er. Also stand er auf, lief hin und her und sah sich vergeblich nach etwas um, mit dem er sich beschäftigen konnte.

Der Fall der Brandstiftung war gelöst. Die Frau, die bewusstlos im Foyer des herrschaftlichen Hauses entdeckt und ins Krankenhaus gebracht worden war, konnte sich jetzt nach ihrer vorübergehenden Amnesie wieder erinnern. Sie hatte ausgesagt, Price Mansion um der alten Zeiten willen einen Besuch abgestattet zu haben. Währenddessen hatte sie Teague überrascht, der gerade im Begriff gewesen war, das Gebäude in Brand zu stecken. Damit war Teague Price eindeutig als Täter überführt. Noah hatte seine Arbeit getan. Warum fühlte er sich dann so leer?

Um sechs Uhr abends zog er seinen Mantel an. Die Aussicht, sich auf den Weg in sein leeres Apartment zu machen, schreckte ihn ab. Also beschloss er, zu einer Kneipe ein paar Ecken weiter zu gehen, in der sich Polizisten oft nach Feierabend trafen. Dort könnte er mit anderen Leuten ein Bier trinken, die ebenfalls am Weihnachtsabend nichts Besonderes vorhatten. Die kalte Luft sorgte vielleicht dafür, dass sein Kopf durchgepustet würde und er nicht mehr ständig an Alana dächte.

Als Noah das Revier verließ, begann es zu schneien. Es war das perfekte Wetter für den Weihnachtsabend. Die Schneeflocken, die unaufhörlich vom Himmel fielen, verwandelten Pine Crest in eine weiße Winterlandschaft und ein kitschiges Festtagswunderland. Alana würde es lieben. Die Geschäfte schlossen allmählich, als er die Hauptverkehrsstraße erreichte. Leute mit eingepackten Geschenken in den Händen liefen eilig zu ihren Autos und riefen sich gegenseitig „Frohe Weihnachten“ zu. In den Schaufenstern glitzerten bunte Weihnachtsdekorationen.

Er kam sich wie ein Eindringling in einer makellosen, perfekten Welt vor. An der Straßenecke musste er warten, bis die Ampel auf Grün schaltete, und steckte die Hände tief in die Manteltaschen. Ein bohrendes Gefühl der Verlorenheit überkam ihn. Genau dieses Gefühl hatte er vermeiden wollen, als er Alana auf Distanz gehalten hatte. Er hatte so viel verloren und hatte schreckliche Angst, noch mehr zu verlieren.

Aber dann wurde ihm klar, dass er bereits verloren hatte. Er hatte Alana und sein Herz verloren. Außer seinem Job hatte er nichts. Niemanden, der ihn nachts warm hielt. Niemanden, zu dem er nach Hause kommen konnte. Niemanden, der ihn zum Lächeln brachte.

„Sergeant Briscoe.“ Auf der entgegengesetzten Straßenseite stand Christopher Clausen in seinem Weihnachtsmannkostüm, lächelte strahlend und winkte ihm zu. „Wunder geschehen, wenn man daran glaubt“, rief er und zwinkerte ihm zu.

Plötzlich wollte Noah daran glauben. Er wollte so sehr daran glauben, dass er und Alana eine Chance hatten, glücklich zu werden. Er wollte sein Herz für Weihnachten und die Botschaft der Liebe öffnen. Wusste Clausen die Antworten auf seine Fragen?

Er überquerte die Kreuzung, um sich bei dem Mann dafür zu entschuldigen, wie er ihn nach der Verhaftung behandelt hatte. Aber ein Möbelwagen ratterte die Straße zwischen ihm und Clausen entlang und versperrte ihm die Sicht. Als der Möbelwagen weitergefahren war, stellte er überrascht fest, dass Clausen verschwunden war. Wie hatte das in den paar Sekunden geschehen können?

Wunder passieren, wenn man daran glaubt.

Das war abgedroschen, sentimental, kitschig. Und dennoch … Dennoch schöpfte Noah Hoffnung und Mut. Entschlossen, diesen Impuls nicht zu unterdrücken, ging er zum Marktplatz. In diesem Moment schloss der Besitzer des Schmuckgeschäftes schräg gegenüber die Tür zu. „Warten Sie!" Noah rannte über die Straße. „Bitte, warten Sie!" Atemlos blieb er vor dem Ladenbesitzer stehen. „Ich brauche ein Geschenk für meine Freundin. Könnten Sie das Geschäft bitte noch einmal öffnen?"

Der Mann Anfang fünfzig sah überrascht auf und schüttelte den Kopf. „Ich habe gerade die Tür abgeschlossen."

„Es ist Weihnachtsabend. Sie bedeutet mir viel. Ich will … Nein, ich muss ihr etwas schenken, das ihr zeigt, wie ich für sie empfinde."

„Warum haben Sie denn so lange damit gewartet, ihr ein Geschenk zu kaufen?" Der Ladenbesitzer schaute Noah über die Gläser seiner Brille hinweg an.

„Weil ich ein Riesenidiot bin."

Der Mann lachte leise. „Das kenne ich nur zu gut. Ich fühle mit Ihnen. Aber meine Familie wartet auf mich."

„Es geht ganz schnell. Versprochen", beschwor Noah ihn.

Der Ladenbesitzer zögerte.

„Bitte."

Er seufzte gutmütig. „In Ordnung. Aber machen Sie fix."

Noah war erleichtert. Aber als er sich im Schmuckgeschäft umsah, verwirrte ihn die große Auswahl. Das Geschenk musste genau das Richtige sein. Etwas, das für sie beide eine Bedeutung hatte. Etwas, das zeigte, dass Alana und er wirklich zusammengehörten.

Der Ladenbesitzer trommelte ungeduldig mit den Fingern auf der Glastheke.

„Ich weiß, ich weiß. Ich beeile mich." Doch er wollte nicht einfach etwas aus Verzweiflung kaufen. Vielleicht war es besser, wenn er die ganze Sache einfach vergaß.

Der ältere Mann räusperte sich und sah auf die Uhr.

Noah stand zu sehr unter Druck. Ihm lief die Zeit weg. Wenn er es noch zum Feuerwehrball schaffen wollte, musste er jetzt nach Hause fahren und sich umziehen. Er wollte sich gerade bei dem Ladenbesitzer für die vergebliche Mühe entschuldigen, als er das perfekte Weihnachtsgeschenk für Alana entdeckte.

Alana versuchte, sich keine Hoffnungen zu machen, als sie in der Nähe des Eingangs auf Noah wartete. Sie trug ein saphirblaues Kleid, das ihre Augen und die roten Haare betonte. Der Ball hatte bereits vor einer halben Stunde begonnen. Die Tanzfläche war überfüllt. *Er kommt nicht. Ich sollte es jetzt aufgeben, zu meinen Freunden gehen und Spaß haben.* Doch sie konnte sich nicht überwinden, vom Eingang wegzugehen.

Ich muss es aufgeben. Ihn aufgeben. Resolut machte sie sich auf den Weg zum Buffet, auf dem ein weihnachtliches Festessen auf die Gäste wartete. Sie musste aufhören, irgendetwas von Noah zu erwarten. Sie konnte ihn nicht ändern. Er war, wie er war.

„Alana."

Als sie seine Stimme hörte, erstarrte sie. Schließlich war er doch noch gekommen! Sie drehte sich um. Ihr Puls raste. Er hielt eine kleine Schachtel in der Hand, die in einer saphirblauen Geschenkfolie eingepackt war. Die Schneeflocken in seinen Haaren schmolzen. Er trug einen Smoking und war frisch rasiert. Er sah so unglaublich gut aus, dass ihr die Luft wegblieb. Sanft und zerknirscht musterte er ihr Gesicht. „Du bist gekommen", flüsterte sie.

„Ja", sagte Noah.

„Bedeutet das …"

„Ich will dich, Alana. In meinem Bett, in meinem Leben, in meinem Herzen." Er hielt inne, wartete.

„Bist du sicher?"

„So sicher wie noch nie in meinem Leben", schwor er.

„Versprichst du, dich nicht zurückzuziehen, wenn es schwierig wird? Denn in allen Beziehungen kommt es auch zu Problemen. Das heißt nicht, dass etwas daran falsch ist. Man muss nur lernen, mit solchen Phasen umzugehen und die Probleme zu lösen."

„Ich will lernen, wie man aufrichtig eine enge Beziehung führt, und ich will sie mit dir führen. Bring es mir bei, Alana. Ich …" Noah schluckte. „Ich brauche dich."

Sie wusste, wie schwer es ihm fiel, sich zu seinen Gefühlen zu bekennen. Er ging ein großes Risiko ein. Er setzte sein Herz aufs Spiel. „Du meinst es ernst."

„Hundertprozentig." Er reichte ihr das Geschenk. „Mach es auf."

Sie löste das silberfarbene Geschenkband, packte die Schachtel aus und öffnete sie. Darin lag eine Halskette aus Gold mit einem Anhänger in Form der Waage der Gerechtigkeit. Lächelnd sah sie ihn an.

Nervös erwiderte er ihr Lächeln. „Lies die Widmung auf der Rückseite."

Sie drehte den Anhänger um.

Für Alana, mein Ein und Alles. Du bringst mich ins Gleichgewicht. In Liebe, Noah.

Liebe? War er in sie verliebt? Sie sah ihn an. „Noah", flüsterte sie.

„Ich meine es so", sagte er. „Du hast den Panzer durchdrungen, hinter dem ich mich verkrochen hatte. Ich liebe deine Lebensfreude, dein Temperament, deinen Elan. Ich liebe dich, Alana. Ich bin seit Monaten in dich verliebt. Ich habe noch nie so empfunden. Das macht mir Angst. Also habe ich es zu leugnen versucht. Aber ich kann es nicht länger leugnen. Ich bin in dich verliebt und hoffe, dass du dasselbe für mich empfindest. Denn ich bin verrückt nach dir und …"

„Schsch." Sie legte ihm einen Finger auf die Lippen. „Ich bin auch verrückt nach dir, Noah. Jetzt tanz mit mir." Sie führte ihn zur Tanzfläche. Zur Musik von „White Christmas" wiegten sie sich im Takt und wussten beide, dass dies das fröhlichste Weihnachten aller Zeiten war.

– ENDE –

Informationen zu unserem Verlagsprogramm, Anmeldung zum Newsletter und vieles mehr finden Sie unter:

www.harpercollins.de

Deutsche Erstveröffentlichung

Julia Williams

Ein Weihnachten zum Glücklichsein

Wie jedes Jahr will Beth mit ihrem Mann und den Kindern ein entspanntes Weihnachtsfest bei ihren Eltern verbringen. Aber diesmal geht alles drunter und drüber: Ihr Bruder Ged steht mit einer neuen und schwangeren Freundin vor der Tür. Beths Schwester Lou ist wieder einmal Single, und auch bei Beth selbst läuft so einiges schief. Zu guter Letzt machen auch ihre Eltern eine überraschende Mitteilung, und plötzlich droht das Band, das die Familie zusammenhält, zu reißen ...

ISBN: 978-3-95649-784-1
9,99 € (D)

Deutsche Erstveröffentlichung

Jill Shalvis

Lebkuchenmänner und andere Versuchungen

ISBN: 978-3-95649-747-6

9,99 € (D)

Sechs quirlige Welpen in einer Badewanne, und Willa muss sie bändigen, um sie sauber zu bekommen. Kein Wunder, dass sie inzwischen selbst aussieht, als hätte sie im Schlamm gewühlt. In diesem Moment steht ausgerechnet Keane Winters in ihrem kleinen Laden für Haustierbedarf – der Mann, der ihr einst das Herz brach. Jetzt erkennt er sie nicht einmal wieder! Keinesfalls wird sie Keane den Gefallen tun und sich um seine Katze kümmern. Und doch verliert sie sich sofort wieder in seinen unwiderstehlichen Augen ...

Deutsche Erstveröffentlichung

Kirsty Mosely

Fighting to Be Free – Nie so geliebt

Es ist Jamies letzte Chance auf ein normales Leben. Bisher war seine Existenz bestimmt von Armut und Gewalt. Frisch aus dem Gefängnis entlassen, ist er voller guter Vorsätze. Doch so leicht entkommt man seiner Vergangenheit nicht. Dann begegnet er Ellie – und sie verkörpert all das, wonach er sich sehnt. Die Anziehungskraft reißt sie beide mit. Jamie will alles tun, sich ihrer würdig zu erweisen; der Mensch zu werden, den Ellie lieben kann. Aber noch hat er ihr nicht die Wahrheit über seine dunklen Taten gestanden. Sind Ellies Gefühle stark genug, um bei ihm zu bleiben? Bei einem Mann, der das Leben eines anderen auslöschte …

ISBN: 978-3-95649-680-6
12,99 € (D)

Deutsche Erstveröffentlichung

Isabelle Ronin
Du bist mein Feuer

Ein Blick auf die sinnlich tanzende Fremde im roten Kleid, und Caleb weiß: Er muss sie haben. Ein Zufall führt dazu, dass er Veronica Unterschlupf gewährt. Sie sieht in ihm nur den Sohn reicher Eltern, der nicht zu ihr, dem Mädchen aus schwierigen Verhältnissen, passt. Aber der verwöhnte Bad Boy will mit ihr etwas Echtes, Tiefes. Schnell merkt er, dass Veronica nicht leicht zu erobern ist: Sie vertraut nichts und niemandem. Doch Caleb ist bereit, die Schatten ihrer Vergangenheit zu vertreiben und jedes Hindernis, das sie trennt, zu überwinden. Auch wenn alle sagen, dass Veronica sein Ruin sein wird …

ISBN: 978-3-95649-772-8
12,99 € (D)